Harold Brodkey
Gast im Universum

STORIES

Deutsch von
Angela Praesent

ROWOHLT

Die Originalausgabe erschien 1997 unter dem Titel
«The World Is the Home of Love and Death»
bei Metropolitan Books, New York
Redaktion Thomas Überhoff

1. Auflage Juli 1998

Umschlaggestaltung Nina Rothfos
(Foto: TONY STONE IMAGES / David Oliver)
Satz Garamond PostScript PageOne
Gesamtherstellung Clausen & Bosse, Leck
Printed in Germany
ISBN 3 498 00592 8

Inhalt

FRÜHLINGSFUGE

Der erste konzertante Wink, daß sich etwas tut: wenn man Vivaldis «Vier Jahreszeiten» auf einem lahmenden CD-Spieler spielt. Es war ein grauer Tag Anfang Februar; die Sonne kam heraus, und ich dachte: «Zur Reinigung, zur Reinigung, zur Reinigung, zur Reinigung.»

Der erste Krokus: Im Sunflower Market, thailändische Gemüse und Samen, 2809 Broadway, am vierzehnten Februar. Mickerig und schneegesprenkelt.

Erste Erkältung: Neunzehnter März bis zweiter April. Meine Frau und ich sind unterwegs zu unserem Steuerberater. Unterwegs sehe ich vor der Wettannahme Ecke Broadway und Einundneunzigste zwei Betrunkene miteinander kämpfen. April ist der Monat der Duellanten. Als stummes Zeichen des Flirts mit meiner Frau habe ich zwei kleine Päckchen Kleenex dabei – eines für sie, ihrer Allergien wegen: mit niedlichem, nasalem Pikkologeflöte kündigt sie den jährlichen Wechsel in ihrem Leben an. Ich gebe den zweiten wirklich miserablen Kalauer der Saison von mir: Wir klingen wie Bruce Springsteen und Begleitsolist, die Bachs «Goldrotz-Variationen» darbieten.

Erste Episode von Frühlingswühlnäsigkeit, weder allergie- noch schnupfenbedingt: keine Ahnung, wieso die seelischen Grundmechanismen das Spionieren oder

Schnüffeln als natürliche Begleiterscheinung von neuerwachendem Leben betrachten, aber im Bürokühlschrank erspähe ich eine goldgetönte, einer Schuhcremebüchse gleichende Dose Kaviar und frage mich eifersüchtig, wer wohl so glücklich oder feier- (oder genuß-)freudig ist, doch als ich die Dose öffne, ist sie leer, und auf dem Boden steht mit Bleistift geschrieben: *Pech gehabt.*

Erste philosophische Vermutung: Ich vermute, der Frühling ist eine natürliche Art und Weise, die Adoleszenz als etwas hinzustellen, das man nun erneut durchmachen sollte: genetische Pflicht plus genetische Aktivität gleich romantische Liebe. Hmm ... Die Natur ist so trickreich wie ein Politiker.

Der Gedanke an George Bush führt zur ersten Depression der Saison.

Erstes emotionales Detail: Mehr Licht auf dem Fensterbrett.

Erster merkwürdiger Rat, selbsterteilt: *Hab Sonne im Herzen.*

Erstes Symptom intellektueller Verwirrung (beim Erwachen aus Träumen von schönen Frauen und diversen unaussprechlichen Akten mit denselben; die Erinnerung mit ihren erstaunlichen Kasematten voll verlorener Wirklichkeiten wird überaktiv und hinterläßt das deutliche Gefühl, man habe dem Glücksspiel gefrönt ... Rouélette): Aufzählen der Schlafzimmermöbel – ein Nachttisch – One-Night-Stand, zwei Nachttische, Two-Night-Stands ...

Nein, nein.

Im Bad: Lächeln üben, erste Sitzung.

Erster aktiver Liebesimpuls: ein schludriger Kuß, während meine Frau sich die Schuhe anzieht.

Sie starrt mich an. «Ach so, es ist Frühling», sagt sie.

Einkaufsliste für erstes dreitägiges Landwochenende, zwecks Anmietung eines Hauses für den Sommer: Contac, Kleenex, Beatles-Kassette, Zitronellekerzen (zum Verbleib im gemieteten Haus, sollten wir es finden), Springseil (zum Abnehmen), Wanderschuhe, Jeans, eine Größe zu eng (um das Diät-Halten zu erzwingen), ein paar kurzlebige Fliederzweige, im Wagen mitzuführen als *aide-mémoire* …

Zur Tagundnachtgleiche erster Todesschauder und erste dem kollektiven Gedächtnis entstammende Erinnerung an Menschenopfer zur Herbeiführung von Wärme und der Rückkehr des Sommers: auf Route 32A hinter Saugerties durch Überfahren eines nicht mehr im Winterschlaf befindlichen, doch wahrscheinlich noch weggetretenen, dünnen Murmeltiers.

Zweites derartiges Ereignis nach Heimkehr: Schnitt in den eigenen Daumen beim Hantieren mit einem neuen, gezackten belgischen Küchenmesser, das von einer kleinen israelischen Tomate abglitt, während ich an den Super-Dienstag vor zwei Jahren dachte und Dixieland pfiff.

Bin ich unbewußt WÜTEND?

Erste hysterische Halluzination: Medikamente, für die geworben wird, fallen mir ein, als ich in einem Augenblick der Anspannung im Geiste Frühlingsblumen vor mir sehe – nupringelbe Jonquillen, tetrazyklinfarbene Tulpen (rot-gelbe). Tylenolfarbene Wolken (Tylenol ergibt, rückwärts gelesen, Lonely T). Advilfarbener Schmutz. Theragran-M-farbenes trocknendes Blut.

Mit handtuchumwickelter Hand und leicht wahnsinniger Seele (vor Pessimismus wegen unserer derzeitigen Lebensweise) sowie voll Frohsinn, Heldenmut und Frühlingsweh rufe ich meine Frau in ihrem Büro an. Sie verdient mehr als ich.

Ratschläge, Mitleid, *Informationen* von seiten der Sekretärin meiner Frau, während ich darauf warte, daß meine Frau eine Besprechung beendet. Möglicherweise verdient sogar die Sekretärin mehr als ich. (Ich bin Lehrer.) Sie sagt, in den Läden sei ein die Blutgerinnung fördernder, desinfizierender und schmerzstillender Spray erhältlich; und es gebe Druckbandagen. Jedoch: «Bloß nicht!» sagt sie. «Der Spray zerstört die Ozonschicht, und die Druckbandage beeinträchtigt die Zirkulation.» Der Finger könnte nupringelb anlaufen, krokusgelb, feiglingsgelb.

Das Gespräch mit meiner Frau könnte aus einem melodramatischen Eheroman stammen, obwohl sie in ihrer Arbeit Nietzscheanerin ist. Sie ist vom Willen zur Macht besessen, pflege ich zu sagen.

Meine Frau fragt: «Wie tief ist der Schnitt?»

«Ich glaube, ich sehe den Knochen.»

Sie sagt: «Siehst du etwas Weißes?»

«Ja.»

«Das ist die Sehne. Knochen sind nicht weiß, solange man noch am Leben ist. Sie werden erst weiß, wenn man sie reinigt, nachdem man sie aus einem Grab geraubt hat.

Du könntest dich in die Sehne geschnitten haben. Kannst du sie bewegen?»

«Nein. Doch. Es sieht aus wie Knochen.»

«Es ist nicht der Knochen. Aber es gibt da drinnen Nerven –»

«Wirklich? Dann ist es nicht bloß Hypochondrie?»

«Du dürftest nur einen Nerv sehen können, es sei denn, der Schnitt ist richtig groß – siehst du ihn?»

«Den Nerv?»

«Das ist ein Ding. Ein sichtbares.»

«Wie sieht es denn aus?»

«Wie ein Faden. Wird dir übel, wenn du die Wunde ansiehst?»

«Nein. Wie kommst du denn darauf?»

«Also, dann schau mal hin und sag mir, was du siehst.»

Stille tritt ein, und dann ruft sie: «Schon gut, schon gut!»

«Ich bin ein bißchen ohnmächtig geworden. Ich bin hier irgendwie auf den Knien. Bleib dran, laß mich nur aufstehen. Uuh, das war blöd. Was ich gesehen habe, war grau-weiß; es gibt da ziemlich viel Grau-Weißes. Ich nehme an, ich habe Blut gesehen, aber es sah grau-weiß aus, und Blut ist nicht grau-weiß, es ist bläulich, soweit ich mich erinnere, ich –»

«Du stehst unter Schock. Ist jemand bei dir?»

«Ich wollte gerade eine Tomate aufschneiden.»

«Und?»

«Es kommt jemand her – jemand wird bald hier sein. Du. Aber du kannst ja nicht nach Hause kommen. Du bist bei der Arbeit. Soll ich vielleicht einen Gerinnungsspray kaufen gehen?»

«Geh in die Ambulanz. Hast du hier angerufen?»

«Ich weiß nicht mehr» , sage ich jämmerlich.

«Du hast dich in den Daumen geschnitten?»

«Ja. Ich glaub schon. Falls ich das alles nicht nur träume», sage ich mit einem Anflug von Hoffnung.

«Hast du mit der linken Hand gewählt?»

«Ich habe ein Handtuch um die Hand gewickelt und es mit der anderen festgehalten. Ich habe mit dem kleinen Finger gewählt. Es ist ein Tastentelefon ... glaube ich.»

«Ich seh's nicht vor mir, ob die Tasten auf dem Tastentelefon groß oder klein sind.»

«Winzig.»

«Fest zu drücken oder nur anzutippen?»

«Fest.»

«Wenn du dann gewählt hast und das Telefon nicht blutüberströmt ist, brauchst du dir wahrscheinlich keine Sorge zu machen.»

«Würdest du sagen, du zeigst großes Mitgefühl?»

«Du bebst vielleicht vor Wut und Abscheu, wenn ich es sage, aber falls du über Nacht im Krankenhaus bleibst, verspreche ich, dir einen Stapel von Kunderas, Solschenizyns und Havels hinzubringen, damit dir deutlich wird, was Leid und Schrecken wirklich sind.»

«Scheiße.»

«Andererseits, die Schwägerin unseres maltesischen Portiers ist an einer Sepsis gestorben, nachdem sie sich beim Rübenhacken mit einem Messer in die Hand geschnitten hat, als sie zu Besuch bei ihrer Schwiegermutter in Valetta war. Warte auf mich. Ich komme nach Hause.»

Meine Frau ist eine Frühlingsgöttin. Eine nietzscheanische Nachtigall (siehe: Nightingale, Florence). «So», sagt sie. «Nun laß mich mal sehen ... Durch einen Kuß allein wird das nicht wieder heil. Gehen wir.» Zwei, drei Küsse später, als wir einem Obdachlosen begegnen, den ich auf den ersten Blick für mich in der dritten Person beim Herbeiwinken eines Taxis halte, und als mein Schockzustand allmählich weicht, sage ich traurig zu ihr: «Als Kind hatte ich ein schweizerisches Barometer mit einer Holzhütte darauf. Die Hütte hatte zwei Türen. Aus der einen kam ein Junge in kurzen Hosen und mit einem Tirolerhut auf dem Kopf, und aus der anderen kam, glaube ich, ein Mädchen im Dirndl. Wenn Regen bevorstand, blieben sie drinnen.» Heutzutage könnte man wohl, um gutes Wetter zu signalisieren, einen holzgeschnitzten Obdachlosen auf einem Subway-Gitter schlafen und ihn, wenn Regen bevorsteht, in einer Passage oder einem Subway-Eingang verschwinden lassen.

Prosa, geschrieben nach dem dritten Kuß meiner Frau (und nachdem der Arzt mir mit drei Stichen den Daumen genäht hatte). Ich sitze in ihrem Büro am Schreibtisch und blicke durch ihr großes Fenster: Gebt mir die mächtigen, echten Wolken der Republik und nicht die mageren Dunsteuter, wie sie zu John Waynes Zeiten in den Republic Studios auf die alten Hintergrundpanoramen gemalt wurden. Wir mögen die echten, fetten, prallen Wolken des New Yorker Frühlings. Man will ja so eine vorüberziehende Wolke nicht totreiten, doch wenn es schon sentimentales Licht sein soll, dann, bitteschön, wenigstens das einleuchtend hierhergehörende – trocken, weiß, kahl und, nehme ich mal an, provinziell. Die spirituelle Pracht unseres tropfenden, tolldreisten Frühlingswetters, unsere von niesenden Passanten verstopften Straßen, unsere tobsüchtigen Himmel sind dasjenige, was

Fliederhecken und grünen Wiesen anderenorts entspricht.

Tosend, rauh und roh – und heftiger von Seewinden gescheuert als das halb dahingeschmolzene Sankt Petersburg. Puuh, diese Städte, denen ein feuchtes, in Sumpf- und Lagunendunst versunkenes Licht eigen ist! Sie sind etwas für die Aquarellmaler. Wo Wasser auf ziemlich schwankendem Grund gegen Steine und Ziegel schwappt, da bin ich nicht zu Hause. Zu Hause bin ich im felsigen, hohen New York: Immobilien sind hier so real und stattlich, wie man sie nennt: *real estate.*

Und so ist auch der Frühling in New York.

Was ich für Geld tue

Im Morgengrauen, in der anflutenden Helligkeit und bei wiederkehrender Sicht, im Wald, wo ich auf meiner blauroten Luftmatratze in einem kleinen Nylonzelt kampiert hatte – vorn und zum Teil an den Seiten offen, mit einem nun milchig leuchtenden, weiter oben an zwei Wächterbäumen befestigten Vorzelt –, erwachte ich. Licht und Dunst zwischen den Stämmen, das Fast-Schweigen der Vögel, der biologische, organische Wust um mich her auf der Erde stimmten mich sanft.

Ich habe eine Neigung zu biologischer Frömmigkeit. Dies hier ist mein Wald, hoch in den nördlichen Catskills gelegen, nicht sehr hohen Bergen. Der Baumbestand ist nicht sehr alt, sowenig wie der im angrenzenden Naturschutzpark. Das gesamte Gebiet wurde in den letzten zwei Jahrhunderten zweimal abgeholzt. Nur zwei Bäume an der Lichtung hier sind auffällig groß, ein Bergahorn, vor hundert Jahren gepflanzt, und eine Kiefer etwa gleichen Alters.

Das Licht verleiht dem blauen Nylon einen heiligen Farbton, einen Ton wie aus einem Bellini-Gemälde, wie der Farbton des Madonnenmantels; ein strahlendes Bellini-Blau, das mich mit Ehrfurcht erfüllt. Die dem Tal zustrebende, abfallende Bergflanke ist zu meiner Rechten. Hinter den abwärts gestaffelten Säulen von Baumstämmen – Schößlingen und älteren, mächtigeren Bäumen – tut sich ein unermeßlicher Raum von nun leuchtender, wie neuer Luft auf … In einer groben Welt erzeugt diese stille, strahlende Schönheit, diese gewöhnliche, flüchtige Anmut, wie ich schon sagte, sprachlose, heidnische Frömmigkeit.

Plötzlich sehr wach, überdenke ich, während ich meine Kleidung glätte, den Spirituskocher anzünde, meine Situation. Ich zünde mir eine Zigarette an; ich bin ein sterbender Mann. Ich habe einen inoperablen Hirntumor. Dies festzustellen hat fast zwei Monate gedauert. Und ein anderes grobes Vorgehen bringt mich um meine Stelle – die Firma ist verkauft worden und schreibt Verluste oder trägt nicht genug ein; die Fehler haben die Leute an der Spitze gemacht, und einige davon werden ebenfalls entlassen. Ich habe eine Position eine Etage darunter und war in meiner Arbeit dort erfolgreich – das führte, als der große Einbruch kam, zu Eifersucht, zu Wut eigentlich, Haß sogar. Ich mag wegen meiner anhaltenden Kopfschmerzen zu abgelenkt gewesen sein, um geschickt zu agieren. Bin ich arrogant gewesen? Nein. Ich war eher demütig und defensiv. Aber ich behielt weiterhin recht, und siehe da, ein blutiger Krieg.

Ich bin fünfunddreißig, geschieden, meinen Kindern nicht entfremdet. Aber sie entwickeln sich zu Menschen, die sehr meiner Frau gleichen, und die vermisse ich nicht. Es liegt an einem programmatischen, durchdachten, vernunftbetonten Egoismus, bewußt angestrebt, nicht seicht, nicht dumm, nicht einmal kalt: eher ein intelligenter Koller von Episkopalismus inmitten von Selbstlosigkeitstheorien und Gott weiß was. Dieser Zug meiner Exfrau und meiner Kinder, will ich sagen, hält mich von ihnen fern.

Ich weiß nicht, inwieweit etwas davon zu meinem

schlechten Befinden beiträgt. Ich habe einen Hirntumor. Ich habe Anflüge von Kopfweh und sporadisch Sehstörungen. Vermutlich habe ich meine Bosse schon seit langem verachtet und sie für selbstverliebte Dilettanten gehalten, die sich wohl kaum ehrlich der Aufgabe stellen, eine große Firma zu leiten. Vermutlich ebensolange habe ich meine Exfrau verachtet – und ihr vergeben. Illoyal war ich keinem gegenüber, glaube ich, zumindest nicht sehr deutlich oder sehr oft. Aber ich bin insgesamt kein vorsichtiger Mensch, und es macht mich innerlich rasend – versetzt mich moralisch in Aufruhr –, wenn ich, dünkelhafterweise wahrscheinlich, überzeugt bin, daß ich die Vergeudung orten kann, das Ausmaß von Fehlentscheidungen, die plumpe Zerstörung des Lebens und der Chancen anderer, die sie mit egoistischem Starrsinn herbeiführen ... mit dieser vorstädtischen Nadelstreifen-Selbstsucht.

Es heißt, ich hätte noch Glück. Meine Arbeit jedoch – Produkt-Design, aber auf der Stufe, wo ein Design so umgemodelt wird, daß es den praktischen Erfordernissen der Fertigung und des Marketing genügt – wirkt in ihrer Qualität und in dem, worauf ich damit abziele, auf manche Leute kränkend ... Vielleicht ist es auch nur Konkurrenzneid. Seit dem Studium beobachte ich das, sagt man mir das. Schon während des Studiums. Und lange davor, in den ersten Schuljahren. Bislang ist es nur bis zu einem gewissen Grad gelungen, mich anzupassen und zu schützen, aber im letzten Jahr habe ich begonnen, die Umsicht zu verlieren. Der Tumor. Schicksalsbedingte geistige Aufweichung vielleicht. Wahrscheinlich.

Jedenfalls werde ich von früheren Verbündeten und Kollegen schäbig, ja dreckig behandelt. Da schwitzen sie und zittern, aber sie sagen: «Wir wollen, daß Sie gehen … Von Ihrer letzten Idee halten wir überhaupt nichts.» Dann nehmen sie es zurück und sagen: «Gut ist das schon, aber Sie werden mit Martin zusammenarbeiten müssen …» Ich habe noch nie mit Martin Jones zusammengearbeitet; das ist ein ehrgeiziger kleiner Irrer, ein mickriger Dieb – von Ideen, von Büromaterial, von Geld, wenn er welches finden kann. Er ist derjenige, der immer das Hostessen-Büchlein bei sich hat – der Kuppler für die oberen Ränge. Bei den Bestechungen, die er bietet, den Insider-Informationen, die er ergattert, bei seiner Unermüdlichkeit und dem Mitleid, das er gezielt weckt – immer ist er entweder krank oder macht gerade eine Familientragödie durch –, ist er auf einer bestimmten Ebene unwiderstehlich. Er ist dicklich und anmaßend, gerissen, weinerlich und abstoßend, ja ekelhaft. Doch selbst das setzt er noch zu seinen Gunsten ein. Er brüstet sich sogar damit, wie unermüdlich korrupt er sei, wie aggressiv … Das ist seine Art und Weise zu sagen: *Fürchtet mich.* Tatsächlich fürchten ihn im Haus alle außer den beiden Geschäftsführern ganz an der Spitze. Martin hat sich in mich verbissen, kurz bevor die Erträge absackten. Er ist fest entschlossen, das Kommando über mein Arbeitsleben an sich zu reißen – das ist der Mann, mit dem ich nun auskommen muß. Bestimmt wissen sie, daß sie mich damit hinausdrängen. Muß eigentlich jeder Scheiße fressen, der ein Gehalt bekommt? Besteht jeder, der Scheiße frißt, darauf, daß alle anderen noch mehr Scheiße fressen?

Der kleine Phil Moore, der Kurzbeinige, die Koksnase, früher ein Freund von mir – ich habe ihn hierher in den Wald mitgenommen –, arbeitet mit Martin, diesem Horror-Luden zusammen, ob nun gezwungenermaßen oder freiwillig. Er kam zu mir ins Büro und sagte: «Du hast uns reingelegt … Du läßt uns durch Reifen springen … Du magst uns nicht: Du willst hier weg.» Behauptet, er und Martin wären ganz unschuldig. Tut nur seinen Job. Und verschafft seinem Ego Auslauf, indem er mich rausdrückt. Na, zum Teil hat er ja recht. Ich will weg. Aber von mir ist die Initiative nicht ausgegangen. Sie müssen mir eine Abfindung zahlen.

Halb fürchten sie sich vor mir – vor dem Stunk, den ich machen könnte. Ich bin einigermaßen wütend. Und geschafft. Aber sie fürchten mich nicht genug, und die Verhandlungen über die Abfindungssumme sind alptraumartig schwierig. Martin, der Horror-Lude, scheut vor Lügen nicht zurück; im Lügen kennt er keine Grenzen. Setzt Fürze in die Luft, redet Stuß und ruft mich nachts um vier an, um mich wissen zu lassen, er hätte aus meinem Papierkorb ein Blatt, auf dem etwas von Kündigung stünde. Er verstellt seine Stimme. Er nutzt aus, daß er so widerwärtig – und lächerlich – ist, um jemanden wie mich aus der Arena zu vertreiben. Mir kommt allmählich der Willen abhanden, mich gegen Mr. Urschleim zur Wehr zu setzen. Es ist ja nicht so, als würde man mit Achill streiten; um Ehre geht's bei so einem Gezerre keinen Moment lang. Und der Mann ist auch noch stolz auf sich.

Er hat mich zum Aufgeben aufgefordert, weil wir beide Presbyterianer sind. Sagte: «Wir weißen Männer, wir halten doch zusammen, was?» Die Frage ist, ob ich eine geringe Summe akzeptiere, mich verpisse und ihn gewinnen lasse. Oder in der Zeit, die mir noch bleibt, mit ihm zu arbeiten versuche. Ich könnte auch das Waldstück hier verkaufen und einen Profi anheuern, der die Abfindung für mich aushandelt. Aber ich will diesen Wald nicht verkaufen, diese Lichtmomente. Oh, Himmel.

Ich fühle mich tatsächlich ein bißchen ausgeruht, erfrischt, physisch dem Tag gewachsen, allem was geschehen mag, allem was existiert, einschließlich des Todes. Ich habe das Gefühl, die Gewalt der Welt zu verstehen. *Bei unvernünftigen Verhaltensweisen stehen immer Selbstwertgefühle* – gräßliche Floskel – *auf dem Spiel.* Ich habe lange Zeit in Kontakt mit der kuriosen Unvernunft anderer gelebt. Doch dieser Moment ist geprägt von weicher Morgenluft, von Wildnisluft, Berglicht, dem Geruch der Bäume und Steine. Ich habe genügend Energie, um es *ernst* oder *nicht ernst* zu nehmen … um ihnen *schroff entrüstet* oder *sarkastisch* zu kommen … Die Energie, den klaren Kopf dafür habe ich … Im Büro muß ich, wie bei jeder Sportart, sein *wie sie*, wie die Gegner, um gegen sie kämpfen oder mit ihnen verhandeln zu können, um auf die nützlichste Taktik und die erforderlichen sprachähnlichen Geräusche zu verfallen.

Mein Gott, diese Bürointrigen. Mein Leben haben sie verschlungen. Meine Stärke in der Welt (wie sie bislang war) besteht hauptsächlich darin, über alles Häßliche hochnäsig erhaben zu sein, einfach daran vorbeizugleiten. Es ist Verrat an der Demokratie, wenn ich mich im Verhältnis zu meinen Kollegen hochnäsig und erhaben gebe, obwohl es patriotisch ist, Amerika letztlich doch – oder vor allem anderen – schön zu finden. Es ist Verrat an meinen Kollegen, die ich verachte. Mir ist nicht alles egal, was ihnen egal ist. Vom Geld vielleicht abgesehen.

Ich stehe zwischen zwei Ehen. Vermutlich sollte ich an meine beiden Kinder denken. Ich gehe in den Wald, um nicht an sie zu denken. Ich weiß nicht, inwieweit ich meinen Tod auch zur Sache meiner Kinder machen will. Ich verheimliche ihnen ungern etwas. Aber ich registriere kaltblütig und empfinde warmblütig die massive, kollerartige Selbstsucht, zu der meine Exfrau sie ermutigt hat. Sie hat mir das sogar angekündigt für den Fall, daß ich nicht zu ihr zurückkehren würde. *Was kümmern sie mich? Du weißt doch, wie selbstsüchtig ich bin, Hank,* hat sie gesagt. Glauben Sie, jetzt wollte sie mich noch haben, mit Tumor und auf dem absteigenden Ast? Ich will nicht bei ihr sterben. Ich kann in der kurzen Lebensspanne, die mir noch bleibt, aus reiner Wohltätigkeit unterrichten oder Bettpfannen leeren, wenn ich von der Firma genügend Geld loseise. Das Leben, das ich hinter mir gelassen habe, wird besser aussehen, wenn ich akzeptiere, daß ich ununterbrochen, täglich und regelmäßig verschlagen sein muß: *Schatz, sag mal, wirke ich auch interesselos freundlich? Kannst du mir sagen, ob ich einen Hauch von bedrohlicher Verschlagenheit ausstrahle? Wirke ich wie ein guter Staatsbürger?* Mein Leben liefe dann besser, aber ich würde mehr kränkeln und noch schneller sterben, als ich jetzt kränkle und sterbe, und befreit einen das Sterben nicht von der Notwendigkeit, die Welt weiterhin zu akzeptieren?

Ich habe einmal an einer ländlichen Hochzeit teilgenommen – der Sohn eines Methodistenpfarrers heiratete in einer quälend protzigen Sandsteinkapelle weit entfernt von New York ein hübsches Mädchen. Diese Kapelle, an einem Seeufer, in einem Birkenhain, war auf grauenhaft angestrengte Weise hübsch – unsicher christlich, bemüht traditionsreich. Es fehlte ihr nicht an architektonischer

Qualität, aber an der spirituellen Aura, die Generationen von Gläubigen schaffen. Sie war nicht rein – im Hoffen auf Gott – wie die Holzkirchen, die jenseits des Sees zu sehen waren. Der Morgen hatte regnerisch begonnen. Gerade als wir in der Kirche Platz nahmen, hörte der Regen auf; die Sonne kam hervor; die farbigen Glasfenster aus der Zeit der Jahrhundertwende leuchteten in harter amerikanischer Pracht grell auf.

Die erste Brautjungfer hinten im Mittelgang hatte einen zweijährigen Sohn, der sich weder von ihr trennen noch sie ohne ihn voranschreiten lassen wollte, und so schritt die Frau mit einem Bukett in der Hand und einem Kind auf der Hüfte, gehalten von ihrer anderen Hand, weiter – mit einem Bukett anderer Art. Sonderbar milde wirkend, von Anmaßung frei, bewußt anmutig, nahezu-gesättigt-und-doch-außer-sich schritt sie in dem überwältigenden Licht den Gang hinauf.

Ist es einem bestimmt, glücklich gewesen zu sein?

Hier noch eine Definition des Lebens, das ich nicht gelebt habe? An jenem Hochzeitswochenende fiedelte in einem Provinznachtklub eine ältliche, übergewichtige, grauhaarige Frau mit nicht zu übersehendem Bauch auf einer weißen Violine und sang, von einer Back-up-Band begleitet, einen Song, den sie geschrieben hatte. Sie sang und raunte, sie könne alle zum Tanzen bringen. «I'll make you wild ...» Sie sang es, sie raunte es. Sie hatte ihre Verstärker sehr hoch eingestellt, und alles, was sie von sich gab, wurde laut verstärkt, ein wenig dröhnend, ein wenig schrill, mit elektronischem Diskant, elektronischem Vibrato. Sie war laut, hypnotisierend, begabt und auf ihre eindringliche Art so inspiriert, daß sie uns wild machen konnte ... dionysisch. Und wirklich begannen die Leute zu tanzen. Die Frau wurde immer suggestiver, anzüglich und gebieterisch auf eine irgendwie irisch-schottische Weise, die *zigeunerhaft* und unwiderstehlich war. Die auch dem hinterwäldlerischen Amerika entstammte, den Camp-Treffen, den Erntefesten.

Alle im Publikum, in der Menge, die nicht verkrüppelt oder gichtkrank waren – die betrunkenen Mittelalten, die Achtzigjährigen und die bekifften Jüngeren, Leute aus der ländlichen Arbeiterschicht –, tanzten wild-steif. Auf weiße, verlegene Art waren wir orgiastisch. Ein wenig bewußt-traditionell, und doch zugleich wie Rebellen. Die sexuellen Selbstoffenbarungen, soweit sie gingen, paßten zu dem Raum und zu dem See. Und sie erklärten, warum Klubs und Sommerfrischen sich abgrenzen. Erklärten den sommerlichen Snobismus meiner Eltern, erklärten Nachtklubs und Ferienorte an Seen auf neue, ein wenig komische, aber rührende Weise: ein Gefühl von Verwandtschaft ist die Erklärung. All die Dinge, die ich nicht gelebt habe, waren da. Ich bin niemals dionysisch gewesen.

Schlechte Nachrichten, gebrochenes Herz, absurde Spannung. Dennoch, das Licht zwischen den Bäumen, die Himmelsausschnitte, blaß strahlend blau wie die lichtgetränkte Nylonfläche über meinem Kopf, sie sagen: es wird ein schöner Tag. *Je-m'en-foutisme* – I-don't-give-a-damnism – Ist mir-doch-gleich-Ismus: Ist das meine Leitmelodie? Seit ich alt genug und stark genug geworden war, zumindest teilweise meinen Willen durchzusetzen, habe ich, schon als Junge, darauf bestanden, einen Teil jedes Tages, einige Momente lang, so zu leben, daß ich nicht litt. Und ohne kalten Eigensinn. Einige wenige zivilisierte Momente der Freiheit und der Emotionen.

Ich habe dieses Stück Land im letzten Jahr gekauft, fünf Morgen; vier davon sind bewaldet, steil abschüssig, mit grauen, flechtenbewachsenen Felsbrocken überstreut und nach oben begrenzt durch eine dreizehn Meter hohe Felswand, nach unten durch eine Hangwiese, klein, weniger als ein Morgen, von Schierlingstannen umgeben, und im Wald zwischen der Wiese und den Felsen ein kleines grünes Holzhaus mit drei Räumen, Veranden nach drei Seiten, einem steilen Holzschindeldach und stabilen Fensterläden.

Ich würde gern eine Baumzählung durchführen – um herauszufinden, wie viele Bäume ich besitze, wie viele Äste, Zweige und Blätter. Und wie viele Käfer. Eine Viertelmillion Blätter. Eine Million Blätter ... Ich bin Millionär, was raschelnde Blätter angeht ... und Grashalme. Und Luftmoleküle. Die Luft, die ich in dieser Sekunde atme, gehört mir. Kubikmeter von Luft, unsichtbare Bausteine eines leuchtenden Tempels.

Was sagt die Statistik? Fünfundvierzig Ahornbäume, achtzig Buchen, siebzehn Eichen, sieben Jungeichen, sieben Schierlingstannen, darunter eine, ah, eine malerische Riesin. Und so fort. Aber das erfinde ich. Während ich auf einem Holzklotz hocke und Kaffee trinke, dann eine Henkerszigarette rauchend auf meiner blau-roten Luftmatratze sitze, blicke ich auf das unebene Gelände ringsum, auf die nahe Steilwand, auf die Bäume, die am Felsen angewachsen und im Fels verankert sind, belaubte Pilaster. Auf das verstreute, modernde Laub am Boden. Die Bäume, die mir gehören, sind keineswegs einzigartig für mich; es sind eben *Bäume*, eine generalisierte Masse: aber *meine Bäume*. Ob Gott wohl Seelen so sieht, was meinen Sie? Ich habe keinem meiner Bäume einen Namen gegeben. Im Morgenlicht blicke ich mich um – *die sehnige Anlehnerin* dort, da *die Das-Leben-ist-gebucht-Buche*, *der Hoch-hinaus-an-der-Ostgrenze-Ahorn*, *die Birch-Society*, eine Gruppe krummer Birken ... keine Namen, die von lang anhaltender Zuneigung künden. Die Gefühle, die ich für die Bäume hege, sind halbroh, unausgegoren, völlig verschieden von allem, was ich je für Tiere, Menschen oder Dinge empfunden habe ... diese geduldigen, wogenden Bäume ... Wind kommt auf, rüttelt an meinen semibenannten, halbnamenlosen Bäumen ... ein verschwommener Klecks Vegetation, Äste, die in Bewegung dem Auge dicker erscheinen, die über den Boden huschenden Asche-Rosen der Schatten ... Die Wendungen entstammen einem spanischen Gedicht: *das Geschmier der Vegetation ... Asche-Rosen ...* Das Denken stockt. Die grandiosen unsichtbaren Kettenglieder des Bergwinds geißeln meinen Wald. Ich lausche in mich jäh erfüllender Einfalt den Lauten dieses Winds, der mächtigen, gewandten Kraftprobe des Morgenwinds. Rings um mich breiten sich bebende Wirbel federnder Schatten aus, Millionen von Zweigen in unendlicher Bewegung. Die Welt ist tätig, sie rührt sich exzentrisch und rauschend, rührt sich in den blonden, sonnigen oberen Luftschichten anders als in den unfreieren, grünlichen unteren. Die Natur sprach: *Ich will die gefesselten Bäume wild machen.*

Dionysische Befreiung? Das nehme ich an. Eine Probe für die Freigabe von Samen. Eine unsichtbare Umarmung. Die Regungen des Berghangs.

Auch die Wolken sind verschmiert, so rasch ziehen sie im Wind dahin. Der Kapitalismus hat einen spirituellen

Aspekt – einen heidnisch-spirituellen und einen christlichen, einen der Selbsterforschung und der Werte, der Wahrheiten hinter den Wahrheiten. Und er besitzt einen bürgerlich-spirituellen Aspekt: einen Sorg-stets-für-ein-schmuckes-Haus-Aspekt, einen Trag-die-richtige-Kleidung-Aspekt. Die Verantwortung für den Zustand der näheren Welt ist einem eindeutig zugeteilt, ob die Gemeinschaft ihr Wissen um diese identifizierbare Verantwortung nun intelligent nutzt oder nicht. Diese Bäume hier werden mich überleben, es sei denn, aus mir wird ein radikaler Kapitalist oder ein destruktiver Sterbender von zügelloser Anmaßung und ich lasse sie fällen.

In meiner Hand liegt das Schicksal der Bäume, die im Morgenwind, in der erschauernden Luft rauschen. Die Asche-Rosen der gleitenden, flirrenden und wirbelnden Schatten gleichen manchmal den gesprühten Lettern eines rastlosen Alphabets, die über Felsen und tote Äste am Boden huschen, über wildes Gras auf der Wiese, ein hier und da von rötlichen Samenkuppen rötlich getöntes Gras, mit gelben und weißen Wildblumen zwischen den Halmen. Ein trockener Bach schnellt über Moos, Rainfarn, Mauerpfeffer, Giersch, Engelsaugen, wilden Senf und Phlox auf Lichtungen zwischen den Bäumen dahin. Schatten und Blätter führen über mir ihr bewegtes pflanzliches und ätherisches Leben, verleihen dem Moment köstliche Tiefe.

Mein Leben ist verpfuscht; und doch bin ich ziemlich glücklich. Unziemlich glücklich vielleicht. Ich kann nicht behaupten, ich verstünde das Glück. In meinem Fall hat es immer eine gleichgültige, eine Zum-Teufel-damit-Komponente, ist eine Form von trunkener Genugtuung, im Kern gefühllos, von Gefühlen befreit, fast ein Aufschrei – *genug*. Das Gefühl von Erfüllung gleicht der Befriedigung mit ihrem Rückgrat von schmachvollem Triumph ... von Frieden und Entronnensein. Es ist etwas Seichtes in mir und meinem Blut – eine alte Überlieferung –, und es ist die tiefste und wildeste Emotion, zu der ich fähig bin, das Tiefste in mir überhaupt: glücklich zu sein. Es beruht darauf, daß ich eine bedeutende Anzahl von Sachen ignoriere, doch ich habe nun einmal eine rebellische Natur dieser Art. Im heidnischen Sinne ist glücklich zu sein eine ernste Angelegenheit.

Sie ist absurd, diese Gedankenfolge. Wie weit auf den Tod zu, wie weit würde ich moralisch gehen, wie weit bin ich schon gegangen, um Besitzer meiner bislang unbenannten, nicht bis in ihre Tiefe erkannten Bäume zu sein? Wenn ich nun Geld brauche, muß ich noch heftiger darüber nachdenken, wie ich verhandeln, wie ich mich *gerissen* verhalten sollte in den Situationen, in denen die Summe festgelegt wird, über die ich verfügen werde, während ich sterbe. Ich muß herauskriegen, wie ich diesem Zuhälter Jones und dieser Ratte Moore Gottesfurcht einbleuen kann.

Wahrscheinlich werde ich tun, was notwendig ist – welchen Teil meiner Seele will ich nun noch retten? Was ist mir wichtig? Als ich ein Kind war, hat mir niemand gesagt, wie das Leben wirklich ist ... Ich wünschte, man hätte es mir gesagt. Nun warte ich, während der Wind brabbelt und stammelt, während er zuckt, als wäre er lebendig und stünde still, ein ungeheuerlicher, transparenter Wiederkäuer-Akrobat, ein glasernes Geschöpf, das sich von seiner panischen Flucht im Moment zuvor ausruht. Ich warte darauf, daß er in die Bäume meines Waldes zurückkehrt, der weite, unsichtbare, tätige, saltoschlagende Bergwind. Der unumwundene, umarmende Wind.

Tod? Häßlichkeit? Da scheiß ich drauf, verflucht noch mal, da scheiß ich drauf, und wie! Da ist er, der Wind, mit seinen ersten transparenten Schritten – und Sprüngen – inmitten der Bäume.

RELIGION

Letztlich errate ich, was in ihm vorgeht. Ich nutze Ahnungen. In einer wolkig grauen Zone meines Kopfes errate ich, was in ihm vorgeht. Wahrscheinlich geht das nicht, raten und recht haben zugleich.

Eines Tages schweigen wir, Jass und ich, nachdem wir Mutproben abgelegt haben, uns gegenseitig dazu herausgefordert haben, das Rohrgestänge der Reihe von Schaukeln im Jackson Park hochzuklettern, die Schaukel so weit hochzujuckeln, bis sie über die Stange geht. Dann stand ich auf der Erde und hielt Jass auf meinen Schultern fest, und er schleuderte die Schaukel wieder zurück über die Stange. Ihm war es recht, daß wir unsere Spuren verwischten.

Breitbeinig lagen wir auf dem kratzigen Gras dort im Park. Die Gerüche der Erde und der Jahreszeit zu erwähnen hieße, zu intensiv zu werden. Eine derartige sensorische Bewußtheit gehörte zu jenem Alter, zum Junge-Sein. Jass' unzuverlässige Kameradschaft, das heutige Schicksal der Welt, das Schicksal der Welt seither und dazu wir, er und ich, die wir auf dem Gras lagen und der Geruch des Grases – all dies hat sich miteinander vermengt, unabänderlich.

Starke Rivalität ist eine Form von Verliebtheit, eine Empfindsamkeit für den gesamten Krempel des anderen;

weil man siegen will. Ungefragt fing ich kein Gespräch an, sagte auch nie etwas. Jass ist da wohl kühner. Als bewege er sich auf meiner Zurückhaltung wie auf einer Wiese, auf einem Feld oder großen Schulhof. Er fragt: «Macht es dir angst, dir vorzustellen, wie es ist, tot zu sein?»

«Weiß ich nicht.»

«Los. Stell dir vor, du bist begraben.»

Nach einer Pause: «Nöh. Will ich nicht.»

Farben nehme ich nicht immer wahr. Wenn ich mich entspanne, merke ich, daß Farben leis in den Tag einsickern: Himmelsblau, Wolkenweiß, seltsam unterschiedliche, wechselnde Grüntöne – als wäre Farbe an sich nervös und wandelbar – und grünliche Schatten auf einem vorwiegend rosig-weiß-beige-ockerfarbenen Jass, auf der Landschaft seines Jungengesichts. Es gefällt mir, daß Sprache existiert, doch auratische Farbigkeit ist etwas anderes als visuelle Farbigkeit. Die eine kommt einem magisch vor, und reale Farbigkeit gehört einfach zur Welt.

Ich fragte Jass: «Fürchtest du dich vor Verletzungen – vor körperlichen?»

Ich hatte die Stimme eines Halbwüchsigen: unsicher, von Fragen des Muts betört.

Dann höre ich ihn. Zunächst nur den Tonfall. Dann stürzt sich der verborgene Mathematiker-Denker-Spion, genannt Gedächtnis, auf das, was Jass sagt, und sortiert es.

Er sagte: «Ich weiß nicht. Ich achte nicht drauf.»

«Du fürchtest dich nicht manchmal davor?»

«Vor *Verletzungen* hab ich keine Angst.»

Ich erkannte an, daß er sich unempfindlich und ungerührt kühn geben konnte, aber das war nur ein Gebaren, und auf seine Weise kam es mir überempfindlich und übervorsichtig vor.

Mich erschreckte damals, daß er – und andere Gleichaltrige – wußte, was er dachte. Ich mußte lange nachdenken, um herauszufinden, was ich dachte.

Mit der Hand die Augen beschirmend, sagte ich: «Vor dem *Sterben* fürchte ich mich nicht.»

Ich stehe auf. Ich stehe auf dem abschüssigen und sich irgendwie leicht drehenden, scheibenartigen Grund von Parkwiese und Baumwurzeln.

«Ich muß nach Hause.»

Mit einer deutlicher fließenden Bewegung als ich stand Jass auf. Er lächelt ein wenig, schief, angespannt – *im Moment bin ich nicht bösartig.* Es kann einen sehr berühren, wenn im wirklichen Leben jemand mit einem reden oder einen begleiten oder sonstwas mit einem tun möchte.

Wir gehen vielleicht zwanzig Meter, und dann fängt er an, Siebenmeilenschritte zu machen. Ich gehe meinerseits mit weitausholenden Pfadfinder-Wanderschritten. Bald darauf fängt er zu hüpfen an; er hüpft aus dem kleinen Park einen Hang hinauf und auf eine sechsspurige Straße, den Delmar Boulevard. Ich hole auf, schubse ihn gegen das hintere Ende eines vorbeifahrenden Busses und sause weiter, ohne mich drum zu kümmern, ob er verletzt ist. Ich stecke tief in meiner Arglosigkeit. Ich hüpfe an Mauern vorbei und eine steil aufsteigende, teils geteerte, teils gepflasterte Straße hinauf, die an einer steinernen Kirche vorbei durch ein Wohnviertel mit großen Häusern führt. Nun überholt er mich. Wir rennen los, um die Wette. Er ist der bessere Sprinter. Er sprintet los und trabt ein Stück, sprintet los und trabt ein Stück. Über eine Meile hin kann ich mithalten, aber plötzlich sprintet er weit voraus, und ich gebe auf und gehe einfach nur. Er hat zehn, fünfzehn Meter Vorsprung. Er wartet, bis ich ihn fast eingeholt habe. Er atmet nicht heftig. Ich schon. Wir sind nicht weit von der Kreuzung zweier gewundener Vorortstraßen entfernt, gesäumt mit Bäumen und großen, von Rasenflächen umgebenen Häusern, ein Kruzifix, das zur Ferne hin in jeder Richtung schmaler wird und auf dem sich nichts bewegt. Als wir die Straße überqueren, beginnt die Szene sich sanft zu drehen, wie ein Rad mit Speichen. Ich bin noch ziemlich außer Atem.

Jass breitet die Arme aus; die Pose des Gekreuzigten. Er sagt: «Hast du was gegen Jesus?»

Ich fange laut zu zählen an. «Eiinns, zwooo, dreiii, viiierr, füüünnfff –»

«Waaa-sss maaachst'nn duu daa, Wuu-ai-liii?» [Wiley. So heiße ich.] Schon merkwürdig, wie Stimmen, wenn man sie nicht idealisiert, in der realen Atmosphäre eines realen Tags tatsächlich klingen.

«Ich zähle – wenn ich bis siebzehn zähle, kriege ich Gott zu sehen.»

«Kein Scheiß? Duu schwöörst beii Gottt, daß duu jeettzt gleiiich Goooottt ze seeeehn kriegst?»

«Kein Betrug, du Arschloch. Ich verlang doch gar nichts von dir.»

Jass glaubt, die Welt sei voller Lug und Trug. «Du kriegst jetzt gleich Gott zu sehen, hier – in University City? Auf der Melbourne Street?»

«Nööööh. Wenn du hier bist, seh ich Gott bestimmt nicht. Wart mal: *da – da ist er ...*»

«Du wichst zuviel», sagt Jass und boxt mir von der

Seite gegen den Arm, fest, in Schulterhöhe. Wir sind hier in einer sehr stillen Wohngegend. Auf der Kreuzung regt und rührt sich nichts. Jass sieht aus einem gewissen Abstand zu mir herüber. «Gib's zu», sagt er.

Er ist bekannt für sein schmutziges Gerede im Umkleideraum und dafür, daß er schmutzige Dinge treibt und alle anderen dazu überredet. Ich schüttle den Kopf.

Auf einmal wendet er sich an meine (relative) *Reinheit* und sagt: «Du – und Winston Churchill ...» Vornehm und unnötig auf Selbstdisziplin erpicht.

Dann springt er mich an, und wir rangeln. Er strengt sich mehr an, Sieger zu bleiben, als ich erwartet habe – sein kompakt gestrafftes, sich beim Gerangel ruckhaft verschiebendes Gewicht und seine Willensstärke schokkieren, bestürzen mich – er liegt direkt auf mir, glatt oben drauf, wie ein Tier, mit angespannten Schenkeln, ganz fleischige Masse, straff zappelnd vor wildem Siegeswillen.

Ich haue ihm die Faust ins Gesicht und sage: « Denkst du denn *nie* an *Ideale*?»

Er zwingt mir die Arme runter. Er schwebt über mir. Mit erstaunlicher Atemkapazität und nur eine Spur atemlos fragt er: «Und woran denkst du jetzt? Hältst du nach Gott Ausschau?»

Ich drehe und winde mich fürchterlich. Jeder von uns beobachtet argwöhnisch, inwiefern der andere ihn für verrückt hält. Wir sind wie mit Stacheln überzogen, die Gefühle von uns fernhalten sollen. Dennoch springen sie uns ständig an, körperlos, Gefühle, die Katzenfamilien-Launen, Hundelaunen, Pferdelaunen gleichen.

«Ich habe christliche Ideale», sagt er. Noch atemlos, sitzt er auf mir drauf und nimmt mir die Luft.

Mich erstaunt es, wenn andere sie selbst sind und nicht die Gedanken, die ich mir über sie mache.

Mit jemandem zu kämpfen finde ich schockierend, verunreinigend: selbst die Atmosphäre, die Hülle der Welt wird dadurch verschmutzt. Fast bin ich darauf gefaßt, Vögel vom Himmel fallen zu sehen, vergiftet.

«Scheiße, geh von mir runter», sage ich, dem Wahnsinn nahe. Wir wissen beide, er und ich, daß ich trotz all meiner Vorsichtsmaßnahmen gefährlich bin.

Er hatte mich am Boden festgenagelt. Auf eigenartige Weise beobachtete er mich – mit einer gewissen Überheblichkeit. «Ist doch alles Quatsch», sagt er. Und er steht auf.

Ich schaue wie einen Korridor entlang und durch eine halboffene Tür; ich sehe irgendwas in ihm und mir: was ich da sehe, verwandelt sich zum Teil in Worte, jedoch nicht ganz, nicht deutlich. Wir fragten uns oft, ob es uns leichtfallen würde zu töten, andere zu führen, Befehle zu erteilen. Er sagte, das sei Quatsch; aber er fragte auch, ob es Quatsch sei, nur fragte er nicht *mich*.

Er war bereit, den Abstand zwischen Seelen hinzunehmen. Ich glaube, er wußte noch nicht, ob die Einsamkeit, die er empfand, unheilbar wäre. Er bittet mich, ihm Gesellschaft zu leisten, sein Kumpan zu sein – etwas in der Art. Aber er traut mir nicht, und er will Sieger bleiben. Nachdem er mich freigegeben hat, steht er still da, und ich sehe das Licht auf seiner Stirn und Nase, eine hauchfeine Rüstung, die ihn vor nichts schützt.

«Vielleicht ist's ja wirklich nur Quatsch, du *Schwanzlutscher*», sage ich.

Ich bewunderte Jass. Ich war mir ziemlich sicher, er würde überall auf der Welt, wo er auch hinginge, bewundert werden – bewundert und bedauert ... als *der schöne Sandfarbene*.

Um nett zu sein – ein wenig nachsichtige Aufmerksamkeit zu bezeugen –, griff ich auf meine Lektüre zurück und sagte: «Wenn ich *original* und *primär* kombiniere, erhalte ich *originär*. Was meinst du – ist die originäre, *reale* Welt von *Bedeutung*?»

Er zuckte mit den Achseln. Kein Junge und kein Mädchen in der Schule gab vor einem anderen jemals preis, wie er oder sie wirklich empfand (in Wahrheit dachte), nicht wirklich. Auch nicht, was genau er oder sie *wußte*. Vielleicht hatte Jass ja Lust, *ernstes Gespräch* oder *intelligentes Gespräch* zu spielen (den zweiten Begriff verwendeten Schüler aus etwas besserem Hause).

Der Sport, das Spiel, das hier gespielt wird, hat in seiner augenblicklichen Form mit Macht zu tun, mit realer Macht im realen Sonnenlicht. Jass will wissen, welche Hebel in der Welt über Angst, Tod und Amüsement bestimmen. Er wollte sein wie ich, aber nicht ganz und gar, nicht Jude – nicht von Geistern verfolgt. Dies war ein bedeutsamer Moment meiner Erziehung, in dem ich mich unvermittelt aus seiner Sicht wahrnahm und zugleich aus mir selbst heraus, von innen, auf zweierlei Weisen gleichzeitig, auf eine gleißende und eine nebulose Weise, so daß ich die Augen zusammenkniff.

Sein Gesicht, da im Licht – und dann die Luft und das Licht an noch einer weiteren Kreuzung, die, am höchsten Punkt dieser Enklave von Villen gelegen, ein weiteres, nach allen Richtungen abfallendes und sich perspektivisch krümmendes Kruzifix bildet, gesaumt von gepflegten Palästen – dies alles gehört zu einem wunden Moment begrenzter, exzentrischer Freundschaft. Es war kein vollkommener Moment.

Jass sagte: «Glaubst du an den Himmel?»

«Nein. Du?»

«Ja.»

«Warum?»

«Warum nicht?» Schweigen. «Ich finde, *der Himmel* ist ein großartiger Gedanke», sagte er.

«Meinst du das ernst?» Es war gut, Takt zu beweisen, wenn jemandem irgendeine Glaubensfrage wichtig war.

«Ja», sagte er mit halbgeschlossenen Lidern – das bedeutete, daß er log, jedoch nicht ganz. Das gleiche bedeutete es, wenn er die Augen weit, weit aufriß und einen fixierte, was er als nächstes tat.

Ich fragte: «Bist du jetzt sarkastisch?»

«Du bist hier sarkastisch.»

«Nein, du! Du bist der sarkastische!»

«Du redest doch von dir selber.»

«Nein, tu ich nicht.» Gereizt fing ich zu lachen an. Eigentlich war er nicht imstande, über irgendein Thema zu reden.

«Was ist denn so komisch?» fragte er.

«Dein Adamsapfel», sagte ich.

Von den gegenwartsbezogenen Augen des protestantischen Jungen geht eine geübte, frostig-heiße Aufmerksamkeit aus. Seine Aufmerksamkeit ist die bislang beste, die mir in der Schule begegnet ist. Er tut kleine, kleinliche Sportleratemzüge; er lauscht, ohne daß seine Augen sich wirklich bewegen. Männliche Willenskraft geht von ihnen aus – so etwas ähnliches. Wenn sie sich auf einen richten, einen ansehen, dann haben sie etwas Ironisches, wie ein amerikanischer Liebesbrief – Augen eines Vorortprotestanten aus der oberen Mittelschicht, ungerührt und intelligent.

Aus dem Verhängnis heraus, das über jedem Austausch schwebt, sagt er: «Leck mich am Arsch.»

Ich sage zu ihm: «Mann, was für einen Mist du von dir gibst.»

Haben Sie sich in Ihrer Jugend je Ihrer heißen, gegenwärtigen Wirklichkeit anverlobt gefühlt, der schlüpfrigen, wackligen *Konzentration auf den Versuch zu reden* – so ungefähr? An einer weiteren Kreuzung hatte ich das Gefühl zu fallen, geistig die Kontrolle zu verlieren, und mir wurde schwummrig vor den Augen in diesem in jeder Hinsicht vieldimensionalen Jetzt, dem grandiosen Meer des Geistes und der Welt, dem Nachmittagslicht. Wirkliche Augen sind wirklich wirklich. Es ist unmöglich, sich *denkend* durch Momente zu bewegen, die man mit jemand anderem verbringt.

In acht Jahren wird Jass beim Luftkampf in Korea getötet werden, weil sein Sabre-Jet noch nicht mit einem Nachbrenner ausgerüstet worden war – ein minderer Skandal. Etwa einen Monat davor hatte er mir eine Postkarte gesandt: *Lieber Klugscheißer – weißt Du was? Jetzt bin ich so klug wie Du …*

Was fühlt und denkt man, wenn man einen Luftkampf in der Wirklichkeit verliert, wenn einen das umbringen wird – empfindet man Verdruß? Erkennt man sich plötzlich selbst?

Jass atmet mit der Gewandtheit des Sportlers. Sein physisches Improvisationsvermögen war schon beachtlich. «Scheiße», sagt er. Dann: «Halt den Mund.»

«Klar doch», sagte ich, unsicher dreinblickend, jedoch

hochmütig. Ich weiß, er kränkt einen gern. *Er spielt gern herum.*

Er sagt: «Du redest immer so dumm daher. Bist du eigentlich ein ehrlicher Mensch?» Ich kann die Ironie nicht entschlüsseln, nicht ausmachen, was ihm Ernst ist.

Von Intentionen getragen, gehen Silben nieder – wie Gänse in einem trüb erleuchteten Garten, mit getarntem Geflüster und Geschwirr; angehaltene Luft, materialisiert, ätherisch – *was-er-sagt* – was er sagte, war nie sonderlich von Belang. Im Wechselspiel der Einflüsse wird man mal hierhin, mal dorthin geweht. Von Bedeutungen, die obszön, unsinnig sind. Unvollständig. *Ich werde mit ihm nicht fertig.*

Sein rauhes, ironisches Stieren schürft mir über Wangen und Augen. Erneut springt er mich an. Auf diese Weise diskutieren wir – Überzeugungen. Wir erkunden, was Zuneigung ist. Besonders intelligent ist das nicht. «Waffenstillstand», schlage ich vor. Dem Moment, den Gerüchen, die ich wahrnehme, als er mich zu Boden wirft, Gerüchen von Gras und Erde – dem allen ist die glühend besiegte, vom Walten eines anderen Willens geprägte Qualität der Niederlage eigen. Warm, rauh, schmutzig …

Er läßt von mir ab. Und wir stehen auf, glätten unsere Klamotten, und er sagt: «Was bildest du dir nur alles ein. *Juden* bilden sich immer so viel ein.»

«Klappe», sage ich.

«Schnipp-schnapp», sagt er, unsinnigerweise.

Es war alles unsinnig. Nichts von alldem war je so abschließend, daß sich ein Sinn ergeben hätte.

Erwachen

Als Kind erwachte ich in einem bestimmten Moment in einem anderen Haus, einem Haus aus Holz. Die trägen Bewegungen meiner Lider, ihr wisperndes, scharrendes Ruckeln, kitzelten mich. Die Ahnung, daß etwas nicht in Ordnung war an der gemeinen Maskerade, der üblen Findigkeit des Schmerzes, bereitete mir ständig Unbehagen, so daß ich wie gekrümmt dalag. Ich war krank.

Es ist fast hell. Das Kind hat Schmerzen; es liegt halb in, halb außerhalb eines abscheulichen Atemsacks. Das kranke Kind schaut analphabetisch-fiebrig dem trägen Einsickern des zunehmenden Lichts zu. Hinter dem zarten, ungeschulten Blick, weich, offen, leicht flatternd, beobachtet das fahle, von Schmerzen angegriffene Bewußtsein, beobachtet gleichwohl das flimmernd vorrückende Licht.

Nach einer Weile bricht kühl und flüchtig Gleichmut aus, eine ferner Verwandter der Vernunft, zum ersten Mal seit Wochen, geht jedoch nach einer Weile in Spasmen verschwitzter Vorahnung über, des Wartens darauf, daß der Schmerz – des Wahnsinns –, dieser mysteriöse Verbrecher, wiederkehrt und mich blendet. Dies hält an und verschlimmert sich nicht: daß es sich nicht verschlimmert, verleiht dem Gesicht des Kindes etwas seltsam Verschmitztes, das nur ihm begreiflich ist. Es erkennt das Schlagen und Knarren eines Fensters wieder, ein dumpfes Baß-Vibrato, und das schnelle, sopranhelle Zwitschern der Glasscheiben in den Rahmen bringt das Kind zum Zucken; dann nehmen die Geräusche das Gewicht vertrauter Dinge an; vor Monotonie sind sie schön; sie dauern an.

Dann erscheinen blaßgraue, gelbe und rosige Lichtsprenkel und erblühen allmählich, bis mich Rose um Rose von unwahrscheinlichem Licht umgibt, in einem vom Morgen erfüllten Raum. Das Licht ist spürbar warm. Es erwärmt und ordnet meine von Wahnsinn verzerrte Seele. Das Kind atmet stockend und stotternd. Meine Hand, eine kindliche Hand, brennt und schmerzt; darin, darunter steckt eine Feder; die Hand regt sich; öffnet sich. Das Kind, beunruhigter Herrscher über dieses Phänomen seines unvertrauten Körpers, erstarrt. Sehen Sie, es ist schon lange krank. Das Zaudern dünner, unstetiger, bräunlich papierener, raschelnder Minuten kann ihm jäh bewußt werden. Mutterschultern von Luft tragen rosige und silbrige Lichtfünkchen – Prismen von Staubpartikeln –, und das Kind setzt sein Trauer-Schwänzen fort. In dem verschwommenen mentalen Schnörkel, in dem es dieses Licht hier als Licht bezeichnet, als wäre es das Licht in dem anderen Haus, tollt das Kind reglos umher, vor Krankheit schwindlig, in einem wundervollen Anflug von intellektuellem Wollen. Das Bewußtsein wagt nicht, durch Aufruf aller zu ermitteln, wer am Leben und wer tot ist, dazu ist das aus dem Gefüge geratene Leben des Kindes hinter den blindlings sehenden Spionlinsen in meinem Gesicht zu unsicher.

Meine tote Mutter hatte mich gern. Wer von uns ist nun abhanden gekommen? Lila, meine Adoptivmutter, wird eines Tages zu mir sagen: *Ich hab mich immer gefragt, was wohl mit dir nicht stimmt; du bist nicht gestor-*

ben, als sie starb. Die Strafen liegen fest, ob ich sterbe oder nicht. Bei jedem darüber hinauszielenden Willensakt wird aus Erschöpfung Panik und Trauer: *Viele, viele Male habe ich gedacht, mit dir stimmt was nicht, du bist am Leben geblieben, als du nicht hättest weiterleben sollen. Niemand hat geglaubt, daß du am Leben bleiben würdest, nachdem sie gestorben war. Als sie noch lebte, hat sie dich ununterbrochen bei sich gehabt; sie sagte: «Warum soll er denn traurig sein? Er ist gern bei mir. Ich bin stark, ich kann zwei Sachen gleichzeitig tun.» Von niemandem außer ihr hast du dich anfassen lassen. Keiner konnte sie besuchen, ohne dich wie ein Äffchen an ihr hängen zu sehen. Ihr wart ein Paar! Eins kann ich dir sagen: alles, was an dir gut ist, kommt von ihr. Wenn du Verstand hast, hast du ihn von ihr. Es ist traurig, daß sie gestorben ist, aber so ist das Leben nun mal. Was ist da schon zu machen, frag ich dich.*

Der Löwenatem der Trauer stinkt. Das Kind reist mit dem Licht, wahnsinnig und geschwind, blinzelnd und entwurzelt. *Ist dein Leben grotesk? Bist du ein groteskes Geschöpf, Aaron?*

Wiley?

Ich kann nicht darauf pochen, daß ich ein Mensch bin, daß mir das zusteht. Der schale, grausame Gestank von Erbrochenem. Stinkend und halb wahnsinnig lag ich in Exkrementen, in Erbrochenem und in müder, insgeheim vielleicht unermüdlicher Trauer und Wut, nach dem Leben spähend, doch noch versunken in Widerwärtigkeit.

Das Zimmer, mein Zimmer, meine Schale, meine äußere Identität (ich sagte nicht «Zimmer» dazu) tickte und knackte, summte und klingelte im Wind.

Im Bett, festgehalten von straffen Laken, untergeschlagenen Decken und von Stühlen, die um das Bett herumstehen, warte ich. Die Leute hier haben noch nicht in ein Kinderbettchen investiert. Trübsinnige Einbildung: die fast stumm vorbeihuschenden Bilder, das langsamere Aufsaugen, das Aussenden von Sehexpeditionen, das Vorbeifegen von Dingen am Rand des Gesichtsfelds, Dingen inmitten ihrer Strahlen, von Dingen, die an den Rändern des Gesichtsfelds vorbeischürfen oder entlangflattern oder zuckend entlangwuseln – das Sehen ist ein imaginärer Finger oder Fühlhorn: tastend, zögernd: ein Ensemble von physikalischen Hypothesen schweift durch das Zimmer; Objekte leisten Widerstand, insektenhaft, kratzig, geisterhaft, real. Für eine Weile ist jeder Schatten eine Wand. Dies ist mein Bett …

Die Frau kam an die Tür des Zimmers, an den Rand des Teichs von verbrauchter Luft und Gestank, von grellem Licht und Krankheit, in dem ich liege. Der Tumult von Licht, von Fenster- und Windgeräuschen fixierte sie und mich in der Wahrnehmung des Kranken. Die Verlorene Frau war nun kleiner und hatte andere Augen. Ihre Hübschheit bedeutete Freundlichkeit, nahm ich an. Ich fühlte den möglicherweise wiederkehrenden Wahnsinn schwirren und die Krallen spreizen, da diese Frau (meinte ich) mich hatte leiden und wahnsinnig werden lassen – ein (unrichtiges) Faktum, das für eine einzige Sekunde am winzigen Pol der absurd klaren Erwägungen eines wahnsinnigen Kindes aufglomm. Das Kind war nicht vorsichtig. Er sagte innerlich *Mama*. Der kleine Junge damals war starr und gemartert vom Pulsieren der Diarrhöe.

Lila Silenowicz sagte: «O mein Gott, du bist ja schlimmer als eine Taube.» Sie scherzte *zu ihrer eigenen Erheiterung.*

Die Frau schaut sich das Kind nicht von nahem an. Um sie ist ein Freiraum, ein Niemandsland von Kühle, die Grenze, an der die zu schwierige Hitze von Gestalt und Identität einer Person endet und die Kontur einsetzt.

Lila verströmt Ergebenheit ins Tragische – was familiär wirkt, beängstigend und wachsam. Genaugenommen bin ich nicht sichtbar. Ich bin ein krankes Kind. Lilas klarsichtig tragischer Stil ist von prahlerischer, irgendwie weicher Hitzigkeit; eine unmeßbare Eigenschaft – ein Fehlen von Abgrenzung, von ihrer Kontur abgesehen – und dies unter anderem weist sie für mich als meine Mutter aus.

Meine körperlichen Erinnerungen, die Form, in der mein Körper Menschen deutet, bestehen in Anflügen von Erschauern, die dem Verstand wie magischer Unsinn erscheinen, die aber die Tiefe von unbestreitbarem Sinn besitzen. Lilas Präsenz ist mit Hitze geladen wie realer Sonnenschein; mein Verstand bewältigt den Aufruhr meines Körpers, indem er sich verengt – der Verstand kneift.

Lila witterte den Kackegeruch, spitzte den Mund und kam, den Atem anhaltend, näher und sah mich über die Stühle – über den Wall aus Stühlen – hinweg an; ein schwüles und doch luftiges Erkunden, kokett, verlegen, provozierend schlau … Sie ist trauriger als alle anderen, die mich pflegen. Eine Hand auf einer Stuhllehne, beugt sie sich vor, zieht das Laken fort, das mich bedeckt, und nimmt ein Handtuch, eines von mehreren, die auf einem der Stühle vor dem Bett bereitliegen. «In so was bin ich nicht gut», sagt sie.

Diese Bemerkung bringt mich durch ihre totale Fremdheit zum Verstummen. Die Frau davor (die andere

Frau) und andere – meine jetzige Kinderfrau (eine dicke Frau) und Lilas zwölfjährige Tochter – waren (sind) stolz: sie geben an und tänzeln irgendwie (wenn sie mich in den Armen halten, mich berühren). An Lilas Entschuldigung erschreckt das Kind, wie frevelhaft sie ist: unstatthaft und Bestandteil von Lilas herzloser Klarsicht. Ich könnte nicht zu heilen sein. Lilas Abwesenheit wie mein Sterben waren ohne Grenze gewesen – das heißt, eine gewisse Vermutung hatte mein Sterben verlangsamt. Daß jemand einen offen an die erste Stelle setzt, daß man jemandem in mancher Hinsicht nah ist und daß kein Gesetz für einen gilt, wenn man mit jemandem allein ist – für das Kind entspricht dies annähernd Lebensspendern.

Das Kind: dafür, wie verdüstert und stachlig es ist, gibt es keine Worte.

Lila hat etwas unbezähmbar *Obszönes* an sich, schuldbewußt, tadelnswert, reulos. Sie starrt einen an und tut, was ihr gefällt.

Keine meiner Mütter konnte ich mit Erfolg erpressen. Keine von ihnen war barmherzig. Nur eines funktionierte ihnen gegenüber: daß ich nichts von mir verriet.

Lila wischt mit dem Handtuch einen Teil des Gesudels auf und beobachtet dabei ihre eigene Ungeschicklichkeit. *Ich spiele für mich selbst in der Bühnenloge*, lautet einer ihrer Sprüche. Sie ist neugierig, und doch ist sie an diesem Morgen traumbefleckt, wattiert oder gepolstert von heißem nächtlichem Geschehen. Ihr Geruch, ihre dunklen Augen, Rhythmus und Stil ihrer Handbewegungen versetzen das Kind in einen nichteuklidischen Aufruhr des Zweifels. Nichts entspricht Früherem. Demonstrativ hält Lila die Luft an, angewidert tupft sie auf das Bett, wirft das Handtuch in einen offenen Korb – ein geflochtenes, reusenartiges Ding, der Deckel fehlt –, nimmt ein neues vom Stuhl und hüllt mich hinein. Sie gibt ihr Augenspiel vor mir zum besten, bewußt, *auf sich selbst in der Bühnenloge* berechnet, sie erwägt die Risiken, bevor sie mich hochnimmt: «Erbrich jetzt nicht», sagt sie.

Ihre Lider klappen rasch auf und zu. Das macht ihren starren Blick weicher, macht sie sehr hübsch – enorm hübsch. Während sie sich zusammennimmt – sie zögert sehr –, sagt sie: «Ich kann's ja nicht den ganzen Tag so lassen. Ich bin die letzte inbrünstige Mama. Meine Devise heißt, schmiede das Eisen, solange es heiß ist, und bring's hinter dich. Dem Typ nach bin ich Manager.» Sie befeuchtet sich die Lippen, kneift fest die Augen zusammen, schiebt sich die Haare hinter die Ohren. Auf flachen Sohlen steht sie da. Mit der linken Hand rückt sie ihre Brüste zurecht. Es sind pudrig üppige Brüste. Ihre anhaltende Nervosität verstärkt sich, wenn sie jemanden berühren muß. Sie beugt sich herüber; ihr Schatten erzeugt eine künstliche Dämmerung; ihre Arme haben sich um mich gelegt; sie nimmt mich hoch, die Riesin, die eulenplustrige *Mama* mit ihren üppigen, eulenweichen Brüsten. Und dann breitet sich über allem ihre Nähe als mondiger Schimmer aus, der einen gezeitenartigen Sog auf meine Atmung und mein Bewußtsein ausübt.

«Puh, du stinkst, hübsches Baby», sagt sie.

Ihr Ton ist aufgewühlt, vage gewittrig, es herrscht ein unheimliches Wetterleuchten darin: sie ist von Natur melodramatisch.

Sie schifft uns an den durchsichtigen Turbulenzen der Fenster vorüber – vorwiegend ein sonderbares Schimmern, und doch als Teil des sich weitenden Morgens draußen kenntlich.

«So, wieder ein Tag, und du bist immer noch krank, das weißt du doch, oder? Weißt du das nicht immer?»

Sie ist traurig; sie ist außer Atem; bezauberndewerweise bildet sie sich etwas darauf ein, daß sie wissentlich eine Fron auf sich nimmt. Sie mäkelt an mir herum: «Halt den Kopf hoch; laß den Kopf nicht so baumeln; halt ihn gerade; hör auf, wie ein Idiot zu gucken: ich warne dich, mit Idioten kann ich nicht gut umgehen – wer mein Wohlwollen verloren hast, hat *mich* verloren. Hör mir gut zu, das sag ich vor aller Welt: ich bin kein Kindermädchen; darin bin ich nicht gut.» Kleinstädtisch-gewichtig geht Lila dahin, und ich erbebe im Rhythmus ihres Körpers. Ihre Bewegungen werden durch mich gestört – durch mein Gewicht, meine Schlaffheit, meine undisziplinierte Haltung.

Im Badezimmer setzt sie mich lappig auf das Waschbecken. Meine Füße sind in dem weißen Becken; mit einer Schulter stützt sie mich und wickelt das äußere Handtuch ab, verschiebt mich dann, zieht es unter mir weg und wirft es auf den Boden. Dann öffnet sie die Sicherheitsnadel an dem anderen Handtuch, demjenigen, in dem ich geschlafen habe, dem Windelhandtuch: «Was für eine Schweinerei: guck bloß nicht so unschuldig, du bist ein Schweinigel: du bist schlimmer als ein Gaul. Hast du ein Glück, daß du nicht zusammen mit der Windel weggeworfen wirst! Du könntest mal lernen, deine Eingeweide zu beherrschen: würde dir wirklich nicht schaden. Hoffentlich hörst du auch zu. Am Kooperationsvermögen erkennt man die Führungspersönlichkeit, heißt es. Strapazier nicht meine Geduld.» Ihre Finger sind ungeschickt, aber angenehm, erst schüchtern, dann kühn – ihre Art, mich zu berühren, ist gleitend, knausrig, nervig. Eine Berührung, die wirkt, als ließe sie sich leicht verscheuchen, wie eine

Fliege. Vor Nervenkitzel ist mein Blick porös geworden – eine unerklärliche Überfülle von physischen Reizen belastet meine Haut und meinen Kopf.

«Schaust du mich an? Ich kann nicht raten, was du ausheckst; du gehörst klar zu den Spinnern; meschugge bist du, ein Spinnerchen, ein kleiner verrückter Scheich. Geht's dir langsam besser? Ich glaub, du machst Fortschritte. Ich hab den Verdacht, daß du da sitzt und genau weißt, was ich sage: verrat mir, ob ich richtig tippe.»

Sie blufft; zum Teil oder überwiegend blufft sie. Während sie noch redet, hört sie auf, sich selbst zu glauben, weil meine Lider so unbeteiligt reglos bleiben – im lebhaft gleißenden Licht des Bads trage ich eine Maske von Verlorenheit. Sie hat die Lampen angeschaltet, eine Birne über uns und mehrere längs des Spiegels, so daß auf den weißen Wänden überall geschmolzene Glanzfolien, verschwommene Goldschnörkel, mondbleiche, flackernde Reflexe erscheinen. Der Spiegel leuchtet nach draußen, und durch das Fenster quillt Morgenlicht herein. An meinem Rükken liegen ihre Brüste, schlafende, sich regende Tiere, glatte Lämmer, undeutlich pelzig vor Empfindungen; und, wie in einem Traum, Scharen sehr bleicher Tauben gleichend oder Haufen stummer, weißlicher Blätter.

Ihr großes mondartiges, weibliches Gesicht, voller Striche und Sehenswürdigkeiten vor wißbegieriger Konzentration auf meine Krankheit, auf mich, besitzt eine unbekannte Bedeutung, wie Pfade in einem fremden Garten. Sie befreit und entblößt mich unten herum.

Ich bin ein weitgehend lebloses, träges Bündel, schlaff und knochenlos, doch innerlich bin ich eine geballte Masse von Überraschung. Als ich den Kopf bewege, das

Kinn auf die Brust drücke, begreife ich nicht, was ich dort unten sehe – mich oder ihre Hände.

Ich bin zu unwissend, zu verlegen. Einsichtslos vor Verlegenheit, vielleicht vor Wut angesichts eines Wusts nicht entzifferbarer Zeichen. Obwohl ich mich nicht bewege, sagt die Frau: «Halt still ...» Das Leben und das Bewußtsein sind schwer zu ertragen.

Die furchtbaren sensorischen Vorzeichen von Nacktheit, kitzelndes, vogelgleiches Nervengeglitzer, zerschneiden den Moment in befremdliche Formen und Figuren; Mamas Augen sind sperlingsgroß, wobei die Distanz des Sperlings von mir vielleicht in Fingerbreiten, doch nicht in ihrer Bedeutung zu ermessen ist. Flatternde Vogelatemzüge. Lidvogelschwingen. Eine schimmernde, dünne Stoffschlinge, gefolgt von einem Schlauch, steigt über mein Gesicht und hüllt meinen Kopf ein – sie riecht; und Licht dringt durch das Gewebe, es zerrt im Aufsteigen an meinen Lidern, verstopft mir die Nase und reißt mir den Mund auf, so daß ich gezwungenermaßen einen Strom von Luft einatme – silbrige, lautlose, glänzende Badezimmerluft.

Nackt. Meine Überraschung und Dumpfheit lodern auf. Ich bestehe nur noch aus peinigender Lust und Übelkeit erregendem Schmerz. Meine nun nicht mehr puritanische Mutter, ein gesetzloses, vernünftiges Wesen mit gewandten Händen und bedrückend neu, sagt: «Mogelst du etwa? Du verheimlichst mir was – glaub mir, mogelnde Jungen sind für mich nichts Neues.» Diese Mutter hat ein hell-dunkles Gesicht und ist von fanatischer Inbrunst: eine Form von Nervosität: die Frau flirrt vor eindeutiger, jedoch distanzierter Schamlosigkeit – wie ein Vogel. Dies Teilen eines Moments im Leben ist mir besonders fern, es ist wie heilig und in Licht gehüllt, in spekulative Gnade. Der einzige Sinn, den man kennt, beruht auf dem Unterschied zwischen Gnade und grenzenlosem, wahnsinnigem, ständig umspringendem Schmerz. Die Frau da knistert, sie ist ungezügelt und spitz und ungeduldig auf Gnade erpicht, eine Fanatikerin von ungewisser Glaubensrichtung.

Sie ist erst zaghaft, dann unbekümmert furchtlos: sie ist furchtlos hübsch. Sie spielt gerade die Beherrschte – was sie sonst nicht ist – und die Mütterliche: eine Herausforderung natürlich. Ich erkenne dies nicht, aber ich kann das Ticken ihres Wartens hören; sie wartet darauf, daß ich sie anerkenne. Ich wurde noch nie verführt.

Mein Bewußtsein bewegt sich in Schattendickichten ein und aus – die wechselnden Antlitze von Mögen und Nicht-Mögen verblassen mit dem Vorrücken des Moments: die Frau dort strotzte vor Hübschheit; ihre schmalen, biegsamen Handgelenke, die lackierten Fingernägel, die zu sehr runden Bögen gezupften Augenbrauen versetzten mir Liebesstiche, bevor es noch Liebe gab: ich beäugte sie; ich konnte nicht hinschauen; manchmal äugte ich nicht einmal. Ich ergab mich und war ärgerlich, ironisch und interessiert, doch daß ich interessiert war, hätte vielleicht nur ein anderes Kind gemerkt. Das Wörterbuch war zerrissen, will ich sagen, und obwohl sämtliche Wörter weiterbestanden, war nichts mehr so mit etwas anderem verbunden wie zuvor, weder oben und unten, noch Mama und ich. Der Sinn war ein gerissenes, sogar ein zerreißendes Gewebe.

Der Junge beginnt zu zittern. Das plötzliche Leben in seinen Ohren und in seinem Kopf, dazu das Gekribbel und Gewusel – Tierchen, Empfindungen – auf seiner

Haut (das Porzellan unter seinen Füßen, das räumlich-symmetrische, nicht gebrochene Kippen des Gleißens im Spiegel, wenn der Junge den Kopf kippt), läßt ihn bleich werden und schaudern – er besteht nur aus angespanntem Schaudern und starrer Blässe …

«Ich weiß ja, daß du krank bist. Siehst du, ich bin ganz vorsichtig. Ich weiß, so richtig vorsichtig bin ich nicht, du machst mich nervös, das geb ich zu: ich mache alles zu heftig. Ich hab zu heftig an deinem Hemd gezogen, stimmt's? Schau, ich weiß, was ich tue – du kannst mir vertrauen. Ich bin voll Bewunderung für gute Krankenpflege. Du kennst mich zwar nicht, aber meine Wohltätigkeit ist in aller Munde. Ich kenne ein paar sehr, sehr gute Krankenschwestern. Sie sagen, manche Leute muß man so behandeln, als wäre es eine Ehre, krank zu sein. Ich weiß ja, daß du recht hast, aber du sollst auch wissen, daß ich nicht gerade gleich am frühen Morgen eine gute Krankenschwester bin. Nur möcht ich eins gern wissen, auf eigene Gefahr: *Lügst du mich an?* Hör mal, wie du aussiehst, gefällt mir – wie ein kleiner Scheich. Hübsch bist du. Wenn du mich fragst: eine Schande ist das, was dir zugestoßen ist. Ich bin ganz Ohr – ich bin das Mitgefühl in Person, auf einem Sockel … Verrat mir doch, bist du über den Berg oder noch nicht? Daß es dir besser geht, weiß ich. Ein klein wenig besser.»

Der kleine Junge wußte nicht, was sie damit meinte; er kannte ihre Absichten nicht. Sogleich sackte er in sich zusammen; er hatte vor, sich in seiner Krankheit zu verbergen.

«Sei ein netter Junge – mogle mich nicht an», sagte sie. «Bist du wieder im Land der Lebenden? Verrat's mir. Laß es mich wissen. Mußt du dich gleich übergeben? Du siehst ganz so aus. Warn mich besser rechtzeitig. Mit Leuten, die sich übergeben, kann ich nicht gut umgehen. Hör zu, sonst kriegst du mit mir Ärger: übergib dich nicht.»

Dies sagt sie jedoch so eindringlich und melodisch, so geschmeidig und verlockend, daß es den kleinen Jungen aufreißt … Er verfügt nicht über förmliche Mittel, das mindeste über sie zu wissen. Weit öffnet sich sein Mund – er ist verzerrt. Keine Lockerheit dämpft seine Reaktionen. Es ist, als würde er geschoben und wäre doch gefangen – ein kleiner Wahnsinniger in einer neuen Galaxie.

«Wenn du dich übergibst, übergeb ich mich auch –» Ihre Stimme klingt im Badezimmer voll und hallig, kringelt sich aber zum leisen Singsang, kriegt ihn an den Haken und zieht ihn, als Nachwirkung, ruckartig herum. Dem kleinen Jungen braust es in den Ohren – es schauert ihm am Kopf. Kleine Hautpäckchen auf seiner Brust vibrieren. Partikel seines Bewußtseins explodieren zierlich – er ist Krämpfen nahe.

Sie hält inne. Trotz ihrer ausdruckslosen Miene hat diese Mutter hier gewisse Ängste; sie wittert Schande, rechnet mit einem Skandal, riecht die weibliche Apokalypse. Das grelle Licht und das Leiden des Kindes, seine schiere, unüberbietbar vehemente Verstörung in dem weißen, würfelförmigen Raum mit seiner Kälte, seinen blassen und halbwarmen Zonen, alles krampft sich zusammen; nur die Scheu seines von Krankheit geschwächten Körpers verhindert, daß die Krämpfe ihren Lauf nehmen. Die Scheu rettet den Jungen.

Die Frau deutet es falsch. «Du siehst aus, als würdest du gleich Amok laufen», sagt sie. «Ich bin nicht gut im Umgehen mit Jungen; hoffentlich bist du nicht gar so wild.» Zuvor war sie jemand mit unerschütterlichen, fast nicht zu trübenden Ansichten gewesen. Nun weicht sie aus, läßt sich hin und her wehen, ist unsicher, dem Schicksal ausgeliefert, verspielt. Verlegen.

«Hör auf mich: Sei schlau. Lern, nett zu sein. Ich mache keine großen Worte, aber ich mag's, wenn jemand Köpfchen hat. Ich mag's, wenn einer ehrlich zu mir ist. Ich bin herzlos – das sagen sie alle, weißt du. An mein Herz kommt man heran, indem man hinsieht, zuhört und nett zu mir ist. Ich habe auch eine nette Seite. Ich gehöre nicht zu den Frauen, die viel Schaum um Friede, Freude, Eierkuchen machen; es muß nicht immer nett zugehen; ich mache, was ich will, nimm mich, wie ich bin, oder laß es bleiben. In dir geht etwas vor, das weiß ich. Willst du mir nicht verraten, was du so denkst?» Das fragt sie in einem melodischen Ton, der nicht zu dem paßt, was sie sagt; der jedoch weniger schlecht paßte, wenn man sie hörte, als wenn man sich erinnerte und nachgrübelte über das, wovon man meinte, sie habe es gesagt. Diese Mutter hier hält die Leute gern zum Narren.

Für das Kind gleicht ihre süße Stimme einer Schar von Wanderdrosseln, die Würmer aus ihm ziehen wie aus einem Rasen nach dem Regen. Sie vergiftet mir die Ohren mit Süße. Der Wind in und unter meinen Händen hebt und bewegt sie; sie wackeln wie Blätter – die sonderbare, manuelle Andeutung eines Lächelns. Und die Haut auf der winzigen, heißen, Ausschlag-behafteten Brust des Jungen regt und runzelt sich ... Er hat erraten, daß sie beabsichtigt, ihn zu amüsieren und Hoffnungen in ihm zu schüren, ganze und halbe Hoffnungen, und halb blind sieht er sie an. Wenn ihre Stimme besonders hübsch ist, gleicht sie kurios einem Kuß auf das Denkorgan unter dem Knochen unter dem Haar auf meinem Kopf und auf das Ding, das sich in meiner Brust befindet.

«Schau dich nur mal an – du zitterst ja – welche große Idee steckt denn da wohl dahinter, willst du mir das vielleicht verraten, bitte?» Sie schaut mehr auf meinen Körper als auf mein Gesicht, vielleicht auf die Knochen, die sich abzeichnen. Falls sie in seinem Gesicht den irren Wechsel zwischen angehenden und verschwimmenden, brechenden, schmelzenden und flackernden Lichtern bemerkt, mittels derer sein Geist im Moment seine Eindrücke von ihr registriert, dann meidet sie diesen Bereich als einen, den zu erkunden oder dem zu entgegnen allzu schwierig ist. Sie gehört zu den Menschen, die es hassen, sich zu täuschen. Indem sie auf meinen Körper blickt, macht sie uns zu zwei Personen: die eine ist sonderbar, hat aber Bürgerrechte, und die andere lügt.

«Soll ich vielleicht ‹Mein Schatz, der schaukelt hoch oben im Baum› singen? Oder kommst du von selber runter? Ich hab keine Ahnung, was du da treibst, und ich krieg nicht raus, ob du verrückt bist oder nicht.»

Diese Art zu verhandeln ist mir neu; sie hat überhaupt keine Ähnlichkeit mit früher. Es ist quälend. Sinnloses und Mogelei kommen einem süß vor – mit Honig umhüllt.

Ich wollte sie aufreißen, in sie hineintauchen und sie verstreuen wie Blätter von einem Haufen Laub. Wie man ein Spielzeug kaputtmacht. Dies wallte in mir auf und verging, pulsierend.

«Bäder beruhigen, hab ich gelesen, heiße Bäder – in Hollywood wird das viel gemacht. Und», sagte sie halb zu sich, «in Klapsmühlen. Ich bade dich mal; das magst du bestimmt. Vielleicht sollte ich dich baden. Aber du mußt mitmachen.» Sie schummelte, wenn sie verhandelte; es war kein Scherz. Mit einer Hand stützte sie das Kind und ging ans Werk. «Halt still», sagt sie und reckt sich zur Wanne hinüber, die in Reichweite steht, dann merkt sie, daß ihr Arm nicht lang genug ist; sie wirft einen Blick auf das bebende, vielleicht unheilbar verstörte Kind und bemerkt: «Du hast ein sprechendes Gesicht. Halt still.» Und sie nimmt ihre Hand, ihr Gesicht, ihre Augen, das herrliche Vogelbewußtsein in jedem davon, fort – ich bin eine Unzahl von Zuschauern, fernen und nahen. «Ich glaub, du weißt, was ich sage. Halt jetzt still, fall nicht. Ich drehe das Wasser an.»

Ich prophezeite mir das Geräusch von Wasser aus einem Hahn – ein Element der stetigen, nun vielleicht teilweise wiederhergestellten Abfolgen der Welt. Eine unvollständige, befremdliche Wiederherstellung: mein Zuhause ist nun schon lange der Wahnsinn gewesen. Katatonie. Autismus. Die Bewegung ist an einem Ende offen – unvorstellbar offen. Das Gedächtnis unterschlägt, daß zu den drei Wänden des Bewußtseins im je gegenwärtigen Moment eine vierte, offene Seite gehört: vielleicht werde ich jetzt sterben. In meiner Erinnerung bin ich ein Kind an der Tür zu jenem Raum, und die Gestalten darin sind weitgehend erstarrt.

Im realen Moment jedoch saß das Kind auf dem Bekken und guckte unscharf in die unheimliche Distanz zwischen dem Hinterkopf der Frau und meinen Augen. Der Schmerz (des Wahnsinns) war nah und körnig; ein erstikkendes Delirium. Er verdichtete einen Teil meines Bewußtseins, so daß die Grenze zwischen Schlafen und Wachen gar keine mehr war. Meine Mutter riecht nicht wie zuvor, nach echter Zugehörigkeit. Ihr Atem ist nicht eine der entscheidenden Bedingungen dafür, daß ich, in meiner Sprache, Gesellschaft habe. Ich atme in einem Rhythmus, den ich mit niemandem teile. Jeder Einsatz, den ich gewagt habe, kann mit meiner Rückkehr in den Wahnsinn enden: das unter anderem steht auf dem Spiel, macht das Glückspiel aus. Am offenen Rand des Moments liegt der Wahnsinn. Mein Gefühl als Kind, alles sei eine Farce, war kein Scherz, sondern beruhte auf der extremen Ungläubigkeit des Geistes inmitten der Flächigkeit von Wahnsinn und Farce: ein gutes Ende entsetzlicher Art. Abscheulich. Doch diese Frau hier zu akzeptieren bedeutet, daß mich das Absolute zurückgewiesen hat. Ich habe zwei Mütter ...

Nun blicke ich plötzlich scharf und sehe sie, die weicher gewordenen Volumen von Lilas Körper, der mit der Wanne beschäftigt ist.

Ich konnte mich an den Geruch von Linoleum und an Wörter wie «Heißwasser» erinnern. Die gegenwärtige Version meiner Mutter in einem weißen Raum roch nicht so wie die andere in einem braunen Raum. Diese Wände rochen nicht wie die Wände in einem ländlichen, an lehmige und verschneite Felder grenzenden Haus. Die Haare und die Arme der Frau – die weichen Stellen hinter den Schultern (wo meine Hände liegen, wenn ich in einem Becken gebadet werde, einem irgendwie mit Stoff ausgekleidetem Becken: lange zuvor war das) sind nicht dieselben.

Die Rhythmen von Krankheit und Schock und die Wahrheit Tod sind die Urbedingungen meines Lebens, und sie erzeugen eine Feenmusik. Der Glanz und raffinierte Wohlklang von soviel Absonderlichkeit kleiden die Innenseiten meiner Lider und das Innere meiner Ohren und meines Mundes mit einer unvertrauten Empfindung aus: das Neue sei das Zuhause, das nun Vertraute. Somit hat für mich das Geräusch des in die Wanne laufenden Wassers seine ganz eigene Unendlichkeit, und das bemerkt diese Frau.

«Du magst Wasser, stimmt's? Bist du ein Araber in der Wüste, bist du ein kleiner Scheich?» Der ungläubige, farcengewohnte kleine Spieler starrt – und lauscht.

Ich sprach nicht, weil Sprache auf abwesende Dinge Bezug nimmt, und Abwesenheit konnte ich nicht ertragen: was immer wirklich ist, das ist hier, bei mir. Wörter sind eine Kategorie des äußersten Versagens in diesen Kidnapper-Räumen, unerwartet gekippten Zeit-Kammern. Ich war erstaunt über mein Empfinden, daß jede Vergebung, die ich der falschen Frau erteilte, ein gewisses Maß an Heilung nach sich zog. Der Status des Vergebenden ist ein anderer als der des Kranken. Aber ich wußte, daß dies Blasphemie war. Ich *wußte*, daß es zutiefst falsch war.

Die Paradoxa der Beobachtung beginnen herzzerreißenderweise mit Unähnlichkeiten. Ich werde zum Beobachten gezwungen; die Frau hier ist nicht dieselbe wie zuvor. Etwas hat mich umgebracht, aber ich bin nicht völlig tot: ich habe ein Körnchen Leben in mir. Die Grenzen des Verstandes sind in der Kindheit sehr deutlich. Der Wahnsinn und meine Mutter sitzen prächtig auf hohen Stangen; der eine ist ein entsetzlicher Vogel vor dem Fenster und im Spiegel, bereit, rotglühend in den Raum zu fliegen. Und die andere ist eine fremde Frau, die vorgibt, für mich das Vertrauteste von der Welt zu sein. Das ist die Farce, die das Stützwerk meiner Wirklichkeit bildet – falls meine Wirklichkeit denn eine ist.

Ungeheuerlich platschend tragen die Wassergeräusche mich davon. In dem Haus davor war das Geräusch nie so. Ich beginne, vom Beckenrand zu purzeln.

Sie sieht nicht zu mir hin; sie sagt: «Sieh mal, wie ruhig ich bin; das reine Wunder, würden gewisse Leute sagen.» Dann schaut sie her und ruft: «Huch! Brr!» Sie richtet sich halb auf und streckt die Hand aus; sie stellt meine Balance wieder her; als ihre Hand mich berührt, bringt die hübsche Stimmung von davor die Berührung zum Erstrahlen. Die komplizierte Frage, wer diese Frau nun ist, entkrampft mich, und mein offen pochendes Herz bestätigt, daß die Situation interessant für mich ist.

Sie sieht mich flüchtig an und verschiebt mich – rückt eine Puppe auf dem Sofa zurecht. «So, darauf gönnen wir uns jetzt mal ein bißchen heißes Wasser. Ich bin schneller als die Feuerwehr, sagt man in so einem Fall. Hör mal, ich glaub, du bist einfach unsäglich gerissen; jetzt bist du dran, mir zu schmeicheln und nett zu sein. Und halt bloß das Gleichgewicht, Mr. Schlumpelpuppe», sagt sie, während sie das Verhältnis zwischen heißem und kaltem Wasser prüft und ändert.

Das Wassergeräusch ist lauter und stetiger als alles, was ich je gehört habe; vor Aufregung muß ich würgen. «Du brauchst dich nicht zu übergeben; zähl bis zehn; zieh den Kopf ein.» Aber ich weiß nicht, was sie damit meint.

Dennoch ist ihre Stimme im Denken, Sehen und Erledigen zehntausendmal stärker als mein Schlaf, als mein Blinzeln und als mein Denken. Ich horche auf sie, *bevor* ich denke, wenn Sie verstehen, was ich meine. «Als Krankenschwester bin ich unbegabt, und mit Pflanzen kann ich auch nicht gut umgehen.» Ich starre sie einfach an. Und das Würgen hört auf. Ihre Stimme besteht aus funkelnden kleinen Klängen; sie ist verwundet-weich. «Aber als Lebensretterin bin ich richtig gut, das haben schon viele gesagt, und der Meinung bin ich eigentlich auch; es macht mir gar nichts aus, in mein Horn zu tuten: du könntest jemand viel Schlimmeres auf deiner Seite haben.»

Ich bin ein Kind: ich weiß nicht sehr viel. Ich kann sehr seltsame Arten von Wahrheit vertragen.

In dieser Frau gibt es nicht den Drang, mir als Kind jenen plötzlichen Auftrieb zu geben, der auf Wissen beruht. Ich bin ein befremdlicher Knoten in ihrem Leben. Ihr Wille verleitet mich jedoch dazu, Betrachtungen über ihr schamloses weißes Glühen anzustellen, das dem Badezimmerlicht gleicht und das ich mir wie etwas vorstelle, das in ihr ist und das mir eingeflößt wird wie Milch. Ihr Wille trägt wohl die Absicht, mich in ein lebendiges Kind zu verwandeln, nicht aber in ein kindisches oder launisches Kind. Bewußt erwartet sie von ihrem Willen, er möge ihr die Welt illuminieren. Sie hält sich für *genial* – für ein *verruchtes* Genie …

«Ich hab den Eindruck, du beobachtest mich», sagt sie. «Glaub mir, der frühe Morgen ist nicht meine beste Zeit. Ich bin keine achtzehn mehr. Angeblich bin ich ja nicht übel anzusehen. Was meinst denn du, sehe ich ganz O. K. aus? Vielleicht hätt ich für dich meine Brillanten anlegen sollen. Ich weiß zwar nicht wieso, aber das bringt die Männer gewöhnlich auf Touren. Vielleicht zeigt es, daß ich das eine oder andere weiß. So, jetzt sitz mal aufrecht. Ich werd's allmählich leid, dich jeden Augenblick zu stützen. Sei hübsch und lächle. Du siehst aus wie von der Katze ins Haus geschleift. Hmm, lächeln tust du wohl nicht. Tja, allein schaff ich's nicht. Du mußt mir schon helfen … Püppchen.»

Püppchen!

«Wenn du mir zu gerissen kommst, kann ich ganz

schön grob werden; in der Hinsicht bin ich kein Herzchen, hörst du? Sei schlau und merk dir das, Püppchen.»

Püppchen?

«Ich hab zwei Söhne gehabt.» Sie waren als Kleinkinder gestorben. «Sie sind nicht mehr da: das hat mir das Leben ruiniert, Püppchen ... Ich weiß noch nicht, ob ich dich mag ... Daß sie gestorben sind, hat mir das Leben ruiniert, aber ich bin kein Mensch, der leicht aufgibt.»

Mich faszinierten ihre willensstarke Schläue, ihre grellen Träume, ihre Ziele; ihre Mixtur aus Barmherzigkeit, Tödlichem und schamloser *Berechnung.*

Ich habe Salbe auf der Haut, teilweise abgewischt. Ich habe einen Ausschlag, der brennt. Sie steht auf, greift sich eine Handvoll Toilettenpapier und geht energisch, jedoch aufs Geratewohl ans Werk, wischt mich hier und dort ab. Wenn ich an mir hinunterschaue, sieht der Ausschlag aus wie lauter Köpfe von Küchenstreichhölzern.

«Schaust du dich an?» Sie schiebt den Kopf vor und sieht mir halb von der Seite direkt in die Augen, und wieder explodiere ich innerlich: mein Mund geht auf, wie um zu erbrechen; ich würge und erschauere. Meine Augen, zunächst noch ganz in Ordnung, verschleiern sich, und vielleicht rollen sie.

Sie ist fort. Ihr Atem, ihre Nähe haben sich entzogen. Ihre Hände halten mich noch. Die Zärtlichkeit einer Krankenpflegerin geht ihr ganz ab: sie ist sexuell, intelligent und kalt. Sie ist mein Schicksal.

Als ich nicht erbreche, sondern mich beruhige, wird sie auf einmal schnellatmig und geschäftig, nimmt eine Handvoll Toilettenpapier nach der anderen und putzt mir das magere Hinterteil und die Schenkel ab. Erst spült sie mich mit der nassen, bloßen Hand ab, was mich zu einer blinden Reaktion treibt, einem unhörbaren Aufkreischen. Darauf benutzt sie einen Waschlappen – sie wollte den Waschlappen sauberhalten.

Während sie all das tut, redet sie: «Du bist ja schlimmer als ein Hund. Obwohl, natürlich kenn ich mich da nicht aus. Ich bin allergisch gegen Hunde; sie können mich nicht leiden.» Luftblasen blubbern in mir. Was sie da tut, ist physisch interessant für mich – *Trost* ist ein Wort, das in Bei-Trost-Sein enthalten ist. Bei Trost zu sein scheint riskanter, kälter, rauher, ein Zustand heftigerer Erregung zu sein als Wahnsinn. Ein Zustand, der ihr ähnlich sieht ...

«Angenehm ist das für mich auch nicht, Klitzekleinchen, aber wir müssen nun mal ein paar Dinge hinter uns bringen. Du starrst vor Dreck, das kannst du mir glauben. Und ich erledige, was ansteht. Ich bin eine Macherin –»

Mein Leben ist nun ein Traum über Bedeutungen, selbst wenn ich wach bin.

Sie sagt: «Mir wird schlecht hiervon, Püppchen. Ich bin kein Weichling, aber manchmal bin ich nicht ganz auf der Höhe. Ich schaff's schon. Schau doch mal, wie flink ich bin, du-duu-du-ba-duu. Du meine Güte, ich wette, du denkst, ich hätte nur Schmalz im Kopf – aber ich bin nun wirklich kein kleines Hausmütterchen, keine Zimmerpflanze. Schlaue Leute, aufgepaßt: Ich bin das Was-geht's-mich-an-Girl. Wenn ich in Fahrt komme, bin ich ein brennendes Haus.» Dann: «Ich steck das Haus in Brand ...»

Es war überhaupt schon eine Art von Wahnsinn, meine Mutter mit einer anderen Stimme, einem anderen Vokabular sprechen zu hören. Auf irgendeine Weise passiert es jedem; das Leben einer Frau verändert sich und damit ihre

Stimme, ihr Vokabular; oder man hört sie anders. Wahrscheinlich jedoch nicht so vollständig wie in diesem Fall. Das Wort *Mama* ist nun kürzer und blasser als zuvor, und von dort kommt keines der alten Koseworte – *Liebes, Bubele, Aaron* … Wo sind meine früheren Namen geblieben, die ersten?

Rätsel, etwas Unentschlossenes und ein Anflug von Animosität auf beiden Seiten summieren sich zu einem gewaltigen abstrakten Irrtum. Mutter ist mörderisch und anbetungswürdig. Mamas unendliche Illegalität hat mich umgebracht. Ihre ungeheuerliche Abwesenheit war allein schon absolut, löschte jegliches Gesetz aus. Man konnte seine fehlende Mutter in einer Schublade finden, oder der Himmel konnte sie aus einem Schleier von blauem Licht auftauchen lassen – das ist vorgekommen; so ist sie mir schon einmal erschienen: an zwei Orten zugleich – aus den Gerüchen einer Schublade und aus dem Inneren einer Kammer, wo sie Sachen einräumte.

Der kranke Körper ist sehr förmlich, streng und wachsam achtet er auf Etikette, auf die Einhaltung von Grenzen. Die schlimmsten Episoden der Vergangenheit sind vergeben, wenn ich besänftigt werde. *Sie* redete, um *nett* zu wirken – eine unzulässige Absicht. «Ein kurzes, aber tätiges Leben. Was meinst du dazu? Sag's mir ganz ehrlich – ha, ha; das wird ein großer Tag …»

Ich starrte unermüdlich das an, was nun Darstellung und Definition meiner Mutter war.

«Hast du schlecht geträumt? Ich hab letzte Nacht schlecht geträumt, ich schlafe schlecht: das ist nicht gut für die Haut.»

Der Schmerz, ihr zu vertrauen, droht mir und verwandelt sich dann in einen Sturz, einen einbrechenden Boden, einen Anlaß zum Aufkreischen – so kurzlebig – so komisch – im lyrischen Stil. So endet es jedenfalls. «Hoch sollst du leben; aufgepaßt; los geht die Reise, auf in ein kurzes *und glückliches* Leben», sagt sie. Sie hält die Luft an; sie nimmt mich hoch. Von den Menschen, die ich sprechen hörte, nachdem meine Mutter gestorben war, konnte ich Lila am leichtesten vernehmen.

Man kann eine Frau für die umwerfende Klarheit ihrer Absichten beim Reden lieben. Die Lügen sind das Leben. Mich schmerzte, in welchem Maße ich mich irrte. Manch altes Wissen, über das ich jetzt verfüge, ist aus dem Zusammensein mit Lila erwachsen, aber sie hat das nie geglaubt – sie glaubte, sie habe mich mit ihren greifbaren Brüsten verführt. Mit nichts sonst. Doch mein Bewußtsein ist von ihr erleuchtet. Das Licht der körnigen, opaken Fensterscheibe, deren Eiskristallmuster an sich überlappende Gingkoblätter erinnert, bedeutet, daß der Morgen in Reichweite ist, daß ich womöglich bis zu seinem milchigen Rand laufen könnte. Ich, ein Junge, der in der Höhle seines Bewußtseins auf der Lauer liegt, habe das Gefühl, mich eigentlich im Inneren des Schlafschiffs zu befinden, in seinem Laderaum, wo die Fracht gelagert ist, die Fracht von Nachbildungen, eine sehr reale Fracht; aber ich bin wach, obwohl doch meine richtige Mutter tot ist ... Diese hier sagt: «Schmutzig ist kein Ausdruck mehr für dich. Das Wasser wird bestimmt ganz schwarz von dir. Du bist ja schlimmer als Lady Macbeth.»

Aufrecht steht sie da; und sie schnauft ... ich spüre ihre Haarspitzen als kribbelnde Nadeln, die mich in die schokkierte Haut piekssen und prickelnd darüberwischen. Lilas gewichtiges, reales Ich läßt mir die Realität eines blattlosen Zweigs. Meine Verletzlichkeit äußert sich als hohes

Wispern, anhaltend und obszön, nicht gerade glücklich, aber annehmbar.

Das in sich zusammengesunkene, emotional gelähmte, gespannte Kind mit dem bloßen Hintern und Lila ähneln einer Madonna mit Kind nicht sehr. Sie hält mich, während Wasser geräuschvoll und dunstig in die Wanne strömt. Lila ist nicht sportlich; sie murmelt etwas über mein Gewicht und meinen Geruch vor sich hin. «Wenn ich nicht aufpasse, zerre ich mir den Rücken.»

Sie läßt mich hinunter; hält mich an den Schultern, dreht mich herum und läßt mich hinunter – sie wird mich auf den Wannenrand stellen und abstützen – und es ist, als wären ihre Arme träge, angestrengte Flügel, meine Flügel. Und ihr Atmen erstarrt zum Krächzen. Zwischen meinen federlosen Schwingen steige ich hinab; das obszöne, hohe Wispern dehnt sich aus. Meine Füße gleiten auf den gewölbten weißen Porzellanrand der Wanne; Lila bückt sich und schmiegt mich, das Gesicht auswärts, seitlich an ihre Taille; und lehnt sich vornüber und streckt die Hand dem plätschernden Wasser entgegen; und während sie das tut, stutzen die Augen des Kindes Lilas rückwärtige Formen wieder zu Stücken der Wirklichkeit zurecht; die geisterhaften, ambitionierten Finger des kindlichen Blicks tun dies.

Halb muß ich mir Dinge erträumen, um sie zu sehen. Ich blinzle, und dann weiß ich halbwegs – oder erinnere mich halbwegs –, was sie ausmacht, doch nichts ist dem Datum nach oder sonstwie fixiert; es ist empfunden und frisch, verwirrend arrangiert. Lilas fließende Bewegungen sind herausgeputzt und sanft, künstlich, wahr. Sie sagt: «Ist zur Zeit jemand in dir zu Hause? Weißt du, was so vorgeht, Püppchen?»

Was sie ausströmt, ihre Wärme, ihr Atem, das Leben in ihr, ist unberechenbar und irre und gerissen, und verstohlen und pragmatisch und fern und so flink, daß ich sie allein dafür schon lieben würde, ohne irgendeinen anderen Grund. Aber ich habe noch andere Gründe. Von der Seite gesehen, sind ihr Hals und ihr Mund jeweils von einer verschiedenen komplizenhaften Fülle und Gestalt. Immer wieder verblüfften wir einander, sie und ich. Die Hitze, unsere kaum begriffenen Gestalten, die fliehende Kurve ihres Rückens und Arms, sie stellen in meinen Augen eine entrollte, sich entrollende, unruhige, beruhigte WAHRHEIT dar, heiß, tosend und ungeheuerlich des Wassers wegen, das geräuschvoll in die Höhlung der Wanne strömte. Kalt und heiß, Hitze und Dampf, die Kacheln und die Hitze von Mamas Rippen – ich bin trunken vor Verlangen in der schwülen Luft. Allerlei Erkenntnisse, Neugierden und Unwissenheiten schnattern aufgeregt: der Fliegende in seiner Höhe: kleine, zerbrechliche Knochen und fremdes Fleisch: doch sie sind nur Ideen von Dingen: und sie entfliegen wieder und verschwinden im grellen Weiß des Raums, in Weißem: so ominös und verführerisch wie Papier, ein Omen. Und all das Gezwitscher und Geflatter der Kindheit schrumpft auf den intensiven Wunsch zusammen, den Schmerz der Empfindungen und Emotionen ertragen zu können. Ich kann Ihnen nicht sagen, wie sehr das Kind sich danach sehnte – nach solchen Zwischenakt-Kunststücken.

Mein glucksendes und erstarrendes und pulsierendes Zwerchfell spiegelt mein schmerzhaft überdehntes, hypertrophes kindliches Bewußtsein wider. Gedrängt zu verallgemeinern, diese Frau hier als *ebendieselbe* Mutter zu bezeichnen, fasse ich das Badezimmerlicht als das Bewußtseinslicht an sich auf. Bei der inneren Distanz, in der ich mich von der abgebrochenen frühen Wurzel und einer bestimmten Liebe zum jetzigen Erwachen hinbewege, werde ich zu einem geschwollenen, schmerzhaft gedehnten, zufälligen Schauplatz, dem eigenen Körper gegenüber unterwürfig und erregt der Hochstapelei entgegensehend, die sich von nun an darin abspielen soll. Die gegenwärtige Wirklichkeit ist ein Besessensein von Geistern überstrapazierter Logik ... Meine Mutter ist real, sie ist am Leben, ihre Anwesenheit ist real. Doch die tote könnte wiederkehren und alles umstürzen. Hier werden nun vor allem Schmerz und Abwesenheit gestürzt.

Sie läßt das Wasser noch ein wenig länger laufen. Sie setzt sich auf, und ich starre sie an, aber als wäre da nichts. Sie sagt: «Was ist? Hast du einen Geist gesehen? Ich sehe furchtbar aus; ich habe schlecht geschlafen; ich sehe wie ein Geist aus.»

Von ihrer Stimme, von der Erde und ihren Bewegungen, von den Ideen in meinem Kopf und von den diversen Wirklichkeiten wird mir schwindlig. Und gewiß darf man erwarten, daß all das Fremde zu Durcheinander führt. In meinem Taumel sortiere ich die Gerüche ihrer Präsenz, die Hohlkörper von Erinnerungen und Zweifeln in mir, sowie mein Entzücken und die Abwesenheit damals und in diesem Augenblick. Seelenregungen flitzen durch mich hindurch auf das weiße Licht des Raums zu, eine aufgescheuchte, Fledermaus- oder Eulen-artige, scharfe Kinderwachsamkeit, Liebe oder Betörung, eine Pose optimistischer Aufmerksamkeit, kindlich, vorläufig, leidenschaftlich, ungeheuer friedvoll *zunächst noch* – vielleicht ist dies für jeden gleich. Ich erinnere mich noch an das schnabelartige Klicken und Zischen meiner Atemzüge als

Kind, die nach außen dringenden Geräusche des gedämpften Schnatterns in mir nistender Ideen, die sich auf diese Frau da bezogen, trotz zäh wiederkehrender Übelkeit, enormer Entkräftung und der tief verwurzelten Gewohnheiten von Verzweiflung ... Eine Form von Bewußtsein.

Es ist ein erschreckend schlecht umrissener Moment. Ich kann nicht jeden Moment für jeden anderen meines Lebens verantwortlich machen, doch ich tue genau das. Ich lege meine nutzlose Hand auf ihre, die gewölbt meine gewölbten Rippen umklammert; und die Frau erstarrt. Wie gescheit sie sein muß, wenn sie nicht lauthals beklagt, wie fremd wir einander doch sind! Vielleicht verfügt sie über andere Sinne und muß sich, um zur Besinnung zu kommen, nicht Türen nähern – vielerlei Türen – wie ich, sondern plustert sich statt dessen auf wie ein Kissen oder wie eine nasse Taube. Möglicherweise ist sie, was mich angeht, sehr dumm und weiß das, und ist gescheit in dem niedrigeren Sinne, daß sie zugibt, wie düster es ist, die zu sein, die sie ist. Und möglicherweise hat sie den Verdacht, daß dieser Moment für mich zum allzu besonderen werden könnte und daß ich mich ganz und gar zersplittern und unfähig sein werde, in den nächsten Moment anders einzutreten als wahnsinnig und steuerlos, kein allzu seltener Zustand in der Kindheit, wenngleich ich die Steuerung so sehr verlieren könnte, daß ich niemals mehr fähig sein würde, mich zu steuern. Sie weiß von Leuten, das heißt, sie hat Leute gekannt, die verrückt wurden, die zerstört wurden, sie hat Leute gekannt, die Tuberkulose bekamen, und einige, die geradewegs zum Selbstmord neigten, sie hat viele gekannt, die gestorben sind. Sie hat meine frühere Mutter gekannt. Die Bereitschaft weiterzuleben ist eine unsichere Sache; darüber wird sie später mit mir sprechen, wenn ich älter geworden bin; ihre zentrale Prämisse lautet: man tut es für andere, man gibt ihnen einen Grund zu leben oder man nimmt ihn ihnen fort; das nannte sie *jemanden umbringen.* «Ärzte und Krankenschwestern sind zu teuer … Komm zu mir: ich krieg es wieder hin. Vertrau mir.» Diese Idee hatte sie mit S. L., meinem Adoptivvater, gemeinsam. Wenn einer von ihnen von etwas sagt, *Es hat mich zu Tode gelangweilt*, dann meinen sie das im Ernst. S. L. sagt oft: *Leute, die dich langweilen, bringen dich um*, und Lila sagt: *S. L., übertreib nicht: da ist was dran, aber es ist noch nicht die ganze Wahrheit. Ich kenne viele, viele interessante Leute, die gar nichts dagegen hätten, jemanden tot zu sehen.* Sie kann nicht alles wissen, sie ist unvollkommen und reell, aber sie weiß einiges über Erregung und Außersichsein, über die Bereitschaft weiterzuleben, und sie kennt sich mit Langeweile aus. Sie ist der Inbegriff von Effizienz, bis zu einem bestimmten Punkt … Ah, Mama, ich möchte weiterleben …

Ich bahne mir den Weg zum nächsten Moment durch eine Hecke mich von innen und außen peitschender Gefuhle – und die Hecke brennt. Lila bewegt den Arm; ich hänge in der Armbeuge; sie sieht mich an. Die umgedrehte, knöcherne Untertasse ihrer Stirn, porenreich und getönt, umgeben von einer Fülle dunklen, in der Mitte spitz ansetzenden Haars – das Haar meiner mutmaßlichen Mutter ist so etwas wie ein schwarzes Freudenfeuer en miniature. Es versengt mich wirklich, als hätte man mich an einen Pfahl gefesselt und angezündet oder mich in den Backofen eines eingeschalteten Herds geschoben. Das Vorbeiziehen der Sekunden empfinde ich so, als befände ich mich in einem brennenden Ding auf Rädern.

Sie rückt mich in ihren Armen anders zurecht, so daß ich nach innen blicke, und ich werde mit meiner Vorderseite an ihre Brust gepreßt. Ich erkenne, daß diese Frau ein ungestümer Clown ist, ein Soldat und Feuerwehrmann in den Streitkräften und lodernden elektrischen Feldern, den Burlesken und vielschichtigen Komödien, die zum In-der-Welt-zu-Hause-Sein inmitten von Berichtigungen und Lügen gehören, gefiedert und stählern, zustechend, komisch verwundend und stets im Schatten des Todes.

«Du bist ein Lügner, stimmt's?» sagt sie. «Du bist ein richtiger Lügner. Wie ich. Na, das ist mal eine Überraschung, was?»

Sie sah mich noch etwas länger an.

Weitab vom Zeitkontinuum, daneben, in meinem Geist, in einer angrenzenden Falte, wenn ich so sagen darf, befindet sich ein Bassin, ein Hort verlorener Momente – einer, zwei, sieben, eine Million davon. Und sie alle werden als Einheit empfunden, als der möglicherweise erträumte, über-reale Umstand, daß man etwas *weiß*: diese Frau glich früher den weiten Hallen eines gigantischen Gebäudes, das anscheinend festlegt, was rational ist, wie das alles Kolossale in seinem Wahnsinn immer tut; und einiges davon ist mir bis heute erhalten geblieben. Ich nehme an, es ist eine Dichtung, es sind die Ruinen dessen, was in einem Moment einmal gigantisch war, in einem anderen Moment klein und dennoch machtvoll wie ein geschliffenes Fort: und diese Frau ist nah vertraut nach einem anderen Maßstab, nach dem Maßstab des Tragischen und des Schmerzes oder der Verwundung – ohne es ganz ernst damit zu meinen; sie schummelt. Ich bin für sie irgendwie ein exotisches Beispiel für das Unmittelbare und Tragische; ich bin rührend und entbehrlich, ein Kind, das als List oder Lüge betrachtet werden kann, und als eine Religion, und darüber hinaus als Betrug oder als Intrige aus Eifersucht und Liebe. Wer weiß? Dem Kind, das sich damals ein Urteil über diese Frau im Gewirr seiner physischen Reaktionen auf sie bildete, brachen ihre Nebentöne ein aufs andere Mal das Kinderherz. Doch derart das Herz gebrochen zu bekommen heißt, beinahe glücklich zu sein. Das Leiden unter der Andersartigkeit der mütterlichen Liebe nun ist immens, doch im wirklichen Leben fließen in Freundlichkeit so viele disparate Faktoren ein, daß man sich mit seiner kindlichen – maskulinen und verletzten – Vernunft damit vertraut macht, auf eine bestimmte mißtrauische und mißgünstige Weise darin zu Hause zu sein. Ich fand Lila amüsanter als den Tod. Außerdem bandelte ich leicht mit Liebe an, freilich auch wieder nicht gar so leicht. Ich glaube, sie verliebte sich in mich, nicht ganz und gar, nur zeitweilig vielleicht, jedoch genügend stark. Gelangweilt und amüsiert zu sein, Leben und Tod, dies sind die beiden separaten Seiten meines Bewußtseins.

Im Kontinuum der realen Momente sind meine Zukunft, das hieraus Folgende, die Zukunft dieser Frau, ihr Leben mit der Bürde meiner Begleitung, von Musik umrahmt, von der Musik des Charakters der Frau und meines eigenen: «Keiner hier in der Gegend ist im Lieben gut ... außer deiner Mutter. Kein Grund, mich so anzusehen: meine Mutter ist das, was man ein echtes Miststück nennt; und ich bin nicht gerade das süßeste Mädchen am Ort, kann ich dir flüstern. Ich sag dir mal die Wahrheit: du wirkst auf mich wie ein Narr; aussehen tust du wie ein Cupido, voll Liebesbereitschaft, ganz erpicht darauf loszulegen; nützt gar nichts, daß du mir diese Kulleraugen-Nummer bietest – die mußt du S. L. und Mama bieten: die haben das Geld. Und etwas Gutes sind sie nicht gewohnt. S. L. ist verklemmt, und Mama glaubt, sie ist die einzige wahre Jüdin, die je gelebt hat. Sie können ohne mich nicht leben, und ich kann sie nicht ausstehen ... Ich hoffe, du bist gut im Menschen-Mögen, Püppchen – das würde uns kräftig weiterhelfen. Und du mußt lieb zu Nonie sein.» Nonie war ihre fast dreizehnjährige Tochter. «Ich mag dich; du hast mich rumgekriegt; ich mochte dich schon, als deine Mutter noch lebte – ich hab ihr eine Stange Geld für dich geboten; sie hat's für einen Scherz gehalten; aber ich wußte, was ich tat. Laß mich dir verraten, was für eine Welt das hier ist: du willst es lieber gar nicht wissen – so eine Welt ist das hier. Findest du meine Augen hübsch? Findest du, ich habe einen guten Mund? Dann laß das gelten als die Welt, die nun mal existiert. Okay, Püppchen, ausgemacht? Mein Gott, wenn deine Mutter – wenn Ceil – dich jetzt sähe, ich kann dir sagen, sie brächte ein paar Leute um, aber ich tue weiß Gott, was ich nur kann.»

Die eingebaute Unstetigkeit der physischen Basis von Liebe quält sie. Und mich. Nichts, gar nichts ist in diesem realen Moment jetzt auf dauerhafte Weise physisch wahr, obwohl sie doch jetzt recht deutlich wahr sind, die Gerüche und die Liebe, die Weisungen und Kategorien, die Stämme und Arten des Flirtens ... Das Kind lächelt – innerlich – darüber wie über ein *Kunst*phänomen – über jedes Spiel mit der Logik und der fortlaufenden Zeit, über die trotz allem existierende Wahrheit – wie sie den Berührungen durch diese Frau innewohnt. Der kleine Junge lächelt, grinst innerlich, weil er auf eine Erklärung gestoßen ist, nur eine halbe allerdings, die zugleich bedeutet, daß er *den Scherz* kindlich akzeptiert. Die polyphone, polychromatische strahlende Wirklichkeit ist ein sehr lustiger Irrtum. Ich kann's nicht ändern. Der Druck der rätselhaften, realen Präsenz der Frau erzeugt dieses innerliche, vielleicht laue Lächeln über das Brüderliche und Schwesterliche in allen Scherzen, wobei die Augen nach außen hin verschleiert bleiben von jenem Mißtrauen, das notwendig ist, damit das Kind seine Verfügungsgewalt über alles, was es weiß, wahren kann.

Sein Mißtrauen dieser Frau gegenüber wird zum besessenen mit ihr verbundenen Vergnügen, und zwar so mühelos, daß es sowohl eine Form von Liebe wie auch die Kapitulation eines Genesenden vor der Majestät der Gegebenheiten darstellt – es ist nicht logisch; es ist *trotzdem-logisch*. Darum lacht er – finster oder düster oder blöde, jedoch lautlos. Das gewiß magere Gesicht des kleinen Jungen, seine verrückten Augen, sein kleiner, nervöser Mund zeigen, daß er sich auf irgendeine furchtbare, wahnsinnige Weise über die Frau lustig macht, was ihn schockiert und ihm ein mickriges Vergnügen bereitet. Die Identität eines jeden hier ist eine üble Mischung aus Vorgeschichten und Energien, die taxierbar hungrig auf eine Zuneigung machen, welche, brutal gesagt, an jemand anderen gebunden war und diesem galt. Doch was sollen wir da tun?

Sie sagt: «Das ist vielleicht ein trauriges Lächeln, kann ich dir sagen! Na, es ist nett, ein bißchen Liebe um sich zu haben, einen netten Liebhaber wie dich. Was ist denn gegen ein kleines Ja vor dem Frühstück schon einzuwenden?»

So etwas sagt sie eben … Sie versteht, so etwas zu sagen … Sie meint es nicht in jedem Moment ernst – sehen

Sie, Verstand und Realität klettern hier im Dunkeln herum. Die Trauer ist ein bestimmter Atemrhythmus. Das Vermögen, sich geistig in einer anderen Stimmung neu zu konstituieren, steht in Zusammenhang mit physischen Reaktionen, die das Ich zum Kippen bringen, verdüstern, erhitzen, erhellen und erregen, ein Ich, das sich an seinen Überdruß klammert wie an ein Lager der Ruhe und der Nachdenklichkeit, wie an die Mitte des anderen, wissenschaftlichen, skeptischen, ungeliebten, selbstbezogenen Bewußtseins. Der Verstand beharrt auf seinen Glaubensdogmen und seiner Langeweile als einer Form von geistigem Reichtum. Die noch immer wirbelnden und brodelnden Gewässer der Wanne sind ebenfalls nicht glaubwürdig. Für nichts Reales gibt es einen unmittelbar vernünftigen Grund. Nur Splitter der Vernunft selbst sind unmittelbar vernünftig. Jahrelang wartet man darauf, daß Elemente der Vernunft sich verbinden und einander zur Einsichtigkeit erheben mögen. Das Vernünftige in Hinblick auf das eigene Leben im Sinn zu behalten ist so süß wie stärkend.

Durch ihre absurde Intellektualität und ihre promisken Anhänglichkeiten ist die Kindheit teils von Ehrfurcht, teils von die-Ehrfurcht-ignorieren-wollendem Stolz geprägt – oder von Überheblichkeit. Wäre diese Frau da die Kaiserin von Ägypten gewesen (wenn es eine Kaiserin von Ägypten gegeben hätte), dann wäre alles, zum Beispiel alles im Badezimmer, intensiv, real und *fremdartig* im übergeordneten Sinne gewesen; man muß erkennen, daß das Übergeordnete real ist, muß rasch begreifen, was Abstraktion und Gesetze sind, auch die Gesetze, die in dieser anderen Lebensweise, diesem anderen Haus gelten – das ist Moses auch widerfahren, nicht wahr?

Es ist ein logischer, heilsamer Traum und eine Prüfung für die Seele, es ist abstrakt und physisch, und es ist real. Ich bin ein kleiner Irrer, jedoch kein abgeschriebener kleiner Irrer. Und das zeugt von normalen Kinderverstand, denke ich. Das Kind ist schweigsamer als Moses, der als Ägypter stotterte. Es wird stottern, wenn es dann doch zu sprechen beginnt. Daß Moses einst gestottert hat, ist wirklich kein Wunder: er stolperte über die Bedeutungen, die seine Worte seiner Erfahrung nach, in seiner Vorstellung besaßen, über deren Unmitteilbarkeit.

Gelassen beaufsichtigte Moses die Tötung vieler Menschen. Die Mauern von Jericho fielen. Die Tiefgründigkeit von Wileys Moment hängt auf der einen Seite der Gleichung mit Barmherzigkeit und Eigenliebe zusammen, auf der anderen mit einer unvernünftigen Fülle von Bedeutungen. Womit ich sagen will, es liegt eine tiefe Bedeutung der einen Art vor, wenn es sich um dieselbe Frau handelt, und ein anderer Bedeutungszweig, wenn es nicht dieselbe Frau ist, denn zwischen den beiden verschiedenen Teilen des Geistes, den zwei Teilen des wachen Bewußtseins, zwischen dem Ich und dem Richter oder dem Gewissen, wenn Sie wollen, oder zwischen Unmittelbarkeit und Denken besteht dann ein anderes Verhältnis: die Interpretation wird zur Grundlage des Glaubens an die Lebbarkeit der Zeit als tatsächlich unaufhörlichem Strom. Erinnerung und Wahrheit haben sich verändert und werden zu Geisterdingen – etwas Eigentümliches ist geschehen. Es ist nicht zu diagnostizieren. Es ist ich. Insofern ich Lila etwas bedeute, ist es *wir*.

In *mir* jedoch sind die Begriffe allgemeiner Natur und müssen es auch sein. Die Gefühle des Kindes kreisen in einem einzigen Universum des Schmerzes und ungefähren

Behagens, und seine Gefühle sind fern und nah, sind zugleich Dach und Boden, sind die Wahrheit mit diesem unermeßlichen Kern von Irrtum darin. Der kleine Junge muß intelligent sein, um zu überleben. Und er liegt im Hinterhalt, er verbirgt alles, wie ein Forscher auf einem fremden Planeten aus seinem Versteck hervor die Bewohner betrachtet und versucht zu lernen. Der furchtbare, ernstlich ungesegnete, doch vielleicht bedeutungsträchtige Clown in seinem Leben, das Kind, sein Leben – es existierte nun einmal auf diese Weise. Schweigen war unvermeidlich. Lila sagte: «Es ist reizend, daß du nicht sprichst.»

Die Wahrheit ist ihrem Wesen nach außerordentlich und nicht statisch. Ich brachte es fertig, geistig erstaunt und krank zu sein. Das Kind brachte die Disziplin auf, den anhaltenden Blick der Frau hinzunehmen. Und meine Vernunft und Unvernunft zu verbergen. Diese Frau und ich werden für nichts jemals die gleichen Gründe haben. Wie unvernünftig doch mein Leben wirkte, während ich es Moment für Moment lebte: es bestand nur aus einem Rätsel nach dem anderen. Ich starre jeden Moment an und frage mich, was er bedeuten könnte. Es ist aufheiternd und berauschend, das kranke Kind zu sein, grausam blasiert, grausam abgetötet, höchst strafend, und dabei den Blick der Frau hinnehmend, wie nur ein totes und logisch unbefriedigtes Kind es hinnehmen kann, sich von dem gewitzten Jägerblick einer gescheiten Frau fixieren zu lassen.

Ihr Blick wird weicher, bewegt sich wie Wasser, spitzt sich zu und kitzelt. Der kleine Junge zappelt. Fast windet er sich. Die Riesin sagt: «Brr! Verstehst du das?» Sie sagt: «Weißt du was? Du und ich, wir sind ein hübsches Paar –

weißt du das. Mit einem Gesicht wie deinem kannst du eine Menge Spaß haben, wenn du wieder gesund wirst. Drum rat ich dir, werd gesund und laß viele Leute schmachten. Klingt das nicht gut? Klingt doch gut, Püppchen, oder?»

Sie ist eine Bühne der Prophezeiungen, aber sie gedenkt, die Historienspiele nach den Skizzen zu gestalten, die sie hier entwirft. Ihr Blick besagt, wie gewichtig und durchdringend ihr Verstand ist – daß sie mir soviel Intelligenz zuwendet, schwellt mir vor Atemlosigkeit die Brust. Vor Vergnügen. Und zum Teil zeigt sie damit auch, daß sie mich irgendwie nicht kennt. Unkenntnis meiner Person habe ich von früher her bei ihr nicht in Erinnerung. Dies hier aber ist echt; sie kennt mich nicht. Arme Frau. Wahrheiten und Lügen, Monumente des Verlusts und akut wiederkehrende Liebe, unzweifelhafte Beweise von Illoyalität, die auf Loyalität hinweisen, es geschieht erneut, es ist hart, es ist schlüpfrig, doch ich bewege mich in dieser diplomatischen Sphäre, zwischen den Strategien von Liebe und Wachsamkeit, so mühelos, als hätte ich Schwanz und Flossen (oder Flügel, oder kräftige Beine). «Eins sag ich dir: In mancher Hinsicht hattest du die richtige Mutter. Daß du ums Weiterleben kämpfen mußt, sehe ich. Für mich ist meine Mutter schlicht tödlich. Ich frag mich jeden Morgen, wenn ich aufwache, warum ich mir überhaupt noch die Mühe mache.» Alles bedeutet hier etwas. Ich muß lernen, was.

Ich projiziere eine Version von dem, was unerklärlich war, ein fleckiges, halb unbegreifliches Porträt, unerträglich und erregend, auf die enorme, rätselhafte, gelöste Schönheit von Lila Silenowicz. Ihre gespenstische Erzengelschönheit ist körperlich – nicht entfernt so wirklich und menschlich wie ein vertrautes Gesicht.

Unser Dilemma verunstaltet Lila und mich garstig. Ha-ha. Das gefällt uns. Der trübe Geruch der Frau, ihr angespanntes, kokettes Verhalten, ihre konkreten Ziele – ihre verwirklichten Tagträume: Lila träumt, während sie wach ist –, all dies empfindet das Kind so wie einst, wenn die andere bei Dämmerung zu arbeiten aufhörte und ihre Stimme zu schwingen begann. Bei dieser Frau hier ist mich zu bemuttern ein Gedanke: sie erwacht daraus, und ihr Atem, ihre Aura wandeln sich; und sie kommt darauf zurück: sieh an, diese Frau hat Mutterschaft im *Kopf*. Ich existiere aufgrund ihres Kopfes, nicht ihres Körpers. Ich lebe und atme in diesem tosenden, zerrüttenden Tumult, weil ihr Kopf es will.

Aufgrund dieser falsch-wahren Deutung der Dinge wurde mir das Leben zum zweitenmal geschenkt.

Sie sagt: «Ist nun alles entschuldigt? Meinst du, wir können nun mit unserem Geschäft vorankommen?»

Mein Herz schlägt so, daß ich mich in einer dröhnenden Höhle befinde. Die Flügelschläge der Muttergewalt – ihrer Freiheit –, sie sind zum Teil die Bewegungen meiner Geschichte, die mich rasch durch die Luft dahinträgt. Der Magen des Kindes schlenkert auf einmal im Zickzack auf Krämpfe zu; und ich übergab mich.

Lila schnappte sich das Kind und beförderte es zum Waschbecken. »Nicht in dein Badewasser: das wäre ja das letzte, ich will doch nicht das Wasser neu einlassen!»

Die Klauen der Übelkeit, ein Vulkan von spasmodischer, galliger Gewalt: ein kaputter, verätzter Mund.

«So, bring's hinter dich; das bringt dich schon nicht um; du bist einer von der Sorte, die nichts umbringen kann. Du bist hinterher immer noch da – hörst du, Püppchen? Du mußt dich nur übergeben. Das ist nicht das Ende der Welt.»

Als er fertig ist, meint er zu ersticken.

Lila wäscht ihm das Gesicht. «Halt still; ich mache erst mal das hier sauber; und das da *auch*. Ich glaub, es geht dir doch noch nicht besser. Aber ich weiß es nicht. Viel hast du nicht erbrochen.» Sie handelt hastig. «Geht's dir besser? Ich kann's nicht sagen. Weißt du was? Ich bin nicht gut in so was, Püppchen: ich bin dreiunddreißig – aber das ist nicht für die Öffentlichkeit bestimmt. Voreilig Schlüsse zu ziehen kann ich mir nicht leisten. Mein Gott, mein Gott, S. L. schiebt mir die Schuld an allem in die Schuhe. Ewig würde ich's zu hören kriegen, wenn mit dir was ... jemand wie ich kriegt nie die Chance, sich mal zu irren. Ich bin kein süßes, nichtstuendes Hausmütterchen. Das weiß von mir jeder, aber trotzdem mögen mich eine Menge Leute. Eine Menge Leute mögen mich überhaupt nicht – ich bin eine herausragende Persönlichkeit und habe meine Rivalen; sie kommen und gehen, meine Rivalen; sie kommen mir zu den Ohren raus, Püppchen. Du hast ja keine Ahnung, wie das ist. Wenn du mich dastehen läßt, als hätte ich keine Ahnung, dann muß ich dafür blechen, lange, lange blechen. Ich stehe deinetwegen sowieso schon bei allen unter Verdacht. Drum rate ich dir, bleib am Ball. Mit ständigem Erbrechen gewinnst du weder Freunde noch Einfluß.»

Ihre toten Kinder und meine tote Mutter verfolgen sie. Es fällt schwer, sie sich real so vorzustellen, als vielleicht unglaublich verwundete, unglaublich eigensinnige Frau.

Sie schmiß den übelriechenden Waschlappen, mit dem sie mich gesäubert hatte, auf den Boden zu den schmutzigen Handtüchern. Sie stöhnte. Sie rief weder mein Kindermädchen noch S. L. herbei, damit sie eine Meinung dazu äußerten, ob ich wach und «bei Sinnen» sei. Sie schob mit diskreten Strichen ihrer flinken, schlanken Hände ihre großen Brüste zurecht.

Eigensinnig, launenhaft und im Augenblick barmherzig, seufzend und gerissen hebt sie mich hoch und wendet sich zur Wanne um. Einen Moment lang bleibt sie reglos stehen: «Das ist zuviel Wasser – na, vielleicht ertrinkst du ja nicht. Und vielleicht eben doch.» Und indem sie mich unter einem Arm festhält und mir, während sie sich vorbeugt, die Knie auf den Wannenrand drückt, dreht sie das Wasser ab, eine Anstrengung, die sie zum Grunzen bringt und die hundert Jahre lang dauert, dieser Kampf mit dem Wasserhahn.

Dann beäugt sie in den Spiegelungen auf der leinwandmatten weißen Wand sich selbst oder mich und sagt: «Laß mich wieder zu Atem kommen.» Sie fängt die Luft mit dem Mund ein und drückt sie, meine ich, in die Säcke im Innern ihrer Brüste. «Nicht ins Badewasser spucken», sagt sie.

Ich kann nicht sprechen; die Sprache ist eine zu explosive Sache. Ich bin zu verwundet.

«Guckuck», sagt sie.

Doch sie sagt dies abschließend, zu jemandem, von dem sie weiß, daß er behindert und normal ist, nicht ganz normal.

Ich hörte die metallischen Wassergeräusche in der Erinnerung widerhallen. Ich sah zu Lila auf. Meine Augen haschen nach dem bläulichen Staub der Schatten, dann nach dem ungleichmäßigen Getüpfel des aschfarbenen Schattens, der ihr Gesicht ist. Es ist ihres, nicht insgeheim meines. Sie sagte: «Ob du dich wohl übergibst? Niemand sieht zu – du kannst's mir ruhig verraten. Wir zwei sind von ein und derselben Sorte; vertrau mir, ich petze nicht.» Als lokal angesehene Frau hüllt sie sich in ein bestürztes Gebaren, voll Anspielungen auf Intrigen. «Liebst du mich? Ich bezaubere jeden. Zu meiner Zeit hab ich schon hie und da mal einem den Schlaf geraubt.»

Ihr großes Gesicht glänzt in den warmen Luftschwaden des Badezimmers; ihr Gesicht ist herzförmig und bleich.

Ich zuckte. Es war, als spazierten mir Fliegen über die Stirn.

Sie wandte sich von mir ab, beugte sich hinunter und prüfte das Wasser. Sie rührte es um, das Wasser. Geräusche quirlten nun auf, und das Wasser kreiste, dünn und blechähnlich, in kleinen Wellen, flächelos.

Sie hat eine seltsame Haltung eingenommen, halb kauert sie neben der Wanne, ein Knie fast an ihrer Schulter, das andere auf dem blauen Badezimmerläufer. Gezwungenermaßen knie ich auf dem Wannenrand, festgehalten. Sie bewegt die Hände, schließt sie fest um mich und hält mich über das Wasser. Sie pendelt mich hinaus; ihre Hände liegen gerundet um meine Rippen; das Wasser zittert unter mir, nah unter mir: die Füße habe ich noch hinten auf dem Wannenrand. Ich blicke in einen schwankenden, trüben Spiegel hinab, der sie und mich undeutlich wiedergibt. Sie hebt mich höher, bis meine Füße ihre weiße, lockere Verankerung verlieren. Vage Hitzekringel kitzeln ein wenig die Sohlen meiner spirrigen Füße. Ich ziehe die Füße an, nur ein kleines bißchen. Mich groß zu bewegen bin ich nicht fähig. Die Hände meiner Mutter sind nun fragil-intelligent, nicht stark, wie sie es einmal waren. Sie sind gerade eben kräftig genug. Im Verhältnis zu mir sind sie groß. Das Haar auf dem Kopf der Frau berührt mein Haar: unsere Köpfe sind einander nah; ihr Haar liegt so auf meinem, als wüchse es auf meinem Schädel. Sie senkt mich ab, und bleicher Dampf, träge Dunstbögen steigen auf, um mich an intimen Stellen zu berühren. Warmes, körniges Wasser schließt seine Lippen um meine peinigend gekitzelten Füße. Dieses Gefühl kreist in mir echoartig, es macht mich kaputt, als ob es etwas Rasselndes mit Rädern dran wäre und ich aus Glas und Wachspapier bestünde.

Es zerbricht alles und erdrückt mich, so daß ich stumm schreie und zucke: die Schreie dringen nicht aus mir hervor, sondern bleiben drinnen, sie fahren mir rastlos und vernichtend qualvoll durch die Schultern, die buckeln, wie um meinen Kopf vor dieser sensorischen Katastrophe zu schützen – mein Kopf ist das Haupteinfallstor für Empfindungen, und auch er wird überflutet, doch vielleicht nicht für sehr lange, nicht ganz bis zur Krone. Wie ein Mund gleitet das Wasser mir über Fesseln und Beine aufwärts. Der eng schließende, klammernde Mund verschlingt mehr und mehr von mir. Dann stecken meine Hüften im Wasser. Als ein Gürtel von zwiespältigen Gefühlen umringt Wasser meinen Bauch. Es ist nicht geschmeidig; ich bin geschmeidiger als das Wasser. Meine Empfindungen brennen, gellen und kitzeln, sie führen ein verkrampftes Eigenleben von wilder Versessenheit, erzeugen eine Sperre oder Blockade, unerträglich. Das Wasser ist erstaunlich – formell, hoheitlich, unterwürfig, gefährlich. Es paßt sich mir mit seiner Innenseite eng und unnachgiebig an, ist jedoch an seiner Außenseite voll, oval und ganz es selber. Meine Füße am Ende meiner sich streckenden Beine rutschen unbehaglich über den sandigen Wannenboden. Ich stecke naß mitten im leisen, spritzigen Geklingel des Wassers. Ich begreife Wasser nicht, nicht dieses Wasser, sein Maß an Unterwürfigkeit und Gefährlichkeit für mich.

Ich lehne mich vor, und mein Brustkorb kräuselt es und schiebt dagegen; und es, das Wasser, sinkt und plustert sich dann an meinen Rippen auf wie ein Ballon oder ein Kissen. Mit jedem Schwappen wirkt es echohaft auf mich ein. Lila zieht mich so, daß ich aufrecht dasitze; das Wasser, dieser nette Lügner und Betrüger, nimmt selbstgefällig wieder seine frühere Gestalt an. Lila geht mir mit einem Waschlappen ans Gesicht. «Jetzt wollen wir dich mal sauberkriegen», sagt sie. Mein Gesicht wird zu einer Fingerkuppe, die sich in den Waschlappen bohrt. Ich nehme den Waschlappen heftig wahr. Lila, die mir groß vorkommt, ist nach Erwachsenenmaßstäben von zierlicher Statur, so daß sie zum Übertreiben neigt, wenn sie körperlich agiert, wenn sie zeigen will, daß sie ebenso kräftig und nützlich ist wie andere kräftigere, hart arbeitende Leute – *wie sonstwer*, könnte sie sagen. Die feinkörnige Steingutoberflache reizt meinen geknickten, mißtrauischen und kribbelig unruhigen Steiß. An Hals und Schultern spüre ich einen Luftzug. Der Atem der Wasseroberfläche umhaucht mein Gesicht und berührt meine Lippen. Ein verdünnt seifiger Film bedeckt mein Gesicht, ein rauhes Zeug. Dampfiges Geniesel prickelt mir im Mund, auf Gaumen und Zähnen. Der Wassergeruch raubt mir die Luft. Ich finde es komisch und abstoßend, wie ich atme. Das Wasserecho davon ist unerfreulich. Ich atme dilettantisch. Ich fange an, nach Luft zu schnappen; und das macht Mama besorgt, so daß sie sagt: «Laß das!»

Ich lasse es nicht ganz. Mama macht mir vor, wie ich atmen soll. Anscheinend teilen das Wasser, Mama und ich gedämpfte, schwermütige, abgeschaute Atemzüge. Sie schrubbt mir die Hände; fährt mir zwischen die Finger. Was insgeheim Gekicher ist, bläst sich auf zur Schmach, geschrubbt zu werden, was so ähnlich ist wie in Tigerklauen zu geraten – eine Qual, die eine zerreißende Lust bereitet. Beide vermeiden wir es, sie und ich, diesem Moment bewußt Aufmerksamkeit zu schenken. Doch wir sind sehr aufmerksam dabei. Verträumt pustet das Wasser mir Hitze unters Kinn. Und an meinen schwächlich gebogenen Hals. Ich fühle das Wasserkissen um meine unerfahrenen Hände, die Frauenbrust, den Hundebauch des Wassers.

Lila wurde langsamer in ihrem Tun. Probeweise senke ich den Kopf, um auf diese grauen Dinger im Wasser zu gucken: strudelnde Schlieren, die im Licht regenbogenartig schillern.

Diese lokale Wirklichkeit, halb geteilt – das heißt, als etwas beurteilt und bestimmt, das sich von einer persönlichen Halluzination unterscheidet, weil meine *Mutter* hier ist – wird eigenartig leer, elegant sogar, aller Besonderheiten entblößt und nicht weit von dem stolzen Wahn entfernt, die Dinge zum sinnigen Schauspiel umdeuten zu wollen. *Badewasser.* Man nimmt die Idee von Sauberkeit und hängt sie der Idee von Wasser an, so daß *Schmutz* und *unreines Wasser* nicht existieren. Als präsente Gestalt wird Lila bohnenhart gemacht, gepreßt und geglättet wie Kacheln oder eine Seifenschnitzerei, so daß sie zu einer Marmorbüste wird, die meine Mutter darstellen soll. Eine Melange von Absichten haben sie zu meiner *Mutter* gemacht, ob ich nun der Bildhauer bin oder nicht.

Aber welch seltsame Natur ist es doch, die in diesem unvorsichtigen, heidnischen Moment in der Tat empfundene Natur von Präsenz, von Liebe! Die Zukunft wird zu einer Heimat. Die Vergangenheit ist lehrreich grauenhaft. Die Gegenwart ist der Moment der Liebe, aber sie besteht nur in einem Bad – aus Sinneswahrnehmungen wird Glaube. Die erst zarte, dann rüde Liebesakrobatik ist von einer bis zur Eleganz halb-beruhigten (doch immer noch akrobatischen) Hysterie. Ich vergesse, daß Lila alles andere als meine Mutter ist … Dies zu beschreiben ist schwierig, merke ich, nicht aber, mich daran zu erinnern.

Hier, am einen Ende dieses Moments, gibt es den eigenartig schwankenden, trächtigen Glauben, der mit der Wahrheit und mit Rätseln oder Lügen zusammenhängt – mit Lügen und Drohungen: schwer zu sagen. Die inneren Entfernungen sind fast so groß wie zwischen separaten Wirklichkeitsbereichen, doch in ihnen allen bin ich orientierungslos inmitten von Zusammenhängen, die mit intellektueller Dringlichkeit erklären, was mein Leben bedeutet. Oder was dieses und jenes in meinem Leben bedeutet. Dies hier ist neues Wasser; ich habe schon früher Wasser gesehen, aber nicht so. Wie viele Regeln doch geändert worden sind! Mit gesenkter Stirn bahne ich mir einen Weg durch aktuelle Wirklichkeiten, durch sichtbare und berührbare Dampfschwaden, die sich ständig bewegen, jedoch fast körperlos sind, aber für das Kind genauso sichtbar, wie das Rumpeln im Haus, der Ofen, der Wind draußen, die Mühe des Hauses, sich seinen sicheren Stand auf einer Erde zu bewahren, die durch das seltsam weißliche Schilf und die umwucherten Ränder des Morgens rast, für das Kind hörbar sind. Und wie Lilas Gefühle. So präsent wie der schwarze Raum an sich. Gewisse

Verzerrungen, der Nachtexistenz und den Melodramen der Alpträume abgepreßt, werden in der feuchten Mitte meiner Lidschläge zu Wasser. Mein Gesicht befindet sich im Wasser: das Wasser ergreift, maskiert das verandagleiche Gesicht, schmiegt sich ihm an; ich ersticke in einem rosafarbenen Gang; ich schlucke, huste; nackt liefere ich mich, beinahe vergnügt, dem Tod aus, der mich würgend, unheilig, ruchlos, in der hustenden Beklemmung hier erwartet. Ich kehre zu einigen der Fernen von früher zurück, als meine richtige Mutter noch lebte; ich möchte gerettet werden. Hier, im mich flammend umschließenden Garten des Erstickens stoße ich auf die ewig wiederkehrende Errettung – alles saust vorwärts und wird gestaucht, verrenkt, zum Husten geballt. Die weiß widerhallenden Kacheln, der Raum, der Dampf, Lilas atmende Präsenz. Sie klopft mir auf den Rücken – nach einer Weile. Lila hat große Hunde in sich, die an ihr zerren. Sie sagt: «Na, komm schon. Werd gesund. Mach mich stolz, dann halt ich dir auch die Mörder vom Leib.» Sie hat zwei Söhne gehabt, die in früher Kindheit an Erstickung starben, oder an etwas dieser Art. Ihr wurde Herzlosigkeit vorgeworfen. Warum stockt ihr in diesem Moment nicht das Herz? Sie ist nicht gern in der Nähe von Kindern, aber sie ist hier, bei mir. Sie möchte vielleicht nur die offizielle Mutter sein. Lila kann den gegenwärtigen Moment im romantischen Sinne erschließen, als öffne sie ihr Haus für eine Party. Nie und nimmer – es sei denn eben dadurch – kann sie mich retten, nicht, wo *ihre* Kinder tot sind. Ein Ehrenkodex bestimmt hier, was an erster und was an zweiter Stelle kommt. Ich habe ihr niemals wirklich vertraut. Ihr Lebensgefühl kennt nur gegenwärtige Momente, Chancen, in denen nichts festliegt, nichts vorbestimmt ist; und falls doch, dann ist es ihr egal, sie ist frei, und sei's nur für einen Moment.

Mit ihrer Freiheit rettet sie mich, obwohl sie mich nie und nimmer retten kann ... Sie sagt es selbst: «Ich kann keinen retten ... Gott hilft denen, die sich selber helfen.» Mit ihrem Stolz, ihren Blasphemien, ihrem schwülen Temperament ist sie der erste freie Mensch – so verhält sie sich. Doch diese Freiheit erstarrt von Jahr zu Jahr mehr, der statistischen Erwartbarkeit gemäß. Mit beharrlicher Bildungsverweigerung, mit ihrem Beharren darauf, daß sie unterwegs nichts dazulernen müsse, bewegt sie sich wie ein Fluß – und wie ein Flußkahn – voran, grausam von Seitenströmungen umhergeworfen. Das Erbleichen ihres Gesichts, ein Anflug von Hysterie, stellt die Bugwelle dar. Die Unbeugsamkeit, von der sie getragen wird, beruht weder auf irgendeiner üblichen Gläubigkeit oder auf sanfter Mutterschaft, nur auf der harten Weigerung, sich beschämen zu lassen. Sie zieht das Kind fast nur am Hals hoch. Sie klopft ihm auf den Rücken. Mit angespannt melodischer Stimme sagt sie: *«Tu das nicht. Sei kein Narr. Tu dir das nicht an.»*

Herzlos – doch das ist zum Teil ein Scherz, eine Taktik – sagt sie dann: «Du wirst's überleben.» Das wiederholt sie, in einem anderen, melodischeren Ton, in dem die Drohung, sich lustig zu machen, mitschwingt; über mich macht sie sich lustig – oder über sich: «Du wirst's überleben.» Dann ein drittes Mal, nachdenklich, eine Hand auf meinem Kopf: «Du wirst's überleben», während sie ins Unendliche starrt.

Dann, nachdem sie ihre Hand fortgenommen hat, sagt sie es ein viertes Mal, nun als Gedicht, ironisch und pessimistisch, wohlwissend, daß ich sie auslache (ich hatte schon wieder zu atmen begonnen, bevor sie mich rettete), sagt es melancholisch: «Du wirst's überleben.»

Sie rührt mich so, daß es mir für sie weh tut: ich möchte nicht, daß sie gedemütigt wird. In Wasser gebettet, fühle ich mein Herz holprig rasen, so lebenswichtig süß ist es für mich, ein unaufrichtiges Markenzeichen für ihre Vorstellung von sich selbst zu sein.

Lila sagt: «Jag mir bloß nicht solche Schrecken ein: mein Herz! Mein Gott, willst du mich etwa umbringen? So was mag ich nicht. Hörst du? Ich mag das nicht; tu mir das nicht an.»

Der ferne Begriff *meine Mutter* lebt fort, obwohl ich pauschal einen Sinn für die Mängel und Tugenden anderer Frauen entwickelt habe. Echos prallen pochend und klirrend zwischen den Kachelwänden, der Spiegelfläche und der Fensterscheibe hin und her. Lilas Haar ist in der klammen Luft strähnig und teilweise strubbelig geworden; daran erinnere ich mich noch *von vorher.* Ihr Blick ist intensiv, emotional, unbalanciert und leidenschaftlich, vor Leidenschaft aus der Balance gebracht; manchmal zuckt Gesetzestreue darin auf. Ihre Lider flattern; sie glänzen im dampferfüllten Badezimmer. Ihre Schultern sind merkwürdig braun, fast astfarben – wahrscheinlich ein Schatten, der durch ihre Sitzhaltung entsteht. Das wirklich Machtvolle jedoch ist die unendlich weiße Verführungskraft, die Überzeugungskraft ihres Geruchs nach Angst, Kränkung und Wut, die für mich abgemildert, beiseitegeschoben werden. Wenn etwas an ihr sanft war, so schien es sich in ihren weichen Brüsten zu konzentrieren, in deren Spitzen, die gleich Gesichtern durch ihr Nachthemd spähten.

Das ist nicht alles, was das Kind sah: es sah die momentane Kraftlosigkeit ihrer Kehle. Ich fühlte mich nicht größer als ihr Knie. Ich konnte spüren, daß ich ein Gesicht besaß. Und daß dessen Ausdruck ihre Stimmung verwandelte, jedoch nicht lenken konnte. Die Kindheit, ein Kind zu sein, ist etwas unendlich Feinsinniges.

Lila nimmt die beschädigte Gesundheit und die Zweifel des Kindes wahr, und sie weigert sich, diese mit ihrem eigenen Leid, ihren Vorwürfen, ihrem Haß vielleicht sogar, gleichzusetzen. Das ausdruckslose – oder knieartige – Gesicht, welches der kleine Junge im Moment hat, ist nicht unschuldig. Es ist teilweise hämisch; und komisch, wenn es angesehen wird, wenn Lila die Häme sieht. Sein Wille unterscheidet sich von ihrem.

Zu all den Wasserbewegungen in der weißen Wanne schmerzt noch die jüngste Atemnot und begründet ein besonderes, rundäugiges Schmerzgedächtnis. Vielleicht ist es eine Form von gegenwärtigem Schmerz; es zerreißt das Kind; vielleicht ist der Junge wahnsinnig. Meine Mutter hat nun eine gewisse Räumlichkeit angenommen: sie wünscht mich nicht tot; sie wünscht nicht, daß ich ihr Gesellschaft leiste; sie ist unwissend und ausgesperrt; sie wünscht nicht, daß ich leide; sie wünscht, daß ich Spaß habe; sie wünscht, daß ich und mein Leben einen Sinn ergeben – merkwürdig, wieviel das bedeutete, dieser Wunsch *dieser Frau, meiner Mutter, meiner Mutter jetzt.*

Der Moment besteht aus dem unidealen, realen Umstand, daß ich von einer Person *geliebt* werde, die nicht anders als in Grenzen lieben kann, in schierer, unverfälschter Mäßigung, aus ganz gewöhnlicher Verletztheit. Der Moment konnte nicht intensiv werden, obwohl er zugleich allzu intensiv war; diese Frau da ist, unter Einbeziehung dessen, was ich zu ihr irrtümlich annehme und an ihr richtig wahrnehme, eine weit seltsamere Substanz als Wasser: meine Mutter ist seltsamer als Wasser. Intensives, gleichsam gesungenes Gelächter erfüllt mich. Ich hatte nicht gewußt, daß Wasser aus Zonen besteht, wie zum Beispiel einer Oberfläche und einer Innenseite; und daß die Innenseite lecken konnte, wenn man daran leckte; daß sie mit so etwas wie dumpfem Eigensinn in einen hineinkriechen konnte.

Diese Frau hier hat keine Ahnung, wer ich bin. Doch sie weiß, daß sie es nicht weiß, und das ist etwas ungemein anderes als zuvor und eine große Erleichterung; diese Frau hier weiß, wie schlimm ich bin; es besänftigt, wenn kein Anspruch auf einen erhoben und einem dann vergeben wird. Ich meine, wenn Wasser in einen eindringt, dann folgt es da irgendeinem Gesetz, aber keinem Gesetz, das etwas mit Sünde und letzten Dingen wie Zorn und Fluch zu tun hätte. Und Lilas Liebe war durchaus wirksam, gemäß übermütigen, jedoch gefährlichen Gesetzen, gefährlicher an ihren Oberflächen und in den inneren Zonen, weniger stabil, offener, ohne Verwurzelung in geheimen Gesetzen – nur in den schwierigen, realen des aktuellen Augenblicks.

Das Wasser ist bissig und grapschig. Es klatscht einem auf die Hand und haut einem die Luft weg. Es lastet als erdrückendes, nicht erdrückendes Gewicht auf meinen Beinen. Das schaffe ich schon. Auch meine Gefühle sind bissig und grapschig, außerdem scheu, sehr scheu. Sie sind auch übermütig, vielleicht dumpf – und abwegig/irrig/verschlagen. Im Milieu einer persönlichen Bindung schlägt mein Herz langsamer, es scheint, als würde es fast davon erdrückt.

Entsetzt und fasziniert starre ich die Frau an, die seltsamer als Wasser ist. Fließend, wachsam beobachtet mich die Frau, während sie sich bewegt, und sie beugt sich vor, küßt mich – mit ungemeinem Geschick – auf den Kopf und sagt noch einmal: «Du wirst es überleben, Püppchen, nicht? Das stimmt doch, nicht?»

Ich schaue sie an. Ich möchte nicht verbergen, daß ich wach bin. Bist du dir dessen sicher, was du da tust, Mama? Nein. Natürlich nicht. Sie tut es *trotzdem*. Sie sagt: «Kennst du das *Trotzdem*-Prinzip? Die Leute haben mir gesagt, *Tu's nicht*, aber ich hab's trotzdem getan, und das ist mein Prinzip.» Sie sagt es ein wenig schnaubend oder schnarrend (die Kacheln verschärfen das Geräusch; mich erstaunt die Schärfe des Geräuschs in meinem Kopf und in meinem Rachen). «Laß uns Freunde sein. Beug dich vor, und ich schrubb dir den Rücken.» Sie sagt: «Ich wette, du bist derjenige, der mich umbringt ...»

Ich wende mich nicht um und blicke die unordentliche, bestürzende Frau an. Ruckhaft und energisch massiert sie mir mit einem Waschlappen den Rücken; ihre Bewegungen tauchen am einen Ende platschend ins Wasser und steigen naß über die Hubbel meiner Wirbelsäule, der Druck ihrer Striche zwingt mich näher an das Wasser heran, das mich ersticken wollte, so daß es mir gespreizte Tatzen ins Gesicht wirft. Der Waschlappen taucht tief ins Wasser und in die Spalte meines Hinterns, die für mein Bewußtsein plötzlich existiert als abgedunkelte Räume rings um ein grelles Licht, das sich rubbelnd dort unten herumbewegt.

Mamas Atem liegt auf meinem runden Kopf wie eine Mütze – was für ein zielbewußtes Atmen –, der Waschlappen fährt in das Loch und säubert es zärtlich; und dann gleitet ihr Finger weiter, sie berührt die winzigen Böhnchen – die künftigen Hoden –, dann den Penis, der sich wie etwas edel Funkelndes, Unbeschriebenes anfühlt, ein Hinweis auf das Selbstbildnis, das zu entwerfen die Seele in einer rüpelhaften Zukunft versuchen könnte.

Zu keiner Partie von mir ist dieser Frau der Zugang untersagt. Ihr Atem, der Umstand, daß durch mich ihr Wert steigt oder fällt, was sich seltsam vertraut anfühlt, all dies erfüllt mich, meine Brust und meinen Schädel – genau so, wie mein feuchtes Haar und ihr Atem kraus meinen Schädel bedecken. Ihre Berührungen explodieren in mir als angewiderte, dann rasch geleugnete Lust, die an äußerstes Entzücken grenzt, was in mir Passivität und doch zugleich heftige Gefühle und Lichteffekte erzeugt. Ich hasse diese Empfindung, doch ich sammle sie, wiege sie und halte mich bereit, sie erneut in Empfang zu nehmen. Schwachsinniges Kind. Der Sinn ist aus dem gegenwärtigen Moment verschwunden, um sich sensorisch im brennenden Busch der Berührung einzunisten.

Druck wächst in dem Jungen; etwas zieht, es drückt auf seinen Mund, seine Augen. Und auf sein Hinterteil, das zuckt. Er schließt vor Angst die Augen. Die Gegenwart ist warm und unvermittelt, brennend und sexuell, erfüllt von Vorahnungen, von der Möglichkeit, daß dies hier erniedrigend ist; man atmet mißtrauisch am kalten Rand der weiten, dunklen, zukünftigen Welt. Eine heitere Panik. Das gefällt einem. Dieser Wust aus Krankheit und Trauer, Entzücken, Entsetzen, und gemilderter Trauer – ich werde durchfurcht und bepflanzt – ich bin ein Kornfeld, schon halbhoch bewachsen oder stopplig, kratzig und lichtdurchflutet. Ich bin verkrampft, während ohne Grund oder Warnung Licht in mir herumspukt – meinem Willen entspricht das nicht gerade. Das Gesicht der Frau gleicht einem Auge, das sich öffnet und schließt, wenn ich zu ihr aufblicke; es enthüllt und schärft sich; eine fischgesichtige Mondgöttin, monumental, absurd. Ich sehe ihren gespaltenen, verblichenen Rosenmund. Ihre findigen und unwissenden, zudringlichen Bewegungen fahren über meinen vom Ausschlag zerfressenen, halbverhungerten, mageren, verängstigten Körper. Ich hebe eine nasse Hand in die Luft; eine klare Willensgeste. Ich glaube, ich zog Lila nach vorn, oder sie lehnte sich auf meine Geste hin vor; oder aber sie bewegte sich überhaupt nicht; und das machte nichts. Mit der anderen Hand jedoch, mit der Unbeholfenheit des armen, kranken Kindes, patsche ich aufs Wasser; krank wie ich bin, fällt die Bewegung schwach und schüchtern aus; dennoch, das Wasser steigt; es ist von der außerordentlichen, gebrochenen Schönheit von Glas, von Geflüster und einem Aufschrei; doch das Kind gibt keinen Laut von sich, nur das Geräusch und dann das Echo von spritzendem Wasser ist zu hören.

Und unerklärliche Spuren und Bögen erscheinen auf dem Nachthemd der Frau – feine Pfade. Ein paar davon auch auf ihrem Gesicht. Das Kind guckt und guckt. Der Höhepunkt besteht darin, die Entstellung zu sehen, den Regen, die Tränen oder die Spucke, das Wasser der Zukunft, das Brandmal, das der Felsen in der Untiefe einem gigantischen Schiff aufdrückt, das vorüberzieht – nein: das zum Stillstand gebracht wird. Die Zeichen sehen wie Fingerabdrücke aus, oder wie Abdrücke von Zweigen im Schnee, Sand oder Schlamm, oder wie rote Male auf der Haut. Das dampfblasse Gesicht der Frau und, durch nassen Stoff hindurch, eine Brust mit ihrer Spitze spähen zu mir hin. Ich bestaune das nun trocknende elementare Gemälde, das ich geschaffen habe.

Sie sagt: «Ich seh schon, mit Spitznamen wirst du mal Gemeinheit heißen.»

Oh, ich hasse sie. Und es gefällt mir, benannt zu werden.

Als ich zu ihr aufsah, ging mein Kopf so weit nach hinten, daß ich umfiel wie ein Baby und gegen die Steingutwölbung am Ende der Wanne schlug. Ich schrie nicht. Lila bemerkte diese Stummheit des Kindes. Sie sagt: «Tja, Gentlemen schweigen über bestimmte Dinge – ein sehr nützlicher Zug.» Dann, in eigenartig distanziertem Ton: «Du wirst *obendrein* Zuviel-Unfug heißen, das seh ich schon.»

Wut, Empfindlichkeit und Interesse für einander (manchmal), Flirt und Verführung – und Tod, Tod natürlich, zahllose Tode – sie, diese Wahnsinnige, sagt zu diesem wahnsinnigen Kind: «Bin ich deine erste Liebe? Oder willst du bloß mit mir spielen?»

Nicht sehr liebevoll, doch ganz die pflichtbewußte Komplizin oder Verbündete oder die neckisch Amüsierte, hilft sie dem Kind, sich im Wasser wieder aufzusetzen, und sie sagt: «Da, ich tu einen Kuß drauf, davon wird alles heil.»

Ich bin schutzlos. Unter Gezappel werde ich ein bißchen ohnmächtig. Ich weiß nicht mehr, wo meine Sinne geblieben sind. Sie spürt es und bemerkt es: «Du bist ja der reinste Beau Brummell», sagt sie. «Ich glaub, ich kann es schaffen, dich zu mögen. Vielleicht klappt's doch mit dir. Warten wir eben ab. So, jetzt ist das Abtrocknen dran; laß mich dir ruhig helfen; ich mag's, wenn jemand mitzuarbeiten versteht; los geht's», und sie läßt den Waschlappen ins Wasser fallen, legt beide Arme um meine Brust und hebt mich triefend heraus. Sie sagt: «Halt still! Was machst du denn da? Paß auf; sei kein Narr; ich wette, du warst schon immer ein Narr.» Sie schleppt und zupft und hebt und hat Erfolg; sie verfügt über heroische Kräfte; sie könnte auch eine Göttin oder ein Engel sein, soweit ich sehen kann.

Ich tropfe sie naß. Mein nasser, magerer Brustkorb ruht an dem Nachthemd über ihrer alles andere als mageren Brust. «Wenn man zärtlich ist, ist das in dieser Welt immer ein Plus», sagt sie.

Ich habe ausschweifende Gründe, auch mystische, dafür, daß ich in mancher Hinsicht ein Narr bin. Viele ihrer Gründe sind geplant und haben mit Komplikationen zu tun, die ihrer Freundlichkeit entspringen und dem, was Freundlichkeit für sie ist. Sie schaudert, aber nur ein wenig. Ich mag es, wenn sie innerlich und physisch blinzelt, wenn in ihr Dunkelheit herrscht und sie und ich anscheinend gleichzeitig träumen, wenn unsere Träume aus denen des anderen zu erwachsen scheinen, dann wieder sich anscheinend verflechten, dann offenbar Hälften desselben Gedankens sind. In bestimmten neuronalen Korridoren in mir zündet eine Berührung von ihr sowohl ein rosafeuriges Sauberkeitsgefühl als auch die Ahnung von Geheimnissen. In meinem inneren Dunkel brenne ich vor frischer Sauberkeit. Ich bin naß zwischen den Beinen, an meinem straffen Hodensack und am Pimmel, an den Pobacken, am Rücken, zwischen den Schulterblättern. Und dies zu all dem Angstschutt und dem Druck von Unbehagen.

Sie gleicht einem Holzbrett, auf das ich mich gesetzt habe und das mich irgendwie am Kopf getroffen und die weichen, fließenden Gewebe von Seele, Geist und heißeren Gefühlen zerdrückt hat. Nichts zwischen uns ist abgeschlossen oder geklärt; doch da alles in ihr entweder strahlend oder tief und dunkel wie eine Grube ist, ergeben Gefahrvolles und Tröstliches zusammen eine echte Bemutterung, die das Kind akzeptiert. Ich greife schwächlich nach ihr, und das bedeutet, sanft; und doch tobt in mir der männliche Drang, mich an sie zu heften. Zum großen Teil ist dieser rasende Drang melancholische Sehnsucht – halb versteht sie so etwas.

Ich sage jetzt, daß sie einen Sinn für wütende Tragik, für Bitterkeit und Ironie besaß; und daher war sie *liebevoll*; und das Kind wußte das. Es ist nicht so sehr anders als zuvor. Vielleicht ist es etwas Jüdisches. Auch in dieser Frau gibt es den tiefen, wütenden Hang zu schroffem und spöttischem Verhalten gegenüber dem-Kind-das-nicht-das-ihre-ist. Nun wird dies mit Liebäugelei kaschiert. Und ich verabscheue die Veränderung in ihr und ihr Verlangen nach Veränderung. Aber ich bin nicht ärgerlich und werde es nie mehr sein.

Für jeden von uns schafft das Hölzerne, der Schauder vor Zärtlichkeit – tote Mutter, tote Söhne – einen Bereich, in dem wir lauernd auf hohen Sitzen thronen und uns auch auf diese seltsame Art brüsten, die wir an uns haben, muskellos, sang- und klanglos, jedoch vielsagend und ominös.

Sie und ich teilen eine eigentümlich vollständige, nicht sehr freudige und doch recht glückliche (oder pikante) Nacktheit. Fenster und Spiegel sind von Dampf verschleiert. Mich im Arm, nimmt Mama ein Handtuch, wischt Fenster und Spiegel ab und wirft auch dieses Tuch auf den Boden. Und sie nimmt noch ein weiteres Handtuch – sie gibt an: dies sind schon sehr viel mehr Tücher, als es in dem anderen Haus gab. «Faß nach dem Spiegel da; halt dich am Spiegel fest, während ich dich abtrockne», sagt sie in gereiztem, gemeinem Ton. Sie will, daß ich im Waschbecken stehe und mich am oberen Rand des kleinen Spiegels festhalte, aber ich kann nicht sehr gut stehen. Sie sprach das Wort Spiegel wie «Spii» – Luftholen – «gel» aus. Früher wurde es tiefer, dunkler und weniger spitz ausgesprochen: «Sschpüü-göll». Auf halbem Wege zwischen den Lautfolgen, direkt vor mir, befindet sich der streifige Spiegel, die Pupille eines Geisterauges.

Mama reibt mir die nassen, bebenden Schultern ab. Mama und ihr Wille. Während ich stumm am *Spii-gel* hänge, von ihren Händen gestützt, schreitet die wortlose, illegale Bindung – kein Sakrament – voran. Nichts daran ist *verborgen* schicksalhaft. Wir haben immer gewußt, daß wir nur menschlich waren. Nichts ist oder war ideal. Nichts. Und es ist mir egal. Sie hält mich mit einer Hand und frottiert mein Haar, mein Gesäß, mein bebendes Ich, meine dünne Schädeldecke. Sie liebt die Macht. Ich bin an den Tod gewöhnt. Ich spüre ihn in ihr – sie regelt so gern alles.

Sie sagt: «Man ist nur so hübsch, wie man sich verhält; ich sag dir, Püppchen, du legst keinen rein. Bring mich nicht zum Lachen.»

Ein zweifaches Kleinkind, bleich vor stimmlosen Äußerungen, rutscht das Kind mit den Bewegungen der Frau vor und zurück; ein Sakrament ist dies nur für Verwirrte und Verwirrende.

Sie sagt: «Ich hab nicht geglaubt, daß du so wärst.»

Der kleine Junge spricht nicht. Seine Mutter ist zynisch, nicht sentimental und nicht entsetzt, und also ist auch er es nicht. Sie und er sind sprachlose Wissende: Mutter und Sohn. Er ist in ihr Leben getreten, das von Leuten bevölkert ist, die ihm vorangegangen sind. Wo bin ich in diesem Netz von Eifersucht? (Was für gute Detektive müssen wir doch sein.)

Sie tätschelt mich. Ich lehnte mich endlich schwer an ihre Schulter. Ihre Schulter schob mich in eine aufrechte Haltung. «Ha-ha», macht sie laut. Die Abstände in ihrer und meiner Vorstellung sind nicht gleich; wir finden die Unterschiede amüsant. Wir sind ganz sachlich, sie und ich; wir sind auch hysterisch und überrascht; und wir sind Gegenspieler, unabhängig voneinander, voller Mißtrauen und Vorwürfe dem anderen gegenüber und von ihm amüsiert.

Sie ist unglaublich egoistisch. «Magst du mich so sehr, findest du mich so wundervoll, daß du jetzt bereit bist, dich der Welt zu stellen? Ich finde, du siehst grauenhaft aus, weißt du das? S. L. findet dich sicher deprimierend. Das weiß ich. Ich bin zu eingebildet, um zu stümpern, ich bin die beste überhaupt, ich bin die Maienkönigin, aber trotzdem kann ich nicht gerade sagen, ich hätte in deinem Fall besonders gute Arbeit geleistet. Wir müssen noch abwarten; wir geben uns noch zwei, drei Tage; ich verabrede mich mit dir: dann versuchen wir's noch mal und schauen, ob du ein bißchen munterer sein und ein bißchen an Gewicht zulegen kannst. Ich möchte, daß du eine Empfehlung für mich bist. Ich habe eine Position in der Welt. Die Wahrheit ist nun mal die Wahrheit, Püppchen, ich mag dich zu sehr, um dich zu belügen. Du bist noch zu gar nichts bereit, außer für ein Bestattungshaus. Na ja, die Zeit heilt alle Wunden. Einen Anfang haben wir wenigstens gemacht. Ist das etwa kein Schritt in die richtige

Richtung? Ich meine schon, und ich hab hier das Sagen, ich bin die Maienkönigin. Hast du was dagegen, oder meinst du, du kannst damit leben, wie wir hier verfahren?»

Sie betrachtet mich im Spiegel – ich bin ein wundes, mageres, nacktes Kind. Sie hüllt meinen schwachen Körper in ein Handtuch. Sie legt meine Hand aufs Handtuch, damit ich es festhalte; sie biegt meine Hand um die Handtuchkante. Zuerst kann ich es nicht; dann will ich es nicht. Dann schließlich tue ich es. «Wir versuchen's morgen wieder, Püppchen. Ich mag dich. Ich glaub an dich. Geht das für dich in Ordnung?»

Wenn Lila mich ansah, wurde eine emotionale Regung in mir zu einer Art von Rede; sie las in meinem Gesicht und in meiner Haltung: wie ein kleiner Römer griff ich nach meinem Handtuch. Eine Rohübersetzung davon in Sprache ergäbe eine Antwort auf Lilas Fragen: *Ich hab nichts dagegen*.

AUTOKAUF

Mama führte mich ziemlich oft Besuchern nackt vor. Noch als Vierjährigen zog sie mich manchmal vor Leuten an, die Fremde für mich waren, oder sie überließ es ihnen und beaufsichtigte sie dabei. Ich war – das Kind war – nun, das Wort dafür lautete damals *Cupido* – ich war zum Teil ein Cupido, ein Dingsbums, das reizen sollte, süß-erotisch, sanft obszön, sanft im Vergleich zu gewissen anderen Dingen: doch manchmal schnauften die Leute heftig, es gab viel geziertes Gefummel, viel wehmütige Gefühligkeit und Zärtlichkeit, eindeutig dazu gedacht, die Nerven zu streicheln. Andauernd hatte ich Hände auf mir. Das Kind war ein Geschöpf, das dazu taugte, derartig Lust zu spenden; heute mag dies aus der Mode gekommen sein; doch damals stellte es einen sozialen Gebrauchswert dar, den der kleine Junge besaß.

So kam es, daß Nonie, die Tochter meiner Mutter, elf Jahre älter als das Kind, in der Schule etwas zurück und oft durcheinander, oft verletzt – einsam und kampfbereit mittels Zorns und immensen Leidens wie so manche Frauen, die offenbar früh im Leben zu sexueller Wut begabt sind –, so kommt es, daß Nonie mich bekleidet oder nackt Mädchen oder Jungen anbietet, wenn sie dafür bereit sind, mit ihr zu spielen. Hier lockt sie nun drei Kinder, zwei Mädchen und einen Jungen, mit einem lebensgroßen und einigermaßen intelligenten, aber stummen Ding, das eine menschliche Anatomie und «ein süßes Lächeln, ein Millionen-Lächeln» aufweist – so pflegte Mama zu sagen. Doch wenn ich's mir recht überlege, hatte Mama die Phrase von ihrem Mann: er hatte sie zuerst benutzt.

Man kann das Kind an- und ausziehen im Rahmen diverser Spiele, medizinischer oder abenteuerlicher, sentimentaler oder feuriger, kosender, ernsthafter oder verkicherter. Das Kind würde mitmachen. Ich würde mitmachen. Ich machte mit. Dieses Zeug wurde nicht eigentlich geheimgehalten, galt also wohl als hinnehmbar, aber es fand diskret statt und war daher wohl nicht wirklich schamlos. Nur teilweise war es schamlos. Ich weiß noch, daß es zumeist auf Veranden geschah, auf Vorder-, Hinter- und Seitenveranden, manchmal in Garagen und sogar in den Autos in der Garage, doch manchmal auch hinter Büschen und in Kellern und in Mädchenschlafzimmern, auf der dem Bett gegenüberliegenden, von der Tür aus nicht einsehbaren Seite.

Es wurde als unschuldig hingenommen. Es wurde als etwas Unschuldiges von jener unausrottbaren Sorte hingenommen, die ernsthaften Ärger verheißt, wenn mit irgendeinem Aspekt der Situation herumgemauschelt wird. Der kleine Junge sprach nicht. Er war stumm, bis er viereinhalb war. Dieses Zeug wurde teilweise ignoriert oder als vorübergehende, geringfügige lokale Verdorbenheit gestattet, wenngleich ich keine Ahnung habe, warum dies so war, warum jene Wohngegend eher aufgeschlossen als puritanisch gewesen sein könnte, es sei denn, weil es, für die Region, eine wohlhabende Wohngegend und keine von Kirchenanhängern war.

Wie dem auch sei, als ich zu sprechen begann, wurde Nonie, die inzwischen fünfzehn war, aber sich anderen Leuten (manchmal sogar Verwandten) gegenüber nur dreizehneinhalb Jahre zugestand, konfrontiert mit den sprachlichen Äußerungen eines bislang blöden (stummen) Kindes – blöder als sie, sicherlich. Sie muß mit dem Verlust ihrer Vergnügungen fertig werden, der Zugänglichkeit des Kinderkörpers für sie und andere Kinder, und mit dem Verlust von Liebe, dem Ende einer Liebesgeschichte. Sie weiß nicht, was sie tun soll.

Ich war kein Cupido mehr: ich war zu einem Geist geworden. Was ich weiß, woran ich mich erinnern kann und was ich tun werde, das hat auf Nonie eine geisterhafte Wirkung – sie wird von jemandem heimgesucht, von etwas Immateriellem und doch Wirklichem, von einem ungreifbaren Körper. Von einem Kind. Einem männlichen Kind.

Bislang war sie, was meine Wünsche anging, die Hauptautorität gewesen: *Ich weiß, was er will, er will das-und-das.* Ich hatte dem meistens zugestimmt – aus Neugierde und Taktik (sie wußte besser als ich, was man mittels Forderungen kriegen konnte) –, aber nun stimme ich nicht mehr zu; sie ist sich nicht sicher, ob die Situation wirklich irreversibel ist – sie wird sich einbilden, bis sie stirbt, das Kind lebe unter einer Glocke der Stummheit und Gefügigkeit ihrem Gekränktsein, ihrem Willen gegenüber.

Sie ist dreizehn. An einem Tag, an dem die ungeheuerlichen Fahnen unseres berühmten Windes sich heulend drehen, nimmt sie mich mit ins Freie. Meine Kinderfrau sieht eine Weile lang vom Küchenfenster aus zu. Wir schauen uns eine Schnecke, einen Grashüpfer an. Wir gehen ums Haus herum zur Rückseite, und von dort bahnen wir uns einen Weg durch die Äste der Eibe zu dem Spalier, das die quadratischen Säulen aus Backsteinen und Mörtel verbirgt, welche auf dieser Seite des Hauses die Veranda stützen, und dort, in der pelzigen, kratzigen Höhle zwischen diesen Koniferen, kommen wir zu einer Stelle, wo das Spalier zerbrochen ist, wo die zerbrochenen Enden der diagonal übereinandergenagelten Latten bleiche, scharfe, stumme Wächterflammen sind, die einen beißen, wenn man am Tor zur Dunkelheit unvorsichtig ist.

Nonie schubst mich mit den Knien vorwärts, stößt mich mit zur Seite gedrehtem Bein, als erinnerte sie sich noch an das erste, lang zurückliegende Mal, und halb kapiere ich in ihrer Gegenwart, daß ich, wenn sie mit mir spielt, jünger zu sein habe, als ich bin, und ich protestiere nicht.

Man krabbelt hindurch und wird von Splittern gepiekst und gelangt zu dem windstillen Ort *hier-unter-dem-Haus.*

Das Haus mit seinen Holzwänden erhebt sich über uns, hallend und monströs. Eine karierte Autodecke, ein verbeulter Kessel, ein Schrubberstiel ohne Schrubber liegen hier herum, Blechlöffel und zwei Blechmesser, eine schmutzige Puppe, nicht weit von einem gut zwanzig Zentimeter tiefen Loch; aufgestörter Staub tuschelt, rutscht, fällt hinein, als wir uns bewegen und in der Windstille hier einen gedämpften Luftzug schaffen. Hier spielen Kinder. Nonie gibt den Plan der Geschichte vor, sie gibt Befehle, ein bißchen Beschreibendes, Drohungen, Schmeicheleien von sich. Mit einem Eibenzweig macht sie mir die Lippen staubig: «Du bist ein kleines Baby, ein Mädchen – ich mach dich hübsch ...» Sie sagt: «Jetzt steh auf – ich mach dich noch ein bißchen hübscher.» Sie legt mir ihr Gesicht an die Rippen, knöpft mir die Hose auf, zieht sie mir aus und legt mich, mit dem Gesicht nach oben, auf ihren Schoß. Mit dem Ast stupst sie mich in den Bauch: «Du hast Blinddarmentzündung –»

Sie fährt mir mit dem Zweig in den Mund – ich drehe den Kopf weg; sie packt mich bei der Nase und drückt mir die Nasenlöcher zu. Ich mache den Mund auf. Der Zweig, seine Rinde, riecht nach Staub, die Nadeln fahren mir in den Mund, kratzen mich am Gaumen – ich würge und zapple, dann zucke ich krampfartig: Nonie schlägt meine sich sträubenden Arme und Beine flach. «Tu, was ich dir sage, du mußt tun, was ich dir sage – das ist ein Spiel, wir spielen ein *Spiel*!» In einer Welt von Kindern ein moralischer Wert. Sie krümelt mir Erde auf die Lippen: «Das ist Essen – du mußt es schlucken –» Voll ernsten Interesses piekst sie mit dem Zweig, einem vorgeblichen Stethoskop, in die weichen Stellen zwischen meinen Beinen, hinter meinen Hoden. Ich rolle mich auf ihren Beinen herum und schiebe sie mit beiden Händen weg. Sie, ein Mädchen mit fetten Schenkeln, sitzt auf der Decke und sagt tröstende und begründende Sachen, sie macht Versprechungen, sie dreht mich von sich weg und legt mich irgendwie quer über ihren Schoß, über ihre angezogenen Beine, ihre molligen Schenkel. Mein entblößter Hintern scheint Augen zu bekommen, scheint irgendwie in die Luft zu blicken. Nonie sagt: «Du bist ungezogen gewesen – ich muß dich verhauen.» Ich verhalte mich, als spräche ich noch immer nicht. Ich schüttle den Kopf. Sie hat mir noch nie weh getan – nicht sehr – nicht so, daß ich mir sicher gewesen wäre, sie tue es aus Gehässigkeit.

Der erste Schlag war sanft: die Zeit ging weiter. Der zweite, heftigere Schlag brachte mich durcheinander, als trüge ich eine Staubschicht auf mir, in der nun jede Partikel kitzelnd und brennend aufglomm und Gefühl in mir aufzehrte. *«Zu fest»*, sagte ich entrüstet. Daß mir mehr als beiläufig weh getan wurde, mehr, als die von den Seiten kommenden Gemeinheiten der Splitter weh taten, die durch das Spalier in die windstille Dunkelheit hier eindrangen, war außerhalb der Skala von Dingen, die wir taten, wenn wir spielten.

Sie schlägt mich wieder.

«Nein – ich will nicht mehr mitmachen!»

Zum Teil ausgezogen, verspüre ich nun zum erstenmal jene Verlegenheit, die in meine Träume eingehen wird, jenen Verdruß vielleicht sogar darüber, daß ich mich in die Rolle des Babys habe locken lassen oder mich weiter als vernünftig darauf eingelassen habe. Vielleicht überrascht der dritte Schlag auch Nonie, er ergibt keinen Sinn im Rahmen eines Spiels – nicht der Spiele, die ich bisher kenne.

Ich wende ihr ein ärgerliches Gesicht zu – sie blickt siegreich und eifrig drein. Sie nimmt mich zwischen die Knie und quetscht mich so fest, daß ich bebe.

In einzigartiger Einigkeit mit sich selbst zappelt und tritt das Kind. Nonie sagt: «Du bist doch nur ein Baby – du mußt tun, was ich dir sage.» Sie möchte ebensolchen Spaß an mir haben wie ihre Eltern. Sie ist neugierig darauf, warum ich so sehr geliebt werde. Sie drückt mir den Kopf – den Hals – nach hinten, und da sie mehr Kraft hat als ich, werde ich zu einem Geschöpf von so männlichem Geiste, daß ich grunze und Urin fließen lasse. Ich pinkle ihr aufs Bein. Sie brüllt: *«Was hast du da gemacht! Das unterstehst du dich? Dir werd ich's zeigen!»* Sie hält mich am Handgelenk fest, während ich strample und nach ihr trete vor Zorn darüber, daß ich mich mit ihr zusammen hier unter der Veranda, an diesem staubigen Ort, in dieser Spielhöhle befinde.

Ich heble an ihren Fingern und schaffe es, einen zu lockern. Sie läßt mich los. Ich drehe mich um. Sie schnellt auf der Decke herum und legt unter Gebrummel ihre dikken, runden Beine von hinten um mich, klemmt mich ein und wälzt mich mit ihren Beinen, Knien und Füßen herum; ich bin der Gefangene der riesigen Krakenfrau oder Titanin.

Meine Unwissenheit, meine Unfähigkeit zu raten, was als nächstes kommen wird, hat jenes besondere Aroma, das ihr in der Kindheit eigen ist. Ich stiere Nonie finster ins Gesicht. Die Unfähigkeit, jemand anderem weh zu tun, sperrt einen in Hysterie ein, in die Zuschauerrolle – ein absurdes Verlies.

Ich beuge mich vor und grapsche nach dem lockeren, flüchtigen Staub; ich bewerfe Nonie damit. Mit kraftloser Anmut bewegt sich der geworfene Staub durch die Luft, und Nonie wedelt ihn ab, pustet ihn weg. Es ist entsetzlich; er trifft sie überhaupt nicht. Sie lehnt sich auf die Ellbogen zurück und tritt nach mir, sie sagt: *«Leg dich bloß nicht mit mir an!»* Ihr dickes Bein knallt mir gegen die Brust und erzeugt eine Prellung: ein holziger Knoten bildet sich da, dann wird die Stelle rauhrandig und fühlt sich wie entfärbt an, pelzig und gallig, es blockiert mir den Atem. Nonie tritt mich in den Magen: *«Du darfst keinen Dreck nach mir werfen!»*

Unter einer erstickenden Glocke setze ich mich hin. Man sieht ihr an, daß sie überlegt und dann beschließt zu lachen. Obwohl ich keine Luft kriege, werfe ich mich auf sie. Sie schnappt sich den Schrubberstiel, hält ihn mit beiden Händen und drückt mich damit zurück, drückt ihn mir gegen das hochgerutschte Hemd, gegen die Brust. Unten herum bin ich nackt. Sie drückt so zu, daß es einem

Schlag gleicht – das Problem, welche Macht sie in der Welt besitzt, wo deren Grenzen sind, ist schwierig: sie kann dessen Elemente nicht mit ihrer Ansicht davon in Übereinstimmung bringen, was *vernünftig*, was praktisch und was, soweit es sie betrifft, *erträglich* ist.

Sie sagt: «Du bist verzogen; du hast mich gepiesakt – oh, ha-ha, du bist ein Quälgeist, sonst gar nichts.» Sie möchte, daß ich mich entehrt fühle; ich sollte überhaupt keine Quelle von Schmerz oder Kränkung für sie sein, davon ist sie überzeugt. Sie ist moralisch selbstgerecht – eine Form von moralischer Hysterie, denn moralische Fragen sind schmerzlich, allesamt, unabänderlich.

Das Kind sagt: *«Du hörst jetzt auf!»*

Sie schlägt mich mit dem Schrubberstiel, um meinen Gesichtsausdruck zu korrigieren und meinen inneren Zustand für sie annehmbar zu machen.

Dann drischt sie so schnell auf mich ein, daß ich das Gebrüll, zu dem ich, wie sie sieht, anhebe, nicht herausbekomme – es bleibt mir in der Kehle stecken: und auch das interessiert sie. Ich bin gefangen und gelähmt von ihrer Gewandtheit, ihren Reflexen und ihrer Härte.

In ihrem abgewandten Gesicht, um ihre Augen zuckt es; und ich starre sie an. Lustvoll hallen meine Schmerzen in ihr wider. Ich bin allmählich mit Empfindungen so voll wie ein schwerer, stinkender, fleckiger Segeltuchsack mit Steinen. Es ist ein *schmutziges* Gefühl. Ich möchte sauber sein. In mir stinkt es nach aufgewühlter Galle. Meine Augen bewegen sich ruckhaft und quellen hervor, um winzige, kaum begreifliche Bereiche des Sichtbaren wahrzunehmen. Mama wird mir eines Tages verraten, daß Frauen hoffen, einen mittels der Gefühle, die sie in einem wecken, zu töten – das sei normal, behauptet sie steif und fest.

Nun bin ich verwundet, und ich glühe; ich bin ein stumpf leuchtendes, ungehöriges Etwas. Mein Herz schlenkert und rempelt. Der Schmerz beansprucht meine ganze Aufmerksamkeit, ich entsinne mich nun nicht mehr genau, wie das eigentlich war, frei von Schmerz zu sein. Ich befinde mich im Schmerzkontinuum. Dieser Schmerz besteht zum Teil aus einem Intelligenzloch: der da Nonie anglotzt, ist ein albern grinsender, glubschender Idiot. Der Schmerz erlöst mich von der Kuratel der Vernunft und der verpflichtenden Gesellschaft der Dinge. Erinnerungen, die sich unmöglich einstellen können, wenn man glücklich ist, stauen sich und bilden ein bis zum Anbeginn zurückreichendes Kontinuum, hundsköpfige Wesen, alte Prügel, alte Stachel, abscheulich und dröhnend. Nonie sieht aus, als schrubbe sie an etwas *Verdorbenem* herum. Mein Rücken sträubt sich und schrumpelt. Ich starre Nonie aus meinem Schmerzkontinuum heraus an, das an dasjenige grenzt, in dem sie sich befindet; sie hat ihrerseits Schmerzen empfunden und mich aus ihrem Schmerzkontinuum heraus angestarrt, ohne daß ich es bemerkt hatte. Der Haß, den ich verspüre, ist seltsam, schräg und komplizenhaft. Als sie mir mit dem Stiel auf die Schläfe schlägt, vibriert der Schädel, und Kopf, Augen und Mund werden überflutet von, saugen sich voll mit dürren, blanken, kalten Sinnesreizen. Sie kreiseln und klimpern wie Münzen auf Marmor oder Glas, doch fast gleichzeitig werden sie dick und wattiert und widerwärtig – spezifischer, verstörender Schmerz überwältigt nun das Gefühl von Entehrung und flößt mir mehr Feindseligkeit ein, als ich bisher kannte – nicht Liebe und Verehrung: Nonie hat einen psychologischen Fehler begangen, indem sie nicht gut genug *reine Motive* vortäuschte; doch sie folgt stur der

Bahn ihrer Begierden, ihrer Stimmung; und noch empfindet sie dies nicht als einen Fehler.

Daß Schmerz einem Liebe einbleut, hat den Grund, daß ein starkes Gefühl ein bestimmtes sein muß, und wenn Haß zu gefährlich ist oder aber unbekannt – wenn er nicht ansteckend ist, wie Nonies Haß es für mich war –, dann verfällt man wehrlos in Liebe, in Eifer – in Eifer zu gefallen.

Nonies Gesicht war ein aufgerauhter, verschwommener Fleck für mich, eine radierte Stelle, an der das Papier faserig wird und aus einem gelblichen Oval ein lichtdurchlässiges Loch. Die Antennen meines Schmerzes, zentral und müffelnd, und der Geruch von Nonies Haar und ihre Stimme ranken sich um mich: «Ich bin die Gute, du bist der Böse», sagt sie. *Sieh her und fürchte mich.* Unter der Veranda, im Dämmerlicht.

Ich nehme eine Ich-hasse-dich-Haltung ein: dies geht auf mein Kindermädchen Annemarie zurück, glaube ich; sie hat mir andere Sachen beigebracht; ich verfüge bereits über eine *Das-hier-ist-arg-ich-will-nichts-fühlen-ich-weine-nicht-sondern-warte-bis-es-vorbei-geht*-Haltung.

Hierdurch wird der Kontakt zwischen mir und meiner Peinigerin, zwischen meinem Zustand und ihrem Willen, unterbrochen. Meine Peinigerin weiß nur von Dingen, die auf grundlose Gewalt herauslaufen, auf einen groben Mißgriff. Wenn man jemanden – Nonie – in Ruhe läßt, in Ruhe, allein und außer sich, ohne Komplizen und beladen mit Schuldgefühlen, dann verändert sich die Lage und sie fühlt sich schlecht (angestachelt und rastlos); zwischen ihren Atemzügen tun sich gähnende Lücken auf, halb lacht sie, *ätzend.* Sie fuchtelt mit dem Stock vor meinen Augen herum. Der Schmerz in mir ist nur gleißend und knisternd und ein wenig wie eine Nacht im Freien. Ich brauche Nonie nicht zu fürchten, so wenig kann ich sie nicht leiden. Wenn ein Schmerz wirklich zählt, dann hört er auf, tragisch zu sein – oder komisch: Er wird zum Melodram.

Wie ein Baby konnte ich an den Schmerz nicht glauben und war mir sicher, daß Nonie im Unrecht war und hierfür bestraft werden würde.

Das sah sie mir an. Der Stiel kam näher, die Haut zog sich zusammen, der Stiel drang in die Augenhöhle, die flache, kindliche Knochenschale um das weiche Auge, ein. Mein Aufschrei förderte einen Aufschrei von Nonie zutage. Ihrer besagte: *«Du hast mich dazu gebracht! Du bist hineingerannt! Das hast du mit Absicht gemacht!»*

Indem ich aufschrie, hob ich den Kopf an – der stechende Stiel ruckte abwärts zu meiner Nase, zum Nasenloch; der Stiel brachte meine Gesichtsmitte aus der Fassung – ein patschend-matschendes Gefühl.

Ich nahm an, dies wäre nicht geschehen, es wäre nicht wahr, dieses lichtlose Exil, dieser unerträgliche, endlose, schmierige subjektive Zeitrutsch. Ich gucke ruckhaft aus den Augen. In meiner Kehle dehnt sich die Luft. Mit geschwollenem Gesicht, erfolglos nach Luft schnappend, verspüre ich meine Angst. Noch stehe ich auf den Beinen. Was ich sprachlos empfinde, ist das Gefühl von Tieren in einer Arena – aus Schmerz – und Unversöhnlichkeit.

Wahr ist, daß Nonie in vieler Hinsicht nun mehr das Opfer ist als ich, wenn ich sie nicht mit Liebesschmiere ziere.

Man würgt innerlich, allenthalben. Um die Distanz von hier bis zur Schmerzlosigkeit zu ermessen, bedürfte es einer Astronomie menschlicher Güte, die genau zu berechnen nie gelingen wird. Ich nehme Nonies Abscheu, ihren Triumph, ihren *Sternguckerblick* wahr. Auf meiner Hand sind, nachdem ich mir übers Gesicht gefahren bin, Klumpen und Rinnsale, wurmartige Spuren von Blut – sie hüpfen und zucken wie heiße Grashüpfer oder warme, aufgeregte, kichrige Würmer. Angegriffen und fröstelnd versuchte ich zu gehen, aber das Blut kam zu schnell und ich war zu angewidert, zu beschämt und wütend und geschwächt. Draußen vor der Höhle wehte der Wind in den Eiben und der freien Luft, und der Himmel war von einem klaren, sehr fernen Blau mit blassen Wolken darin, blaugescheckt-weißen, gazeartigen Dingern – dieser Himmel ging in meine Träume ein.

Alles in der Welt war flächig mit allem anderen verbunden, bloß dieser Ort war nicht so real wie einer, der irgendwo Farben in sich hatte. Ich sah sogar das Blut auf meiner Hand, als ich sie vom Gesicht wegzog, als grau – dies war eine ernste Welt, diejenige mit grauem Blut darin. Ich wußte nicht sehr viel. Ich hockte mich hin; die Knie ragten rechts und links von meinem Brustkorb auf. Für manche Dinge hatte ich kein Vokabular: *Das hier gefällt mir nicht; es ist schlimm.* Die Gegenwart von etwas wie Backsteinen mit rauher Oberfläche oder rauhhäutigem Beton, der Druck von etwas, das einem die Haut aufschürfen konnte und das aus einem Feld ragte, in dem alles im fahlen Licht von Schock und Schwäche dalag, zerriß einen so sehr, daß der Riß nicht mehr zu nähen war. Vielleicht ist es endgültig, dachte ich; ich wußte es nicht.

Nonie gibt ein Vogelkreischen von sich. Sie fällt in Ohnmacht.

Nach einer Weile kroch ich durch das Spalier und ging, ein Hilfe suchendes Menschenkind.

Lila, meine Mutter, weigerte sich zu «leiden» – sie hatte ohnehin schon genug «Ärger» – und S. L. wurde von der Arbeit herbeibeordert: *Du hast doch einen Sohn gewollt.*

Er fuhr mich über die Brücke nach St. Louis, zum dortigen Hospital. Dann begann die medizinische Prozedur – die Ärzte säuberten und untersuchten, nähten schließlich. Niemand kann lebendig sein mit genähter Haut und kränklichem Grauen vor sich selbst, angesichts magenumdrehender Schocks der Erinnerung und der Unbeholfenheit von Ärzten (sie mögen noch so gewandt sein) und des augenblicklichen Moments, in dem einem alles weh tut. Man selbst riecht medizinisch, antiseptisch, und die Verbände riechen ebenso.

Wir fuhren zurück über die Brücke. Für einige Minuten befanden wir uns zwischen den Streben, auf denen die Sonne lag; sie kämmten die windige, wirbelnde Luft, die dann wuchtig auf das Auto traf. In ihrer Transparenz imitierte die Luft die schlammigen Wirbel des Mississippi unter uns, der fern und winzig erschien.

S. L. hielt beim Fahren einen Arm um mich gelegt. Er sagte, er wolle Nonie nicht bestrafen – sie sei durcheinander und hysterisch, leidgeprüft, sie sei «schlimmer dran» als ich, er erwarte von mir, daß ich ihr verziehe. Als wir nach Hause kamen, bestand er darauf, daß ich zu ihr hinginge, wie ich es früher getan hatte: beide entsannen wir uns nun an eine Leidensgeschichte. S. L. trug mich auf dem Arm, und ich brachte ihn dazu, daß er mich absetzte. Er versuchte, mich an der Hand zu ziehen, aber ich griff nach dem Geländerpfosten und hielt mich daran fest.

Annemarie, mein Kindermädchen, kam herbei und rettete mich; sie brachte mich nach oben, und ich versuchte sie dazu zu bringen, daß sie die Tür meines Zimmers gegen Daddy und Nonie verriegelte, und das tat sie auch, doch Daddy erhob Einspruch. Achtundvierzig Stunden lang mußte Annemarie bei mir bleiben, weil ich sonst außer mir geriet und mein seelischer Starrsinn mich so ungebärdig machte, daß die Stiche aufzureißen drohten.

Nonie kam an die Tür zu meinem Zimmer, und ihr Gesicht wirkte nicht traurig – sie schien mich gar nicht richtig wahrzunehmen, obwohl sie angeblich Frieden zu schließen versuchte. Dies war die erste Episode gewesen, in der sie mir gegenüber gewalttätig wurde. Im Verlauf der nächsten beiden Jahre sollten sich noch sieben ernstere Vorfälle ereignen, darunter einer mit einem Messer und einer mit kochendem Wasser. Zweimal stieß sie mich von etwas Hohem hinab. Ich habe achtzehn Narben, die meisten davon klein, von ihren Angriffsversuchen am Körper. Ihre Traurigkeit rührt nun daher, daß sie versucht, mit einem düsteren, erstaunlichen und sehr komplizierten *Glück* zurechtzukommen. Es war ein Erfolg für sie, dieses Ereignis. Nonie entschuldigte sich weder, noch gestand sie, und sie wurde nicht bestraft, sondern man half ihr «zu genesen». Daher weigerte sich das Kind – weigerte ich mich – sowohl, S. L. zu berühren, als auch zu essen. Das Kind siechte dahin, und S. L. blieb keine andere Wahl, als eine Weile lang ebenfalls dahinzusiechen. Er mußte ohne Trost auskommen. Zu Nonie, von der er glaubte, sie leide Tag für Tag wie er, war er doppelt freundlich – er glaubte, sie leide meinetwegen, und er hackte auf Mama herum.

Auf Druck reagierten Mamas Nerven sonderbar. Sie wurde leichtsinniger denn je und fuhr ihr Auto kaputt. Nonie war vor Schuldgefühl und Glück – eine entsetzliche Kombination – wie rasend und sehr seltsam, und sie litt sonderbar anhaltend darunter, daß Mama ihr Auto kaputtgefahren hatte und Daddy dahinsiechte; sie hatte nun sehr oft so etwas wie hysterische Zustände. Je netter Daddy zu ihr war, desto schlimmer wurde es mit ihr. Und sie bekam Streit mit anderen Kindern in der Schule. In einer Hinsicht wirkt Schuld sich dämonisch aus – sie steckt an und zerstört immer weiter. Und man errichtet Stützen und Stäbe dagegen. Doch mittlerweile sind alle in unserem Haus in trostloser Verfassung. Wir sind nun ein normaler Haushalt. Ein unglückliches Kind ist eine schwere Strafe.

Eines warmen Nachmittags, an dem sich kein Lüftchen rührte, erwachte ich aus meinem Mittagsschlaf; S. L. weckte mich – dieser mit Trübsinn geschlagene, drängende, von Höflichkeit angestachelte Mann – mein Gott, wie er sich danach sehnte, fein und empfindsam, ein Gentleman zu sein! Erst sträubte ich mich, doch mir wurde übel von der Hitze und von dem, was ich empfand, und ich wurde schlaff in seinen Armen und ließ mich von ihm hochnehmen und anziehen. Und außerdem sagte er immer wieder, er wüßte etwas, was dafür sorgen würde, daß ich mich besser fühlte.

Er werde alles in Ordnung bringen, sagte er.

Er war wie ein Geschäftsmann gekleidet – ein gelblicher Anzug, Weste, Hut; er trug Gamaschen. Mir zog er eine kurze (gelbe) Hose an, ein weißes Hemd, hohe weiße Schuhe. Spazierstock über dem Arm, unangezündete Zigarre im Mund, trug er mich, stumm, laut atmend – ein Ächzen, ein Seufzen, kurze schluchzende Atemzüge, winzige unwillkürliche Aufschreie voll Zweifel, ob es gut wäre, bei Daddy zu sein – in meinen Verbänden hinunter, dann plötzlich ins Freie, unter die furchtbaren Strohbesen von heißer Helligkeit. Er bewegte sich schwerfällig in der Hitze, auch er litt; er sagte: «Wenn du leidest, leide ich auch, das hier ist kein Zuckerschlecken für mich. Aber bald sind wir alle wieder glücklich, das gibt die reinste Wonnetorte – Apfeltorte mit Sahne – das wird dir doch gefallen, was?»

Über die verwitterten, leicht federnden Bohlen der Veranda (grau, aber stellenweise rosig abgetreten), von denen böse Hitze aufsteigt und uns kneift, über knirschenden und verrutschenden Kies, über weichen Rasen, über Trottoirpflaster rücken wir voran.

In seinem verschwitzten Unbehagen und seinem lauten Atmen paßt Daddy zu mir: «Wir singen im Duett, wir sind ein Stöhnerduo.»

Am anderen Ende der Klippe oberhalb von Portsmouth, wo eine kurze Reihe von kleinen Holzhäusern steht, im Kontrast zu den übrigen Häusern hier oben häßlich, betreten wir eines, an dem sämtliche Jalousien heruntergezogen sind – wir treten ein, ohne zu rufen oder zu klingeln. Mit einer Hand drückte S. L. eine Drahtnetztür auf: sie, diese Tür, ein brüchiger Holzrahmen, mit altem, stellenweise verbeultem Drahtgeflecht bespannt, rasselte und knallte zu; und dann öffnete er *die richtige Tür*, und wir standen in einem dunklen Flur, wo es nach Essen und Staub roch, nicht nach Seife und nach den sommerlichen Strohläufern wie bei uns zu Hause.

Eine Frau im roten Strandkleid und mit weißen Schuhen kam aus einem abgedunkelten Raum geeilt, mit einem lebhaften Lächeln, das ihr Gesicht in einen Spiegel verwandelte, der unser Kommen wiedergab.

In manchen Momenten schien ihr Körper einem Goldfisch zu gleichen – in manchen Gärten hier oben gab es Goldfischteiche, in denen leuchtende Fische mit weich wehenden Gazeflossen und biegsamen, mollig-muskulösen Leibern schwammen. Die Frau hatte vorstehende Zähne.

«Da ist sie ja, die unbändige Candy», sagte Dad.

Sie ist ohne bestimmten Anlaß *amüsiert* – sie steht jenseits des Gesetzes, sie ist bereit, wie ein *Bandit* zu lachen: deswegen nannte Dad sie die unbändige Candy.

Nervös fröhlich wie sie ist, berührt sie ihn, und sein Puls wird hörbar schneller.

«Ei-ei-eii, wie sieht denn dein Anzug aus, laß mich den mal dampfen ums Revers rum, bist ja ganz verschwitzt, vom Rumlaufen mit dem Putzelchen aufm Aaa-m – so einen netten Mann wie dich gibt's nicht noch mal, ich schwör's bei Gott ...»

«Schwitzen tu ich bei Gott», sagte Daddy.

«Willst du ein Glas Wasser? Oder eine Limo? Das aaa-me Dingelchen, mit all den Verbänden daa – guckuck – na, ist ihm wohl zu heiß, hat keine Lust zum Lächeln, das süße kleine Putzelchen –»

Ihre Hand fährt über Daddys Ärmel, über seinen Bizeps – dann über seine Hüfte – dann flüchtig über seinen Nacken.

Eine aus den Bergen, eine Trinkerin: zu Männern war sie gut, aber eine üble Trinkerin; da wo sie herkam, ging es rauh zu; sie hat in S. L. ein Geschenk Gottes gesehen; ich trag es ihr nicht nach; keiner von ihnen trag ich's nach: um ehrlich zu sein, ich konnte sie nicht leiden, und Lila war gekränkt, Lila war's eigentlich egal, aber das mit dieser Frau schmerzte sie trotzdem, auch wenn sie's ihn nie hat wissen lassen.

In ihrem Rhythmus ist Candy schroff und enervierend, in ihrer Energie sanft und monoton, in ihrem Wesen unbeholfen und muskulös.

Immer, *immer* ist sie auf Gewalt gefaßt, sie wartet darauf, erwartet sie – wartet ihr auf.

Sie war mal Hure gewesen, und in schweren Zeiten kam sie darauf zurück. Sie hatte einen Spinner namens Ken zum Mann, der von ihr lebte, aber er war nicht glücklich dabei, er war in keiner Hinsicht glücklich.

«Es fühlt sich wie ein Waffeleisen an da draußen, und ich bin die Waffel, ha-ha», sagt S. L.

«Ach, mein Süßer, du bist was so Besonderes, daß ich's kaum begreife –»

Ihr ganzer Wille war darauf ausgerichtet, es ihn begreifen zu lassen.

S. L. hat die Haltung eines Exhibitionisten, die Freundlichkeit eines Exhibitionisten, er *zieht eine Show ab*, er riecht unverhohlen nach Geld und «Liebe» – nach *großspuriger* Zuneigung zu einem *verkorksten Kind*, zur «armen» Candy und auch zu Manieren, zu einem Höflichkeitskodex.

(Da wo sie herkommt, wurde viel gemordet: Frauen zählten nicht viel, und ich will dir sagen, was für sie sprach: dankbar war sie.)

Dad sah fleischig und übersättigt aus. Seine Geheimnisse quälen ihn. Das Pochen seines Pulses zeigt, daß er physisch auf Candy reagiert. Eine Art von Entsetzen und Amüsement, die Candy in ihm geweckt hat, pocht in ihm. Genau dies macht ihn zu einem grandiosen Lüstling. Er blüht auf und brüstet sich; dann wird er geopfert – das nennt er *ein Gentleman, ein Ritter* sein, ein weißer Mann, *auch wenn's dich umbringt*. Darum versinkt er, sexuell seit langem leidend, phallisch nervös, im Brunnen, im Zeremoniell der Erregung. Candys *Amüsement* nimmt zu. Das Leben interessiert sie, wenn sie ihr sexuelles Leben als die Achse des aktuellen, atmenden Moments empfinden kann.

Ihr Gefühl, S. L. sei ein gütiger, ein wertvoller Mensch, beruht auf seiner Empfänglichkeit für sie – auf seiner Schäbigkeit und seinem Kavaliersverhalten, seiner selbsterfundenen, wenig verläßlichen Grazie: *sie hatte ihn sehr gern; für einen Mann war er gar nicht übel.*

Wie manche Männer mit einem großen Schwanz neigt er dazu, seine Empfänglichkeit opernhaft auszuschmükken, es drängt ihn, die Erregung noch zu steigern.

Er sagt zu Candy: «Was soll ich hiermit bloß machen?» und schiebt die erstaunliche Erhebung in seiner Hose nach vorn, und sein erhitztes, gerötetes Gesicht blinzelt und blinzelt mit jedem Atemzug, wie es auch seine Augen tun.

Zweimal im Leben, erzählte er zumindest, war er in Bordellen «aufgetreten». Er ging mit Männern hin, die er kannte und die ihn seines Rufs wegen mitnahmen; er ließ sich benutzen; er hatte nichts dagegen, bei lebender Pornographie mitzuwirken, zur Belehrung; er machte sich ans Werk, arbeitete sich nackt und mit rosigem Schwanz auf einer Nutte ab, während andere Männer, vielleicht vier, Scotch und Bier trinkend, am Bett saßen und zusahen.

Nun ist er schmerzlich scheu und kühn. Um die Hitze und den Lärm draußen wissend, blinzelt er rascher, als sich Candy die Unbändige an ihm reibt – sofort ist sie schweißnaß; ihre Augen grinsen. Sie hat ein sonderbares Lächeln. Er nimmt Abstand von ihr, und indem er seinen Hintern mal so, mal anders spannt, erregt er sich selbst, dieser empfängliche Mann – doch es ist, als täte sie es, mit ihrem Willen, ihrer Willenlosigkeit, wie auch immer.

Er verfügt über eine Landschaft von Wahlmöglichkeiten. Er kleidet sich, um dem allen ein Gesetz aufzuzwingen; mittels seiner Kleidung versucht er zu steuern, auf welche Weise er bewundert und erwählt wird. Er wählt, was er tun wird – tut dies in einer Mischung aus Schmerz und Kummer, Stolz und einem sich schlängelnd nähernden Schwall von Lust. Er tut es vor Publikum – bestehend aus der Lust, dem Leid und Ärger anderer – dieser Kleinstadtexhibitionist.

«Ich weiß gern, was ich tue, und jetzt weiß ich nicht, was ich tue, du mußt mir ein bißchen Raum zum Atmen lassen, Süße», sagt er.

Wieder befindet er sich im Zustand sexuellen Aufruhrs und ist sich seiner Muskeln und gewichtigen Genitalien sehr bewußt. Casanova spürt seine Brustwarzen inmitten von blonden Haaren leuchten. Er entscheidet sich dafür, erregt zu sein, leidet jedoch unter diesem Zustand – allerdings zieht er diesen Schmerz anderen Arten vor. Er drückt mich an die Brust, beißt sich auf die Lippe und schüttelt den Kopf. «Friede – und Überfluß», sagt er zu Candy, «Friede und Überfluß.» Mit der Hand fährt er über eine Tischplatte und nimmt wahr, wie überraschend seidig die polierte Fläche und wie stopplig der abgeschliffene Sand darin sich anfühlen. Seine Hände sind wie Lebewesen. Er empfindet die Entsagung als atemberaubenden Schmerz, lächelnd aber dennoch, blinzelnd – «Ich bin eben nicht aus Holz.» Er drückt sich gegen den Tisch, um seine Hose – seine Genitalien – zurechtzurücken – und Candy greift hin – an seinen Schenkel – und sagt: «Nicht, du tust ihm noch weh, ich mach das schon.»

«Woher weißt du denn, was ich da mache?»

«Ich kenn dich doch, du willst den großen Bengel geraderücken», sagt sie in ihrem näselnden Tonfall.

Er deutet trägen Widerstand und tiefe, tiefe Verschwiegenheit an. Er verlagert sein Gewicht auf andere Weise: «Dem Kleinen hier – dem geht's nicht besonders –» Daddy redet in ihrem ländlichen Dialekt. «Zieht mich mächtig runter, das – wir müssen was unternehmen, ich muß zusehen, daß er in Ordnung kommt, sonst trifft mich noch der Schlag – wirklich der Schlag.» Er streichelt von unten meinen mageren Schenkel und bewegt seinen Unterleib erst in Candys hilfreich ausgestreckte Hand hinein, dann fort davon.

Daddy prüft den Geschmack der Luft, die er einatmet. «Wir beide reden heute nachmittag weiter», sagt er zu Candy.

Der lichtlose Flur, das Gesprenkel und die kreisenden, sich verbreiternden Speere von Licht – das falsche Zwielicht – Dad stellt ein Dunstfeld um etwas sensationell *Gewichtiges, Langes* und mächtig Geschwollenes dar – und Candy versetzt ihm liebevolle *Schläge*, und er befeuchtet sich die Lippen. Seine Augen sind prall vor Lüsternheit und Lob – er hat Candy dazu gebracht, sich so zu benehmen – *er hat ihr Geld gegeben*. Er gönnt seinen Augen gleichsam die Augenweide ihrer Brüste: «Die Dingerchen da, Wassermelonen sind das nicht –» Er stößt gegen ihre Hüfte, ihren Po – starkes, unansehnliches, ernst zu nehmendes Fleisch: «Du bist noch mal mein Tod, Fleisch wie deines bedeutet Verhängnis.»

Candy sagt: «Das find ich ja so toll, wenn du so mit mir redest.»

Seine Vorliebe für dramatische Sexualität und Romantik sieht er hier in hohem Maße befriedigt. Nie ganz enthaltsam, ist er auf verschwommene Weise ein Poet des Gartens Eden und der solchen häufigen und unvermeidlichen Aufenthalten im Exil notwendig folgenden Verzweiflung – des romantisierten Todes.

Candys Körper ist von übertriebenem Eigensinn, etwas flirrt darin, eine gewisse Präsenz: sie ist unter ihrem dünnen, sommerlichen Kleidchen so gut wie nackt. Candy weiß, daß es für S. L. nichts Neues ist, von einer Frau umgarnt zu werden – Lila sah S. L. nie so recht in diesem Licht; sie wußte, daß ihm Frauen nachstellten, aber wie er sich dabei fühlte, verstand sie nie.

Sie wollte diejenige sein, der nachgestellt wurde.

Candy ist von trunkener Dringlichkeit, was ihn, was sie und ihn angeht. Sie fragt: «Willst du vögeln, willst du darüber reden?»

Lila sagte: *Mit so einer Frau wollte ich nie in Konkurrenz treten, das könnte ich nicht.*

Sein Herz wummt wie eine große hölzerne Schaluppe, die gegen eine Pier prallt.

Doch ich spüre, daß er mich mehr liebt als sie. *Diese irre Vorstellung von dem Schlitz in ihr, so weich und schmierig* – ein Mann mit großem Schwanz neigt unheilbar dazu, Mösen begehrenswert und erstaunlich zu finden *– es sind die Frauen mit dem gewissen Etwas, die so schwer auszuhalten sind: jede Kleinigkeit müssen sie dir heimzahlen. Und du bist dir nicht immer sicher, ob sie dich mögen oder nicht, denn wenn sie dich mögen, dann hassen sie dich so. Gut behandelt worden bin ich ab und zu, aber das Übliche war es nie. Jetzt will ich dir mal was verraten: sie haben mich gemocht, und manchmal, nur manchmal, waren sie nett zu mir; und eine Frau, die nett zu dir ist, der gehst* *du nicht verloren – kommst du da mit, oder muß ich's dir aufmalen?*

«Später am Nachmittag», sagt er. «Ja.»

Im Flur schnaufen sie zügellos und setzen die Füße eigenartig, und S. L., der mich trägt, bewegt sich mit etwas steifem Oberkörper.

Candy blickt schockiert drein. «Ooh, klaa, Süßer –» sie wirft ihm die Arme um den Hals und hält ihn fest – mit viel Gefühl und doch schelmisch sagt sie: «Ich liiebe deine großen Eier, die haben eine Haut, die glänzt wie Weihnachtskugeln.»

Daß sie ihn mehr will als er sie – das ist das Erregende für ihn, obwohl ihn das bei anderen manchmal anwidert, und auch bei ihr. Aber es ist wesentlich für ihn: *Ich weiß nicht, warum man bei S. L. immer das Blümchen Rührmichnichtan spielen und ihm zugleich nachstellen muß; er möchte, daß man eine Nutte ist, aber schwer zu erobern: jetzt find du dafür mal eine Erklärung, mir ist es zu hoch.*

«Jetzt laß mich mal gehen, Süße; wir sehen uns am Nachmittag – kannst dich drauf verlassen», aber keiner kann sich auf sein Zeitgefühl verlassen oder darauf, daß er eine Verabredung einhält.

Theatralisch macht Dad kehrt, wir lassen Candy zuruck und passieren eine Tür, poltern eine dunkle Treppe hinunter und durch einen Gang, wobei wir eine dünne Holztür auf- und zumachen, die in die Übelkeit und das abwechselnd verdüsterte und grelle Kopfweh des Kindes hineinknallt. Daddy ist deutlich aufgeheitert, ein bißchen zerknittert; er fühlt sich jetzt ziemlich gut. Und zugleich lausig.

Die Garage. Der stechende Benzingeruch. Der undurchdringliche, koddrige – höllische – Ölgeruch.

«Na, wie geht's denn so, Ken?» sagt Daddy sehr laut zu einem Mann mit rötlichem, eingefallenen Gesicht. Ein Muskel an Dads Kehle zuckt in raschem Rhythmus.

Der rötliche, eingefallene Mann sagt laut: «Nicht mal so übel» – eine tiefe, irr-wütende Stimme vom Land – «Kannich-klaa-n-»

Ich kann mich nicht beklagen.

Er öffnet die Tür des Wagens für uns – es ist ein schwarzer Dodge. Wir fahren aus der Garage in die hart besonnte Welt unter ihrer Hitzekuppel, und die schwüle Garagenluft im Wagen weicht, sobald wir im Hellen sind, einer herben, bitteren Atmosphäre. Wir fahren an Häusern vorbei, die vor verborgenem und dann protzigem weißem Feuer gleißen. Dad, furchtsam, massig und gutaussehend in Kens Wagen, S. L.s Furcht – die Welt kommt ihm ungesichert vor – auf der Straße zur Stadt – steil, schmal, auf der einen Seite offen für einen jähen Sturz durch den Raum. Ken, rotgesichtig, hager, läßt den Wagen quietschend um die grotesk engen Kurven der Straße schwänzeln.

Daddy sagt: «Das Kind, Ken – denk an *das Kind* –»

«Was gibt's denn auch zu klagen? Gibt's vielleicht was zu klagen?»

Ken sagt das.

Daddy faßt sich, läßt sein Gesicht zu Beton oder Gips, mit Langmut getönt, erstarren und fragt mich: «Ist Ken nicht ein richtig guter Fahrer, Schatz?» Er hat den Arm um mich gelegt.

Der Wagen schlittert und schaukelt. Die Außenwelt wackelt und fließt dahin. Der sich ausbreitende Hohlraum strömt aufwärts, und Gegenstände darin werden größer in den springenden und gleitenden Ansichten, die ich von hier aus vor mir habe. Dieses Glasgefunkel, dieser heiße Wirbelwind.

«Daddy, ich fühl mich nicht gut.»

«Halt durch, wir müssen nett sein, wir kriegen eine nette Spazierfahrt geboten, noblesse oblige – auch wenn's dich umbringt.»

«Daddy –»

«Ken, wir haben hier ein Kind dabei, das leicht erbricht –»

«Kann man nicht drüber klagen, wahrhaftig nicht.»

«Steck den Kopf aus dem Fenster, atme mal richtig durch», sagte Daddy und schob mir recht sanft den Kopf in die schmutzige, glühende Luft. Um die letzte Kehre und in die Ebene hinaus – das Kind befindet sich unter dem dichten, dröhnenden Glassturz des letzten Augenblicks vor dem Erbrechen. Dann würgt es und verkrampft sich. «Verschon bloß meinen Anzug, Kumpel», sagt Daddy.

Der Wagen hält.

«Meisterhaft, was du mit den Bremsen machst, du hast die magische Sohle.»

«So, da sind wir», sagte Ken bescheiden – vielleicht auch wütend –, ohne zu beachten, was Dad gesagt hatte.

«Du solltest Rennfahrer sein oder bei der Feuerwehr, und wir sagen danke, besten Dank auch.»

Mit beiden Händen am schwarzen Lenkrad hängend saß Ken da, die Ellbogen gesenkt, die Schultern vorgeschoben; sein Gesicht, zur Seite gekippt wie bei einem Vogel, starrte geradeaus; er ist nutzlos schlau, nutzlos vorsichtig, nutzlos wütend.

«Nochmals *vielen* Dank, mein Lieber», sagte Dad. «Du bist in Ordnung, Ken, wenn einer mich fragt.»

S. L. fürchtete sich leicht.

«Die kleinen Zufälle im Leben, die kleinen Freundlichkeiten, das sind die Rosinen im Kuchen, die berühren einen, die machen das Leben lebenswert, in kleinen Städten sind die Leute eben einfach *netter*, darauf läuft's hinaus, wenn du die Wahrheit wissen willst; Kinder sind der Sinn des Lebens, hier haben wir den Sinn des Lebens, wir müssen nett zum Sinn des Lebens sein, stimmt's, Ken? Ein gescheiter Mann hat eben keine Wahl.»

Dad meint es ernst und zugleich ironisch – gewandt genug, um zweideutig reden zu können, ist er.

Ken sagte düster: «Kann sich keiner drüber beklagen.» In tiefem, unruhigem Ton.

Ich werde in das bleich schöne, aufdringliche Licht hinausgehoben.

Der rotgesichtige Ken kokettiert auf eine starre, ländliche Art und Weise.

«Wer weiß schon, was das alles soll, das Leben ist bloß eine Schüssel Kirschen, sag ich immer. Na, braus los, Ken, und gib mir Bescheid wegen Sam.»

Ken und Sam, ein Pachtfarmer, arbeiten für Dad.

Meinem Dad gehören zwei Spargelfarmen und ein paar andere Sachen.

Ken nickte mit seinem geschäftlichen Gesicht – beschämt und schadenfroh. Er ließ den Motor an und brachte ihn zu einem tiefen, feinen, stetigen Surren, einer Art Gesang: «Na dann – schönen Tag noch», sagte er. Das Motorgeräusch, die Hitze, die Karosserie und die Scheiben des Wagens verzerrten und kappten die Töne, die er ausstieß – und der Wagen fuhr davon.

«Und keiner vermißt dich Abschaum», sagt Daddy.

Lila gab sich souverän in Hinblick auf S. L.s *Rumtreiberei*, sie sagte, sie wolle *manchmal von ihm in Ruhe gelassen werden* und sei bereit, *den Preis dafür zu zahlen*, doch manchmal war sie eifersüchtig, sie war eine ungemein eifersüchtige Person und wünschte anscheinend nie, daß er sie ganz verließ; sie war sich nicht sicher, war sich nicht sicher, was es sie wohl kostete, ihn als Gemahl, ihn fleischlich anzuerkennen. Was sie beschäftigte, war *ihr* Leben. Sie wollte weder *eifersüchtig* sein noch *gedemütigt* werden; sie wollte für S. L. keine starken Gefühle erübrigen; sie wollte – sagte sie mir – sich von S. L. nicht zwingen lassen, *mehr zu empfinden, als ich ertragen kann.* Oder vielleicht nicht von ihm, sondern von ihrer *Ehe*, vom Druck anerkannter Ideen, von Facetten ihrer selbst: *Ich bin die Bühne, für alle. S. L. ist meine Stütze – mein Bühnenbild.*

Nur empfand er genauso.

Über die tieferliegenden Dinge zwischen ihnen wurde fortwährend gelogen, sie wußten davon und auch wieder nicht, *vergessen* nennt man das, aber es war zu verwickelt und zu real, um ausgegraben zu werden; es wurde nicht vergessen, sondern tagtäglich empfunden. Sie lebten und starben zusammen, in Beziehung zueinander. Der Lüstling, das Kompendium überraschender Liebeskunststückchen, der Berechnende, ich höre noch, wie er mir dröhnend ins Ohr schnauft: *Werd erwachsen und befrei mich von diesem Aas, deiner Mutter.* Das hat er gesagt.

Aber er stellt die Welt für mich dar, nicht die in einer gewissen Distanz zur Welt stehende Bedeutung, wie sie Lila darstellt. Er verkörpert Ausdauer und Stilgefühl mitten in der Welt und Hinterlist und Feigheit – und Vergnügen – und Realismus jeden Niveaus, vom niedrigsten bis zum höchsten, inmitten realer Ereignisse – obwohl ich nicht fand, daß er in irgend etwas davon gut war.

Mama war Bedeutung und Gesang, und Dad war die Welt, in welcher Bedeutung und Sinn ein Geheimnis von Männern sind, zu dem Frauen Kommentare abgeben.

Niemals ist beides gleichzeitig zu haben, die Bedeutung und die Welt.

Lebendigen Leibs hat sie mich in diesen Flecken zurückgeschleift, sagte S. L. zu Gästen, es gehörte zu seinen geselligen Nummern, das zu sagen; er und Lila hatten *in Forth Worth angefangen, aber meine Mutter machte es allen schwer, also haben wir unsere Möbel auf den Zug verladen und nach New Orleans geschafft, und von da auf einen Kahn, und dann haben wir zugeguckt, wie sie den Mississippi raufschwammen: ich hatte nie viel Unternehmergeist, ich wollte nicht nach Norden ziehen, ich hatte Angst davor, das geb ich zu, aber unsere Möbel da auf dem Kahn zu sehen, das gefiel mir, das sah lustig aus, und die Leute waren so übel nicht, Abschaum, klar, aber ich hab mich an sie gewöhnt; für ein paar Tage sind wir in Memphis geblieben und haben richtig gute Musik gehört und ein paar nette Leute kennengelernt, Gangster, aber sie verstanden was vom Feiern, wir hatten damals viel Spaß zusammen, deine Mutter und ich, es war richtig lustig, auf dem Mississippi nordwärts zu ziehen; Baumwolle, Kühe und Mais, alles da – ich bin eben ein Junge vom Land.*

Als nervöse Nutte, die er ist, gerät er leicht in Schweiß, aber er ist auch gepanzert, seiner selbst sicher, ein *Pfiffikus.*

Wann immer er von Lila fort ist, tagsüber oder für längere Zeit, balanciert er am Rande des Skandals, wenn er jedoch bei ihr ist, bleibt er auf einmal im Rahmen der

Schicklichkeit: *Ohne mich wird er verrückt, er würde es nie zugeben, aber so ist es.*

Lila ist seine Vernunft.

Ein Männerleben ist ein einziger Skandal – Natur und Krieg, alles nur Scheiße. Sein Leben strotzte vor Skandalen. Lila sagte: *Männer kommen ins Schleudern, aber was mit ihnen daraufhin passiert, hängt von ihren Frauen ab.*

Von ihrem sozialen Status auch – und davon, ob sie Juden sind. Vielleicht hängt es sowohl davon ab, ob sie ihr Leben strategisch angehen, als auch von ihren phallischen Qualitäten und ihrer Gewaltbereitschaft. Daddy ging als Deckhengst durchs Leben, gleichgültig, ob dies als skandalös oder als in Ordnung oder normal *für einen Mann wie ihn* empfunden wurde. S. L. sagte zu mir: *Ich war berühmt für meinen Schwanz – jetzt komm schon, Kleiner, zeig mal deinen her.*

Er wurde gefangengehalten, gefesselt – Lila glaubte, sie hätte ihn überlistet und im Griff, *aber er zahlte es mir zurück, er war nicht gut zu mir; er war manchmal gut zu mir, aber er zahlte es mir heim, das kann ich dir sagen. Ich hätte nie gedacht, daß er ein so guter Kämpfer sein könnte.*

Einmal sagte sie zu mir: *Er hat mir gleich einen Heiratsantrag gemacht, als wir uns kennenlernten, bei einem Ball war das: meine Mutter fuhr mit mir zu Besuch in andere Städte, um mich von Bert Sorenstein loszueisen, dem Mann, der die Liebe meines Lebens war. Aber Bert hatte keinen Beruf, er war ein Spieler, und so kam ich auf diesen Ball in Dallas, ich war eine Sensation, das sage ich, obwohl ich's eigentlich nicht dürfte, es ist nicht klug, ins eigene Horn zu tuten, aber ich tu's trotzdem, jedenfalls war da dieser blonde Mann, und ich hab ihn gefragt, ob er Jude sei, und er sagte, er sei alles, was mir am besten gefiele, was mich zum Lächeln bringen würde: mein Lächeln, weißt du, war nie wirklich gut: ernst wirke ich am besten. Drum hab ich nicht gelächelt, und das brachte ihn ganz aus der Fassung, also wußte ich, er mag mich, ich konnte sehen, daß er verrückt nach mir war. Nicht bloß an dem Du-weißt-schon* (einer Erektion). *Keiner hat mich je so angesehen außer Bert, aber Bert war cool, er war ein Spieler in jeder Hinsicht. An S. L. rührte mich das Atemlose; außer mir war ihm eigentlich alles egal; er hat mir sofort erzählt, der Krieg hätte ihn kaputt gemacht, alles sei ihm egal; hab ich schon gesagt, daß er in Uniform war? In Sommeruniform? Er war so hinreißend, daß man's nicht glauben wollte, nicht glauben konnte. Ich hätt's nicht glauben sollen und tat's auch nicht, aber ich wollte keinen häßlichen Mann, die verbringen ihr Leben bloß damit, sich zu rächen. Dieser erste Abend war einer, den ich nicht vergessen kann, ich denke immer noch daran zurück, alle Augen waren auf uns gerichtet, wir waren schockierend, sie wußten alle, was passieren würde. Natürlich bin ich dunkel und er ist hell, daher lag's teilweise auch am Teint-Gegensatz. Aber er war so entschlossen – tja, bei unserem ersten Tanz, wir hatten vielleicht zehn Sekunden getanzt, und ich war eine sehr, sehr gute Tänzerin; und er tanzte ein Weilchen, und dann fragte er: « Wollen Sie mich heiraten? » So hat es angefangen. Ich hab ihn dazu gebracht, mich mit jemand anderem tanzen zu lassen, aber er war sofort wieder da, so schnell, daß es schon komisch war; jetzt kann ich nicht mehr drüber lachen, aber damals tat ich's. Ich glaub, ich muß auch jetzt darüber lachen, wir waren so blöd, aber wen gab's denn auch sonst schon für uns? Er war kein schlechter Tänzer; er wußte eine Menge, und ich konnte dafür sorgen, daß er auch dann gut aussah, wenn er in die-*

ser anderen Stimmung war. Mama wäre fast in Ohnmacht gefallen wegen seiner Uniform: es war, als tanzte ihre Tochter mit dem Zaren. Ich wußte, daß S. L. nichts taugte, aber Mama wollte ihn haben, und wenn sie bereit war, mein Leben fortzuwerfen, dann war auch ich dazu bereit: klingt das verrückt? Tja, sie war verrückt, aber sie wollte das für mich, was sie nie gehabt hatte: mein Vater war kein gutaussehender Mann. Ich dachte mir, ich hätte ein vergnügtes Leben vor mir, ich würde mir mein Bett machen und dann auch drin liegen bleiben.

Er sagte etwas ganz Ähnliches: *Ich fand, sie war eine Wucht, daß sie Ärger bedeutete, wußte ich, aber ich dachte, ich könnte sie bändigen, und wenn nicht, nun ja, dann hätte ich eben mein Bett gemacht und würde drin liegen bleiben.*

Lila sagte: *Die Wahrheit ist, Mama hat ihn ausgesucht, er hat Mama hofiert, und er gefiel ihr, aber ich mußte mit ihm leben. Sie meinte voreilig, er wäre reich. Ich glaubte, sie behielte stets die Nerven und wüßte, was so vorging, und ich könnte ihr entspannt vertrauen, also glaubte ich ihr. Von Anfang an bat er mich alle paar Minuten, ihn zu heiraten. Er fragte nicht bei allem nach dem Nutzen – du weißt ja gar nicht, wie das ist. Wie eine frische Brise ist das; er war vielleicht mein fünfzigster Antrag, aber bis dahin hatte es in diesem Stadium nie mehr Spaß gemacht, wir kamen gut miteinander aus, was eine Überraschung für mich war, er quälte mich nicht, also beschlossen wir zu heiraten. Um dir die Wahrheit zu sagen, er meinte, ich wäre reich, und ich meinte, er wär's, und beiden gefiel uns, wie der andere aussah; also haben wir uns beide täuschen lassen, aber wir haben durchgehalten.*

Sie machten sich ihr Bett und blieben darin liegen.

Ich wollte einen Mann, der mich nicht herumkommandieren und mir sagen kann, was ich tun und lassen soll, und er wollte ein Frau, die ihm sagt, was er tun soll – nicht, daß er gern drauf hört.

Er sagte zu mir: *Ich dachte, sie wäre richtig gescheit. Ich mag Grips bei einer Frau, und noch nie hatte mich eine so erregt. Für eine Weile war's die Mühe auch durchaus wert, aber letzten Endes ist nichts die Mühe wert, da liegt das Problem, nichts auf der ganzen verdammten Welt ist die Mühe wert, du eingeschlossen, mein gottverdammtes feingefiedertes Freundchen.*

Dann packte er mich und flüsterte: *Ich lieb dich, Wileychen.*

Er sagte: *Ich mag den Teufel lieber als den anderen da: der Teufel ist wenigstens ein Gentleman und gibt dir einen Vertrag. Als Kind bist du lieb, aber ich glaub nicht dran, daß Kinder glücklich sind, sie wissen über nichts, was zählt, Bescheid; um wissen zu können, was gut ist und was schlecht, mußt du erst Geld und ausgewachsene Eier haben. Mit ordentlichen Eiern und Geld in den Taschen gehört die Welt dir, wenn du sie haben willst, wenn du all die Asche und Unzufriedenheit aushalten kannst. Ich will dich nicht belügen, Wiley: alles wird zu Asche. Einen glücklichen Mann, so was gibt es nicht, es gibt keinen Grund, irgendeinen Mann zu beneiden, sie lügen alle, alle sind sie traurig.*

Samuel Lewis Silenowicz – eigensinnig, mächtig, ein ungebundenes männliches Wesen im Universum: als ich älter war, erzählte er mir: *Ich wollte Frauen nah sein, ein bißchen glücklich sein, ist das so schlimm? Muß es wohl, muß es wohl, denn wenn's das ist, was du auf dieser Welt genießt, wirst du todsicher bestraft dafür. Du findest nicht eine lebendige Frau, die nett zu dir sein kann, wenn sie dich mag. Sie müssen dich verachten, sonst kriegst du nicht mal die Uhrzeit von ihnen. Sie tun gern so, als beteten sie dich an. Ich versteh's nicht. Doch, verstehen tu ich's. Ich hasse es. Ich hasse sie. Du bist der einzige für mich.*

Nachdem er und Lila tot waren, erfuhr ich etwas, wovon Lila mir nie erzählt hatte: *Er war ein viel zu gebrochener, labiler Mann, um irgend etwas auf die Beine zu stellen, er war reizend, aber er war im Krieg gewesen, und Lila und ihre Mutter wußten es: immer mußte jemand sich um ihn kümmern.*

Die Leute von der Adoptionsstelle meinten, er sei zu labil, als daß man ihm erlauben könnte, ein Kind zu adoptieren; eine Menge Leute hatten deinetwegen ein sehr schlechtes Gewissen, weil sie in dieser Sache den Mund gehalten haben.

Das war eine Meinung. Im nachhinein erwies sie sich als wahr. Teilweise war sie es auch vorher – Lila gab es mir gegenüber nie zu, doch andere hatten mir gegenüber davon gesprochen, vor allem seine Ärzte: *Wir sind uns nicht sicher,* sagten sie. Wir waren uns nicht sicher.

Du hast den Verstand deiner richtigen Mutter geerbt und nicht S. L.s Verrücktheit.

Aber ich habe sie geerbt.

Andere Leute bezeichneten ihn als *gutmütigen, aber launischen Mann … ein Aufsteiger und ein bißchen zügellos … einer, der gern Ärger machte.*

Als er noch jung war, ging er zu Hause, in Portsmouth, im Schlafzimmer, dem größten Raum des Hauses – es gehörten eine Schlafveranda, ein Ankleidezimmer und ein richtig großes Bad dazu – manchmal nackt oder nur mit einem Handtuch bekleidet umher. An seiner Eitelkeit – und an seinem Stil – änderte sich etwas, als er etwa sechsunddreißig war; er wurde schwerer, sein Gesicht wurde massiger und wurde *zu einem Kleinstadtgesicht, nicht mehr hübsch, aber auf der Straße zog er noch immer viele Blicke an.* Noch immer verströmte er damals eitle Sinnlichkeit, glaube ich, eine gewisse Offenheit, Arroganz und sinnliche Präsenz – eine sexuelle Kraft, die fesselnd und merkwürdig war. Er konnte umherspazieren und dabei singen: *Ohne meine Frau kann ich nicht leben, sie kann mir so viele Neuigkeiten geben – ist es nicht saublöd, dieses Leben?*

Er pflegte zu sagen: *Reich wollte ich nie sein, nur ein Mann, mit dem sich feste feiern läßt.*

Im Zentrum von Portsmouth, im strahlenden Licht, müssen Daddy und das bandagierte Kind auf der Straße als das leibhafte Elend zu erkennen gewesen sein. Glückliche Männer sind sie gewiß nicht. Daddy drückt eine Schwingtür auf, und wir betreten den Ausstellungsraum eines Autohändlers. Hier stehen vielleicht acht, vielleicht auch zehn dicke, polierte Buicks und Oldsmobiles. Weiß leuchten meine Verbände im Spiegel an der Rückwand des Ausstellungsraums. Der weiße Fleck in dem Spiegel, der die gesamte Rückwand einnimmt, markiert die Stelle, wo in diesem italienisch-fürstlichen Wandgemälde ich mich befinde.

Die Konturen der Autos sind höchst neuartig – sie sind bedrängt von Spiegelungen, feinen, teilweise farbigen Reflexionsblüten. Manche sind so grau und blaß wie Wasser. Der Fußboden ist auf Hochglanz poliert und ebenfalls voller Spiegelungen.

Daddy ruft: «Hier sind wir, leibhaftige Kunden, lebende Köder, wo sind die Haie?»

Drei Verkäufer nehmen inmitten der Spiegelungen Gestalt an: ich bezweifle, daß sie glückliche Männer sind, aber genau weiß ich's nicht.

«Hallo.»

«Hallo-hallo.»

«Guten Tag zusammen.»

In dem unheimlichen Licht im Raum schweben und treiben ihre Reflexionen über den Spiegel im Hintergrund, über den glänzenden gewachsten Boden und über die gewachsten Metallhäute der Autos.

Männliche Gespenster warten uns auf.

Widersprüchliche Lichtstrahlen von den Schaufenstern und den Fassungen an der Decke sowie schmale Strichelungen von reflektiertem Licht lassen uns alle wie in der Luft hängend erscheinen, doch massiv zugleich. Feine Andeutungen von Wirklichkeit bleiben erhalten und machen es noch augenfälliger, daß die Männer und Daddy Zaubergestalten sind, blühende Büsche von Bildern und Abbildern – es ist nahezu ein Wunder.

Gleichzeitig weiß ich es besser. Es sind Männer: sie riechen; ihre Gerüche sind fremdartig, sie kommen in meinem Leben nicht vor. Der Stoff ihrer Kleidung, die Seife, die sie benutzen – die Sachen, die sie essen –, machen ihre Gerüche fern und fremd für mich. Einer der Männer trägt eine Weste – einer steht in Hemdsärmeln da – und einer trägt einen Cut – und dazu Gamaschen.

Daddy, silbrig gerahmt von Schatten, die ihn umfliegen, wenn er den Kopf bewegt, sagt mehr oder weniger in mein Ohr (er trägt mich): «Ich bin ein richtiger Zirkuskönig, wußtest du das schon? Gefällt's dir hier?»

Der Kram hier, der Raum, ergriff sofort durch Mauern und Schleier von Krankheit und Unglück hindurch –

durch den Schmerz hindurch – das Herz des kleinen Jungen, schwach zunächst, aber unnachgiebig; zwar leistete er Widerstand, doch langsam beugte sich sein bedrücktes Herz, sein kleines Jungen-Ich dellte sich nach innen, wie umarmt von dem, was hier ist, und von seiner Anwesenheit darin.

«Hier ist man kregel mit Kind und Kegel», sagte Dad.

Seine Hand liegt auf meiner Schulter. Ohne große Überzeugung schüttelte ich sie ab; und dann, eine weitere Kindheitstaktik, schloß der kleine Junge die Augen vor diesem ehrfurchtgebietenden, wonnevollen, *ernsten* Ort.

«Na los, such einen Wagen aus», sagte S. L. «Dazu sind wir hier», sagte er. «Ich laß dich einen Wagen für deine Mutter kaufen.» Ich guckte ihn an, und dann vorbei an ihm, an seinem Gesicht in das weiße Licht hinein. «Wird ihr das nicht schwer gefallen? Wetten? Und dir wird's auch gefallen –» Ich verstand nicht; ich glaubte nicht, daß er das wirklich sagte – daß ich den Wagen, den Koloß, aussuchen sollte – und konnte ihn nicht verstehen, wenn Sie mir folgen können. Er flüsterte – sein rauher Atem strich über mich hinweg – «Ein Jude, Raskob, leitet General Motors für diese DuPont-Ärsche – der Kopf ist er – jetzt geh und kauf und mach dir keine Sorgen um die Politik, mit der Politik geht das schon so-là-là in Ordnung, okay?» An mir vorbei lächelte er den Verkäufern zu. Vor Nervosität wurde er überschwenglich. «Eins muß ich General Motors lassen, die Ingenieure da haben ein verdammtes Zehenspitzengefühl; sie können ihr verdammtes Chrom von einem Loch im Boden unterscheiden. Vergiß die beiden Oldse da drüben, ein Olds ist ein Haufen Blech. Buicks sind gute, solide Karren. Sie halten eine Strafe aus, und die Leute sind beeindruckt, wenn du in so einem vorfährst. Es wird Zeit, daß so ein feiner, heller Junge wie du lernt, Geld auszugeben, und zwar nicht bloß so fünf, zehn Cents, sondern eine mannshohe Stange Geld – der Grünschnabel hier hat eine mannshohe Stange Geld auszugeben, aufgepaßt jetzt, ihr netten Herren, habt ihr mich gehört? Hab die Ehre … hab die Ehre», sagte S. L. im Farmerton zu ihnen. Sein Gesicht in dieser Kaufsituation war von einer alles überspannenden Grandezza.

Er kauft gern. Einkaufen interessiert Daddy *mächtig*: dies unter anderem hat *ihn* von der Art und Weise seines Vaters, die Dinge zu handhaben, weggeführt. Dennoch ist er darin ein Außenseiter, immer noch.

Männerschnauben, Männerstimmen: «Aber sicher, klar doch, unbedingt» und «Wuaauuu» und «Heiß, was? Huuh.» – «Heiß allerdings – heiß ist gar kein Ausdruck, ich weiß nicht mal, ob brüllheiß die Sache trifft, was würden Sie sagen?» – einer der Verkäufer, ein dürrer Kerl, gab eine Improvisation dieser Art zum besten.

Irgendwann sagte Daddy: «Sie haben hier S. L. Silenowicz – und Sohn Wiley – «

Alle benehmen sich *freundlich-aber* – also wachsam, spröde, würdevoll, gerissen – mit ihrer Art zu atmen und zu sprechen hupen sie Signale der Lebhaftigkeit und *Fremdheit* fremd für uns – ein offenkundig fremdes Ensemble von Manien, Marotten, vielleicht sogar Prinzipien – und Gesetzen. Sicherlich von Profiten.

Einer der Verkäufer hat ein Gesicht aus Schüsseln und Tassen aus Fleisch, das rosig angehauchtem Sand gleicht. Ein anderer ist *albern* mit seinen sehr eng gewellten, sehr exakt gekämmten Pomadenhaaren und einem irrsinnig ansprechenden Halblächeln bei leeren Augen.

Und einer ist so dünn, als wäre er aus Draht, blauen

Adern und weißer Haut gemacht. Ihn erfüllt ein männlicher Esprit, der mir vollkommen neu ist; dem von Daddy gleicht er in keiner erfindlichen Hinsicht. Dieser Mann ist großmäulig und straff – sogar ein bißchen sprunghaft; er hat große, in engen Höhlen liegende Augen: er ist wirklich präsent.

Der Dicke besitzt die spezielle *Hab-einen-geheimen-Schatz-vergraben*-Eitelkeit eines dicken Mannes, und *ein Typ dort hielt sich für schick, war aber ein sehr einfältiger Bursche, und dann gab's da noch ein lebendiges Stück Draht; McIntyre hat immer einen so lebendigen Draht angestellt, aber er behält sie nicht lange; McIntyre beschäftigt nur Tölpel.*

Der dünne ist der lebendige Draht – das heißt, wie der Wolframfaden in einer Glühbirne: *er ist angeschaltet, er ist eine Glühbirne*, schlau und gescheit also – abenteuerfreudig, bestechlich, nicht ermattet, vielleicht unermüdlich. Seine physische Eitelkeit ist prickelnd. *Er hat ein Lächeln an sich, das dich glatt umhaut, du mußt nach deiner Brieftasche greifen und sie eisern festhalten. Komisch ist's außerdem, der Mann sieht einfach komisch aus.*

Daddy war manchmal fasziniert von anderen Männern – von gewissen anderen Männern.

Der Verkäufer hat ein unerschöpfliches Lächeln – S. L. hat eigentlich keines: er hat einen düsteren Humor; *er ist ein Mann von Humor.* Der Dünne ist so gespannt ausdrucksvoll, so rastlos und so vielversprechend von sich eingenommen, daß er den Raum zum Ächzen bringt, er strahlt eine Gefahr aus, ständig wird man vorwärtsgestoßen, auf einen geahnten Abgrund zu.

Ich starre sie direkt an. Zum Teil bin ich hier für mich allein, dunkel, undurchschaubar.

Dad sagte: «Also, Kinder lieben wir ja alle, sie haben so ein gutes Herz, und der kleine Mann hier ist wirklich lieb. Und ich bin der Bergkönig, der Hahn im Hühnerhof, und ich werd ihm beibringen, wie man Geld ausgibt, ich werd drauf sehen, daß dieses Bürschchen hier ordentlich was auszugeben versteht, er wird einen Wagen für seine Mama kaufen, sie hat nicht auf den Ölstand geachtet, und prompt war im Motorblock die Hölle los, der Wagen hat gebockt, und sie hat ihn gegen einen Brückenpfeiler gesetzt – was sagt man dazu? Aber sie ist nicht im Mississippi gelandet, sondern wir sind hier gelandet, nett von uns, was, und jeder hat Kinder gern, und jeder hat eine Mutter, die er liebt, und der Kleine hier liebt seine Mutter garantiert, er ist nämlich ein Gelehrter und ein Gentleman, Offizier der Palastwache, und wird jetzt einen Wagen für seine Mama kaufen – nett, was? Was meint ihr, wollen wir's ihm nett machen? Sie würden doch eine Mutter nicht kränken, oder? Sie würden doch einen kleinen Jungen nicht kränken, der einen Packen Geld zum Ausgeben hat, oder? Sagen Sie ihm guten Tag, er heißt Wiley. Er möchte für seine gnädige Frau Mama das Beste haben, was für Geld zu haben ist.»

Sie sollen mir für den Tag ihre Arbeitskraft zur Verfügung stellen.

Dads Augen sind feucht, sentimental, unschuldig, ein wenig in sich gekehrt, sanft ... Unehrlich. Seine Gemeinheit schimmerte durch. Seine Noblesse auch. *Er zieht dir mit einem Ruck die Füße unter dem Leib weg.* Zwei der Verkäufer blickten verständnislos drein – der dünne kapierte und erfaßte ironisch Dads Wunsch, sich auf so friedliche, heilige Art wichtig zu machen. Obwohl auch er nicht wußte, was für ein Spiel da gespielt wurde. Aber er bewegte sich auf andere Weise durch die Welt als S. L. – der dünne Mann war ausgeglichen, jedoch wachsam und gespannt, was er versuchte, nicht zu zeigen: er war irgendwie kalt, irgendwie *so heißblütig wie ein Gewehrabzug – ein Tölpel, ein Landlümmel*: so beschrieb ihn S. L.

Daddy seufzte duldsam, weil die Leute blöd waren und nicht begriffen, was er sagte, nicht seine Projekte, seine Unternehmungen begriffen, nicht die Metaphysik des Königs, nicht seine Sorge um das Glück seiner Untertanen. Daddy sagte «Alle mal hersehen –» und griff traurig in seine Hosentasche. Die Traurigkeit ist seine Form von Höflichkeit, seine ländliche Förmlichkeit; er legt ländliche Trauer darüber an den Tag, daß Männer so schwierig sind und das Leben schwierig machen; es ist keine Ghetto-Klage, sondern echte Trauer, aber in einer verrückten Variante: die Augen des dünnen Mannes sind überhaupt nicht verrückt; sie gleichen der Wasserwaage eines Zimmermanns mit grüner Flüssigkeit darin; seine Intensität jedoch hat etwas so Irrsinniges, wie einem der sirrende und weißglühende Glühfaden in einer Birne irrsinnig vorkommen kann. Der blonde Daddy, falsche Naivität im Gesicht und einiges von der echten, und die Verkäufer mit ihren Versionen von falscher männlicher Naivität vermengt mit echter, *wir waren alle Tölpel, so viel Bargeld macht Menschen zu Tölpeln, glaub mir* – langsam, mit grandios ausholenden, stümperhaften Gebärden, zog Daddy ein Bündel Noten aus der Tasche: «Bin mir ja nicht sicher, ob's reicht, einen Gaul zu erstikken, außer ihr habt hier irgendwo in der Nähe einen, an dem wir's ausprobieren können, ob er erstickt. Aber jetzt sag ich euch Kerlen mal eins, der Kleine hier will einen Wagen haben, und er hat Bares, dieses hier, fünfzehnhundert Dollar, meine Herren – also, meine Herren, ich schätze, wir haben fünfzehnhundert Dollar hier – dafür ist doch wohl jeder Wagen in diesem Laden hier zu haben, richtig?»

«Richtig», sagte der Dünne; er bebte ein ganz klein wenig und grinste, als ob Daddy ein Köder für einen Hai wäre – eine Einladung und eine sehr kundige dazu; damals verstand ich das nicht.

Die anderen Verkäufer gaben Silben von sich wie «Ahh» und «Aua» und «Ooh».

Später sagte Daddy: *Sündhaft gierig haben sie geglotzt. Sie arbeiten auf Provisionsbasis. Wenn sie's aufteilen, bleiben jedem vielleicht fünfzig Dollar, genug, um einen Gebrauchtwagen zu kaufen, einen Model A, oder um sich ausgiebig in Chicago zu amüsieren, für einen Trip von ein paar Wochen mit allem, was das Herz begehrt, Huren, Whiskey, oder es reicht, um das Frauchen mit einer Couch, einer Waschmaschine und anderen Kleinigkeiten zu beglücken.*

Daddy zählte die Ecken der Scheine, neuer Scheine, fünfzehn an der Zahl: sie waren steif.

Zusammengefaltet schob er sie mir in die Hemdtasche; sie knisterten.

«So, daß ihr Kerle erstklassige Verkaufskanonen seid, weiß ich, jetzt bedient mir den Kleinen mal gefälligst richtig gut –» Zu mir sagte er: «So, los geht's; jetzt hast du ein bißchen Geld zum Ausgeben. Du ziehst jetzt los und kaufst das Auto, das du möchtest, du suchst den Wagen aus, den du deiner Mutter schenken willst.»

Ich soll anscheinend wie ein erwachsener Mann handeln und über die Aufmerksamkeit dieser Männer hier gebieten.

Ich weiß noch, wie meine Augen *komisch* wurden, hart und rund wie Fäuste. Meine Verzweiflung wabbelt wie ein Ball im Wasser zwischen meinen Beinen, wenn ich versuche, mich auf diesen Ball zu setzen. Er wird mir entwischen. Dad ist gehemmt und voller Respekt und Interesse, freimütig ist er und ein Exhibitionist. «Wir halten hier kleine Andachtsstündchen ab, zum *Gutfühlen*. Und jetzt, mein Herzchen, möcht ich gern, daß du ein bißchen mitarbeitest, ich möchte zu sehen kriegen, daß *du* dich besser fühlst.»

So viel Geld ist ähnlich auratisch wie das Schimmern von nackter Haut. Ich beiße mir vor Überraschung und Mißtrauen auf die Lippe. Mir ist übel – dies ist für mich ein tiefer, schwindelerregender Moment.

Daddy sagte: «Seid nett zu unserem kleinen König da, unserem Valentino. Mein Schwager, der Bürgermeister, mein Freund und Schwager, der Feuerwehrchef, wir alle möchten gern, daß ihr zu unserem Freund nett seid, ihm jede Gefälligkeit erweist, denn ihr wißt ja, er hat das Kleingeld und kann damit machen, was er will; wir möchten jeden einzelnen hier in der Stadt glücklich sehen; ihr könnt euch auf uns verlassen.»

Zwei der Verkäufer lächeln unsicher, als wären sie bereit, auf S. L.s Geheiß hin glücklich zu sein. In gewisser Weise bin ich mächtig, ich besitze im Augenblick echte Macht, weil S. L. es behauptet.

Der fette und der leere Verkäufer springen an; etwas mühsam stellen sie sich auf eine Atmosphäre des heiteren Waffenstillstands ein, auf den derben Scherz, bei heißem Wetter, mitten in der Wirtschaftskrise und so weiter an diesem Ort für Erwachsene *idealistisch* mit einem Kind zu verhandeln. Mein Status und mein heimliches Entzücken machen mich dumpf und brutal. Ich bin ein wenig so wie Nonie, als sie mich traf, in den paar kalten Minuten, in denen sie mich verletzt hat. Ich meinte, Unheil stünde nun nah bevor und lauere real auch in den Verkäufern; drum sollte Daddy aufpassen und uns beschützen. Sich und mich.

Kerzengerade und vornehm stand Daddy da und sagte: «Ich will euch netten Leuten mal was sagen, auf Geld kommt es nicht an, aber auf Freundlichkeit unbedingt –» Seine Stimme summte, bienenartig, nur mächtiger, sommerlich und *weit.* Ich wurde hohlbrüstig hinter dem Geld in meiner Hemdtasche.

Ich spürte den bitteren Neid des dünnen Mannes, seinen Stolz und seine Verachtung, seine Abneigung gegenüber Daddy und seiner Salbaderei.

Es wird hier jedoch nicht bloß geurteilt – es wird auch um Würde gerungen.

Ich empfand S. L.s Stärke in der Welt, seinen Verstand, als Macht; und ich spürte seine Dummheit – seine Intelligenz hatte eine Delle, eine gewisse Schlaffheit; *manchmal war er nicht gescheiter als ein Kind.* Ein mächtiges Kind jedoch.

Väter sind einzelne Männer hinter dem Begriff *Vater.*

Ich hatte das Gefühl, ich hätte Geld statt eines Gesichts. Ich sah mich in der leicht verdunkelten Kammer hinter dem Spiegel; ich sah ein verändertes Gesicht.

Allerlei regt sich in mir und schneidet mir innerlich die Luft ab. Ich gleiche nun wirklich einem guten Hund oder Pferd, so behend, so stark, so wunderbar bin ich, ich verfüge über das murmelnde, silbrig grüne Papier – wenn auch nur im Scherz.

Ich liebte Geld so sehr. Ich blickte zu Daddy, und er

ging in die Knie, um mir näher zu sein; ich neigte mich ihm zu, hielt aber das Gesicht abgewandt.

In seiner Lüstlingssensibilität wußte er, was ich empfand – so ungefähr. Mit seinen breiten Fingern fuhr er in meine Hemdtasche; er zog das Geld heraus. Ich seufzte sofort auf. «Sieh mal», sagte er und hob einen Schein hoch. «Da steht einhundert Dollar, das ist ein *Hun*derter –» Ich lehnte mich an ihn und seufzte richtig tief; er sagte: «Das ist nicht einfach gewöhnliches Geld, gewöhnliches Geld ist ordinär, das ist Geld, in dem Herzblut steckt, es ist dafür gedacht, dich glücklich zu machen. Wenn du der König bist, kannst du dein Gesicht drauf setzen und die ganze Welt glücklich machen.» Er nahm die Zigarre aus dem Mund. «Oder wenn ich König bin, tu ich's für dich. Wir wär's, wenn du mir ein paar von diesen flinken Küßchen geben würdest?» Ich schüttelte den Kopf. «Na gut, sei ruhig gemein. Da, verknitter ihn.» Den Hundertdollarschein. Er schloß mir die Hand um den Knäuel. Das seltsame Papier fühlte sich für mich mehr wie Stoff an als wie Papier. «Gehört alles dir, mein Süßer –»

Ich starrte ihn an. Langsam strich er den Schein glatt, tat ihn zu den anderen, faltete sie und steckte sie mir in die Hand; dann führt er meine Hand so, daß das Geld in meine Tasche, über mein Herz gerät. Er lenkt meine Hand, jeden Finger muß er einzeln lösen, das Geld befindet sich in meiner Tasche.

Wir schauen einander an, er und ich. Ich wandte mich ab von ihm – ganz langsam – und setzte einen Fuß vor den anderen. Die verrückte, intensive, ziellose Zuneigung, die ich für Geld, für Autos empfand, verschiebt den ungestillten Abscheu, den ich vor einer Welt voll Schmerz und Wunden noch immer hege, auch vor Nonies und vor

Daddys Welt, und vor Fremden, die nach anderem Essen riechen als das Essen, das ich verzehre, und nach Kleidern, die sich von denen unterscheiden, die ich bereits kenne.

Ich empfinde *wahres Glück* (einer gewissen Art).

Daddy: «Wir sind zwei Tunichtgute, wir halten hof im Ritz, wir machen uns ganz fein –»

Elektrische Ventilatoren lassen Setterzungen von Luft über mich lecken.

Am anderen Ende des Ausstellungsraums sagt Daddys Stimme: «Dieser Mistkerl von Hoover hat uns erledigt.»

Er redet mit dem Dürren, wie ich erwartet hatte.

Die Stimme des dürren Mannes ist baritontief und will schnell sein, doch ihre Tiefe, nah am Baß, macht sie schleppend, obwohl die Atmung sie hörbar vorwärts drängt.

Er sagt: «Hoover, dieser Arsch.»

Der fette Verkäufer sagt in einem seltsamen Ton, würdevoll und mörderisch zugleich: «Das ist nicht in Ordnung, die Leute hungern zu lassen; der Tod ist noch zuwenig für ein paar von diesen Schweinen.»

Mit einem Seufzer sagte Daddy: «Richtig. Aber ich will euch Herren eins sagen, wenn man das Leben damit verbringt, gegen die Schweine zu kämpfen, bleibt einem überhaupt nichts mehr im Leben.»

Der dürre Mann sagte betont: «Ist das so? Ich schätze mal, so ist's: Wenn einer gewinnen will, muß er noch gemeiner sein als die.»

Daddy sagte: «Alle hätten gern einen Helden, der für sie gemein ist –»

Der dürre Verkäufer sagte: «He-he, na klar, ein gemeiner Jesus mit 'nem Schwert als Präsident – los, J. C., bring den Krempel für mich in Ordnung.»

Daddy sagte: «Na, letzten Endes sind wir doch alle Clowns und Arschkriecher, Leute, um mal die Wahrheit zu sagen.»

«Da sag ich Amen zu», sagte der Dicke.

Daddy sagte: «Na so was, sieh einer an –» Er wendet den Kopf. Jenseits der großen Schaufensterscheibe tänzelt in der Hitze eine kräftige, vollbusige Frau vorüber – puppig. Die Verkäufer folgen seinem Vorbild. Dad sagte: «Stark. Hört mal, habt ihr was fürs Kino übrig? Richt dir das Leben wie im Film ein, und den letzten beißen die Hunde. Mach's dir nett im Leben, lautet mein Motto, ich bin ein gutherziger Mann.»

Einer der Verkäufer sagt: «Wie wär's, soll ich dem Knirps mal ein bißchen zur Hand gehen?»

«Ach was, nicht doch, laßt es ihn genießen; ein Kind zu sein, ist ja kein Zuckerschlecken, laßt ihn mal ein Mann sein, ein *kleiner* Mann.»

Der dürre Verkäufer blickt merkwürdig drein. Er lehnt sich gegen den Kofferraum eines Wagens.

Daddy sagt zu ihm: «Sie sind ein Teufelskerl. Hab ich recht, könnt man sagen, ich hab recht?»

«Aber sicher – zum Teufel, ein Mann, der Buicks kauft, hat immer recht.»

Im Ton von Daddy und dem anderen Mann schwingen sowohl Liebe als auch Haß mit.

«Nicht doch, nicht doch.» Daddy läßt nicht locker. «Im Herzen wissen Sie, daß ich recht habe, daß Kinder in Ordnung sind und alles andere Dreck ist. Dreck.»

«Wenn Sie's sagen – Sie sind der Boss, zum Teufel noch mal; und wenn ich einen für Sie umlegen soll – ich bin Ihr

Mann –» Seine weiten Augen deuten an, Daddys Geld sei ruchlos und ein Witz.

Daddy bewundert die animalische Mimik des anderen, dessen gewandtes Mienenspiel. Dann sagt er (schnell atmend): «Wenn ich's sage – verflucht, damit sagen Sie doch: Sie haben's gern behaglich, Sie mögen liebe Menschen – was ist denn falsch daran, daß einer schlicht ist? Sagen Sie mir bloß nicht, was klar und schlicht ist, gefällt Ihnen nicht.»

Der dürre Verkäufer sagt: «Ich will bloß sagen, wenn Sie gestatten, ein Mann muß –»

«*Mumm* haben, *soviel* weiß ich –»

«Klar, Mumm muß ein Mann haben, Eier hat ein Mann – außer, er hat keine – was ich sagen will, was ich behaupte, ist: bestimmte Dinge muß ein Mann eben tun, Sie verstehen schon, ich kann Ihnen keinen Buick *schenken*, Sie müssen ihn schon kaufen: wenn Ihr Kleiner da sein Pimmelchen rausholt und einen von den Buicks anpinkelt, dann muß ich hingehen und den kleinen Strahlemann dran hindern. Nicht daß er etwa böse ist, wissen Sie – nicht daß Sie etwa mir nicht trauen, auch wenn ich nicht gesehen hab, daß Sie das Geld mir in die Tasche geschoben haben, auch wenn ich mich nicht erinnern kann, gehört zu haben, ‹Sie da, ich will einen Wagen kaufen, suchen Sie mir einen aus› – zum Teufel noch mal, ich bin hier mindestens so freundlich wie die Mehrzahl der Zehn-Cent-Nutten –»

«Das würd ich nie bestreiten.»

Dads freundliche Laune ist gleichsam ein Hintern, den der Verkäufer küssen muß.

Von der Strahlkraft in meiner Tasche getrieben, wandere ich in eine Gasse von Buicks hinein. Mit jedem

Schritt, den ich tue, pieksen mich die Scheine wie ein Huhn, das durch mein Hemd hindurch nach meiner Haut pickt.

Ich berühre den großen Scheinwerfer einer schwarzen Limousine. Ich sehe meine versehrte, dünne Person in der vertikalen Welt des Spiegelteichs, in diesem Bühnenbild mit Autos, Topfpalmen, Männern und Verbände tragendem Kind.

Mein Vergnügen ist dicht, wie Wolle und auch wie Gras am Abend. Mein Herz ist ein kleiner hölzerner Hammer, der gegen meine Rippen schlägt: das frappiert mich. Ich bücke mich, um unter die Autos zu gucken. Am Fußboden entlang dringen die Geräusche der redenden Männer klirrend bis zu mir. Die Verkäufer und ich glauben, daß Daddy entscheiden wird, welchen Wagen wir, wenn überhaupt, kaufen. Mein Stolz auf das Geld in meiner Tasche besitzt die trägen Schwingen von Flußmöwen – großen weißen Vögeln, die das Himmelsblau reflektieren.

Ich stehe auf und schaue wieder auf das Wandbild. Hinter Coupé, Kabrio, Langlimousine und maronenfarben-schwarzem Zweitürer steht in der tiefenlosen Spiegellandschaft ein zigarrig lächelnder Mann. Die wie zum Ertrinken unfaßbare Szene enthält auch Bewegung. Alles ist von einer Glanzaura umgeben. Zwei der Verkäufer linsen über Verdecke und um Kühlermasken herum zu dem Verbände tragenden Kind herüber. Es stellt sich auf die Zehenspitzen, und Myriaden von weiß bandagierten Dingern flirren über Spiegel, Stoßstangen, Kühlermasken und Kotflügel, sprachlose Phantome in diesem Saal der Halluzinationen.

Dad sagt zu den Verkäufern: «Ich bin ja selbst nur eine gerissene Nutte ... Aber ich hab ein gutes Herz und versteh was vom Feiern, und das ist mehr wert, als einer vielleicht denkt – viel mehr sogar. Ich will euch mal ganz ehrlich sagen, was meine bescheidene Theorie ist: ich glaub nicht dran, daß Verkäufergeist uns aus der Krise reißen kann, obwohl ihr Männer hier euch prima schlagt. Aber die Leute müssen aufhören, kleinlich zu sein. Trotzdem, man weiß ja nie: wir leben nun mal in einer nuttigen Kultur.»

Der dürre Verkäufer trägt eine Miene zur Schau, in der Befriedigung auf einen drohenden Überzeugungsrausch zukurvt, vielleicht aufgrund der Ahnung, er könne mit Daddy fertig werden. Ich mache die Tür eines blauen Buick auf. Das Licht im Wagen geht an. Ich halte inne, und hinter mir höre ich Schritte. Es ist der dürre Verkäufer – er hat Daddy stehenlassen und kommt flink auf mich zu. Ich setze dazu an, in den Wagen zu klettern. «So, kleiner Mann, ich helf dir mal, wenn du gestattest.» Er tritt heran und hebt mich hoch. Ich habe ein Knie auf dem Autositz und schnaufe ein bißchen.

Die Hände des Mannes, seine Berührung, sein Geruch sind mir vollkommen fremd. Dies übersetzt sich in heftiges Herzpochen. Meine dünnen Rippen, meine dünne Hauthülle und meine kleinen Muskeln verrutschen und winden sich im Griff des Verkäufers, der eine Art von Vergewaltigung verübt. Er könnte zusehen, wie ich zu Schaden komme, und nicht vor Mitleid oder Traurigkeit sterben: er ist keine Frau, was mich angeht. Ich seufze – eine babyhafte Angeberei; er glubscht mich lieb an. Ich haßte und verachtete alle Männer außer S. L., ob ich's nun wirklich tat oder nicht: so sieht Loyalität nun mal aus. Ich bin ein guter Sohn, ich bin sein Schatz, solange ich die Leute hasse, die ich mag. Das Kind lächelt über die magere Schulter des Verkäufers S. L. zu – ich hab S. L. am liebsten.

Er fragt mich oft, ob ich's tue. S. L. den ersten Platz einzuräumen war meine vornehmste Pflicht, solange ich bei den Silenowicz lebte.

Der Verkäufer will von mir bewundert werden, will mich und S. L. ihm unterlegen wissen: eine befremdliche Form von Liebe.

Dann sehe ich ihn an, im Bewußtsein, daß ich das Geld habe, glotze ihn an in meinem Unglauben, daß irgend etwas außer S. L. von Wert sein könnte. Ich glotze kompromißlos.

Mit einem eigenartigen Akzent sagte er: «Wirklich, ein Prachtjunge.» *Wiiklisch, 'n Prachtjung.*

Die Waisenkindgefühle. Die Verbände.

Er zeigte mir den Scheibenwischerknopf und den Aschenbecher. Er zog ihn ein Stück heraus und schnippte mit dem Daumennagel so dagegen, daß es sich wie eine rasche Salve von Trommeltönen anhörte. Ich starrte mit unermüdlicher Aufmerksamkeit hin. Gefühle blockte ich mit schwimmenden Wällen von Zurückweisung ab, die Schiffswandungen glichen. Dieser Mann in meiner Nähe, seine Riesenhände, seine Stimme, seine Absichten – ich habe mich in üblen Dingen verheddert.

Die anderen Verkäufer und Daddy scharen sich um mich und fragen: «Ist er das? Willst du den?»

«Der macht eine richtige Pokermiene, was, er will einfach nicht nett sein, das sieht ihm gar nicht ähnlich – würd's dir denn weh tun, mal zu lächeln? Vielleicht tät's ihm ja wirklich weh, vielleicht ist sein Kinn zu mitgenommen –»

Ich bin entschuldigt, muß mich nicht sichtbar zu Gefühlen bekennen – hinter meiner Pokermiene funkt und blitzt es auf eigene Weise.

Ich strecke die Arme S. L. entgegen, dem blonden, solid gebauten, saftigen. Seine Emotionen sind sehr prall – und von hoher Frequenz; sie stocken und setzen wieder ein, und häufig erlöschen sie. Und seine Ängste gleichen nicht den meinen; wie aus vielen Männerängsten erwachsen Bluff und Maskenspiel aus ihnen, Gewitzel, Unsinn, Verstellung.

Ohne mich ist S. L. einsam und ohne Sinn; und Sinn bedeutet Trost. Seiner Wahrnehmung, seinem Wissen nach ist die Welt düster, trostlos und ohne Sinn. Ihn ängstigen Dinge, die das Kind nicht ängstigen. Seine Feigheit, so absolut wie leidenschaftliche Liebe, reicht mir eine Hand, zitternd und bleich in dieser Atmosphäre. Ich wußte das als Kind – wie voluminös die Gefühle meines Vater sind. *Es ist mühselig, den Tag zu überleben, jeden Tag von neuem.* Ich nehme seine Hand und spüre das Grauen in ihm, die Wut, das Gefühl, die Welt sei schmutzig. Die Beiläufigkeit, die Furchtlosigkeit des Kindes peinigen diesen gutaussehenden Wichtigtuer, der die Angst des Kindes umzumodeln versuchte in eine Furcht des Kindes, es liebe S. L. nicht *genug*.

Er ist *genial* darin, in anderen eine kleinliche Nervosität zu erzeugen, eine empfindsame, weithergeholte Inbrunst für ihn, ein stürmisches Suchen seiner Nähe. Für eine Weile.

Diesem Mann gehen tausendfach, ein dutzendmal am Tag, Erinnerungen an den Krieg, in dem er Soldat war, durch den Kopf. Ich bete ihn an – buchstäblich, doch ich kann nicht darauf vertrauen, daß er unsere Religion, die *ihm* gilt, verteidigen wird. Er flüchtet gern vor mir. Er vergißt alle unsere Abmachungen. Er spekuliert mit sonderbaren emotionalen Währungen, zu welchen mein «Sinn für Humor» und meine Bereitschaft zählen, ihm «zu vergeben».

Unsere Macht macht mir Lust, ungezogen zu sein.

Das Kind spuckt auf den Kühlergrill des Kabrios.

«Das gehört sich nicht», sagt S. L. Ihn langweilt dieser Kram, dieser Einkaufstrip, nun ein bißchen.

Eifrig, voll Sinnlichkeit, reibt das Kind mit der Hand die Spucke weg.

«Hübsche Welt, hübsche Welt», murmelt S. L. vor sich hin.

Er hat pornographische Szenen vor Augen. Einmal sagte er zu mir: *Männer möchten jedem anderen den Schwanz abgeschnitten sehen – wenn sie bei dir eine Ausnahme machen, ist's eine besondere Gunst von ihnen.* Er sieht Scharen von hurenhaften Frauen vorüberschwimmen, deren Pos über die Wasserfläche ragen. Er atmet rascher. Er verändert seine Haltung. Er rührt sich. «Auf jetzt, Wileychen, such für Mama einen Wagen aus.»

Das Kind blickt vom Ende des Gangs zwischen den Autoreihen zu ihm hin. S. L. starrt vage – wohlwollend – kindwärts, jedoch nicht eigentlich zu mir hin: Anflüge von Lächeln sammeln sich in den Schattengruben an seinen Mundwinkeln.

Er ist halb erigiert.

Die *süße* Jugend und Zerbrechlichkeit des Kindes heitern S. L. auf; er sagt: «Du mußt es ganz allein tun, ich mische mich da überhaupt nicht ein, nicht das kleinste bißchen.»

S. L. kommt sich heil vor, im Moment gerechtfertigt, erfolgreich: bei seiner tagtäglichen Wette geht es um *Ich-weiß-was-Güte-ist.*

Das Kind beugt sich vor, dann nach rechts, nach links –

sein Gefolge von gespiegelten Ichs verneigt und wiegt sich überall. Die weißen Verbände sind überall – kleine Albinovögel. Versteckt sieht S. L. zu, wie Vergnügen in das vorsichtige Kind zurückkehrt. Derlei Dinge sieht er mit seinen schlauen, erfahrenen, abgestumpften Lüstlingsaugen – er sieht gewisse Dinge, und mit meinem Sinn für ihn sehe ich sie dann verschwommen ebenfalls.

«Wie kommt der tolle Hecht denn so voran?» Mein Vater, mein anderes Ich, sieht gut und verstohlen aus.

Das Kind kennt ihn, erlangt jedoch sein Wissen auf unbilligen Wegen.

Weißt du noch, wie ich dir mal fünfzehnhundert Dollar gegeben hab, damit du ein Auto kaufst? Für deine Mutter. Das war nicht geschummelt. Es war mir ernst. Ich hab's durchgezogen. Das Geld war echt. Bargeld. Das war mal eine interessante Idee – und ich hab sie durchgezogen – weißt du noch?

«Daddy?»

«Ja? Hast du einen ausgesucht?»

«Welches Auto soll ich denn aussuchen, Daddy?»

«Heute bist du am Ruder, kleiner Macher, du hast den Kies, bezahl einfach damit wie ein Offizier und Gentleman.»

«Daddy?»

«Ich bin ja da. Hast du dich jetzt entschieden? Hältst du die Hand über der Tasche? Meinst du, das Geld fliegt sonst davon? Also, weißt du was, da könntest du sogar recht haben. Du bist ein Teufelskerl, ich kann von dir noch lernen.»

Ich meinte, es sei ein Fehler von Daddy gewesen, in den Verkäufern soviel Feindseligkeit zu schüren, wo er so *schwach* (so gutmütig) war. Ich konnte ihm da nicht helfen. Sein Spaß ist nun von der *Ist-doch-egal-wen-juckt's-schon*-Sorte. Und ich *war viel glücklicher.* In der streitlustigen – und seligen – kleinen Komödie, die wir da aufführen, Dad und ich, geht es um *uns*, Dad und mich, *gegen alle*.

«Das blaue, Daddy, ich will das blaue.»

«Sprich laut und deutlich, Käptn, was du willst, das sollst du haben: das *versprech ich dir.*»

«Ich brüllte: «ICH WILL DAS BLAUE!»

«In Ordnung.» Und zu den Verkäufern: «Schreiben Sie die Rechnung aus, das Kerlchen hat seiner Mutter einen Wagen gekauft.»

Eine Geschichte ist von glanzvollerem Stoff, solange sie noch nicht beendet ist, solange sie zum Teil noch aus Andeutungen und Vermutungen besteht, eine Familienangelegenheit ist wie das Gesicht eines Kindes. Da ich meinen Vater liebte, seine Lügen, seinen Willen und sein Geld, ging ich zu ihm hinüber und legte den Kopf an seine Beine; zu seiner Hüfte sagte ich: «Ich will das Auto gleich, Daddy, laß es uns gleich mitnehmen und gleich damit nach Hause fahren.»

Das sei eine gute Idee, sagte er; und ich kletterte in die Höhle im Innern des großartigen, von mir ausgewählten und nun im Besitz meines Daddys befindlichen Fahrzeugs, während ein Mechaniker sich daran zu schaffen machte. Ich mußte dem dürren Verkäufer das Geld aushändigen: seine unvermögende Schönheit elektrisierte mich nun nicht mehr, sondern war undeutlich geworden.

Den Wagen erfüllten eine Menge Gerüche, nach Plüsch und Gummifußmatte und Firnis auf dem hölzernen Lenkrad.

Ein knochiger Mechaniker mit ausdruckslosen Augen,

dunkle Ölflecke auf dem Overall – unfähig wirkte er – sagte: «Den haben wir erst heut früh reingestellt; probegefahren hat ihn zwar noch keiner, aber er sieht ganz okay aus.»

Das Motorgeräusch klingt nach vielen Beinen aus Metall, aus Nickel und Zinn, die klimpern und klappern, schmelzen und zischen. Oder wie kleine, fortwährend knatternde Gewehre. Oder vielleicht wie ein richtig großes, hellauf loderndes Freudenfeuer von Blättern. Daddy jagt es hoch und läßt es leise schnurren: er ist sogar noch ein besserer Fahrer als Ken.

«Laß uns losfahren, Daddy.»

«Ich warte ja nur drauf, daß du sagst *Hause, James*; das sagt nämlich ein Gentleman zu seinem Chauffeur, zu dem Mann, der den Wagen für ihn fährt. Dir gehört er, ich fahr ihn, ich muß warten, bis du sagst *Hause, James* – Hööse, Dscheims. Das ist dein Wagen – bis wir ihn verschenken, bis du ihn deiner Mutter schenkst.»

«Hausse, Dscheims», hauchte ich.

«Lauter!»

Ich brüllte es.

Ein Teil der Mauer wird von sechs Männern, drei auf jeder Seite, aufgezogen, und wir fahren eine Rampe – eine bewegliche, ratternde Holzrampe, die drei weitere Männer aufgestellt haben – hinunter und dotzen auf die Pflastersteine der Straße, in den Schwall von Gelbs, die Explosionen von Weiß, in die Tageshitze.

Auf des neuen Wagens rundlichen Kufen, zum feinen Gebrabbel und Gebrodel seines Motors, während unberechenbare Glanzpartikel launenhaft hin- und hergezerrt, herumgepeitscht und vom Armaturenbrett gewischt werden, auf die dann flitzend, wabbelnd, tanzend andere folgen, fuhren wir in der grellen Hitze an geparkten Wagen vorbei, an einer Autoersatzteil-Handlung, an der düsteren Höhle einer Reparaturwerkstatt, deren breite, offene Tore den Blick auf die Männer drinnen freigaben, und an einem Jalousienlager vorüber, und unsere Fahrt (das Porträt des Fahrzeugs) schwebte in Schaufenstern ein paar Fuß über dem Trottoir in unheimlicher Schönheit als wahnwitzige Erscheinung nebenher.

Über das Kopfsteinpflaster dopsend, das schimmerte wie die Wangen kleiner Engel, und an Trambahnschienen, glitzernden parallelen Sternstraßen, entlang, fuhren wir auf einer Route mit viel Lastverkehr in eine stillere, nicht weit davon entfernte Gegend, an drei hoch aufragenden, verlassenen Lagergebäuden vorbei und gelangten in einem stillen, unbelebten Teil der Stadt zu der Stelle, wo die Straße, an deren Ende wir wohnten, in weißliche, mit Gestrüpp bewachsene Felsen geschnitten und von einer niedrigen Betonmauer begrenzt war – ein Aufstieg, der Probleme wie auch Privilegien bedeutete und der Dad dazu brachte, die Kinnmuskeln zu spannen und mit den Zähnen zu knirschen, doch auch zu lächeln und zu nicken (weil wir in den feinen Teil der Stadt unterwegs waren). Fast so geschwind wie ein geübter Schwertkämpfer schaltet Daddy mit flinker Siegerroutine runter, und überrascht brodelt der Wagen mit seiner Drehkraft und in seiner prachtvollen Leibesfülle bergan gegen etwas, was einem wie eine Luftphalanx vorkommen mag oder wie eine Wache haltende Reihe von Elefanten, die ihre angestrahlten Stirnen uns Vorrückenden entgegenschieben. Das laute, hallende Motorgeräusch und das Windgetose und der weiße Felshang, der funkelt wie Kopfweh oder eine wahnsinnige Stimmung – die fliegenden Verschiebungen von Höhen und Abgründen stellen an sich schon eine Form von kindlichem Wahnsinn dar. Der Kühler, die Kühlerspitze scheinen uns so schräg hinaufzuziehen wie manche Schaukeln, wir werden aufwärtsgezerrt, die Welt bleibt hinter uns zurück wie ein wehendes Cape.

Daddys Gesicht befindet sich in einem Winkel von fast fünfündvierzig Grad zum Armaturenbrett, ein Zeichen dafür, daß er sich konzentriert: dies hat irgendwas mit seinen Augen zu tun, mit dem mysteriösen Umstand, daß einer ein Gesicht besitzt.

Auf seinen offenen, physisch verletzlichen Gesichtszügen, auf seinen blonden Bartstoppeln, schimmert Schweiß und Licht. Er möchte ganz cool wirken, doch sein Gesicht ist theatralisch leer, verwaschen, es oszilliert: das meiste davon, von diesen Eigentümlichkeiten seines Gesichts, habe ich übernommen und behalten. S. L. wirkt sanft, wie mit anderem beschäftigt, überheblich – und ironisch –, wenn er fährt: an dem Kind sieht das komisch aus. Es sieht heute an mir komisch aus.

In manchen Dingen war S. L. genial: *Du meinst, die Leute müßten kapieren, daß ein Auto kein Pferd ist, sie würden kapieren, was da läuft, es ist, als hättst du Siebenmeilenstiefel an, ganz anders als wie mit Pferden, du hast nicht die Zeit zu überlegen; ich bin Pferdewagen gefahren, als Junge verstand ich was von Pferden, ich hatte sie gut im Griff, aber für ein Auto mußt du einen besonderen Sinn haben, du mußt die Welt ziehen lassen und dir eingestehen, daß, kaum ist die Wissenschaft im Spiel, alles, was du für normal und vernünftig gehalten hast, verpufft, weil's darum nicht mehr geht; ich red hier nicht wie ein Professor, weil ich was Wichtiges rüberbringen will, und das kann ich nicht in meiner Sonntagssprache. Jetzt hör mal zu: sobald du's mit irgendeiner Maschine zu tun hast, wirkt alles, was du davor für normal und vernünftig gehalten hast, auf einmal verrückt. Ich kann dir ein gutes Beispiel dafür geben: bei einem Pferd geht's nur um Rhythmus, du paßt deinen Hintern daran an, paßt deinen Puls daran an; aber ein Auto ist kein Tier, es hat keinen eigenen Rhythmus, es hat nur was Stetiges oder Unstetiges, wenn du mir meinen Landjargon verzeihst, ich rede hier wie ein Mechaniker, wie einer von denen, die wissen, was sie tun; ein Auto hat in diesem Sinn überhaupt keinen Rhythmus, es gleicht nicht einem Pferd, sondern einer Uhr: es gleicht einer Uhr, nur wenn die Zeiger sich drehen, bist du an einem anderen Ort, du kommst an einem anderen Baum vorbei: und das ist nun wirklich verrückt, du mußt verrückt sein, wenn du das machst, du mußt dir drüber klar sein, daß du verrückt bist, wenn du überhaupt ins Auto steigst. Würdest du etwa in eine Uhr steigen, um ein paar Stunden drin zu verbringen? Du mußt dir drüber klar sein, daß die Uhr nichts mit dir zu schaffen hat, der du da sitzt, mal abgesehen davon, daß du die Ursache bist, aber beim Auto kommt's nicht auf den Sitz an, sondern auf die Achsen, aufs Schwungrad, auf das, was in den Zylindern passiert, kommt's an. Räder ruhen nicht auf dem Boden wie Füße, und Pferde haben keine Gangschaltung. Pferde werden angespannt und ziehen, und ganz schön oft werden sie störrisch, wie eine Frau, mit einem Auto dagegen ist's wie mit einem Uhrwerk, du kannst bei dieser Art Uhr die Geschwindigkeit nicht ändern, es rollt dahin, und du veränderst die Art, wie es rollt, und es tickt genauso schnell weiter, es muß schnurstracks den Berg rauf sausen: na ja, nicht schnurstracks, das kommt auf den Berg an und darauf, was du auf dem Rücksitz hast, wie fett deine Schwiegermutter ist, damit ist die Frage, wie es rollt oder steigt, schon weitgehend geklärt; wenn's stillsteht, darüber mußt du dir klarsein, dann steckt es in einem Loch, und es muß hoch und raus aus dem Loch: stillzustehen ist für jede Art von Uhr ein Loch, jedenfalls muß sie in jeder Sekunde, die sie läuft, unentwegt ticken. Wenn die Leute glauben, Autos und Uhren wären rein für die Bequemlichkeit da, dann sind sie verrückt, sie haben zwar wohl die Füße auf dem Boden, aber sie haben sich nicht in so ein Auto hineingedacht, wenn sie meinen, sie könnten einfach so einsteigen und losbrausen; wenn sie meinen, sie könnten eine Uhr einfach ewig weiter aufziehen, dann sind sie Metzger, sie haben kein Gefühl, und deswegen kommen sie zu Tode; sie haben diese wunderbaren Maschinen nicht verdient; man muß sie mit Gefühl und Wissen bedienen, man muß gewitzt sein, ich fahre mit dem Hosenboden und hak die Meilen ab, aber dazu brauchst du Grips, Verstand, echte Urteilskraft, du mußt dich am Zügel reißen können, ha-ha, du mußt dich den Gegebenheiten anpassen können, ich weiß, wovon ich rede.*

(S. L. sollte Kurse drüber abhalten, sagte Lila, *ich kenne eine Menge Männer, die von diesen Dingen weniger Ahnung haben als er. Die Leute hören ihm genau so ungern zu, wie sie einer hübschen Frau zuhören, aber er weiß, wovon er spricht. Er hat sich wirklich Gedanken darüber gemacht.)*

Vor den Scheiben tauchen nun auf unserer Höhe die Dächer der Stadt auf. Die Baumwipfel, an die Spitzen von Fontänen oder an Wasser erinnernd, das aus geborstenen Hauptleitungen quillt, sind gepünktelte Kugeln oder gleißen blasenartig rund. Die Blätter mit ihrer Sommerhaut, dieser glänzenden Haut, die sie nun haben, gleißen fast so stark wie Glas. Eine Minute verstreicht, und nun bilden die Dächer einen löchrigen Teppich und der stumme Himmel strömt in die Bassins der Fenster.

Wir steigen in eine sich immer mehr vereinfachende Atmosphäre auf, fast so, als erklömmen wir die enge Wendeltreppe in einem Kirchturm, der weitgehend lichtdurchlässig ist.

«An dieser Straße zeigt sich, wer ein Fahrer ist; ich weiß überhaupt nicht, wie deine Mutter, dieses Aas, das schafft; wie schafft sie es bloß, nach Hause zu kommen, so wie sie fährt?»

Mit Nervenstärke und Tempo.

Die Straße biegt in steiler Kurve nach Westen ab, in den realen, nachmittäglichen Sonnenschein, der sich in dieser Höhe auf größeren und immer klareren Flächen ausbreitet.

Ich verstehe weder, wie diese Straße mit der Stadt hinter (und unter) uns verbunden ist, noch wie der Wagen sich ihr anpaßt, doch darüber, wie dieser Augenblick zu anderen paßt, weiß ich bereits besser Bescheid als Daddy, auch wenn er dies bestreiten würde – daß er diese Verbindungen richtig erfaßt, darauf würde er um sein Leben, seinen Geisteszustand, wie immer es um den bestellt sein mag, auch um seine Seele wetten.

Doch er ist verrückt – närrisch – und findet, die besten Übergänge seien die verrückten, als ob die Welt, wie der Moment, neugeboren wäre; er schlägt die Bücher zu den Momenten zu, als eine Art von Applaus. Jene aktuellen Punkte – Sex und eine Art von Witz bei gewissen Anlässen, Spielarten von Mut und Feigheit, seine Autokennerschaft und seine theoretischen Fähigkeiten, die von Büchern unabhängig sind und für die er spezielle Töne und Sprachen hat – sind es, an denen dieser Flieger und Hürdenläufer von einem Mann, dieses Pferd-Vogel-Flugzeug-Auto-und-Lüstling-Geschöpf, im Bereich des gesunden Verstandes landet und sich umgestaltet: Man könnte sagen, was ihn zusammenhält, sind die Blicke, die er zweimal am Tag mit jemandem – mit irgendwem – tauscht, und gewisse Dinge, die mit materiellen Gegenständen zusammenhängen, mit Autos, Spargelpflanzen und Spargelfarmen (auf sandiger Flußbetterde). Wenn ich nicht da bin, fehlt ihm der Kompaß, der Güte anzeigt. Wenn ich da bin, bin ich ein Kompaß, geeicht darauf, wahren Wert zu erkennen oder anzuzeigen. Dies sind Ausdrücke aus der Geheimsprache meines Vaters, aus seiner persönlichen Rhetorik, deren er sich nur Männern gegenüber bedient: jetzt sagt er: «Waagrecht und horizontal, laß die Lotleine runter und du bist da.» Um die Vertikale zu bestimmen? Die Lotrechte, wie ein Kirchturm etwa? Ein Hinweis auf andere Bedeutungen? Seiner Stimme ist ein bestimmtes lautes, moduliertes Dröhnen eigen, das ich, das Kind, in einen dünnen Ton übersetzen muß; ich muß die symphonische Tonfülle zur Soloflötenstimme verdünnen: «Daddy, das Auto hier gefällt mir.»

Ich greife nach seiner Hand.

«Lotleine runter und du bist da –»

Dad ist in Bewegung, mitsamt den Rädern und Getrieben seiner Geisteszustände, ebenso wie das Rad des Schicksals mit seinen äußeren Umdrehungen in Bewegung ist, und ich bin die Achse, der Ruhepunkt für ihn – und das ist beklemmend: ich empfinde es als ein Geschenk, das ich ihm bereite, als eine Pflicht.

Ich hatte das Gefühl, in seine physische Existenz hineingesogen zu werden, in Bäche und gepflügte Felder und in den nahen Mississippi (Herz und große Emotionen), und in die Lichter, Kraftströme und Magnetfelder des Vergnügungsparks mit Achterbahn, Autoscootern und Rennwagen, Trübsinn und Fröhlichkeit, Wahnsinn und Ausnahmegefühlen, in *seinen geistigen Park* – in seinen Verstand, der Überlegungen anstellte, Dinge verrückte, ins Licht und aus dem Licht heraus, Themen aufgriff und fallenließ.

Er zog mich halb auf seinen Schoß. «Du fährst, vielleicht brauche ich ja eines Tages mal einen Chauffeur.» Seine Hände bedecken meine. Sein Atem wirbelt die Haare an meinem Scheitel auf. Sein breiter Schenkel drückt gegen meinen Po.

Um uns her bewegten sich zunehmend ausgedehnte Flächen von Tageslicht. Dad sagte: «Na ja, es ist heiß, aber auch wieder gar kein so übler Tag, du bist ordentlich aufgemuntert worden, und du bist gar kein schlechter Fahrer, so, jetzt setzt du dich genau hierhin und übst dich mal im Lächeln, ich will ein neues Kapitel aufschlagen, wir Soldaten müssen zusammenhalten, lächeln müssen wir, unseren Sold verdienen, wo hast du denn deine Lächelgesichter versteckt, zeig mir mal die Schublade, und ich sag dir, welches du aufsetzen sollst, na, wo ist es denn, das Lächeln, das du mir schuldest, soll ich dich vielleicht mal tüchtig kitzeln, die Art von Unterstützung braucht ein Mann, wenn er in der Welt was Anständiges leisten soll.»

Mit seiner großen Hand – mit seiner Riesenhand – strich er mir über die Seite, über die Rippen; er brachte es fertig, daß ich mich ein-, zweimal winden mußte, mich krampfhaft krümmen im Grunde, so quälend war es, kennen Sie das Gefühl? Die Vorstellung von einem Lächeln, das Vorbild dafür – für Gelächter sogar – wurde heraufbeschworen: ein düsteres Lächeln flog durch die Düsternis in mir auf meine Nase, meine Augen sowie auf meinen Mund zu: ich schnaubte, und meine Augen tränten; dann bekam mein Mund die warme Flüssigkeit zu schmecken, etwas Emailartiges, an warmes Eis und den Himmel Erinnerndes, so etwas Ähnliches wie ein Lächeln.

Ich berührte Daddy am Ärmel, damit er hinschaue und mich so lächeln sähe.

Während ich mich aufrappelte und über die Rücklehne des Sitzes krabbelte, sagte mein Vater: «Ich wußte doch, daß ich dich aufmuntern kann, wie du noch nie aufgemuntert worden bist.»

Er sagte: «Ich möchte gern, daß du's in Erinnerung behältst: das war kein gewöhnliches So-là-là, sondern was Besonderes, und das hab ich für dich gemacht, Klettermäxchen. Jetzt schlagen wir eine neue Seite auf – von jetzt an wirst du nie wieder traurig sein: der Wind bläst mir's ins Ohr, die Vögel zwitschern's mir zu, es ist ein Gesetz, ein Naturgesetz. Der schlimme Kram ist vorbei – na, was hältst du davon, Pisserchen?»

«Ist OK.»

Daddy schaltete hoch, die Wagengeräusche wurden leiser. Unser Wohnviertel, das bei Candys Haus begann, entrollte sich vor den Scheiben, die Häuser, der Park, bis wir zur Auffahrt unseres Hauses kamen. Wie schwierig unser relativer Wohlstand doch zu ermessen ist: man sehe sich nur den schlecht geharkten Kies und die Reihe von erbärmlichen Azaleen an – aber es ist eine Kiesauffahrt. Daddy war der erste Mann in seiner Familie, der das Ghetto verlassen hatte, und er verstand herzlich wenig von Blumen und Rasenflächen. Geschmack besaß er wohl. Doch er war nachlässig und vergeßlich, und darum sieht das Haus wie *eine Proletenfarm* aus, sagt Mama, das heißt, ein bißchen zugewuchert und natürlich, nicht städtisch. Ich habe es als sonderbar und liebenswert in Erinnerung – als schön und groß: aber wahrscheinlich liegt das nur an mir.

Die Geschichte des Hauses birgt sehr viele unterschiedliche Fragen.

Die Vorderveranda ruht auf ihrem mit Spalieren verkleideten Unterbau – Backsteinpfeiler und ein versteckter, schmutziger Ort, in den das Spalier Lichtrauten auf seltsamen, ungewöhnlich hellen Staub (fast Hausstaub) wirft.

«Drück auf die Hupe, wir wollen deine Mutter mal herauslocken, damit sie sieht, was wir für sie haben.» Er stupste mich mit dem Mund und flüsterte: «Du hast einen tollen, großen Wagen für sie.»

Die Hupe bestand aus einem Trio langer, silbriger Trompeten auf dem Kotflügel, die schmetternd die Apokalypse verkündeten – so laut waren sie und in solchen Klangfarben gestimmt, daß ich die Töne erst von der Holzwand unseres Hauses abprallen hörte, dann von der Schindelwand des Nachbarhauses, und die fremdartigen Posaunentöne verdoppelten, vervierfachten und überlappten sich: Vögel flogen auf, Blätter flatterten. «Das reicht», sagte Daddy.

Er öffnete die Tür, die Wagentür – der Lüstling nimmt mit einem Teil seiner Sinne meine physische Unruhe, deren Ausmaß wahr – und hebt mich lässig an einem Arm hinunter: das heißt, er hält mich am Handgelenk fest, und ich verdrehe mich und steige hinab. Mein Fuß trifft auf die Kante des Trittbretts, ich stütze ihn darauf und lehne mich so weit hinaus, als wollte ich kopfüber landen oder auch nur platt auf dem Bauch, mit solchen Gefahren für meinen verbundenen Kopf. Ich springe, werde in der Luft festgehalten und schließlich auf den Kies hinabgesenkt.

«Genug!» sagte S. L. Im Haus ging ein Fenster auf, und durch das Fliegennetz rief Nonie: «Was ist denn los?»

Ich erstarrte sofort – ein blasser Fuchs von einem Kind im Schatten einer Blutbuche.

Daddy verdrehte den Kopf in einem komischen Winkel, um aus dem Wagenfenster und zu dem Fenster des Hauses hinaufsehen zu können. Er sagte: «Komm dir anschauen, was wir für dich haben, Schatz. Nonie, hol deine Mutter und komm raus. Wiley hat ein Geschenk für dich. Und für deine Mutter.»

«Nein», sagte ich, aber zu ihm. «Nein!» Ich wandte mich ab und dann wieder zu ihm hin, weil ich ihn aus dem Wagen steigen hörte. Ich rannte zu ihm, er hob mich hoch und ich zerrte an seinem Hemd – ein Stück weit zog ich mich selbst hoch, zwei Kinderhände in sein Hemd krallend – er nahm keine Notiz davon. «Wir mögen alle, und alle mögen uns», sagte er. «Ah, trautes Heim, Glück allein, hier oben geht's einem gut, wir wohnen gut hier, Wileychen.»

Er verwies mich an meinen Platz, er verfiel in sein kindgerechtes Verhalten, er holte sich sozusagen, was ihm zustand für sein Geld und seinen Beifall; und es mag sein, daß er vor allem das Gefühl, ein glückliches Heim zu haben, zurückgewann, die wohltätige, loyale Atmosphäre, die bei uns im Haus einmal geherrscht hatte – er hatte sie zurückgebracht, gekauft; nun genoß er sie – das heißt, er zwang sie herbei; oder vielmehr, er hatte einen wahnsinnigen Sprung getan, und nicht auf natürliche, sondern lediglich auf seine Art, hin zu dem neuen Moment. Und neuen

Ton. Ich starrte ihm fürchterlich vorwurfsvoll ins Gesicht, doch abschließend war das wohl kaum, weil er mich nicht ansehen wollte und meine Miene größtenteils in der Forderung *sieh mich an* bestand. Er duckte sich, mied mich und sagte zu dem Haus, zu der verschwundenen Nonie: «Hol rasch deine Mutter und komm nach draußen – rasch – es wird Zeit, glücklich zu sein.»

«Daddy –»

«Still, Pussikätzchen, sei lieb.»

«Das ist nicht für Nonie – Nein. Nein!»

«Was ist denn los, willst du jetzt selbstsüchtig werden? Hast du nicht deinen Spaß gehabt? Hat dir der Autosalon etwa nicht gefallen?»

«Doch, Daddy. Nonie hat mich verletzt.»

«Das war ein Unfall.»

«War's nicht.»

«Hör auf damit, Wileychen, dem lieben Gott und einem Sommertag zuliebe –», sagte er in einer seiner Rollen, der des großen Dichters. Dann sagte er, als er selbst, aufgerieben und auf der Flucht, als Mann, der tagtäglich von Furien angegriffen wird, deren Gestank und schwarze Schwingen uns umgeben: «Sei so gut und laß ihr auch ein bißchen Spaß. Ich bin gut zu dir: sei du gut zu mir. Hab Mitleid mit einem Mann, der arbeitet. Sei ein Gelehrter und ein Gentleman, was du ja wirklich bist. Bist du nun ein sonniger Sohn, der aufgeht und untergeht, oder ein Klotz am Bein? Jetzt zeig dich mal von der guten Seite, Sonnenscheinchen.»

Dad trotzt den Momenten – seinen eigenen und denen der Welt, die sich hier bündeln –, und alles ist für ihn von Schrecken und Licht umgeben. Ein wenig kurzatmig von einem noch in der Schwebe hängenden Schmerz, sagte er fast träumerisch, ohne zu urteilen: «Ich lebe so gern gut – dies ist ein schöner Augenblick, Wileychen – das kannst du mir glauben –»

S. L. – Sam Lewis – japst ein wenig. Seine Aufmachung ist betrachtenswert – er hat Zeitschriften studiert, hat in St. Louis und Chicago Männer in Restaurants beobachtet. In seinen schlechten Träumen erscheinen die Schulen, die er besucht hat, und später die Militärausbildung zumeist als Mixtur von Tieren und Maschinen – grunzende Kühe und Nilpferde inmitten wirbelnder Messer –, manchmal jedoch als Haie, riesengroße Haie: *Jeder reißt sich einen Bissen aus dir raus, jeder schneidet sich seine Scheibe Profit ab.*

Der enorme Wagen mit seiner phantastisch schwungvollen Linie in Metall ist etwas historisch Neues. Der Verstand stockt einem vor so viel Erfindergeist, nichts Natürliches ist hier nachgeahmt: der Wagen ist der reine Wille, der reine Wunsch, durch Geschichte und Zufall amalgamiert mit jenem Sinn für Zeit und Distanzen, aus welchem Geld besteht – soundso viele Zoll, soundso viele Minuten stehen Ihnen zur Verfügung. Kaufen Sie. Kaufen Sie es sich. Einen Bissen anderer Art. S. L. redete im Schlaf, und er hatte ein wiederkehrendes nächtliches Thema: *Die Indianer kommen.* Davon sprach er jetzt: «He, Klitzekleinchen, was meinst du, ob wohl die Indianer wiederkommen, um sich ihr Land zurückzuholen?» Die einzigen Kinderspielsachen, die er mochte, waren Pfeil und Bogen und indianischer Kriegerkopfschmuck. Ich spüre, wie sein Puls vor Lampenfieber und Nervosität jagt, der Frauen wegen und vor Stolz und Kühnheit und zugleich vor mädchenhaftem und erwachsen-männlichem Starrsinn angesichts der Liste von Erfolgen hier – von Genüssen: dieser wenngleich nicht unkrautfreie Rasen, diese Wohngegend, diese Bäume, *diese Sicherheit*, dieser kühne, absurde, unvorstellbare Wagen.

Sein Puls, sein Blick, seine Haltung, seine Mundstellung, das Funkeln seiner Augen – der glückliche Jäger mit seiner Beute trägt *sein SCHLICHTES Vergnügen* zur Schau, als das empörte Knallen der Drahtnetztür ihn dazu bewegt zu sagen, zu hauchen: «Da kommen sie, wie sie gleich lachen und lächeln werden, wenn sie sehen, was du gekauft hast, was du geschafft hast –»

Von einer für mich uneinsehbaren Stelle der Veranda aus sagt Lilas Gattinnenstimme scharf: «Nonie! Nicht!» *Laß die Drahttür nicht knallen.*

Ihrem Ton ist der bloßliegende Nerv physischen Schmerzes und moralischer Verletzung anzuhören, der sie so vieles registrieren läßt.

Eine hauchfeine Brise huscht hin und her, ein kurzes, nervöses Pulsieren der Luft, warm und unverschämt duftend, als hätten Daddys Pulschlag und sein *SCHLICHTES Glück* sich in Wind verwandelt.

Die raschen Fußschritte auf den lockeren Bohlen der Vorderveranda sticheln für mich flink eine Tätowierung, ein Drama. Gleitende Schatten huschen den Frauen voraus, fliegen wie Göttinnenschwingen über den Kies und verbinden sich mit dem Schatten unter dem Baum. Ich betrachte den NEUEN WAGEN in seiner Chrom-Lack-Wachs-Pracht, mit seinem Kühlerschmuck, dem Trompetentrio und dem Ersatzrad in seinem elegant halbierten Gehäuse mit Chromverschluß als Garanten von Vergnügen.

Mamas Gesicht jedoch – die weibliche Wirklichkeit – und Nonies Gebrüll – «Was ist denn das, was hast du denn da gekauft? Oh, doch nicht blau, nicht so ein Bäh-*Blau*!» – stoßen Ordnungsrichtlinien und Maßstäbe hervor, die alles verändern.

Beide Frauen haben kleine, wohlgeformte Köpfe; Lila hat etwas mit einem wehenden Kragen an: sie wiegt sich in den Hüften und ist sehr chic, sie trägt eine Art Turban, gerade jetzt gibt sie sich zugleich *süß* und sexy, denn sie hatte vorgehabt, S. L. zu belohnen, Sam Lewis zu zeigen, daß sie den Wagen, den er ihr besorgt hat, zu schätzen weiß – es tut ihr leid, daß sie den anderen kaputtgefahren, den Motor ruiniert hat und so weiter.

Natürlich, diese schuldbewußte und störrische Frau, gutaussehend und sexuell, feinnervig, bloßnervig, so schutzlos wie ein fast lidloses Auge, besitzt den Schimmer und die Zartheit eines menschgewordenen – Frau gewordenen – Augapfels, und in der runden Öffnung, der Pupille in der Mitte, hockt sozusagen eine launische Vogelgöttin, Hüterin der Rationalität und komplett wahnsinnig.

Ich meine, sie ist schon manchmal für mich und Dad das Sprachrohr, unser Wörterbuch – wem sonst können wir schon trauen? Doch sie spricht mit wahnsinniger Stimme: auch sie strebt Freiheit an; dieses eifersüchtige, willkürliche Auge kann sich in die Kuhgöttin Juno mit ihren prächtigen Flanken und ihrer Reizbarkeit verwandeln, und dennoch beherrschen die Augen diesen Schöpfungsakt. Im Hause ist sie weniger wahnsinnig – im Freien, auf diesem nicht ummauerten Rasen, wirkt sie unpassend und vergänglich. Oft sagt sie: *Ich verstehe nichts von Männern – höchstens ein bißchen davon, wie man's ab und zu romantisch haben kann.* Aber sie ist beherzt und versteckt sich ihrer damenhaften Hilflosigkeit wegen nicht, obwohl sie sich oft in Traurigkeit stürzt, weil es ihr nützt, bedauert zu werden – sie ist außer sich vor Erstaunen: vor einer gefährlichen Form von Wahnsinn.

«So einen Wagen hab ich nicht gewollt, S. L.»

Daddy kennt sie, kennt ihre Macht über ihn: er atmet vor Schock asthmatisch und dann so rasch und irgendwie haßerfüllt, daß man sich fragt, wie es um ihn und sie wohl steht: in einem Strudel gefangene Wahnsinnige sind sie, jeder von des anderen akuten Wahnsinn verstört: die heftigste Pein, die man sich vorstellen kann.

Von Nonie wurde erwartet, daß sie unter meiner Wut auf sie und unter dem Anblick meiner Verbände leide, und sie wirkte tatsächlich irgendwie zerrissen, überspannt: doch von Reue sah man nichts. Es war hübsch, wie ungeschützt sie ihr Gesicht in die Luft reckte. Dreist spielte sie die Dumme, und sie sah aus wie ein Naturkind, praktisch, ein bißchen wie aus Gummi, kein Luxusgeschöpf wie Mama. Ihre kindliche Hübschheit wirkt wie das Versprechen, sie werde sich als angenehm erweisen. Sie stand für häusliche Dinge zur Verfügung und war nicht aufgedreht-gesellig wie Mama, sondern isoliert.

Eine dritte Sphäre von Wahnsinn – ein wenig gezügelt und eingeschränkt.

Bänder von Sonnenschein liegen zwischen den Schattenstreifen auf den Verandastufen, wo Mama und Nonie *en tableau* verharren, wobei Mamas feines, entblößtes Gesicht (unter dem Turban) im Vergleich zu Nonie, zu deren auffälliger Frische, eine Spur gealtert und erschlafft wirkt. Nonie steht eine Stufe oder zwei tiefer. Mamas Gesicht schwebt über den wogenden Massen ihrer Brüste in der Luft. Esprit und Bedeutsamkeit scheinen ihr Gesicht in höhere Gefilde zu tragen, es über ihren Körper zu erheben, der im Widerspruch hierzu der erdzugewandten Mode für Frauenkörper entsprach, der sie in diesem Monat nacheiferte – eine Kleinstadtmode, Mamas Version davon, die Version dieser Kleinstadt, entsprechend den Artikeln, die am Ort oder in St. Louis zu haben waren und so fort, sowie von Filmen beeinflußt: das abwärtsdrängende Gewicht von Brüsten und Schenkeln und dazu die Zartheit von Hand- und Fußgelenken, die schmachtende, wie soll man es nennen, die launische Handgreiflichkeit eines in erster Linie sexuellen Leibes.

Lilas Gesicht war so geschminkt, daß es ein süßes, nacktes, fragiles Willkommen signalisierte – für Daddy, der ihr ihren neuen Wagen brachte. Nun aber war ihr Gesicht entstellt von Dellen. Sie war sehr hüsch, aber grotesk und lachhaft, überkostümiert und hexenhaft, vollkommen außer sich über alles, was hier vorging, was Worte bewirken können und (bewirken werden) und was Männer empfinden.

Zwischen ihrem und Daddys Körper bestanden zahllose Fäden – oder sogar Ketten – der Bindung, und jeder hatte ein Gespür für den Charakter des anderen.

In doppeldeutigem Ton (halb flehend, halb gereizt und drohend) und mit einem Lächeln, das schroffe Scharten grub, statt ein Lächeln zu ergeben: «Was ist denn *das* für ein Wagen, S. L.?»

Mit bereits beschädigter, sogar schon halb in sich zusammengefallener, jedoch mühsam aufrechterhaltener guter Laune - *wie ein geköpftes Huhn* -, wie ein Verkäufer und ohne eigentlich auf Mama oder ihren Ton einzugehen (sie konnten in der Öffentlichkeit niemals miteinander sprechen) sagte er großspurig, doch ohne Überzeugung und fast wie um Bestätigung bettelnd: «Das ist ein Buick Deluxe, die Achtzylinder-Sport-Limousine.»

«S. L., das ist nicht die Art von Wagen, die ich mir vorgestellt habe.» Natürlich war sie sich dessen nicht sicher, aber sie wollte nicht «vernünftig» sein – *sie war nicht bereit, auf ihn zu hören*, meine ich – sie hatte es hier mit einer Kränkung, einer Enttäuschung zu tun. Höchst rätselhafter- und ziemlich verrückterweise fragte sie gestreng: «S. L., was *ist* das?»

Noch immer lächelnd, noch immer ganz der Verkäufer, doch nun sozusagen seitwärts ausbüchsend in christliche und gedemütigte, zutiefst gedemütigte Reinheit, aus der heraus er ihr sich und den Wagen darbot, sagte er: «Das ist für dich.»

«Ich will einen kleinen Wagen.» Mama schloß den Mund und zuckte und zitterte ein wenig; sie strebte einen witzigen, geistreichen Effekt an, *eine faszinierende Jüdin* – eine Rolle dieser Art, vermute ich –, doch es kam sehr jung und verletzlich heraus: «Ich hab dir doch gesagt, daß ich einen kleinen Wagen will –» Dann plötzlich gelang es ihr, *bezaubernd* zu sein: «Ich bin zwar Deluxe, aber einer Limousine bin ich noch nicht gewachsen – ich bin ja kein Playboy, S. L.» Sie pausierte und fuhr sich über die Hüften, um Gelächter zu ermöglichen, zu provozieren – ein Junge, welcher Art auch immer, war sie wahrhaftig nicht. Dann, sanft, verführerisch: «Warum hast du denn den genommen? Er ist so groß – zu groß.» Sodann im Ton einer Frau, S. L. schmeichelnd, jedoch mit viel schleichender, verborgen strömender Aggressivität: «Für mich ist er viel zu groß.»

Wird sie in Tränen ausbrechen? Wird sie losbrüllen?

Vielleicht der kleine Junge: mit der Möglichkeit, jemand könnte hier *unglücklich* sein, hat er schließlich nicht gerechnet.

Lilas knallrot geschminkter Mund wirkt fast bedrohlich, jedoch auch kokett. Ihre Brüste gleichen Wahnsinnsfratzen. Nonie kreischt vogelschrill: «Ich find die Farbe scheußlich, Daddy!»

«Wie kann ich denn so einen Wagen steuern, Sam Lewis?» fragte Mama. Damals hatten Autos keine Servolenkung, und sie zu steuern kostete Kraft.

Die Luft bebte vor weiteren möglichen Tatsachen.

Plötzlich sagte Daddy, als breche ihm das Herz: *«Sei doch kein Biest, Schatz – dein Sohn Wiley hat ihn ausgesucht.»*

Das hieß: Du hast keine Manieren, du bist herzlos.

Dann sprach er es aus: «Hast du denn überhaupt keine Manieren, kein Herz? Anscheinend nicht – du hast keine Manieren und kein Herz, *mein Schatz*.»

Ich kann mich nicht erinnern, daß er sie je mit ihrem Namen, Lila, angesprochen hätte. Ein gewisses Beben ihres Körpers legte nun dar, daß S. L. ihr Recht angriff, als unwiderstehlich anziehende und wissende Frau betrachtet zu werden, sensibel, selten im Unrecht und so fort.

«Wie bitte? Was sagst du mir da?» Eine Hand flog an ihre Brust. «Wiley hat ihn ausgesucht?»

Daddy sagt nun: «Was heißt hier ‹wie bitte›? Wirst du so alt, daß du kein Englisch mehr verstehst? Gehörst du jetzt in irgendein Ghetto, wie deine schrumplige Mutter? Wie gesagt; Wiley hat den Wagen gekauft, ich hab ihm das Geld gegeben, und er hat den Wagen ausgesucht, der ihm für seine Mutter gefiel – das Kind war unglücklich, Schatzilein, du Aas, und wenn du nicht so selbstsüchtig wärst, hättst du vielleicht mit eigenen Augen auf den ersten Blick gesehen, daß dein Sohn übers ganze Gesicht gelächelt hat, wovon dank dir nun nichts mehr übrig ist – schau mal, Schatz, er war richtig *glücklich* –»

«Ich will nicht von einem Kind den Wagen ausgesucht bekommen, S. L.!»

Ich guckte die beiden an. Mama sah zu mir hin. Daddy auch. Er blinzelte einmal und wurde sogleich müde, vorsichtig und schlaff: «Das ist ein Schnäppchen – in diesem Jahr sehr preiswert – ein Sondermodell, eine günstige Gelegenheit. Also haben wir ihn gekauft. Darin wirst du großen Eindruck machen.»

«Aufhängen werden mich die Leute! Wir haben da draußen eine Wirtschaftskrise – wo hast du bloß deinen Menschenverstand gelassen, S. L.?»

«Du Aas, du brauchst mich gerade nach meinem Menschenverstand zu fragen, wo ist denn dein Herz, deine Menschlichkeit, du bist doch die Mißgunst in Person!» Dann, als versuche er gelangweilt, Lila doch noch zu Großzügigkeit zu bewegen: «Wiley überreicht mit seinen besten Empfehlungen einen neuen Wagen, den er von seinem allereigensten Geld für seine gnädige Frau Mutter gekauft hat, die er zu seinem Unglück für eine Dame mit Sinn für schöne Dinge hält.»

«S. L.! Was redest du da bloß! Du läßt ein Kind einen Wagen für mich aussuchen! Einen Wagen, der so groß ist, daß ich ihn nicht lenken kann! Die Leute werden mich auslachen in dem Ding!»

«Verflucht noch mal, Katzilein, das ist ein guter Wagen!»

«Ein guter Wagen! Gut mag er ja sein, aber nicht klein! Ich brauch einen kleinen Wagen, und das hab ich dir ausdrücklich gesagt.»

«Jetzt sei mal nett – ein großer Wagen steht dir!»

«Ich kann ihn nicht lenken. Mit einem großen Wagen komme ich einfach nicht zurecht. Ein Wagen ist ein Gebrauchsgegenstand, und damit macht man keine Scherze. Ich bin's satt, für dich anzugeben, ich brauche keinen Wagen, der dich bauchpinselt, ich habe Sachen zu erledigen, ich hab auch ein Leben.»

Wir stehen im lichten Freien an der Ecke unseres Hauses, im Schatten, an der Grenzen zu weiten, siedenden, perlenden Lufträumen.

«Liebling –»

«Ich muß einen kleinen Wagen haben! Ich kann nicht gut einparken. Ich bin dann immer völlig *aufgelöst* – das hab ich dir doch *gesagt.*»

Mamas Busen wogt. Der Atem bleibt ihr in der Kehle, im Mund stecken. Ihre Art und Weise, mit der Situation umzugehen, ihre wendige Erregtheit gleicht einem Flächenbrand auf dürrem Gras, heiß und ihr die Luft raubend. Sie könnte hier auf der Stelle sterben. Ihr Gesicht mit der aus Licht und Schatten gefügten Maske wirkte gebrochen und unbekümmert – routiniert und vieldeutig – luftlos und erstickt. Wegen S. L. Sie ist nun schon sehr lange einmal hübsch gewesen. Daß sie noch immer etwas Mädchenhaftes hat und «entzückend» und «fragwürdig» ist, läßt sie in unfairem Maße faszinierend wirken. Die Schatten unter ihren Brauen, in ihrem Mund, unter ihrem Kinn machen eine sanfte, behelmte – beturbante – Banditin aus ihr. Sonnenschein flimmert auf dem Kies der Auffahrt. Lila erfährt das beklemmende, ewig wiederkehrende Unrecht, daß man auf sie nicht hört – doch sie hat nie auf Daddy gehört, es sei denn mit ihrem Körper. Sie hört auch jetzt nicht zu. In Anbetracht ihrer Begierden ist ihr Verhalten irrwitzig.

Ihre Pose sendet Hinweise aus, sowohl Signale, man möge sie ja nicht für *lieb* halten, wie auch solche, die *ich bin nicht unterwürfig* besagen: dies ist unangenehm; es zerreißt einen, daß ein so zerbrechliches, bloßliegendes System wähnt, es wäre zu Dingen fähig, zu denen es nicht fähig ist.

Daddy erstarrte. Die Wut, die Verletztheit eines jeden ist ein Angriff auf ihn persönlich, und Lilas Entrüstung besonders.

Ich blinzelte. Ich sah weniger gut. Ich atmete geräuschvoll, weil ich eigentlich überhaupt nicht atmen konnte, wenn es Mama nicht konnte. Ich verfügte nicht über die innere Tiefe, um als Resonanzkörper für S. L.s Enttäuschung zu dienen. Es gibt keine Räume in mir, die sich zu Tiefen hin öffnen: ich bin ein Kind. Ich spiegele sie beide wider – ich bin ein Satellit.

In der sonnig-schattigen mittelwestlichen Atmosphäre, inmitten der fetten Bäume, durchzuckten mich die Vorboten eines Heiterkeitsausbruchs. Die hohe weiße Schindelwand des Hauses nahebei springt in die Luft, und die gepünktelten Anhöhen und Rinnen der Kiesauffahrt heben sich gebirgig von der blanken Straße ab, während mein Kopf vor nahender Übelkeit, vor beginnendem Wahnsinn oder Gelächter hin- und herschleudert.

Die heiße Luft rührte an meine Verbände. Wie mich durchströmende elektrische Impulse hatten Unwissenheit, Gekränktsein, enormes Vergnügen, enorme Überlegenheit einer bestimmten Art und innere Leere zahllose Strömungen in mir entstehen lassen, die nun miteinander rangelten und so etwas wie einen epileptischen Anfall auslösten. Oder ein elektromagnetisches Gewitter, den Wahnsinnsanfall eines Kindes. Mamas Nasenflügel – das Licht scheint durch sie hindurch, so daß sie orange leuchten, und winzige Schweißtröpfchen markieren den Rand ihres Lippenstifts, der in der Sonne fast ohne Farbe ist, so daß sie einen Perlenkranz von schimmernden Kügelchen um einen verbrannten, geschwärzten Mund herum trägt. Die feinen Haare an ihren Schläfen sind von besonderer Strahlkraft. Das Gras des sorgsam geschnittenen, wenngleich verfilzten, von Klee durchwucherten Rasens breitet sich auf einer irgendwie sirrenden, messerklingenartigen Ebene aus. Die weißen Kieselsteinchen und angenagten Schatten der Auffahrt, und ich, der ich pruste und brülle vor kindlichem Gelächter – ist es hysterisch? – neben dem neuen, machtigen, blauen, mit Reflexen betupften Wagen. Die furchtbare, silbrige Einfalt in mir barst und erfüllte mich ganz und gar; in mir findet ein *Reinigungsfest*, eine lärmende Party statt. Das zerfetzte Licht, diese kummervolle Heiterkeit, mein schwarzes Staunen zeichnen mein Gesicht. «Was findet er denn bloß so komisch?» fragte Mama. «Was bin ich froh, daß wenigstens einer seinen Spaß hat; ein Kind zu sein ist anscheinend doch ganz schön.»

Ich begann zu husten – Daddy klopfte mir auf den Rücken. Eine Brise störte die lockere Blätterwand auf, so daß der zerfetzte Schattenteppich im Rhythmus meines Atems flatterte. Auf der Weigelie hörte ein Rotfink auf zu trillern und wartete sommerträge auf das Verstummen des Gelächters.

Nonie sagte: «Er ist doof.»

Mama sagte: «Ihm wird doch wohl nichts fehlen? Ich frag mich, ob er ganz bei sich ist, der Junge.» *Immer* versteht sie es, sich flink zu verteidigen. Dann fiel ihr wieder ein, daß ich ihr Kind war, und sie sagte: «Er findet uns unterhaltsam.»

Mich befielen Krämpfe.

Ich war nah daran, mich zu übergeben.

Dann hörte es auf. Nun ignorierten alle, daß ich gelacht hatte.

Selbstgerecht hübsch und schmollend stand Mama da und sah Daddy an, traurig und wütend zugleich.

Daddy sagte: «Das ist ein guter Wagen, Lila, mit einer Bullenkraft; und ein prima Geschäft dazu; wenn du den fährst, weiß jeder, wer da kommt. Genau den hat der Doktor der Frau verordnet, die was Besseres zu tun hat, als zu Hause zu bleiben.»

«S. L., wir leben doch in keiner Märchenwelt! In *dem da* kann ich mich nirgendwo sehen lassen. Was versteht denn schon ein Kind davon? Wieviel Pferdestärken er hat, ist mir egal, warum beleidigst du mich so? Warum leistest du dir alberne Spielchen mit dem, was ich will, wo ich doch genau weiß, was ich will? Warum hörst du mir bloß nie zu? Ich denke nach, bevor ich den Mund aufmache, ich spreche englisch, ich habe Grips.»

Doch es fällt ihm schwer, direkt zuzuhören, es ist ihm verboten, direkt in sich aufzunehmen, was sie sagt.

Daddy sagte: «Wenn du so abscheulich wirst, siehst du wie eine alte Krähe aus, genau so abscheulich wie deine Mutter, du weißt ja überhaupt nicht, wie du aussiehst; du solltest bloß mal sehen, wie abscheulich du aussiehst, du solltest deine Launen in den Griff kriegen, bevor sie alles ruinieren. Nimm dich in acht. Paß auf dich auf. Du bist kein junges Ding mehr.»

Mama sagte: «Das ist kein Scherz, ich mache keine Scherze, wenn ich was sage, sondern ich hab was im Sinn damit; ich bin kein Dummchen: warum hörst du nicht auf *mich*? Was hast du da bloß *angestellt*? Wir sind doch keine

Kinder mehr, S. L. Ich will nicht, daß ein *Kind* mir *meinen Wagen* aussucht. Mir scheint, du bist nie recht bei Sinnen. In welcher Patsche sitzen wir denn jetzt, S. L.? Eins sag ich dir klipp und klar: den Wagen da will ich nicht.»

Sie gab sich alle Mühe, mörderische Drohungen mitklingen zu lassen, die Sphäre ihres Nicht-Lieb-Seins auszudehnen – ihres Willens, jemanden zu verletzen.

Erneut wallen in dem Kind Hysterie und Heiterkeit auf.

Lila wirft mir einen lodernden Blick der Verwunderung zu.

Ich mochte sie in diesem Augenblick nicht, aber ich fand, sie habe recht.

Daddys Gesicht unter der Hutkrempe war rosig, voller Geduld und Verachtung, fast gütig – eine Taktik von ihm. Eindeutig sah er so aus, als werde er ihr nie zuhören, solange sie dickköpfig blieb, und mich drängte es zu brüllen: *DADDY, HÖR ZU!* Mit seiner erröteten, rosigen Beharrlichkeit, seiner jungenhaften, tapferen Gedämpftheit gab S. L. zu Protokoll, daß sie nach seiner *erwachsenen* Ansicht von ihr *eine Megäre* war.

Sie registrierte seine bestialische, dumme Stimmung, und es bereitete ihr Vergnügen, ihm einen Köder hinzuwerfen in dem Gefühl, daß er ein eingeschüchterter Mann und sie die Löwendompteuse war. Sie konnte ihn verblüffen, wenn sie sich furchtlos gab – und derart unbekümmert. Ihr Starrsinn war anzüglich. Sie setzte eine anzügliche Miene auf. Er konnte sie nicht dazu bringen, Furcht zu zeigen, ohne daß er gröber wurde, als er würde rechtfertigen können, es sei denn, er rückte dem Wahnsinn näher, als ihm lieb war, weil dies ihr schmeicheln und ihr beweisen würde, daß sie Macht besaß.

Und dann würde sie ihn auslachen und es sich genau merken.

Der Rotfink in meiner Nähe regte sich plötzlich und flog auf. Seine Flügelschläge machten ihn größer. Erst flog er geradeaus, schwang sich dann im Bogen aufwärts, womit er die Luft zu etwas Sonderbarem machte, und gleich darauf war er verschwunden.

Ätzend sagte Lila: «Wenn es an deinen Stolz rührt, tut's mir leid, aber mein Leben ist eine ernste Angelegenheit: ich spiele nicht mit allem, wie du's tust. Was ich sage, meine ich auch.» Sie zog sich plötzlich in eine unbestimmt drohende, zornige Höflichkeit zurück. «Ich find es lachhaft, daß du dich als Gentleman bezeichnest. Und meinst, ein Kind kann *meinen Wagen* aussuchen.»

Ich kniff die Augen zu, doch das Lachen in meinem Mund, die heißen und kalten Fische, die dort umherschwammen, zwangen mich, erneut laut loszuprusten.

Wie konnte Daddy dies bloß nicht bedacht haben, den Punkt, daß ein Kind *Mamas* Auto aussuchte?

Sowenig wie den Verkäuferstolz?

Auf manche Dinge kommt's nicht an, auf andere schon, und ein Mann muß abwägen und wählen.

Daddy blickte sarkastisch-vorwurfsvoll drein. Klumpig zeichneten sich unter dem Jackett seine muskulösen Schultern ab. Er setzte eine härtere Miene auf. «Du Aas. Das sind Sie wirklich, Mrs. Silenowicz, ein richtiges Rabenaas. Ich schäme mich für Sie, Mrs. Silenowicz.» Ein dringlicher Appell, warnend und verächtlich. Dann: «Für meine – hff – Frau.»

«Du bringst mich dazu, alles wieder und wieder zu sagen, das Vehikel da taugt nur dazu, Politiker zu einer irischen Beerdigung zu karren.» Sie gab die Frau von Welt, *glanzvoll* und schnell: *faszinierend, amüsant.* Sie stahl ihm die Welt. Ich begann unterdrückt zu prusten. Mama sagte: «Eine so barmherzige Frau bin ich nun auch wieder nicht, wie du weißt, S. L. – ich mag nicht mal jüdische Beerdigungen. Von irischen krieg ich Pickel.»

«Mögen Sie etwa auch Ihren Sohn nicht, Madame Mutter? Er hat den Wagen für *dich* ausgesucht –»

«Und was heißt das? Daß ich mich damit abfinden muß? Du hast ihm die Idee in den Kopf gesetzt. Du hast den Ärger erzeugt. Wiley weiß genau, was hier läuft, so gewitzt ist er. Du bist der Kindskopf, du wirst so kindisch, daß du mich verrückt machst! Weißt du überhaupt, wie häßlich du wirst, wenn du so verrückt daherredest? Du wirst so häßlich, daß ich nicht mehr weiß, wozu du noch alles fähig bist, du hast keinen gern, du bist nichts als ein verrückter, häßlicher Mann in mittleren Jahren.»

Sie sieht aus, als könnte sie vor Wahnsinn platzen.

Daddy antwortete mit einer Grimasse, die *du abscheuliches Weib* bedeutete. «Weißt du denn nie zu würdigen, was hier passiert? Was ist nur los mit dir, bist du denn völlig *lieblos*?»

«S. L., es geht um einen Wagen, nicht um eine Valentinstag-Karte. Mit wieviel Blödsinn soll ich denn noch leben? Diese Geschichte macht mich wahnsinnig.»

«Soviel Abscheulichkeit halte ich nicht aus. Du machst mich kaputt.»

Plotzlich sagte Nonie – sie starrte Daddy aus hervorquellenden Augen an und sagte mit hoher Stimme: «Ich mag den Wagen da nicht, Daddy, ich mag die Farbe nicht.»

Sie liebt ihn – sie ist außer sich vor Verlangen, ihm das meiste zu bedeuten.

Mama sagte: «Wiley, wenn ich Augen hätte wie du, gefiele mir die Farbe auch. Dein Vater hätte dich richtig beraten sollen, ich mach dir keinen Vorwurf, mach du mir auch keinen; mach den Vorwurf ihm.»

«Himmelsakrament, du Aas – warum mußt du dem Kleinen da alles kaputtmachen, was er heute erlebt hat! Alles machst du kaputt, wo du nur eine Gelegenheit findest! Um dich her kann kein Mensch glücklich sein! Warum müssen Menschen bloß Hexen wie dich aushalten!»

«Ich ertrag das nicht! Ich will den Wagen da nicht! Ich gehe vor Ärger ein! Erzähl du mir bloß nichts von Liebe – wen ich liebe und was ich kaputtmache. Mit *Liebe* hat das hier nichts zu tun! Also fang nicht damit an, nicht mit mir, nicht heute, ich habe rot geflaggt.»

Sie hat weder den Geruch an sich noch die gequälte, langhalsige, verschreckt-kühne Haltung, die sie dann hat, also ist dies ein taktischer Trick – der Grad, in dem sie zurechnungsfähig oder leidend ist, scheint stark und häufig zu schwanken, so daß man bei ihr nie sicher sein kann.

Nonie begann, keine Ahnung warum, die hintere Wagentür aufzumachen, und als die Tür aufschwang, als ihr eigenes Gewicht sie in Bewegung setzte, als sich der Winkel zwischen ihr und der Karosserie vergrößerte, da fing sie zu wackeln an, nach außen, fort vom Wagen und auf Nonie zu, die ihre Hand vom Griff genommen hatte.

Dann – glaube ich – faßte Nonie die Tür an, um sie festzuhalten, zurückzudrücken und abzuwehren: sie war ein sehr flinkes, sportliches Mädchen.

Die Tür kippte seitwärts, so daß ihre Innenseite nach oben wies, auf die Baumwipfel zu. Während Nonie die Hand an der Kante hatte. Sie hielt – so sah es aus – die Tür in der Schwebe, und die Innengriffe glänzten in der klaren

Luft. Mit einem Ruck zog Nonie die Hand weg und schrie gellend auf. Sie hat beide Arme nah am Körper, und die Tür hängt in ihrer Schräglage da und wippt leicht auf Nonie zu, die schreit, den Bauch einzieht und sich leicht duckt. Sie starrte die Tür an, und an einem bestimmten Punkt begann sie zu schreien – es war ein erwachsener, ein echter Weltende-Schrei. Dies ist wirklich wahr. Was ich tat, können Sie erraten. Ich schüttelte mich vor Lachen, ich schnaubte kindlich, gluckste, keuchte pfeifend – ein wahrhaft blödes Geräusch.

Und Nonie schrie weiter: *Was ist das?* Und *Ich hab gar nichts gemacht!*

Ihre feingebogene Nase war weiß vor Ungläubigkeit, vor Entsetzen ob einer so schmerzlichen und kostspieligen Erniedrigung.

Die abgelöste, wippende und langsam fallende Tür gleitet zitternd tiefer und tiefer – Nonies Augen sind verdreht wie Schnecken – ich habe beide Hände über dem Mund, dann an den Schläfen – die Tür hängt in der Luft und fällt dem Kies entgegen. Eine Brise rüffelt die Blätter über uns. Mamas Lider flattern. Die Tür rutschte auf den Kies und schlitterte knirschend ein Stückchen weiter. Die mahlenden, scharrenden Geräusche waren ernst zu nehmen, befremdlich, grob, langgezogen, überzeugend. Dann war es vorbei. Die Tür hatte sich vorangescheppert und -geschrappt, nun hatte sie sich festgeknirscht. Daddy stand vorgebeugt da, wie um zu lauschen – wie er die Hände hielt, das hatte etwas Hilfloses. Er war entsetzt.

Er macht einen Satz hin zu der nun reglosen Tür – er wirkt linkisch.

Mama sagt: «O mein Gott, o mein Gott, was ist das denn, S. L.?»

Die Tür lag, mit der Polsterung nach oben, auf weißem Kies.

Ich lachte nun wirklich unbändig. Ein Blauhäher antwortete auf meinen Lärm mit beunruhigten Schnarrtönen: er ächzt, er krächzt, rar-rar – verhöhnt er uns? Ich glaube, er ist nervös.

Mama fragte: «Mein Gott, S. L., nehmen sie den Wagen jetzt noch zurück, wo Nonie das mit der Tür angestellt hat, oder haben wir ihn jetzt am Hals?»

Daddy sagte: «Verdammt, verdammt noch mal.» Ich glaube nicht, daß er Mama zuhörte.

«Gar nichts hab ich gemacht, DU AAS!» sagte Nonie zu Mama.

Mama ignorierte sie.

Nonie sagte in einem merkwürdigen – wahnsinnigen – Ton: «Ich mag den Wagen da nicht, Daddy.»

Quasi-philosophisch – und auch eine Spur detektivisch – sagte Lila: «Warum mag die Tür das wohl gemacht haben? Wie nennt man das, wenn so etwas passiert – bei einem neuen Wagen? Bei so einer Tür?»

«Laß mich mal eine Sekunde in Ruhe», sagte er. «Laß mich das mal klären.»

Ich lachte immer noch.

Er war rot im Gesicht, ratlos, durcheinander, wütend. Das ist Dads Schicksal. Sein Tag nahm für ihn innerlich eine seltsame Gestalt an. Er dachte nach, und rotgesichtig wandte er sich dann Nonie zu. «Was hast du *mit der Tür da gemacht?*»

Nonie brüllte: «ICH WAR'S NICHT, WILEY WAR'S! ICH HAB DIE TÜR NICHT ANGEFASST, DAS MUSS ER GEWESEN SEIN.»

Wenn sie genügend außer sich war – wenn sie genügend Außersichsein in ihre Stimme legte – wenn sie nahe daran war, vernichtet zu werden, dann mußte er sich einfach Sorgen um sie machen.

Er hatte nicht die Kraft zu sagen, *Du hast die Tür angefaßt, du hast sie aufgemacht, ich hab's gesehen; jetzt sag mir einfach, was passiert ist*, auch nicht, sich logisch mit Nonie oder den Türscharnieren zu befassen (an dieser Tür waren die Scharnierstifte nicht eingefügt worden). Zum Teil deshalb, weil sie niemals imstande war, unumwunden eine Geschichte zu erzählen – es war meist peinlich, ihr dabei zuzusehen, wie sie es versuchte – und sich dann mit Lügen, mit langweiligen Nebensachen und mit Eigenlob begnügte.

Die besonnten Luftbereiche, das gespannte Leintuch der lichtdurchwirkten Luft von Portsmouth, die von der Sonne erwärmte Wand des Hauses, die gedörrte alte Farbe mit ihrem leichten Geruch, der nicht sehr dunkle Schatten zwischen den Rotbuchen, sie umschlossen die Ungeheuerlichkeiten und die Abwegigkeit unseres Lebens.

Nonies Art, sich zu verteidigen, war nicht so angelegt, daß sie mir nicht schaden konnte, und Daddy wollte nicht mit Nonie streiten. Mich zu trösten hatte ihn erschöpft, nehme ich an. Der Nachmittag endet, es ist die blaue Stunde – Dad nahm Nonies «Tatsachen» und Lügen anders hin als ich, nämlich als wahre Mitteilungen über ihre Seele und deren Traurigkeit. Ich bin zum Teil sein anderes Ich – wenn er mir weh tut, straft er sich selbst. S. L.s Hosenbeine flatterten im heißen Wind, als er auf mich zu schritt, er packte mich an der Schulter – er wollte sich im Moment mit Nonie weder auseinandersetzen noch sie ansehen – er packte den kleinen Lacher; ich war meschugge vor Gelächter. Er wirkte mächtig haßerfüllt – leidenschaftlich und gebläht von Haß – sein großes Gesicht war gedunsen davon, von echtem Haß, weil ich weder ihn noch seine Geste verteidigt, sein Leben nicht lebenswert gemacht hatte; ich war getröstet worden, und nun tröstete ich ihn nicht. Ich fühlte seine Emotionen kochen neben dem kleinen Kessel von Heiterkeit, den ich darstellte. Dann kochten seine Emotionen in mir und schossen zurück zu ihm. Vor mir selbst pflegte ich so zu tun, als wüßte ich nicht, wie S. L. empfand. Doch das war eine Lüge. Wir wußten, daß der größere von uns beiden vor Gekränktheit außer sich war. So vieles war an diesem Tag schiefgegangen, und keiner kümmerte sich um ihn. Ich hatte nicht seine Hand gehalten, als die Szene begann, ich hatte nicht geweint, nicht für ihn Partei ergriffen. Selbst in diesem Moment blicke ich ihn nicht mit der Liebe an, die mir vom Autokauf her geblieben ist. Ich bin nicht loyal – auch nicht auf ihn versessen. Es ist besser, *mich* zu hassen als die anderen, denn ich bin derjenige, den er mag, und ich bin nicht so gut darin, ihm weh zu tun, wie sie. In dieser Phase fast jeden Nachmittags oder Abends ist er an Gerechtigkeit nicht interessiert, nur an Minderung seiner Pein, seiner Einsamkeit. Die erhitzte Luft im zerrissenen, blaugrünen Fries des Rotbuchenschattens suggeriert einem Wüstenentfernungen. In meinen Träumen sind Daddy und ich oft einsame arabische Häuptlinge in einer Wüste. Den Schmerz unter seinen Rippen, mein Gott, in seiner Herzgegend – ich spürte ihn, damals spürte ich ihn. In Träumen sehe ich noch immer oft den wütenden, starren Blick seiner armen, rötlichgrauen Augen. Ich habe ihm an jenem Tag keine Freundlichkeit erwiesen. Nicht die mindeste. Sein Gesicht kam meinem so nahe, daß es in meinen Horizont eindrang und bis heute in mir geblieben ist als ein Aspekt meines eigenen Gesichts. Ich kann seinen säuerlichen Atem noch immer riechen, als wäre er gegenwärtig. Er brüllte mich an: «WILEY, WAS HAST DU MIT DER TÜR DA ANGESTELLT?»

Er meinte: *Was tust du mir an?*

Ich lachte bereits – vor irrer Hysterie, vor Widerstreben, vor Verachtung. Und ich lachte noch ein wenig stärker – über ihn – und stöhnte – und sandte ihm mächtige Vorwurfsstrahlen – mächtiger als seine, denn er konnte mich in diesem Moment nicht richtig ansehen. Auch er konnte in meinen Gefühlen lesen: *Daddy, hör auf, so dumm zu sein. Es tut mir weh.* Das konnte er von mir ablesen.

«Du verdammter Bengel!» Gepeinigt sagte er das. Manchmal glaube ich, Torheit könnte den größten Wert eines Menschen ausmachen. Ich finde, es ist schiere Eselei, *Armer Wiley, armer S. L.* zu schreiben – dennoch schreibe ich es hier nieder.

Weiterlachend sagte ich «Daddy» und wich zurück, weg von ihm.

Er ohrfeigte mich.

Nicht fest.

Fest genug.

Mir wurde schwarz vor den Augen. So etwas zählt zu den Dingen, mit denen ich nicht leben kann – eine solche Geste. *Du bist immer eine Primadonna gewesen, was die Gefühle anderer anging, zimperlich warst du, alles mußte genau nach deinen Vorstellungen gehen – ob du einem das Herz gebrochen hast, das hat dich nie geschert.*

Mamas Stimme fing uns ein: «S. L., SEI DOCH NICHT SO EIN ESEL! ER HAT DIE GANZE ZEIT HIER GESTANDEN. DAS HAST DU DOCH GE-

SEHEN. ER HAT DIE TÜR NICHT ANGERÜHRT. WARUM LÄSST DU DICH VON NONIE DAZU BRINGEN, DICH SO NÄRRISCH AUFZUFÜHREN?»

Auch sie war eine Närrin – sie war auf Nonie eifersüchtig. Später einmal sagte sie zu mir: *Du hast ihm das Herz gebrochen, von Anfang an.* Ich sagte zu ihr: *Und wenn schon.*

An jenem Tag machte sie alles noch schlimmer. Sie sagte: «IHN LIEBST DU UND SIE NICHT – DARAN LIEGT'S, ODER?»

Mein Gott, o mein Gott.

Er leidet Schmerzen – er ist außer sich – er ist verzweifelt. Ich werde versengt von seinem Schmerz, seinem Grauen. Nachdem er mich mit seiner Stärke und Narretei getröstet hat, will Daddy nun, daß ich *seinen* Schmerz und seine Narretei mit ihm teile, und die Schuld auch. Mama «weiß» das – sie möchte seine Aufmerksamkeit auf sich ziehen – sie weiß alles, sie lacht jetzt bitter – «O mein Gott», sagt sie, «o mein Gott, ich muß erst mal wieder zu Atem kommen, wenn jemand uns hier sähe, was würde der wohl sagen? Wir stünden so blöd da, daß ich nicht weiß, wie wir das überleben könnten.»

Nonie sagt: «ER WAR'S, DADDY!»

Mama macht: «Ohhh neiiiin!» Dann: «Aaaahhh ...»

Das heißt, wir kommen ihr so dumm vor, daß sie aufgibt.

Daddy schlägt innerlich ein Rad, er beschreibt einen fast kompletten Kreis, dann bringt er ihn zu Ende und starrt mich an. «O mein Goottt –» sagt er. Vor lauter Pein. Er sagt – er schüttelt mich und sagt: «Du bist wirklich egoistisch, wirklich kaltherzig ...»

Er ist noch immer nicht bei Sinnen, das fühle ich.

Mama sagte: «Du hast das Kind geschlagen, dabei sind seine Verbände noch nicht mal ab.» Nun ist sie ihm im Rennen um Beschämung und Sühne voraus.

Wie hübsch und eigenartig wir doch alle aussehen im lichtgesprenkelten Schatten neben unserem Haus.

S. L. schiebt seinen Hut zurück. Ich sah mich in seinen Brillengläsern, als er zu mir herunterblickte. «Du bist ein böser Junge», sagte er, «aber, mein Gott, ich will dich nun wirklich nicht mehr traurig sehen», und er kniete sich vor mir hin. Seine Hände umfaßten meine Arme. Er küßte mir mit feuchten Lippen das ganze Gesicht ab, besonders dort, wo er mich geschlagen hatte, er küßte mich auf mein verletztes Kinn – und dann auf den Mund.

Die heiße Atmosphäre um uns her vibriert.

Er sagte: «Vergiß, daß ich dich geschlagen habe. Das war ein Fehler. Jetzt hör mal zu, mein feingefiederter Freund, du bist mein Sonnenschein, vergiß das nie, darum darfst du dir nie, nie Sorgen machen, denn das ist so sicher, wie der liebe Gott kleine grüne Äpfelchen geschaffen hat.»

Mama steht *dort drüben*, und Nonie beguckt sich vom Rasen aus die abgefallene Tür, und Daddy und ich bilden hier den Mittelpunkt der wirbelnden Szene.

Ich weiß nicht.

Er drückte seine stopplige Wange rauh an mein Gesicht: «Sag mir, daß du mich liebst. Sag mir, daß alles wieder gut ist.»

«Du bist nicht nett zu mir, Daddy.»

«Laß ihm mal fünf Minuten seine Ruhe, S. L. Hör auf, ihn alle paar Minuten zu quälen. Er kommt schon wieder zu sich.»

Ich schubste ihn weg.

Er hielt mich trotzdem fest, rieb die schartige Schrotthalde seines Gesichts an meinem, und rasselnde Atemgeräusche und klickende Lidschläge gingen von ihm aus.

«Sag, daß du mich ein bißchen lieb hast.»

Ich nickte.

Er sah mich an und schob den Hut noch weiter zurück.

Da fiel er runter. S. L. drehte sich um und griff nach ihm – dann stand er auf und ging zu der Autotür hinüber. «Keine Stifte in den Scharnieren», sagt er jetzt, ohne beschämt zu sein. «Überrascht mich überhaupt nicht: keiner denkt mehr an was, keiner hält einem Mann mehr was zugute; tja, wir sind eben alle Clowns und Narren, überall herrscht Undank, da bleibt uns wohl nichts anderes übrig, als aus einem schlechten Geschäft das beste zu machen.»

Die Leute im Autohaus haben ihn verraten, will er sagen. Haben uns verraten.

Er wird uns beschützen.

Er ist unterschwellig suizidal, vernichtet – er rutscht die Schütte seiner Verzweiflung hinab – es ist ganz anders, als wenn Mama sich im Land der Klagen aufhält; aufgrund des Donnerns in ihm und seines Gewichts stürzt seine Stimmung rasch ab und ohne daß er sie steuern könnte, tiefer und immer tiefer – um das auszuhalten, muß er ein Heiliger sein. Um sie als nicht gar so wichtig abtun zu können, seine Verzweiflung in eben diesem Moment.

Er wandte sich seiner Tochter zu und sagte: «Nonie, faß mal mit an.»

Lila kann nichts tragen; sie ist zerbrechlich.

Nonie fing an, sich zu beklagen, aber er sagte: «Na,

komm schon, dann kauf ich dir heute abend auch ein Eis, Fräulein Eismäulchen.»

«In Ordnung, Daddy», sagte sie scheinbar sachlich und dennoch kokett.

Unbeholfen schafften Nonie und Daddy unter Grunzen die Tür auf den Rücksitz des Wagens.

Mama und ich – und der Blauhäher – sahen zu.

Daddy kletterte in den verwundeten Buick. Verlegene Sonnenstrahlen umspielten ihn ungleichmäßig.

Mit starrer, verärgerter – und verlegener – Miene, auch dann noch, als er mitten in seiner Ansprache den Tenor wechselte, teilte er Schuldzuweisungen aus: «Sie verstehen nichts von ihrem Geschäft in dem verdammten Autohaus da, ich werd ihnen Feuer unterm Hintern machen. Ich werd schon rauskriegen, was das alles zu bedeuten hat; es sind brave Burschen, sie legen mich schon nicht rein, sie werden mich anständig behandeln.»

Ich hielt Mamas Hand.

Das Geräusch des laufenden Motors übertönte erst die Geräusche von Sonnenschein, Laub und Mamas Atemzügen, dann verblaßte es gegenüber diesen, als Daddy, ganz der resolute Geschäftsmann, den zu einem Viertel türlosen Buick rückwärts die kiesbestreute Auffahrt hinunter und hinaus auf die Straße in jenes weiße Licht hineinfuhr, das einst bei uns dort oben auf der Klippe herrschte.

Lila und S. L.

Lila steht im Eingang zur Schlafveranda auf der oberen Etage.

«S. L., schaust du mir auf die Beine, ich habe gute Beine, gefallen dir meine Beine? Ich finde, sie sind noch gut, S. L.» Dann: «Wir sind allein im Haus. Wir sind allein hier. Auf der Schlafveranda. Im Regen.»

Sein Korbsessel knarrt. Sie ist süßsäuerlich provozierend und mit beachtlichem Zartgefühl gereizt in ihrem einladenden, sinnlich gnädigen Gebaren.

S. L.s Gesicht nimmt etwas Unvorsichtiges an, was fast wie Liebe aussieht, doch er schließt die Augen, macht die Lippen schmal und blickt leer drein.

«Sag mal, S. L. – was glaubst du eigentlich so über mich zu wissen, frag ich mich –» Sie spricht ihn an, seinen leeren Blick, sein sie zurückgewiesen habendes Gesicht. Dann: «Laß uns einfach mal menschlich sein», sagt sie, «ich hab's an einem Sonntag gern ein bißchen romantisch.» Ein fragiler Hauch von Risikobereitschaft, guter Laune und nahender Selbstaufgabe geht von ihr aus.

Sie läßt durchblicken, daß sie weiß, wenn sie Leichtsinn in S. L. entfachen kann, dann wird sie sich *noch immer glücklich* vorkommen, das heißt, als nicht unwichtige Instanz, was individuelle Attraktivität und das Vögeln anbelangt. Und sie legt eine gewisse Verstellung und Arroganz S. L. gegenüber an den Tag, auch Leichtsinn – sie setzt die Wohltätigkeitspose ein und leugnet dies, schlau und als bliebe ihr keine andere Wahl; und sie kann sich auch umdrehen und zeigen, daß es ihr gleichgültig ist, daß sie schon zurechtkommt.

S. L.s Gesicht nimmt etwas Unvorsichtiges an, und fast wirkt es wie Liebe. Er sagt: «Dieser Regen – bringt er dich in Stimmung – Süße?» In dem Wort *Süße* bringt er einen interessanten Schnörkel unter, eine Spur sarkastisch und tastend im Hinblick auf Zuneigung – dies ist ein Ton, den er gelegentlich einsetzt. Er fürchtet sich oft vor Lila – seine Furcht sei ihr vorzuwerfen, meint er. «Lila, du bist wirklich nicht zu fassen», sagt er – es könnte sein, daß er ärgerlich und sarkastisch ist und sich nicht mehr von ihr angezogen fühlt. Und sein Ton, seine Haltung sind beleidigend – in erstaunlichem, jedoch nicht endgültigem Maße. Er setzt nicht den harten Rühr-mich-nicht-an-Sarkasmus ein, eine seiner Formen von Wut.

Lila setzt sich locker hin und wippt ein bißchen mit den Knien – S. L. bekam ein beunruhigtes Gesicht – er ist für sie empfänglich; mittlerweile hat er wohl eine Dreiviertelerektion.

«Du solltest versuchen, mich zu verstehen, S. L. – das würde dir nicht schaden ... Niemand würde dich für einen Schlappschwanz halten, wenn wir's ein bißchen romantisch hätten.»

Manche ihrer Methoden sind primitiv. Sie beäugt ihn – scheinbar unerschrocken; vom Nahen einer Vögelei wird sie nicht scheu – sie ist eine erwachsene Frau: auf eine Weise ist es ungeschliffen, dieses damenhafte Auf-den-Busch-Klopfen – seidig und *liederlich.*

Sie grinst ein wenig – mit geblendetem Raffinement. Starren Blicks wartet sie auf das Ergebnis dessen, was sie da tut.

S. L. greift nach Erinnerungen, läßt sie dann fallen und meidet sie, Erinnerungen an sie und ihn beim Auf und Ab und Rein und Raus des Vögelns, an Vögeleien im Zentrum dessen, was sie zu Zeiten miteinander im Bett getrieben haben.

Daddy sagt: «Na ja, was soll's?» Er atmete, ein und aus, ein und aus. «Warum eigentlich nicht, Süße? He, ist es nicht wurscht? Ein bißchen Spaß? Warum nicht?»

Lila mag keine Männer, *die wie Lokomotiven sind*. Sie hält gern Leine und Zügel in der Hand. Oder sie muß es tun. Als hätte er etwas anderes gesagt, als hätte er sie gebeten, als hätte er mit diesem Zeug angefangen, sagt sie: «Gegen eine kleine Portion hätte ich nichts.» Sie ist dreist unehrlich. Für den Fall, das er sauer auf sie ist, spreizt sie die Beine ein wenig mehr. Ihr Körper hat eine amüsiert sexuelle Stellung eingenommen.

Ihre angedeutete Finesse beunruhigt S. L.; er möchte auf deren Auswirkungen nicht reagieren müssen oder sich davon bemäkeln lassen oder als beschränkt erscheinen: «Ich bin im Herzen nichts als ein Lastwagenfahrer, Süße», sagte er. «Hab keine Ahnung, was für Parties hier in der Gegend so laufen.»

Die Tagträume vieler Menschen, ihre und seine eingeschlossen, sind darin eingeflossen, wie Lila sich nun gibt, mit Ausnahme des Drohenden in ihrem Benehmen: das ist real, nicht tagträumerisch. Sie hat sich in ihrem Leben von vielen sexuellen Details und *Praktiken* fesseln lassen – alles in allem repräsentiert sie einen ziemlich großen Weltausschnitt.

S. L. versucht, Lilas Motive zu erraten: Lila konkurriert um ihn mit anderen Frauen – das interessiert sie. Und er ist bequem zu haben; sie sind seit dreizehn Jahren zusammen. Ihn schockiert das sexuelle Verlangen, er fühlt sich verletzlich, wund.

Lila ließe sich gern S. L.s sexuelle Stimmungen erklären. Sein Hals ist starr; er verändert die Fußstellung; seine Hände liegen auf einem seiner Schenkel, nicht weit vom Schritt entfernt. Die Hitze, die er verspürt, zieht ihm den Bauch nach oben, wie in den Brustkorb und in die Kehle hinein, und er ist erfüllt davon, von dieser Scheunenhitze, die seine äußere, mittlere und innere Aufmerksamkeit fesselt. Die sensorischen Erfahrungen wecken ein wenig Zärtlichkeit in ihm – jeder seiner Herzschläge schockiert ihn – für einige Augenblicke. Eine feuchte, heiße Leere wallt in ihm auf und wartet auf Gefühle, giert danach; und eine «gegenläufige», bleierne Empfindung bewegt sich in ihm abwärts, bis sie sich ungefähr im Gebiet seiner Schenkel mit dem mürrischen Drang zur Selbstauslöschung vereint, einem undeutlich genitalen Impuls, vielleicht zum Schmerz tendierend. Dies nimmt einen großen Teil seines Bewußtseins ein; dann tritt es in den Hintergrund; dann kommt es wieder, zwingend und zentral.

Er lacht, und damit sind sein Gesicht und seine Augen auf einmal geschwollen, eine äußerliche Absonderlichkeit, die ihm eigen ist und die genau zum Ton dieses Lachens paßt, das Lüsternheit ausdrückt und von einem bestimmten sexuellen Stil kündet, von Leichtsinn Frauen gegenüber, von einer gewissen Härte und beträchtlicher Unwissenheit.

«Ist dir danach, lieb zu mir zu sein –» fragt Lila. Erneut spreizt sie die Beine; sie bietet ein hurenhaftes Lächeln dar.

Er sagt: «Red du nur weiter, red weiter auf mich ein. Schon mal davon gehört, daß man zu viel reden kann,

Süße ...» Seine Augen sind noch schwerfälliger geworden, sie funkeln romantisch, dann erhellen sie sich: «Ich rede nicht, ich ficke, und das weißt du.» Aber er schaut ein wenig schmollend, kindlich, puttengleich drein – es ist ein leidenschaftlicher physischer Scherz von ihm, so auszusehen. Unter Leuten, die S. L. und Lila kennen, wird darüber geredet, wer von den beiden wohl dem andern nachstelle: wer der am meisten geliebte sei – darauf läuft es hinaus.

«Oh, ich weiß, ich bin aggressiv – ich bin die Veteranin ferner Kriege.»

S. L. sagt, seine Gefühle kostend: «Eine Trophäe bist du –»

Wie ein greller Lichtstrahl ruht seine Aufmerksamkeit auf ihr, als befände sie sich in einer Gefängniszelle und würde wach gehalten. Solch eine dramatische Aura umgibt Lila, als sei sie genau auf diesen einen Aspekt seiner Erregung eingestimmt. Fast schwermütig sitzt sie da, dann jedoch schwingt sie sich dazu auf, einmal ihr «sympathisches» Lächeln aufleuchten zu lassen, doch kein gezieltes, sondern als wäre sie mit einem unsichtbaren Beobachter allein in einer Zelle, als gäbe sie zu, daß ihn zu besänftigen etwas ist, das sie gewohnheitsmäßig tut oder ihm schuldet, oder daß sie sich wirklich in einem Gefängnis sexueller (oder sozialer) Abhängigkeit von ihm befindet.

S. L. bewegt sich weitgehend wie jemand, dessen Körper und Gesicht *noch jung* sind. Sein Gesicht wirkt allerdings gerissen. Seine «Jugendlichkeit» ist etwas wert: er macht davon Gebrauch, meine ich: er ist Geschäftsmann. Er sieht traurig aus, traurig ehrlich – wie um zu sagen, er sei nicht auf seinen Vorteil aus. Doch in seiner Eigenschaft als *junger* Mann ist er es: dies gehört zu seinen ästhetischen Vorstellungen von der realen Welt und ist eine komplexe Sache: er sagt zu Lila: «Ich bin nichts anderes als von Kopf bis Fuß ein Held der Wirklichkeit.»

Sie sagt: «Du bist ein richtiger Mann – das muß ich dir lassen.»

Sein Gesicht und seine Haltung haben sich nicht sehr verändert, wohl aber seine Laune: nun ist er dieser gutaussehende, liebenswürdige, sensible Mann, der *aus gutem Grund* launenhaft ist, der seinen Wert kennt und den es ärgert, daß die Welt so ist, wie sie ist – er ist nun jemand, der sexuell darüber hinweggetröstet werden möchte.

Daß er seine Launen offen zeigt, ist bei ihm eine Art von Temperament, so daß er, wenn er genügend Selbstachtung besitzt, um ein Held wie Achill oder eine Filmgestalt zu sein, gern brüllen und wimmern würde und über seine Kümmernisse spräche – sich gern nackt zeigen, zum Beispiel seinen Schwanz zeigen würde. Wären er und Lila betrunken und würde Lila ihn ermutigen, dann täte er verrückterweise (als Unsinn ausgegeben) genau das. Es jedoch jetzt zu versuchen hieße ein Risiko einzugehen, denn Lila könnte Streit anfangen oder dem Moment eine andere Richtung geben – sie ist ganz schön ungezähmt.

Lila läßt ihr Gesicht aufleuchten, um seine Traurigkeit, seine Launen und Dramen in ihre Gewalt zu bekommen und um zu zeigen, daß sie außerhalb des sexuell Möglichen sind. Oder es zum Teil sind. Oder allesamt, es sei denn mit ihrer Erlaubnis. Oder es sei denn, er explodiert …

«Ist doch alles in Butter», sagt er und schüttelt sich. Er wirkt nebulös abwesend und scheint willens, ein Mann zu sein – obwohl er traurig aussieht und Lila *schwierig* ist. Er hat ein gutes Gesicht, *romantische* Augen und Lippen –

wirklich, er sieht jung aus – *richtig hübsch* ist er und im Augenblick schwermütig.

Auf Lilas Miene zeichnet sich ein seltsames, fast jugendliches Selbstlob ab, ein spätadoleszenter Dünkel, doch Berechnung flackert auf, ob nun auf Kleinlichkeit beruhend oder ein Zeichen, daß sie altert; fast ist es schelmisch – sie gestattet sich, eine gewisse *Ehrlichkeit* zum Ausdruck zu bringen. Hiermit geht ein gewisser Stilverlust einher. Sie gestattet sich ein wenig wohlumrissenes Begehren, und sie gedenkt, sich zu schützen und gut behandeln zu lassen, ungeachtet dessen, was sie zu riskieren scheint: «Ich bin eine ehrliche Frau, die sich ein bißchen komisch fühlt, S. L.»

Hoffnungsvoll sieht sie ihn an, dann so, als wäre sie zwanzig – ein reizvoller Scherz – dann wie jemand ihres Alters: vielleicht ist sie außer Rand und Band – es ist wirklich schwer zu sagen. S. L. hat den Kopf geneigt; sein Blick wandert aufwärts, und er sieht Lila an, während er sich mit einer Hand hält. Er seufzt. Steht auf. Will zu ihr gehen. Sie blickt schelmisch drein. S. L.s Vögeleien mit ihr verlaufen nicht nach einem sonderlich festliegenden Schema. Als er steht, eine Hand auf der Wölbung unter seiner Hose, nimmt sein Gesicht einen rohen, alarmierten Ausdruck an: er möchte ficken, er möchte (vielleicht) Lila ficken. Komplizenhaft sagt er: «Gibt's da, wo du herkommst, noch mehr von deiner Sorte?»

Lilas trauriges, wissendes kleines Lächeln ist sehr hübsch; sie «weiß», daß er ihr auf halbem Wege entgegenkommt, so gut er es eben versteht. Aber sie ist traurig. «Ich bin deine Sorte», sagt sie; eine schmutzige Bemerkung. «Du bist ein samtiger Sam –» Er heißt Sam. «Du bist ein samtiger Sammy-Sam ...»

«Sammy-summ-summ», sagt er.

Ihr fällt der Kinderreim nicht ein, auf den er da anspielen will – oder die Operettenarie oder der Kabarettschlager. Sein Blick besagt, daß er auf etwas Gefühlvolles anspielt. Ihm verlangt nach Schlichtem: Unbedachtheit umhüllt seine Konzentration, macht sie blind – und sexuell. Seine Konzentration ist immer ein wenig sexuell.

Sein Kinderreim: «Blas das Haus um», sagt er.

Es regnet; der Sommerregen macht die Veranda zu einem intimen Ort. S. L. schwebt vor, zu ficken und einen geblasen zu bekommen. Er verbreitet eine *Benehmen-wir-uns-doch-wie-Herren-und-Damen*-Atmosphäre, wie er es manchmal tut, wenn er auf etwas aus ist, was sie nicht ganz so stark unter Druck setzt, daß sie in Verzweiflung oder Wut gerät. Über die Jahre hin ist sie pfiffig geworden. Seine Haltung hat etwas schwerfällig Poetisches, eine grobe, virile Beredsamkeit, die Lila mag; dies zeigt, daß es ihn von sich aus zum Vögeln treibt; sie könnte nachgeben; er läßt seinen Atemrhythmus allmählich in den beim Vögeln übergehen. Die halb erinnerten, halb vorausgefühlten Empfindungen brechen, leeren ihm dann den Blick.

Lila klappert mit den Lidern, lugt possierlich auf seine Hose über dem steifgewordenen Ding, und dann streichelt sie ihn da, ganz die anständige-Ehefrau-kesse-Person-verspielt-unartig-schelmische-Hure – ein Kompromiß. In dessen augenblicklicher, beunruhigender Ausprägung liegt etwas Stichelndes und drückend Süßes: ein Sinn für die Ungewißheit von allem, ein Vorgeschmack und Vorahnungen vermengen sich in Lila zu einer unvollständig sentimentalen Einstellung dem Vögeln gegenüber, glaube ich. Ihr kühnes Vorgehen ist eine Form von Eigenliebe: sie ist es sich schuldig.

Er besitzt genügend körperliches Selbstvertrauen – seine Handgelenke sind kräftig, seine Schultern breit –, um an seiner geistigen Statur als Mann nicht zu zweifeln. Er ist kein Quengler oder Bettler oder Vergewaltiger (oder nur in einem gewissen Grade): er ist S. L., König des Hauses, Fürst der Wahrheit, Inhaber einer Seele (Frauen und Kinder haben keine Seelen).

Zum Teil gilt seine Selbstsicherheit auch dem Gewicht und Format seines Genitals, verstört von der bevorstehenden Bewährungsprobe, wie es ist – doch Lila gegenüber ist er sich nicht so sicher. Wohl weiß er, daß sie ihn nicht für einen Mistkerl, einen Lügner oder Perversen hält; wenn sie ihn nicht mag, dann weil sie ihn dumm findet. Sie hat sich immer geweigert, aus der Nähe ihrer eigenen Familie fortzuziehen; S. L. kann sie zu nichts zwingen. Er nennt sie abartig und giftig und derlei, und angesichts der Begrenztheit ihres Lebens als Frau mit (ein wenig) Geld nimmt sie ihm ab, daß er weiß, was er zu wissen behauptet. Sie mißtraut ihm nicht genug. Oder sie glaubt ihm immer noch: dies verleiht seinem Gesicht, flüchtig und unangenehm, eine merkliche, exzentrische *Lieblichkeit*.

Er richtet sich daran auf, meine ich. Das dialogische Rollenspiel hier ist dazu gedacht, den anderen zu verwöhnen, es ist ein ebenso fühlbar sexueller Akt wie sich zur Schau zu stellen oder schmutzig zu reden. S. L. wie Lila beben des anderen wegen vor Nervenanspannung.

Dann wird S. L. anders: seine Selbsteinschatzung ist nunmehr realistisch, denn er stimmt damit überein. Er ist sarkastisch und gerührt von seiner männlichen Schönheit und seinem kundigen Erwachsensein. Das bewirkt Lila in ihm; diese Macht ist ihr eigen, meine ich.

Lila schaut zu ihm auf, in sein Gesicht, nun in seine

Augen: kühn starrt sie ihm in die Augen. Was im Begriff ist zu geschehen, das, glaube ich, scheint sein Blick ihrem Eindruck nach zugleich zu fordern und zu diskreditieren. Sie weiß nicht, warum. Sie ist seltsam loyal. Sein Blick erzürnt sie, jedoch nicht irgendwie grundsätzlich, nur in diesem sexuellen Moment – sie weiß nicht, wie sie ihn davon reinigen könnte. Da sitzt sie, feierlich und sexuell auf ihn eingestimmt – und auch ein wenig erzürnt.

Vielleicht hat er sie auch getäuscht, und sie hat sich in ihm getäuscht. Sie legt die Hand wieder auf die stoffbedeckte Stelle zwischen seinen Beinen.

Er sagt: «Ein bißchen Bumsfallera für das Ehepaar? Einverstanden?»

Lila lächelt wie eine Kundin, die dem Verkäufer nicht recht traut; sie ist zu nervös und zu erzürnt, um zu lächeln wie eine wollüstige Frau. Sie ist mutig und begegnet seiner Laune mit Bravour, doch sie hegt auch ein Gran Vorsicht, vielleicht Respekt, angesichts von Männern: ihre Augen verschleiern sich eine Spur, vage, verquält. Nervosität, Lampenfieber, profunde Furcht, ungläubige Furcht, eine grundsätzliche jedoch, keine von diesem Moment ausgelöste, Hysterie – unbestimmt lustvoll, unanständig grenzenlos.

Sie ist nicht betrunken; sie macht sich unempfindlich, unsensibel, als wäre sie betrunken – dies ist eine Sportart, daran erweist sich eine richtige Frau, kein Mauerblümchen, keine aus der Reserve. Als lokale Schönheit und College-Schönheit mißtraut sie der Natur, was sie selbst betrifft. Und diese Episode und S. L. machen aus ihr eine umworbene Gattin, sie aber ist Lila-die-Umworbene: sie kommt sich blasphemisch, tollkühn und irre vor. Sie wäre zutiefst gekränkt, müßte sie entdecken, daß sie letztlich naiv ist. Wäre sie anders gestimmt, würde sie auf eine gewisse verschmitzte Weise lächeln und an seiner Hose zupfen, doch in dieser anderen Stimmung ist sie nicht.

Er ist nicht verliebt genug, weder in sie noch in sich, um durch und durch sexuell romantisch zu sein. Er gibt sich sexuell romantisch aus Höflichkeit. Ihre Unsicherheiten haben ihn früher oft gerührt, doch heutzutage hat er das Gefühl, daß derlei Episoden eben so dahineiern, und was er registriert, ist undeutlich: er achtet nicht auf die Dinge, die er registriert. Manchmal sagte er: *Ich bin ein altgedienter Ehemann* ... Dies sagt er jetzt nicht, aber er denkt *na und?* Und meint damit, *achte nicht drauf* ...

Sie plustert sich, um der Situation aufzuhelfen; sie hat eine Vorstellung vom Leben, wonach das etwas ist, worin sie gut ist: ihr Gesicht trägt vage Munterkeit zur Schau; und damit, wie sie S. L. anlächelt, leugnet sie ihre Ansicht, daß dieser Moment und die Welt überhaupt auf Mechanismen von fürchterlicher Gewöhnlichkeit beruhen und daß man sich am besten nicht nur liebenswürdig benimmt, sondern Arbeit darein investiert, romantisch zu wirken – ihr Lächeln ist romantisch und etwas Besonderes und glitschig verstohlen - sie hat schon früher Männer so angelächelt und damit beeinflußt, oft sogar. Sie tut es nicht ganz vorsätzlich.

S. L. neigt sich dem Lächeln zu, bringt sein Gesicht von oben an ihres und küßt und umschnüffelt das Lächeln in einem Anfall von bereitwilliger Intimität. Physisch hat man von ihm den Eindruck, er strotze vor Phantasien, Gedanken und Wärme, sei prallvoll davon.

Lila küßt ihn – entgegenkommend – zurück, mit üppiger Verruchtheit und nuancenreicher Gier. Was sie empfindet, ist nicht klar. Während der Kuß währt, läßt S. L. sich mit einer gewissen körperlichen Wendigkeit auf die Couch nieder, doch seine Bewegung und sein Gewicht haben zugleich etwas Ochsenhaftes. *Nett* pressen sein Bein und ihres sich aneinander. Das Küssen verändert die Palette seiner Empfindungen und dominiert sie, wie wenn im Schlaf eine Episode alle anderen verdrängt und den Kopf erfüllt, als wäre sie die Welt.

Sein Stil wird zu dem des geilen S. L. Ruppig hält er Lila in den Armen und küßt sie liebenswürdig-verächtlich, auch ein wenig verführerisch-liederlich. Sie mag das durchaus, oder sie nimmt es hin; sie bietet ein flexibles Schmachten dagegen. Innerlich setzt sie dies in einer anderen Tonart als er fort.

S. L. küßt stolz, wobei er mal maßvoll den Mann aus der Arbeiterschicht andeutet, mal gar einen jazzigen oder schwarzen Anflug. Seine Zunge ist, wie ihre, mit maßvoll triebhaftem Ungestüm am Werk.

Dann werden Lilas Bewegungen bockig und dringlich – und nervös – vielleicht gespielt. S. L. krümmt sich ebenfalls: es herrscht ein bizarrer Wirrwarr von Implikationen und Tempi, geradezu barock.

Schlieren von Regenlicht spielen auf ihnen. S. L. ist zielstrebig, und Lila behagt das. Sie wirkt hochnäsig; irgendeine Wut färbt ihre sexuelle Wirklichkeit ein, macht sie vertraut, wie etwas aus der Kindheit Stammendes, und deutet an, wie neugierig und empfänglich, wie aufsässig und manipulatorisch Lila einmal war, und dazu dickköpfig, leer, beeinflußbar und rastlos: unstet und nicht an Stetigkeit interessiert.

S. L.s Attraktivität weckt in Lila den Wusch zu sehen, ob er stark an sie gebunden ist. «Küß mich noch ein bißchen auf den Mund», sagt sie, obwohl er sie gerade auf den Mund küßt.

S. L. verwendet oft inbrünstige Beleidigungen, wenn er spricht, doch auch für sexuelle Zwecke. «Du küßt wie eine Ehefrau», sagt er laut und beendet den Kuß; er rückt ein wenig ab und sagt in ihren Mund hinein: «Du fickst wie eine Ehefrau.» Er verhält sich nicht nur beleidigend, weil es sexy für ihn ist. Er meint es ernst; und er will hier der Boss, der Experte sein ... Es ist nicht einfach.

Lilas Beine bewegen sich. Sie reagiert physisch auf seine Brutalität, doch mit dem Kopf haßt sie ihn; dies befreit sie zu der sexuellen Reise samt deren Ziel, das darin besteht, ihn zwischen ihren Schenkeln zu ersticken; es befreit sie dazu, die Gefahren einer Bumsreise zu genießen und dabei ihren eigenen Gedanken nachzuhängen; es funktioniert sexuell für sie. Aber es ist nicht einfach. Sie wird ihn nicht hegen und pflegen – sie ist eine stolze Oberschwester. Sie beißt ihn in die Lippe.

«LILA!» schreit er auf. Er küßt sie feucht und klatscht ihr auf die Brust, und sie macht «ah» oder «au». Ihr Mund öffnet sich ihm weit, während er ihr zitterndes Bein streichelt. Ihre Zungen berühren sich, jede beleckt die Lippen und den Gaumen des anderen. Eine angespannte und wie siegesgewisse Seele wohnt in Lilas Lippenspiel und verleiht dem Kuß eine Richtung – doch Lila triumphiert nicht; er liegt oben, meine ich. Vielleicht ist es ein Triumph der ehelichen Bindung. Ihr Gesicht mit den reifen Lidern ist warm-ausdrucksvoll, scheinbar sinnlich, aber es ist auch kalt und kalt berechnend, was als Beigeschmack – nun, da sie sich zurücklehnt und sich davon durchfluten läßt – nicht zu ihrer, was ist es bloß, Passivität? Aufmerksamkeit von besonderer Art?, passen will.

Skizzenhaft entsinnt sich S. L., wie ihre Lippen aussehen, während er den Mund so hart darauf preßt, daß er die kleinen Knochen ihrer Mundpartie und ihrer Zähne spürt. Wie angegriffen sagt sie: «Du verschlingst mich ...» Vielleicht ist sie stolz darauf, daß sie ihn in ihrem Alter und nach so vielen Jahren noch immer *in Fahrt bringen* kann – eine ihrer Phrasen. Sie mag sein *Gehabe*, aber schlichte Zuneigung ist es nicht.

S. L. fühlt, daß ihre Augen ihn fixieren und daß sie weniger ihn anstarrt als gleichsam dem Kuß lauscht: die Vorstellung, sie starre ihn an, macht den gegenwärtigen Zustand des Gefangenseins wirklicher für ihn. Erotisch scherzhaft – es soll angenehm auf sie wirken – sagt er: «Ah, was für komische Flitterwochen ...» Das stammt aus einem Song von Eddie Cantor über gewisse Lustbarkeiten. Er hat seinen schnellen Takt gefunden und schaltet, während er ihre Brust knetet, auf den leise spöttischen, doch zugleich etwas romantischeren Ton um: «Ah, ein Brotlaib, Schätzchen, und am lauschigen Plätzchen du, ah, duu ...» Auch wenn er scherzt, ist seine Miene aufrichtig – er neigt zu Abschweifungen.

Lilas Haar ist durcheinander. «Tja, ich bin eine Frau, S. L.», sagt sie zu ihm – das Terrain ist ungünstig für die Prahlerei, zu der sie ansetzt, um ihn von ihrem Alter abzulenken. Sie spricht atemlos und mit zur Decke gerichtetem Blick, wie um zu signalisieren, daß sie nun aus der Balance geraten ist: «Ich bin kein ahnungsloses Ding.»

Sie wünscht eine endgültigere Vögelei als üblich, eine, die alles verändern könnte: *fick mich und verändere mein Leben* ... Sie wird mehr Risiken, andere Risiken eingehen, sich beim Vögeln anders bewegen als in Zeiten, da sie jünger war, und sie möchte, daß er es zu schätzen weiß; vor allem freilich will sie sich nicht vorwerfen lassen, seine Glut sei erloschen. Es ist nicht klar, ob sie ihn oder eine Vögelei überhaupt so stark will, wie sie offenbar dieses Terrain besetzen will ... Sie ist fünfunddreißig Jahre alt; er ist zweiunddreißig. Damals war das älter als heute.

Seine Hände bewegen sich an den Innenseiten ihrer Schenkel auf sehr persönlichen Bahnen – in seinem Gedächtnis ist ihr sexueller Geruch gespeichert ... Sexuelle Neugierde – flaumig, unnachsichtig – lockert ihr die Muskeln, ihm jedoch macht sie zielsicher. Sie ist nahe dran, mit ihrem ganzen Unterleib zu lachen und zu seufzen. Auf der Couch ausgebreitet, mit aufgedunsenem, unbekümmertem Gesicht, regt sie sich zuckend und legt ihre wohlgeformten Arme um S. L.s Schultern ... Sie ist in die Falle der Unbekümmertheit gegangen und ihr preisgegeben: teils ist dies Reaktion, teils Signal. Würde sie dies gezielt einsetzen, wäre es, als kämpfe sie, als fechte sie mit ihm. Auf ihr Wissen von der Welt deuten die schwülstige Verschwiegenheit, die Geduld und Unbekümmertheit ihres Gesichts hin. In einer Hinsicht ist es, als wäre sie hierhergelockt worden; sie wird verschlungen werden. Teilweise wurde sie bereits verschlungen: ihre Beine zum Beispiel sind verschwunden – irgendwie ist es so und auch wieder nicht, denn sie ist ständig auf der Hut.

Nach ihrer Vorstellung vom Vogeln ist die erste Voraussetzung für sexuelle Klasse Mut, echt oder geblufft, wie sie glaubt: dies gilt für Männer und Frauen. Eine von S. L.s ziemlich großen Händen bedeckt fächerförmig ihre Brust. Voll Interesse ist er mit allerlei neuronalen Reizblüten und Hitzephänomenen beschäftigt, Oszillationen, die sich in ihm einstellen, wenn er nachdrücklich sexuell agiert. Aus aktiven Phasen warmer Blindheit entstehen Visionen von größerer Bedeutsamkeit, als sie seinem Sehen eigen ist, wenn er nicht fickt.

Seine pferdeartigen Augen sagen *das-ist-das-wahre-Leben*. Sein Unterleib ist, huh, *heiß*. Lila beginnt ihm mit Bewegungen über das Haar zu streichen, die nicht synchron mit dem Gleiten ihrer Schenkel und den Tics in ihrem Gesicht verlaufen. Er wird ganz schön aufgeregt vor – Leidenschaft. Man könnte es auch so beschreiben, daß S. L. sich angenehm leicht berührt und teilweise in die Launischkeit des Bumsens entlassen fühlt. Lilas Rang ist höher, als sie selbst meint, denn in einer Hinsicht hängt der Status einer Frau davon ab, wie oft und wie gut sie gefickt wird. Ihm fällt auf, daß Lilas Reaktionen älter sind, daß sie unverhohlen effizient auf die Fick-Verhandlungen zwischen ihm und ihr einwirken, und nicht gerade großzügig. Mit beiden Händen hält er nun Lilas rechte Brust, die größere, die er aus ihrem Kleid gezogen hat, und auf seinem Gesicht zeichnet sich ein so ernster Vorsatz ab, daß Lila stolz den Kopf reckt.

«Du gleichst einer Königin», sagt S. L.

Ihre Brüste werden öffentlich kommentiert – so war es schon, als sie noch jung war. Lila fühlt sich ein wenig wie eine historische Königin, die auch ihre Pflichten gegenüber ihrem Reich erfüllt; die Königinnen-Metapher war damals in Amerika sehr mächtig. Und Lila ist eine moderne Amerikanerin, gepeinigt-unverblümt-eigensinnig … So fühlt sie sich.

Ihr Gesicht sieht verdellt königinnenhaft aus – ihr Körper, ihre Stimmungen sind Gaben, die sie darreicht. Ihr Atem klingt dunkel auf der Veranda, ein leises, vage geisterhaftes Klarinettengeräusch. Auf erregende Wirkung spekulierend, hebt S. L. Lilas Beine an. Er rutscht zurück und legt sich ihre Beine auf den Schoß. Er schwitzt in der feuchten Luft; er lächelt Lila zu und läßt Spucke auf seinen Lippen glänzen, eine kuriose Obszönität, die Lust bereitet. Er streichelt ihre Titte. Düster gestimmt stößt Lila Luft aus. Sein Blick ist sanfter und weniger abwesend geworden. Beide, er und Lila, sind hinter den Grenzen ihrer Aufmerksamkeit isoliert. Mit einer Hand streicht er sich über das Haar. Er atmet geräuschvoller als sie. Listig denkt er an Lustgefühle, die hier nicht zu haben sind. Eine gewisse Beklommenheit hängt in der leider feindunstigen Regenluft auf der Veranda. Der Regen wandert. Kleine Bäche plätschern und glucksen über das Holz und die Schindeln des Hauses. S. L. starrt auf Lilas von seinen Händen zusammengepreßte Brust. In ihnen beiden und um sie her herrscht sexuelle Unklarheit. Seine Hand wölbt sich um ihre große Brust, pumpt, drückt ... er ist hier mit ihr ... «Du bist eine Frau», sagt er träge-herrisch. Sie biegt den Kopf zurück. Wie ausgebreitet liegt sie auf der Couch. Seine aufdringlich gewandten Hände drücken und befingern und probieren aus, wieviel sie packen können – er schwitzt vor zunehmender Brunst, zunehmender Grausamkeit. Lila rührt sich und kreuzt unter der Brust die Arme. Auf entzückend dramatische, schwül-stürmische Weise ist sie gehorsam – zugänglicher vielleicht mehr für Sex als für S. L. Kein Wort deckt ab, wie sie ist. S. L. sieht ihr süß-schwitzendes weißes Fleisch, er fühlt es, empfindet ihren Schweiß wie eine süßliche, aus totem Laub hervorgehende Säure. Ihre Distanziertheit, ihre verborgene, doch vielleicht durchschimmernde Nichtunterwürfigkeit gleicht Schnee, vermischt mit etwas Warmem,

Weichem, verrottet, korrupt: ihr Alter, ihr Geist, ihre Seele … Es gibt da so viele Schichten, das Landmädchen-Königinnenhafte, der alternde Junge und das alternde Mädchen, das Ehepaar. «Ich bin so erdhaft wie die Erde», murmelt sie: um es sich einzureden? Zur musikalischen Untermalung? Als Hinweis darauf, wie sie den Sex gern hätte? Und sie bleibt ganz erstaunlich reglos, so daß es eigenartig ist, von ihrer passiven Reglosigkeit als einer Energie zum Selbstausdruck zu sprechen, die S. L. so entfacht, daß er, getrübt statt zum Leuchten gebracht, schmeichelnd sehnsuchtsvoll wird, plump passiv oder mechanisch in seinen Aktionen, schmollend und überdreht. Welch eine befremdliche Landschaft, in der man sich da befindet.

Beide wirken wie voll des Lobes; Lila vergöttert sich ohnehin, auf eigentümlich reizende, temperamentvoll schmeichelnde Art. Oft hat sie das Gefühl, asexuelle Menschen könnten nicht ermessen, wie schwer es ist, ein Sexleben zu haben, wenn man gut aussieht und eine «Position» innehat. Sie war sich noch nie sicher, wie die Gesetze der Selbstachtung beim Akt des Vögelns funktionieren. S. L., mit düster erfreuter, vornehmlich aber unklarer Miene, greift nach *sich*, nach seinem Schwanz, durch die Hose. Auf einmal blickt er verletzt drein – er umsorgt eine rastlose, doch auch ein wenig amüsierte Wunde. Sein Gesicht, seine Miene nimmt etwas Semi-Entrücktes, heroisch Verwundetes an; leidend, jedoch kurz davor – ich weiß nicht recht –, Erleichterung zu finden. Er ist zudem milde vor Distanziertheit, einer Melange aus sexuellem Selbstbewußtsein, Unwissenheit und lokaler Erfahrenheit: Vorsicht und Gereiztheit machen sein Gesicht und seinen Ausdruck Frucht-am-Ast-artig.

Er findet Sex unter seiner Würde und *gorgonenhaft*. Er starrt auf Lilas gespenstisch verbogene, interessant geschmeidige und lechzende Kehle. Er empfindet Sex als etwas froschig Feuchtes und Grunzendes, als so unförmig wie ein Frosch oder, schlimmer noch, wie Käfer oder Stalltiere. Er und Lila bilden ein gut aussehendes Paar; bizarre Sachen sind ganz in Ordnung, sind ein Zeichen von Privilegiertheit für die Froschliebhaber. Im Inneren von Lilas Brüsten zuckt es rhythmisch. Sie streift durch ihre Empfindungen wie durch ein leeres Haus – sie ist ein wenig zügellos in ihrer Phantasie. Sie schnaubt, als wäre sie voll Leidenschaft, doch sie ist nachdenklich und läßt sich treiben. S. L. hat einen erwachsenen, seitlich in die Ferne gehenden Blick, während er fühlt, wie seine Gelüste die Grenzen von Vorbehalten und Verboten überschreiten – sehr viel an erzwungenem Gehorsam wird hier aufgegeben, ein für allemal. Er fängt zu schnauben an, tiefer als Lila, und tätschelt ihren Bauch, reibt irgendwie blind darüber, und dann zwickt oder kneift er, in wacherer Manier, in ihren Nippel. Nun nimmt er die Sorgfalt eines Zimmermanns an; fährt mit den Fingern um ihre Brust, beugt sich hinab und läßt die Zunge in ihrem Ohr, während seine Finger begehrlich und unter leichtem, von Besitzertum und Einspruchsrecht kündendem Geklapse und Gekneife ein wenig dillettantisch auf dem hochgerutschtem Stoff ihrer Kleider auf- und abfahren.

Die schlurfende Abfolge der Ungehörigkeiten von Zunge und Hand weicht nun einem flinken Stil – einem eindringlichen, wie von Getrommel vorgegebenen Rhythmus. S. L. bewegt seine Gürtelpartie unregelmäßig, ausdrucksvoll und mit erregend gemeinter Flinkheit, wodurch er die tiefere Wirkung seines breit daliegenden

Temperaments, seines männlichen Berserkertums verwässert.

Er sagt: «Es herrscht immer Sonnenschein, wenn wahre Freunde sich aneinander freuen ...»

Und so weiter ...

GESCHNATTER IN LITTLE ROCK

Als ich zehn war, ein Jahr nachdem meine ältere Schwester uns der Familienkatastrophen wegen verlassen hatte, sandte meine Mutter auch mich fort. Daddy war krank, und wir hatten kein Geld. «Es ist aus», sagte er, «laßt mich in Ruhe.» Mama schickte mich auf Dauer zu einem Onkel, den ich kaum kannte, ihrem ältesten Bruder. Er lebte in Little Rock, Arkansas, weit entfernt von seiner Mutter, meiner Großmutter, die er nicht mochte, mit der er seit zwanzig Jahren nicht mehr gesprochen hatte und auch im Laufe seines weiteren Lebens nicht mehr sprechen würde.

Mama hatte, seit Daddy krank geworden war, immer wieder Affären gehabt, glaube ich. Vielleicht auch schon davor, aber ich bemerkte es erst dann. Ich ging etwa durchs Wohnzimmer, wenn sie einen solchen Besucher hatte oder wenn sie am Telefon Verabredungen traf. Sie und Daddy haßten einander mittlerweile richtig, ebensosehr, wie der Onkel in Little Rock seine Mutter haßte.

Mama sagte: «Keiner liebt dich, wenn du alt und grau bist ...» Sie war zweiundvierzig, laut ihrer selbst vierzig. «Verzeih mir», sagte sie. «Man will beim Spielen eben einen Gewinn behalten. Wer den kleinen Finger bekommt, will die ganze Hand.» Ich sollte hinzufügen, daß jemand – ein kinderloser Witwer – meinetwegen um sie geworben hatte. Er besaß einen Cadillac und eine verheiratete Tochter, und Lila hatte ihn ihr Leben lang gekannt. Als er zu ihr sagte, er halte es für *anständig*, wenn er meine Ausbildung übernähme, mich auf eine Privatschule und anschließend aufs College schickte, war sie in ihrem sexuellen Stolz gekränkt gewesen.

Sie hatte sich früher gesittet benommen, doch nun war sie schamlos geworden. Sie ging im Morgenmantel durchs Haus und äußerte Abschätziges über ihre Männer und Trauriges über das Älterwerden. Ich begriff, daß meine Existenz manchmal etwas auslöste. Lila konnte in ein Zimmer kommen und sagen: «Laß mich allein.» Und: «Du und ich, wir sind uns zu nah – oder nicht nah genug ... was auch immer.» Vielleicht war sie ein bißchen betrunken. Sie sagte: «Wenn du mich fragst, ich habe Klasse – ich bin *immer noch im Spiel.* Weißt du, was das heißt? Ich habe immer noch Chancen. Pisserchen, du mußt mir aus dem Weg gehen. Verzeih mir. Hab Geduld. Du kommst schon noch an die Reihe ...» Sie seufzte. «Du weißt noch nicht, was Torschlußpanik ist. Was ich haben will, das will ich haben – wir wollen doch mal sehen, ob's zu spät ist oder nicht ... Laß mich allein», sagte sie. «Laß mich mein Leben leben. Laß mich die Dinge vorantreiben. Laß mich in Gottes Namen zu leben versuchen – wenn's dir nichts ausmacht ... Geh mir aus dem Weg. Ohne einen letzten Flug vom fliegenden Trapez gebe ich nicht auf. Ich bin die tollkühne Alte auf dem fliegenden Trapez, Pisserchen ... Du wirst noch staunen ... Wer das letzte Wort hat, behält recht», sagte sie. «Ich werd's versuchen.»

Es machte mir nichts aus, von ihr fortzugehen. Ich wollte fort. Aus Höflichkeit versuchte ich, es nicht zu zeigen.

«Zieh kein langes Gesicht», sagte sie ironisch, mit einem Anflug von Bitterkeit. Sie brachte mich zum Bahnhof. Im Grunde war sie eine miserable Mutter. Mit ihren seltsam poetischen Ansprachen, ihrem Hang, zu verführen und zu zerstören, vertrieb sie jeden.

Sie sagte: «Sag noch was zu mir, Pisserchen, bevor du gehst.»

«Leb wohl», sagte ich.

«Ganz wie du willst», sagte sie kühl und zündete sich eine Zigarette an. «Küß mich», sagte sie. Ich stellte mich auf die Zehenspitzen und küßte sie. «Recht so», sagte sie. «Wünsch mir Glück ...» Ich blieb stumm. «Oh, du hast mich nicht mehr gern, könnte das sein? Wart nur ab, was passiert, wenn du mal alt wirst. Warten wir's mal ab, wir werden's schon sehen. Du bist ein Kind: du kommst zurecht. Na ja, mir ist's ja egal ...» Ihr Gesicht erfüllte unendliche Leere. Noch immer roch sie nach Mamaschaft, nach Mamasein, ihr parfümierter Puder, ihre Kleider, ihre Haut. Zugleich roch sie nach beißender, nervöser, leidenschaftlicher Intelligenz-ohne-Ziel – einer Art von Wahnsinn. Sie roch vertraut nach Frau, will ich sagen, und dann war da noch dieser häßliche, wie verbrannte Geruch, der mich erbeben ließ vor undeutlichem Emotional-halb-mit-ihr-abgeschlossen-haben-und-sie-abstoßend-finden. Sie sagte: «Mir gefällt zwar nicht, wie mein Leben sich entwickelt hat, aber es würde dir nicht weh tun, wenn du ein bißchen Geduld für mich aufbrächtest. Wünsch mir Glück.»

Ich atmete tief durch und sagte: «Viel Glück. Und laß mich von jetzt an in Ruhe. Komm mich diesmal nicht wieder zurückholen. Überleg's dir nicht noch mal anders. Laß mich *gehen*.»

Nach Fotografien aus jenem Jahr war ich ein häßliches Kind, verzerrt von Spannung und Selbstverachtung. Ich war so scheu, als wäre ich mit Schlamm bedeckt. Ich war mitleiderregend, und das kränkte mich. Ich war gedrungen und schlecht proportioniert mit meinen langen Schenkeln und einem so langen Hals, daß man mich eine Zeitlang *Giraffe* genannt hatte. In Little Rock entsteigt dem Zug ein Troll von einem Kind, mit verkniffenen Augen, verdreht, ohne Sommersprossen und überhaupt nicht koboldhaft..

Ich habe diesen Moment bald scharf vor Augen, bald verschwimmt er. Ich weiß noch, wie fremd und wenig vielversprechend meine Tante und mein Onkel aussahen; die Tante groß, würdepropfig, mit vorstehenden Zähnen; der Onkel klein, grinsend, affenartig: sie sahen aus wie wichtigtuerische, emotional unwissende Leute mit Geld und ohne Gespür. Als Kind sieht man so etwas, kann es jedoch nicht ausdrücken. Man kann nur sagen *Ich mag sie nicht.* In der Kindheit trennen einen von der Kulturtechnik der Selbstverteidigung noch diverse Schritte. Viele Jungen blicken kaum jemals oder nie in erwachsene Augen.

Es erleichterte mich, daß diese Leute meinen Anblick ertragen konnten. Die Duldung, von der ich grundsätzlich abhängig war, im Leben, meine ich, nicht etwa in einer Geschichte, als jemand aktiv Reagierendes und Mitspielendes, Präsentes, das Mitleid und die Besorgnis, die Zweifel und Eifersüchte, die ich weckte, paßten wahrhaftig nicht ins Land von Glück und Normalität oder nach Anpassungsstadt. Tante Charlotte war eine Spur weniger unattraktiv als Onkel Simon, und als sie mir die Arme entgegenstreckte, erwiderte ich ihre Umarmung mit einer

Spielart meines honorigsten Aufrichtiges-Kind-Benehmens. Ich weiß nicht, ob auch regulär aufwachsende Kinder das tun, lügen und sich Erwachsenen anzuschmeißen, wegen des Daches über dem Kopf, um ein Dach über dem Kopf zu haben und alles, was dazu gehört.

Man kann an einer Umarmung eine Menge erkennen, die dürre Fadheit, den Grad von emotionaler Unwissenheit. Tante Charlotte war kinderlos, eine reizlose Frau mit einem schwierigen Mann, eine stolze, herrische Person in häßlichen Kleidern. Das registriert man. Aufrichtig schmiß ich mich bei Tante Charlotte an, die selbstgerecht und behaart war und eine üppige Büste aufwies. Tante Charlotte reagiert auf die Umarmung des ungezähmten Jungen, auf die ungestüme, jedoch nüchterne Verführung, auf das Ersuchen.

In Gesellschaft anderer Jungen war ich derjenige mit dem dreckigsten Mundwerk, ein Spezialist für den unflätigen Wortschatz. Über Sex wußte ich eigentlich nichts, vermutete jedoch, daß er existierte. Ein seltsam muffiger Geruch haftet Tante Charlotte an, und ihre Augen blicken gebieterisch. Onkel Simon, ah, der konnte schnell reden, mit seiner hohen Tenorstimme; er redete schnell und schnatternd. Er hatte dichtes, welliges, ergrautes Haar und ausradierte – oder eingefallene – Wangen, eine schmale Kinnpartie, eine übergroße Nase und einen dünnen, aber vorstehenden Mund, der sich, wenn er redete, über die halbe Breite seines Gesichts hin- und herschob.

Seine Aura war maskulin-fraulich, und innerlich war er vollkommen abgewandt, emotional von mir und dem Augenblick abgekehrt. Sein «Hallo», sein Händedruck war emotional so abwesend, daß ihm, man spürte es, alles daran liegen mußte, gemocht zu werden – nicht auf törichte, sondern auf die ihm eigene neurotische Art und Weise. Sein Gebaren war das eines kalten Wohltäters. Ein kurioser, scharfer Geruch ging von ihm aus, wie er einsamen, eitlen Männern anhaftete, unterdrückt homosexuellen Offizieren im Ruhestand, Priestern und alternden Gangstern, jene bittere Verehrung des Männlichen, die mit dessen Verachtung einhergeht. Und die lebenslange Erfahrung, nicht fähig zu sein, das Interesse der Männer, die man bewunderte, zu erregen, der genügsame Rückzug auf eine ins Bürokratische gewendete Bewunderung für das nächstbeste, erträgliche männliche Wesen.

In Onkel Simons Fall war dies einer der Senatoren aus Arkansas. Simon hatte bereits eine Reihe von Jungen aus dem Umkreis der Familie in sein Haus aufgenommen; ich war der dritte solche Junge. Zehnjährige sind nicht eigentlich mehr kindlich; sie sind semi-erwachsen, jedoch geschlechtslos und haben genau kapiert, was es mit dem Kindsein auf sich hat. *Einer von denen* bedeutete, als Bildunterschrift in meinem Kopf, daß seine Hände zu dreist und zu steif waren. Die Wahrnehmung *Er riecht schlecht*, wie ich verzweifelt dachte, schiebt sich über den Eindruck, daß in dem Mann emotionale Leere herrscht.

In seinem raschen Schnatterdiskant sagt er: «Interessante Zugfahrt? Interessante Leute getroffen? Du bist doch kein Snob: du bist einer, der im Zug mit den Leuten redet, stimmt's? Oder bist du einer aus dem Norden, ein Mann des Nordens durch und durch – ha-ha.» Er war ein flink denkender politischer Joker ohne Humor.

Ich hatte einen sterbenden Vater und eine Mutter, die am Verrücktwerden war, und ich war sehr hungrig, sehr müde und auf kalte, furchtlose Weise sehr verängstigt: ich war bereit davonzulaufen. Ich glaube nicht, daß ich je im

Leben mit so unglaublicher Kaltblütigkeit empfangen worden bin. Selbst Erwachsene, die keine Kinder mögen, schenken einem einen Blick, der erfaßt, ob man krank ist oder Angst hat.

Hölzerne Marionetten gewissermaßen, aber schon aus Fleisch und Blut: so kamen sie mir vor. Trotzdem, trotz alldem war ich Onkel Simon und Tante Charlotte matt dankbar dafür, daß sie mich ertragen konnten, auch wenn diese Duldung so hölzern und widersprüchlich war, daß sie an Jod und Verbände gemahnte – an jene schlaffe Trübsal, jenen Schmerz, jene schmerzlichen Erinnerungen, die einen erfüllen, wenn man verbunden worden ist, wissen Sie?

Ihr Auto war ein Nash, eine Marke, für die ich nicht viel übrig hatte. Sie hatten nur einen Wagen; Onkel Simon fuhr nicht, oder wollte nicht Auto fahren. Little Rock wirkte 1940 *sehr* klein, keineswegs unerfreulich, jedoch nicht wie ein Ort, wo die Leute irgend etwas lasen. Das sehe ich sofort, weil ich Wohnviertel und Haushalte in St. Louis und seinen Vororten kenne. Intellektuell gesehen bedeutete Little Rock einen höllisch beängstigenden Abstieg.

Onkel Simons Haus, aus echtem Stein von der orangegrauen Sorte und stuckverziert, sah prächtig aus; mit seinem grünen Dach lag es inmitten sehr hoher Platanen. Es war das in der näheren Umgebung bei weitem größte Haus mit dem größten Rasen. Die anderen waren kleine Ein- oder Zweifamilienhäuser aus Holz. Onkel Simon sagte, es gebe sechzehn Zimmer und einen Speicher in seinem Haus, und es liege auf dem höchsten Hügel von Little Rock. Er sagte, er habe es einmal günstig erworben.

Er sagte, seine Nachbarn kenne er nicht.

Worüber informierte er mich mit seinem Schnatterdiskant noch in jenen ersten Tagen? Wollen wir doch mal sehen: daß Jesse Owens ein großer Mann sei, ein großer Amerikaner, daß ich versuchen sollte, Jesse Owens nachzueifern. Owens war schwarz, und Onkel Simon wollte damit etwas in der Richtung sagen, wie daß ich ein großer Sportler werden sollte, von wundervoller Gestalt, wundervollen Manieren, und daß ich – verzeihen Sie mir das Wort – als Waisenkind *den Nigger spielen* sollte. (Tante Charlotte sagte: «Dein Onkel ist ein sehr, sehr gescheiter Mann: hör ihm gut zu, dann wirst du klug.» Tante Charlotte hatte mich dazu aufgefordert, und ich, allen Berührungen so abhold und so jüngferlich wie jeder Zehnjährige, gehorchte, wie meine furchtsame Anschmeißtaktik es verlangte, und kuschelte mich auf einem kleinen Sofa neben sie. Onkel Simon verlangte, ich solle zu ihm kommen und mich auf *seinen* Schoß setzen.)

Meine Eltern, ließ er mich wissen, meine Adoptiveltern in Wirklichkeit, seien weder gescheit noch Realisten, ja nicht einmal richtige Bürger der Vereinigten Staaten; womit er meinte, sie seien nicht in dem Sinne Amerikaner wie er – nicht im geringsten so auf dem laufenden über den wahren Charakter «dieser Vereinigten Staaten hier». Er sprach in seinem knatternden Diskant; ich würde seine Stimme als knarrend bezeichnen, verbände man dies nicht gemeinhin mit einem Bariton; und tatsächlich hatte sein Diskant etwas Baritonhaftes, nicht der Tiefe, aber der Anmutung nach. Es war eine runde Stimme, will ich damit sagen, keine gequetschte, eine Langzeitstimme, nicht vom Alter entstellt. Faßknarrig – jedoch jüdisch und nervig.

Er ließ mich wissen, daß ich in seinem großen Bekleidungsgeschäft arbeiten würde und daß er meinen Lohn

Lila senden werde. Ich war es gewohnt, gefangengehalten zu werden, indem mir kein Geld ausgehändigt wurde, und ich war nicht nur ein Dieb, ich verstand mich auch darauf, mich von Polizisten und Straßenbahnschaffnern umsonst mitnehmen zu lassen.

Dann erzählte er mir von der großen Sache in seinem Leben, seiner Freundschaft mit dem dienstältesten Senator aus Arkansas, der aufgrund seiner demokratischen Langlebigkeit im Kongreß in Washington ein großes Tier war, von dessen Intelligenz und staatsmännischem Rang und von den Ausschüssen, denen er vorsaß. Welche das waren, habe ich vergessen. Weitere Freunde erwähnte Simon nicht. Und das Telefon klingelte nicht. Er war nicht von guten Bekannten umringt, wenn er sich auch so gab. Ich nickte auf kalte, schiefe, kränkliche Weise, defätistisch-eifrig, als sei ich ihm gewogen, nicht ausdruckslos, nicht angewidert und sarkastisch, wie ich es auch hätte tun können und wie es am Ende der Kindheit stehende, bitter präpubertäre Zehnjährige sonst an sich haben.

Aber mir wurde von ihm schlecht. Mir war schlecht. Ich hatte Phantasien, in denen ich den großen Raum, in dem wir saßen, das häßliche Mobiliar verwüstete, die Fensterscheiben zerbrach. Simon wollte einen Ersatz für einen Sohn, jemand Männliches und Kleines, mit dem er sich von Zeit zu Zeit abgeben konnte, um sich als Alternder in den Reden zu spiegeln, die er vor einem hilflosen Zuhörer hielt. Er war ohne Familiengefühle für sich selbst – warum, weiß ich nicht. Aufgrund der Eitelkeit eines ältesten Kindes, vermute ich. Er hatte fünf jüngere Geschwister, und alle besaßen sie Vorzüge, die ihm abgingen. Ich hatte außerdem den Verdacht, daß er einmal anspruchsvoll und von wirklich raschem Verstand gewesen war und sich nicht mit einer jüdischen Familie hatte belasten wollen, in der einige Mitglieder, darunter seine Mutter, sich ein unstatthaftes Benehmen gestatteten, empört und empörend, wie manche Leute dieser Sorte sind.

Ich glaube, anhand von etwas, das er in mir sah, nahm Onkel Simon eine vage verwandtschaftliche Beziehung zu seinem jüngeren Ich auf. Und ich glaube nicht, daß es für ihn eine weitere menschliche Verbindung gab, die ihm wichtig war, weder die zu Tante Charlotte noch zu irgend jemandem. Und ich glaube nicht, daß ihn das störte.

Bevor ich St. Louis verließ, hatte S. L. über Simon zu mir gesagt: «Das ist ein Blödmann, wie er im Buche steht. Der tickt nicht richtig …»

Blöd war er nicht. Aber er nahm einen nicht wahr, außer im Hinblick auf Dinge wie Geld, das Dach über dem Kopf oder Manieren; dies waren in der Tat die Kategorien, über die er sich einfügte, die Gebiete, auf denen er sich der Welt stellte.

Die Erwachsenen und ich empfanden mich gleichsam als Kriegsflüchtling. Jahre später sagte in Rom eine recht alte russische Gräfin, die ein Bein nachzog und stotterte und ein edles Gesicht hatte, die russische Revolution habe ihr Leben umgestürzt: «Wir wurden über die Landkarte Europas verstreut wie Pillen aus einer Arzneiflasche, und es war uns nicht sonderlich wichtig, wo wir landeten; es lief alles aufs gleiche hinaus; wo wir hinrollten, da blieben wir …»

So war es auch für mich. Onkel Simon war gegen den Krieg, er wollte sich nicht noch einmal so täuschen lassen wie während des Ersten Weltkriegs durch die Propaganda der Alliierten. Er war nicht davon überzeugt, das Hitler ein Ungeheuer war. Ich sagte, ich sei davon überzeugt.

Und daß ich für den Krieg sei. «Psst», machte Tante Charlotte.

Ich kann jedoch buchstäblich nur bei Sinnen bleiben, wenn es in meinem Leben ein gewisses Maß an Wahrhaftigkeit gibt. Ich bin ein stark traumatisierter Mensch. Ich war ein unheimlich schwer traumatisiertes Kind. Ich war mißhandelt worden. Ich hatte meine leibliche Mutter verloren. Mir war Nahrung vorenthalten worden. Ich war bis dahin zweimal fast gestorben. Ich komme jedoch zu Rande, wenn ich mich nicht in Phantasien verliere oder mich belüge und wenn jeder Tag irgend etwas Gutes und gleichsam Nahrhaftes bringt. Ideen sind für mich nicht verkäuflich. Man kann den Mund halten, wo es um sie geht, aber nicht lügen. Man muß sie achten. Zu wissen, daß die Deutschen Menschen waren, war eine gute Sache. Wenn Onkel Simon aber den Krieg überhaupt nicht verstand, dann bedeutete das aus meiner Sicht, daß er nahezu schizophren war, vom Hals aufwärts tot – und vom Gürtel abwärts. Es war ihm gelungen, die unmißverständlichen Indizien, die seine Augen und Ohren ihm lieferten, zu ignorieren; er war von der Welt abgeschottet. Auch dies war eine Frage des Alters. Er war etwa sechsundfünfzig.

Er erzählte mir, er habe den Ersten Weltkrieg als Artillerieoffizier in New Jersey zugebracht und für sein Regiment als Weltergewicht geboxt. Also war ihm die Welt nicht völlig fremd. Damals hatte er auch den Senator kennengelernt, der als Offizier im Quartiermeistercorps diente, jedoch entschlossen war, Kampferfahrung zu sammeln und Politiker zu werden. Mag sein, daß ich die Geschichte mittlerweile durcheinandergebracht habe. Onkel Simon hatte sein Leben an das des Senators gebunden, nicht aber in dem Sinne, daß er an seiner Seite geblieben wäre. Sie waren im Krieg getrennt gewesen, und der Senator hielt sich zumeist in Washington auf, wo Onkel Simon, glaube ich, niemals gewesen war. Simon hatte geholfen, die Wahlkämpfe des Senators in Arkansas zu führen und sein Büro zu leiten, hatte de facto als dessen Öffentlichkeitsberater gewirkt – jedenfalls hatte er mit den Zeitungen im Staat Kontakt gepflegt. «Das waren große Zeiten, ganz große Zeiten, großartig war das, hmm, großartig», sagte Onkel Simon in seinem raschen sopranigen Geschnatter. Entweder war er als Geschichtenerzähler nicht klar oder aber unendlich verschwiegen, jedenfalls habe ich weder von ihm noch von Tante Charlotte je erfahren, wie jene Zeiten, die Wahlkämpfe, die Verhandlungen gewesen waren, nicht einmal die groben Umrisse einer Geschichte. Niemand in der Familie, nicht einmal Lila, war ein richtiger Geschichtenerzähler.

Simon war nach dem Krieg, in den frühen zwanziger Jahren, als alles sich veränderte, von zu Hause fortgegangen und in die Stadt gezogen, in welcher der ehemalige Leutnant und spätere Senator lebte. Vielleicht – ich biete diese These nur versuchsweise an – war Onkel Simon sowohl gescheit als auch hirngeschädigt, zunächst durch seine Mutter, dann durch das Boxen, und verliebt in die amerikanische Wahlprozedur. Warum auch nicht? Die Massen, die unausgesprochenen Bedeutungen, die Loyalitätsverschiebungen – im Ernst, warum denn nicht? Die Verbindungen zur Polizei, all die Huren, die Halbhuren oder Schlampen oder kessen Frauen bei den Wahlkämpfen, die anständigen Damen. Das rasch wechselnde Panorama von Männern – warum nicht?

Oder schlichter, kalter Ehrgeiz trieb ihn; ein Jude, der am neuen Ort nah ans Zentrum der Macht gelangen wollte, ein tapferer Bursche, gescheit, jedoch beinahe Analphabet, was die mitschwingenden und stillschweigend vorausgesetzten Dinge in diesem neuen Reich anging. Ein Flüchtling wie ich, nur viel älter, Ende Zwanzig. Er hatte wohl kaum die seltsame, betäubte Scheu eines Kindes gehabt, nicht dessen derben Eifer, alles zu erkunden, nicht wie ein Kind den beklemmenden Geschmack von nervösem Speichel im Mund, wenn er auf fremde Eindrücke und Laute stieß. Er dürfte ein Eroberungsreisender, ein Besiedler gewesen sein.

Tante Charlottes bejahrte Eltern, beide über neunzig, wohnten in einer Zimmerflucht hinten in der zweiten Etage. Charlottes Vater war auf deutsche Art knotterig würdevoll und ihre Mutter zwitschernd lieb. Ich spielte mit dem alten Mann Domino und mit der alten Frau Pikett. Sie waren sehr alt und gebrechlich, jedoch höflich und eigenartig resolut. Simon habe ein Herzleiden, erzählten sie mir. Die alten Leute mochten Simon nicht, sie machten kleine scherzhafte Bemerkungen über ihn, oder weniger Bemerkungen, sie setzten eher tragisch gequälte Mienen auf. Auch die schwarze Köchin, eine üppige, leise sprechende Frau, mochte Simon nicht. Nicht recht gemocht zu werden scheint etwas zu sein, was Männern zustößt. Viele unserer Dienstboten in St. Louis hatten S. L. nicht gemocht; einige hatten eine ziemlich starke Abneigung gegen ihn; manche hatten ihn gemocht. Goßpapa Hartmans Bemerkung über Onkel Simon lautete: «Der kleine Napoleon – huff, huff.» Und Großmama Hartman hatte klingelnd gelacht.

Und Simon war sehr klein und unerbittlich, leicht gedämpft allerdings, als wolle er *ich bin weder Bauer noch*

Gangster sagen. Ich habe zu erwähnen vergessen, was ich anhatte: einen Trainingsanzug mit langen Hosen und ein Hemd aus demselben Stoff. Ich trug eine Brille und hatte stark gelockte, ungleichmäßig lange, unansehnliche Haare. Ich mochte weder meine Kleidung noch meine Schuhe, Budapester von Buster Brown.

In einem Zimmer im Erdgeschoß des Hauses, einem Wintergarten mit einem Fußboden aus abgesunkenen Schieferplatten und einer fast ununterbrochenen Fensterwand gab es Bücher und ein Radio. Die Sessel waren nicht bequem, aber wen kümmerte das. Vor der Fensterreihe lag die Licht-und-Schatten-Melange des Rasens unter den Bäumen, zur Straße hin verborgen durch eine Welle im Terrain, so daß er eine Mulde bildete, geziert von einem darüberliegenden, veränderlich dunkelblättrigen, partienweise sonnenhellen Gespinst und überdacht von einem abenteuerlichen Gewölbe aus großen und kleinen entlaubten Ästen, die meisten davon sehr hoch, so hoch wie die Dachrinnen des Hauses.

Ein paar tausend staubige Bücher auf niedrigen Regalbrettern, Bestseller, unbeholfene Bücher, nicht mehr berühmt, veraltet, skurril wertlos. «Hat keinen Sinn, die da zu lesen», sagte die schwarze Köchin. Ich weiß, es ist ein Klischee, aber sie war eine gebildete Frau.

Onkel Simon bestand darauf, daß ich sportlich wurde. Ein wenig war ich das schon, aber mit sportlich meinte er so, wie er es Anfang, Mitte Zwanzig gewesen war. Auf der Rasenfläche vor dem Haus, im Schatten der Bäume, maß er mich jeden Abend – meine Schenkel, Knöchel, Waden – mit einem gelben Maßband aus dem Geschäft. In der Sonne eines späten südlichen Nachmittags oder im Zwielicht, das aber greller war als im Norden, gab Simon, nun eine Spur gemächlicher, sein Geschnatter von sich – Regeln, Sprichwörter, Aphorismen über Männer und wie ein Mann sein sollte.

Völlig in Anspruch genommen von Fragen, Gedanken und Erinnerungen zur Maskulinität saß er auf einem metallenen Klappstuhl unter den hohen Bäumen seines günstig erstandenen Rasens, eine Stoppuhr in der Hand, und hieß mich loszurennen – quer über den Rasen bis zur Straße und auf ihr entlang, entweder auf der flachen Hügelkuppe an den kleinen Holzhäusern vorbei, was peinlich war, oder abwärts, wo es eigentlich nur die Landstraße mit einer baumbestandenen Senke zur einen Seite hin gab. Wenn er mich eine weitere Strecke rennen lassen wollte, stellte er sich gewöhnlich an die Hausecke. Heiß und keuchend kam ich dann im Zwielicht zurück, aber ich muß gestehen, daß ich nicht ein einziges Mal aus Leibeskräften gerannt bin, obwohl ich damit experimentierte. Denn, sehen Sie, diese Art zu rennen war irgendwie abstrakt – oder klassisch – und etwas ganz anderes, als wenn man durch den Wald rannte oder Football spielte. Es fehlte der charakteristische Reiz des Aktuellen, wie er auch gewissen Talmudgeboten abgeht oder, um einen späteren Begriff einzubringen, gewissen Mantras.

Noch schnaufend vom Streben nach dem physischen Ideal, und mit dem Geruch von Teer, Platanenlaub, Schweiß und der Tageshitze in den Nüstern, stand ich dann vor Simon, und er betastete meinen Hintern, um zu prüfen, ob die Muskeln da sich strafften, und er stach mit dem Finger in meine Waden und fuhr mit der Hand darüber, um zu prüfen, ob ich schon Läufermuskeln und Läufersehnen entwickelt hatte, und dann betastete er meine Schenkel von vorne und von hinten und stach von der Seite hinein, und auch in meinen Unterleib. In meiner frühen Kindheit war ich aufsehenerregend hübsch gewesen, glaube ich – deswegen war ich adoptiert worden –, und ich haßte es, berührt zu werden.

Ich haßte jede Art von Berührung, doch manche Formen von physischer Nähe, solche gleich hinter der Schale, waren perlenartig, zum Lachen und scheinbar süß – nichts ist wirklich süß, wenn man zehn ist. Für die meisten Mittelschichtkinder ist es ein ziemlich saures Kennt-man-schon-alles-Alter. Simons schildkrötenhäutige Hände gaben eine Berührung, eine Kette von Berührungen ab, die eine nüchterne, semi-brutale Professionalität an sich hatten, was gar nicht so übel war; sie geschahen und ließen sich vergessen, diese Berührungen; doch manchmal kam er mir mit so einer langgezogenen, streichelnden Angelegenheit, und dann hustete ich ihm Spucke ins Gesicht oder fiel mit einem plötzlich auftretenden, überwiegend eingebildeten Krampf ins Gras oder ihm erst quer über den Schoß, dann davon runter; ich sagte: «Ich kann nicht mehr!», bedeckte die Augen mit den Händen und blieb auf dem Gras liegen oder wälzte mich hin und her oder wuselte rückwärts, manchmal geradezu verunglimpfend, bis ich ein paar Meter von ihm entfernt war.

Er sagte, ich sei verrückt – verrückt und verzogen, jemand aus dem Norden, von Lila und S. L. verkorkst, klar deren Sohn, ein typischer Stadtjunge mit einem vertanen Leben. Er brüllte nicht, er redete vernünftig, jedoch mit einem verheißungsvollen Unterton: er würde mich schon zurechtbiegen.

Bevor oder nachdem er mich untersucht hatte, bestand er manchmal darauf, daß ich noch weiter rannte, kürzere

Strecken, vornehmlich auf dem Rasen, und dabei bellte er mir mit seinem Schnatterdiskant Befehle zu: «Knie höher! Kopf aufrecht!» Derlei Sachen.

Er schlug mir sportsmännisch auf die Schultern, auf den Hintern und auf den Kopf. Einmal wandte ich mich um und sagte in dem Ton, der manchmal als Fauchen bezeichnet wird: «Tu das nie wieder!» Er legte mir eine Hand auf den Kopf, hielt mir einen Vortrag darüber, daß man keine Widerworte geben solle, und schlug mich erneut auf den Kopf. Ich schnappte mir einen Stock, wedelte damit aber nur vor ihm herum – meinen Vater und jeden anderen, der mir je auf den Kopf gehauen hatte, hatte ich geschlagen, darunter in der ersten Klasse eine Lehrerin und später einen Priester; so kriecherisch wie hier hatte ich mich in dieser Frage noch nie aufgeführt – und ich rannte ins Haus.

Oh, welch ein Aufruhr! Oh, welch diplomatische Bemühungen – von seiten der alten Leute und der Köchin, Tante Charlottes und Onkel Simons. Und von mir.

Ich benahm mich Shirley-Temple-süß und versöhnlich und Jackie-Coogan-rührend und blieb unerschütterlich: «Wenn du mich auf den Kopf schlägst, geh ich lieber ins Waisenhaus.» Wie für viele Waisen war mein Verstand für mich meine eigentliche Familie, mein Bruder, meine hegende Schwester, meine nährende Mutter, mein grimmiger Vater: dies verriet ich nie jemandem, weil es ihm zuviel Macht verliehen hätte.

Simon sagte, ich benähme mich lächerlich, emotional, unmännlich.

«Ruf das Waisenhaus an», sagte ich. «Ich bin bereit.»

Als Großmama Hartman und Tante C. dann Mitgefühl zeigten, wurde ich rührend. Sobald sich jemand anscheinend eine Spur erweichen ließ, wurde ich reizend, demütig und liebevoll – wenn auch nicht ohne jenes ätzende Moment eines Zehnjährigen, fürchte ich.

Onkel Simon wußte das und sagte, ich führte mich wie «Königin Elisabeth» auf. Er meinte die erste; die zweite war damals noch eine schlichte Prinzessin. Unentwegt voller Ränke, meinte er damit. Einmal sagte er zu mir: «Ränke, Ränke, Ränke – so erreicht man nie etwas.»

Er hörte auf, mich auf den Kopf zu schlagen. Ich brauchte nicht ins Waisenhaus zu ziehen; in gewisser Hinsicht war die Grenze des Statthaften festgelegt worden, jene Linie, über die nie jemand schreibt – über die Pakte und Niemandsländer und Tauschabkommen, die Kinder mit ihren Vormündern Jahr für Jahr real aushandeln.

Das Training wurde fortgesetzt. Ich blieb mehr oder weniger verdreht und nervös und im wesentlichen häßlich. Jedoch nicht ganz. Ich wurde gesünder. Ich schlief besser. Mein gutes Aussehen, wenn es denn eines war, kehrte zurück, wenn auch verdreht, nervös, im wesentlichen häßlich, aber ich sah aus wie ein Junge – können Sie mir folgen?

Und wie Mary, Königin der Schotten, unterlag ich erneut, denn seit die Grenze des Statthaften festlag, machte sich Onkel Simon wie ein Feldwebel daran, mich im Rahmen des Gesetzes aus seiner Meinung nach besten, männlichen Gründen zu demütigen. Ich weiß nicht, wie ich ausdrücken soll, was ich nun sagen will. Aber, sehen Sie, Macht und Rangunterschiede existieren, ebenso wie die Liebe, die sie hervorrufen, welche Juden oft als *Respekt* bezeichnen, und dann gibt es da noch das phallische Moment, von dem ich nicht weiß, was es ist, ein Moment von Kraft-und-Wissen, weder unbedingt weltlich noch jenseitig, doch Herz und Hirn sind daran beteiligt, und es ist *phallisch* - es ist anders als dasjenige, was Königin Elisabeth tat oder was Mama tat, wenn sie ihren Willen durchsetzte oder die Dinge in die Hand nahm. Mein Adoptivvater, ein Versager, wie es hieß, hatte es, und auch mein leiblicher Vater, der Analphabet war (ich kannte ihn; ich bekam ihn gelegentlich zu sehen; ich war adoptiert worden, weil meine Mutter gestorben war; bei ihm konnte ich nicht bleiben, weil er an den Sinn richtiger Prügel glaubte und wollte, daß ich Rabbi würde und mir Schläfenlocken wachsen ließe; darauf ritt er herum wie ein Irrer), hatte es; manche Gestalten in der Schule hatten es, jedoch in gemäßigter oder sonstwie anderer Form. Und Onkel Simon hatte es nicht.

Und er würde es in mir nicht dulden. Den Senator, Onkel Simons Senator, interessierte die Kriegsbereitschaft des Staates Arkansas. Das war im Jahr 1941. Doch Onkel Simon trödelte und verschaffte sich weder Einblick in die wenigen Fabriken von Arkansas noch in die Gerbereien und sprach weder mit den Gewerkschaftern noch mit den Zeitungsleuten. Simon las täglich sorgsam die Zeitung und griff ein-, zweimal zum Telefon, und in seinem Herrenausstattungsgeschäft kamen Männer vorbei. Ich weiß nicht recht, ob er über ein vorzügliches, wohlfunktionierendes Netz verfügte. Woher konnte er das wissen, wenn er es niemals überprüfte? Fast alle Bürokraten und Funktionäre, fast alle haben etwas vom Schwindler. Simon ging keiner Sache auf den Grund und las nichts mehr. Er war entweder gesättigt oder zu nervös oder schlicht eingerostet (dies hatte Lila über ihn gesagt). «Eins habe ich, und zwar lebenslange Erfahrung», schnatterte er in seinem Diskant. Es wirkt sich auf den eigenen Kopf aus, wenn man mit einem Schwindler in Verbindung steht: Tante Charlotte war dafür ein Beispiel.

Dem Senator aber war Onkel Simon ohne allen Sarkasmus ergeben. Nur war er ihm in Wehmut ergeben, selbst wenn er am Telefon mit ihm sprach. War Simon übergangen worden? Ausgeschaltet worden? Doch warum rief der Senator ihn dann an? Sehr oft rief er nicht an, das ist schon wahr.

Simon stellte mir Fragen zu öffentlichen Angelegenheiten, zur Geschichte und Politik, es war geradezu ein rituelles Verhör oder eine Prüfung, eine Lehrmethode. Wenn ich mit der geringsten Überzeugung antwortete und eine Meinung oder einen Sinn für die Zusammenhänge zwischen Fakten verriet, statt vor Verlegenheit, daß man mir solche Fragen stellte, zu stottern, dann schnatterte er mich an und tyrannisierte mich mit Lektionen über männliches Verhalten. Auch Lila und andere hatten mich tyrannisiert und mir Ratschläge erteilt – wie man sich diplomatisch verhalte, wie man mit den Leuten auskomme. Ich las täglich ein Buch, es konnte auch ein muffiges oder blödes sein, dazu die Zeitung und sämtliche Zeitschriften, die umherlagen. Ich hatte kein Taschengeld. Oft hatte ich das Gefühl, Simon wolle vielleicht aktuell etwas erörtern, ohne auf die Machtfragen einzugehen, wer er war und was er von seinem Leben hielt.

Er wollte nicht, daß ich auf seine Fragen antwortete. Er wollte, daß ich unterlegen und unterwürfig, empfänglich wäre. Er wollte meinem Leben und meinem Kopf Ideen einpauken, auf die der Senator nicht mehr hörte. Ich versuchte, ihm in den Arsch zu kriechen. Wirklich, ich habe es versucht. Aber die Psyche funktioniert eigenartig: wann immer ich mir erlaubte, ihn im Geiste ein *geiziges Arsch-*

loch zu nennen, konnte ich ihn ein wenig mögen. Oder wenn die Köchin oder Charlottes alte Eltern ihn attackierten, dann konnte ich sagen und fühlen und erkennen und einsehen: *So übel ist er gar nicht* ... Oder in den Momenten, in denen ich mich akut im Kampf mit ihm befand oder knapp davor stand wie ein Laird an der schottischen Grenze. Doch wenn ich ihn gern haben *mußte*, wenn es darum ging, das Gefühl Minute für Minute vorzutäuschen, falls man diese vorgetäuschte Sympathie nicht schließlich als echt akzeptierte – wie unter der Folter war man schließlich gebrochen worden und hatte nachgegeben, woraufhin man sich irgendeinen starren, falschen Macho erfand, um sich für den sickernden Alptraum der Unterwerfung zu entschädigen –, dann verlor man jedes Gefühl für echte Luft und echtes Licht und wurde zu einem Geschöpf der Unterdrückung, wild und voller Haß, ausgenommen nur die entsetzliche Sentimentalität, diesen Mann zu mögen.

Die Wahrheit war, er interessierte mich nicht einmal als mich erstickender Tyrann. Und das phallische Moment erhob sich mental – physisch war ich gewiß noch nicht phallisch – wieder und wieder aus seiner eigenen Asche. Musik bedeutet eine große Hilfe; wenn man sie nicht als Hintergrundmusik oder als Quell von Halluzinationen benutzt, sondern wenn man zuhört, ist sie erstaunlich heilsam. Manche der Musiker, die in Rußland nach dem Krieg in Erscheinung traten, waren überraschend frei, und ich wußte nie, was ich von den Musikern halten sollte, die in Nazi-Deutschland geblieben waren, doch in ihrer Musik hörte ich nichts von den Deformationen durch Sentimentalität und Haß.

Also war ich willens, mich mit Simon abzufinden, in

dem Gefühl, es werde nicht zu einem bleibenden Schaden führen.

Doch nur wenn ich im Bett lag, in den Ästen eines Baums oder auf der Toilette saß. Stand ich ihm leibhaftig von Angesicht zu Angesicht gegenüber, kam es mir a priori wie ein unfairer Verrat an ihm vor, mich mit ihm abzufinden, obwohl ich sein Leben in keiner Weise verdrehte, er aber meines. Er witterte jedoch jenen anderen Verrat, jene unbeschreibliche Sache der fehlenden Zuneigung und was dies bedeutete. Gewährte ich sie ihm aber, wäre sie ohne Macht, weil sie falsch wäre, ganz so wie andere Zuneigungen, wie die von Tante Charlotte, die ihm nichts nützte. Er hatte so wenig von mir, daß man es als die Schale einer Realität bezeichnen könnte, aber er witterte den animalischen Geist darin. Vermutlich glich es dem Schwindlertrick mit der einen Erbse, dem Lockpreis, unter den Nußschalen.

Es tat weh, aber es war Wirklichkeit: ich als Lilas trauriger und auf nicht ganz geheure Art und Weise verbannter Sohn; eine groteske, muffige Tante; ein schwieriger, Satire-tauglicher Onkel, ein Narr, der Macht über mich besaß; eine Etage höher sterbende Leute; hinter der Bühne der souverän-provinzielle, tatsächlich bedeutende Senator und mehrere hundert Meilen nördlich davon in St. Louis noch eine komplette, lange Liste von mitwirkenden Gestalten. Meinem übergeschnappten Onkel mit seinen raschen Schnattersatzmustern mußte ich gestatten, meine Sprechweise zu modellieren. Ich mußte ihn imitieren, er bestand darauf. Ich mußte seine Logik, sein System *adoptieren.* Ich mußte seinen Begriff von Wahrheit übernehmen. Ich konnte Stimmungen nur haben, wenn sie seinen eigenen glichen, Miniaturausgaben davon waren. Täglich prüfte er mich auf meine Fertigkeit, ihn zufriedenstellend nachzuäffen. Wären wir blutsverwandt gewesen und nicht nur Verwandte zweiten Grades vor dem Gesetz, dann hätte sich dies vielleicht von selbst ergeben. Oder vielleicht ist das normale Leben für Jungen eine Hölle, und sie produzieren deswegen Testosteron und werden solche Höllenbengel. Ich weiß es nicht. Wenn ein Hilfsfeuerwehrmann (Kind) auf Besuch Onkel Simon nachahmte, mußte das Resultat unzufriedenstellend, unausgereift ausfallen und ihm Spielraum lassen, mich zu korrigieren, sich zu spreizen und aufzuplustern, denn weitgehend bestand daraus sein waches Leben – und ich wette, auch sein Leben im Schlaf –, zu neunzig Prozent aus Aufplusterei.

Regelmäßig forderte er mich auf, ihm genaustens über meinen Tag zu berichten, sogar wenn ich ihn in seiner Nähe oder mit ihm zusammen verbracht hatte. «Und in *gutem Englisch*», pflegte er zu sagen, und damit meinte dieser Sack *sein* Englisch. Damals hatte ich noch die Energie dazu und war imstande, Radiosprecher und Politiker zu imitieren, sie zu imitieren und umzumodeln – das hatte ich in St. Louis recht oft getan, wenn ich vor Besuch angeben durfte. Ein gehoben-konventionelles Englisch konnte ich aufgrund von Romanen des Niveaus von *Die gute Erde* imitieren. Ich konnte die angeblich chinesischen Dialoge nachahmen. Das tat ich, um dieses Arschloch zum Lachen zu bringen. Um den Moment zu bereichern – und Simons Horizont zu erweitern. Ich tat's aus Jux und weil ich ein Bengel war. Weil ich präphallisch war, prä etwas, das er niemals gewesen war.

Er sagte: «Nicht doch, nicht doch. In einem Englisch, wie ich es spreche ... Nicht wie ein Tölpel.» Er sagte: «Sprich immer gutes Englisch, korrektes Englisch. Gewöhn dir ein bißchen Selbstdisziplin an; das bringt dir nur Nutzen.» Er meinte es gut, aber wie kann einer wohlmeinend sein, wenn er dumm und beschränkt ist? Außerdem sah man oft an seiner Spannung, an der Spannung in seinem Nacken und in seinen Händen, und auch an seinen Augen, daß er vorhatte, mir Scherereien zu machen. Er wußte – zwar nicht in einer Sprache wie dieser hier, aber auf seine Weise –, was er tat, und er bewunderte sich dafür und sah es sich nach. Nach einer der erwähnten Befragungen versuchte er einmal – nachdem er mich auf seinen Schoß gezwungen hatte –, mich auf den Mund zu küssen, und ohne zu wissen, daß ich diesen Trick konnte, machte ich den Mund auf, so daß unsere Zähne aufeinandertrafen und klapperten und klirrten. Er hatte Brücken im Mund, vielleicht auch ein Gebiß, und er erstarrte und wirkte wie betäubt. Er fuhr sich mit der Hand an die Zähne, und ich schlüpfte von seinem Schoß.

Dann griff er nach mir und verdrosch mich. Tante C., die im Zimmer war, sagte: «Es macht ihn wahnsinnig, unmanierliches Englisch zu hören.»

So schwer es auch zu ertragen ist, es gibt in diesen Dingen eine Rangordnung. Wenn ich es, nach all den Jahren zurückblickend, noch ungefähr einschätzen kann, bestand seine Sprache aus Schulenglisch, leicht angereichert mit offiziellem Militärenglisch, ein wenig aufgelockert durch Little-Rock-Journalisten-Englisch und Unterliga-Sport-Englisch – welches sich stark vom Oberliga-Sport-Englisch unterscheidet, da es schnurrig, bittend und defensiv ist und nicht wild, nicht so sehr von Ehrgeiz und weltlichen Bestrebungen geprägt. Es widersteht mir, es auszusprechen, aber ich hatte bereits in Zeitungen für Erwachsene publiziert, Gedichte und Berichte über Schulereignisse und einmal einen Artikel über Eleanor Roosevelt. Und ein Gedicht in einer lokalen Literaturzeitschrift.

Simons nach einem hackendes, schnarrendes Geschnatter ergab an jenem Punkt seines Lebens eine tote, papierne Redeweise, die merklich vom Fehlen menschlicher Kontakte kündete. Einst hatte Kampflust seine Sprache lebendig gehalten, die politischen Fragen, mit denen er sich in Wahlkämpfen auseinandergesetzt hatte, lebendig und vielleicht unehrlich oder salbungsvoll – ich weiß es nicht; ich war nicht dabei. Er war noch immer ein kleiner, häßlicher, kampfbereiter Mann, jene Dinge aber waren in ihm abgestorben. Ich war ein zehnjähriger Rüpel, zugleich aber ein sprachtrunkenes Kind – dies war an der Schule, auf die ich gegangen war, das einzige nicht sich selbst verherrlichende Gebiet, auf dem man sich spielerisch bewegen konnte. Die Scherze meines Onkels und seine unerträglichen Augen, die Leere seines Lebens und seine vorgebliche Allwissenheit, seine zittrige Schnatterstimme, seine Gereiztheiten und sein Wille, der torschlußpanische Narzißmus dieses alten Knaben, die ihm aus politischen Glanzzeiten verbliebene eilfertige Verächtlichkeit und seine noch immer beachtliche Courage – mein Gott, es war schon hart. Ärsche zu küssen ist immer hart. Womöglich ist es in einer Demokratie noch härter, weil es dort je nach dem Mutwillen und der Intelligenz jedes zu Küssenden improvisiert sein will, nicht durch Bräuche geregelt und gestaltet ist und daher härter und grausamer, viel rauher und haariger als in Europa oder Asien – einer der Gründe, weswegen manchen Ausländern Demokratien so barbarisch und beängstigend vorkommen.

Onkel Simon interessierte sich als Jude für die Macht,

die Gewandtheit und Stärke (diverser Art) mächtiger Männer. Schwierig wie ich war, hieß er mich, auf seinem Schoß zu sitzen, während er mir von seinen Begegnungen mit berühmten Ballsportlern erzählte – «ein Mensch wie du und ich. Und er kannte den Wert von Disziplin. Seine Handgelenke hatten den Umfang von deinen Knien.» Ein Pitcher, vielleicht Cy Young. Zu der Zeit, als ich Onkel Simons Gefangener war, hörte ich ihm zu, doch die Erinnerung nimmt sehr leicht Momente kritischer Deutung an, und ich sehe seinen Mund und seine Augen vor mir und scheue zurück – meine Erinnerung scheut zurück – davor, seine Worte und Phrasen aus der Stille hervorzuzerren: «Ein Mann von Rang begegnet den kleinen Fischen als Gentleman, und das *ist* er. Es gibt nicht einen großen Mann, keinen Politiker, großen Führer, Bankier oder Industriellen auf der Welt, der das nicht weiß. Wer einer ist, Wiley, erkennst du daran, wie er mit *kleinen* Leuten umgeht ...»

Niemand ist klein, Onkel Simon, könnte ich sagen. Lila, könnte ich sagen, hat ein System, das bestimmt, für wen und was man Zeit hat. Doch manche Leute bereichern einen, und andere laugen einen aus. Mein Daddy, S. L., sagt, das ist alles nur Schein und Lügen, und in acht nehmen mußt du dich vor den Proleten. Mama sagt, erst mußt du das Sagen haben, dann kannst du nett sein. In Büchern habe ich gelesen, Onkel Simon, daß man das, wovon du redest, Volksnähe nennt, und keine von den wirklich großen Gestalten hatte es, obwohl manche von ihnen populär waren. Lincoln und Cäsar waren nicht volksnah, auch Napoleon nicht. Hitler ist es. Generalissimo Franco aber nicht.

Simon redete viel über Franklin Roosevelt und seine

Methoden, doch er interessierte sich nur für Roosevelts Verhältnis zum Kongreß und besonders zum Senat, und auch da nur im Hinblick auf die Methoden und Systeme von Huey Long in einem benachbarten armen Südstaat – Bestechung, Stimmenkauf, Schmiergelder. Onkel Simon redete niemals zynisch und gebrauchte kein zynisches Vokabular. Er war nie so ironisch wie S. L., wenn er davon sprach, daß Huey Long mit einem Krankenhaus Jobs schuf, sich bei den Armen beliebt machte und die reichen Familien mit Söhnen, die Ärzte waren, zum Schweigen brachte.

Simon umwarb mich, indem er sein Wissen mit mir teilte, auf daß ich dieses Wissen als Fundament und Mitte meines Lebens nutzen und so erfolgreich werden möge wie er, zu jemandem heranwüchse, wie er es war, mit den gleichen eingefallenen Überresten von Leben in sich. Ich sollte dem, was er wußte, einen weiteren – zeitlich erweiterten – Sinn verleihen, ich sollte die Elemente von Allwissenheit in ihm in mich aufnehmen, und das bereitwillig und schon, während er mich schliff. Er wollte von mir anerkannt sehen, daß seine Worte den größten Schatz darstellten, den die Welt zu bieten hatte.

Mama sagte mehrmals zu mir: «Alle sind religiös – mir wird ganz übel davon.» Mit *alle* meinte sie immer Männer; Frauen bezeichnete sie als *Frauen* und warf sie niemals mit *allen* in einen Topf, außer, wenn sie von *den Leuten* sprach, wie zum Beispiel in *du weißt ja, was die Leute sagen*. Kinder waren immer *kleine Kinder*. Simons *alle* war journalistisch, es bezeichnete jeden, der sich ums Feuer versammelte oder der in Little Rock politisch einen Nagel im Brett hatte, oder aber das *jedermann* der Philosophen oder die Menschheit, jedoch journalistisch und mit speziellem Bezug auf Little Rock und die umliegenden Wahlbezirke gebraucht.

Ich hatte das Gefühl, Simon interessiere sich (auf seine Weise, in seinem Stil) für mich und meine Empfindungen. Was ich empfand, war ihm nicht gleichgültig. Wie er sich jedoch Gehorsam erschlich, wie er mich schliff, wie er mit dem spielte, was ich empfand – das schmerzte tief. Mir fehlte Mama, nicht emotional, sondern weil sie mich amüsierte. Sie hatte mich gewarnt: «Es sind sehr, sehr langweilige Leute, Langweiler sind das. Charlotte ist richtig langweilig, und Simon – na ja, du kannst dich wach halten, indem du mit Simon Streit anfängst. Wie traurig das Leben doch ist, Pisserchen – es gibt so viel Kleinkram darin.»

Meine eigene Variante von amerikanischem Englisch, mein geliebtes (mir so liebes) Amerikanesisch, irritierte Simon bis zur Weißglut; seine Nase zuckte, seine Kehllappen wabbelten, seine Lider flatterten, sein Mund ging unwillkürlich auf: «Roosevelt braucht keine großartigen Mannestaten zu vollbringen – er ist Krüppel. Er darf gerissen sein – und pfiffig: darum ist er so gut ...» Aufgrund seiner offenkundigen Androgynität, seines umfassenden Repertoires an Reaktionen, seiner Flexibilität.

Tante C. beging einen Schnitzer; sie schickte ein Gedicht, das ich geschrieben hatte und in dem ich mich für den Krieg aussprach, an die *Gazette* von Little Rock, und es wurde gedruckt. Das ärgerte Simon. Dann wurde er auf seine dürre, schnatternde, unentwegt allwissende Art höhnisch und arrogant. Er glaubte wirklich, ich wäre unartikuliert, sprachlich unterbemittelt und des Lesens und Schreibens unfähig; er hielt sich wirklich für die Katzensonne (sagte natürlich Lila), für den Platzhirsch Oberpascha Mahatma Gandhi (so redete mein Vater S. L. manchmal), was Redekunst und Grips anging.

Und wenn man das Vergleichsfeld klein und übersichtlich hält und die Ränder hübsch stutzt und Krankheiten und Emotionen ausläßt, dann war er gescheit. Doch wenn man nur einen dieser Punkte mitberücksichtigt oder auch nur etwas so Blödes wie Hunde oder Blumen, dann war er ein dummer Arsch. Die Gewißheit, der Glaube, daß Onkel Simon die Mitte des Universums darstelle, jener Glaube, den Liebe und ein Sohn oder jemand wie ein Sohn aufbringen sollten, daß universale Wahrheiten in ihm – ohne daß man ihn sarkastisch anging – vereinigt wären, stinkt zum Himmel, und die Pein, die anhaltende Marter, die mit alldem einhergeht, ist wirklich jenseits dessen, was diese Sätze hier beleuchten können. Man kann jedoch im Bett liegen, ein häßlicher, nervöser, mehr als irritierender Zehnjähriger, und das sanfte Rauschen des dunklen Äthers als annehmbaren Tod empfinden.

Ich mache Simon wahnsinnig – aber er ist interessiert. Finden Mädchen etwa das an der Welt so toll? Nun, da ich zurückblicke, sehe ich, daß mein innerer Ton und meine äußeren Handlungen ihm gegenüber, meine Einstellung zu seinem Rang als Denker, sein Verhalten mir gegenüber nachäffen, es auf menschlich furchtbare, hoffnungslos arschkriecherische Art mit grausamem Sarkasmus spiegeln, es spiegeln im Maßstab eines Zehnjährigen, dem das Herz gebrochen ist. Wie sich das anfühlte – so entsetzlich schal! Und mein Onkel *witterte* das, doch nur im Sinne einiger meiner persönlicher Hundemetaphern, in denen ich ein Hund bin und einem Hund gleiche, dessen Fell schal riecht. Onkel Simon schnüffelt an mir, er reißt mich in seine Arme wie in ein Maul, läßt mich fallen und zieht sich zurück, wobei er meine Erscheinung kommentiert – häßlich, der Erscheinung nach ein Bücherwurm, aber in seinem Haus macht er sich allmählich, das muß ich zugeben.

In anderen Momenten reibt er mich an sich wie einen Hund – er ist ein Mann der Sprache; ich bin nichts als ein Beller und Schnüffler. In seinem Leben hat er eine furchtgebietende Wohlanständigkeit erlangt; zwar ist sie durch und durch verderbt, doch über jedes Urteil erhaben, seine öffentliche Sündlosigkeit, seine bedeutende Nichtigkeit. Noch befaßt er sich mit der realen Welt, jedoch vorwiegend auf tote Weise, gleichsam ehrenamtlich; er achtet darauf, sich nicht übermäßig zu strapazieren. Den ganzen Tag über schleift er mich mit sich umher, außer wenn wir Streit haben. Kaum jemand ist zu ihm patzig, fällt mir auf, nicht so, wie die Leute zu Lila und S. L. patzig sind. Es dauert eine Weile, dann aber sehe ich es: niemand flirtet mit ihm. Er küßt Kunden den Arsch, er flirtet mit ihnen. Tante C. gehocht ihm. Wie Lila – sie sind Geschwister – sagt er: «Ich bringe immer noch das eine oder andere in Gang …»

Onkel Simons Wahrnehmungsweise, sein Denksystem und sein System öffentlichen Handelns hatten das Dach über seinem und meinem Kopf, hatten unsere Position geschaffen. Über männliche Respektlosigkeit, männlichen Geltungsdrang wußte er Bescheid – er wußte über sexuellen Stolz Bescheid. Er wußte um das männlich-prahlerische Gefühl von Einzigartigkeit unter den oberflächlichen Manieren von Verkäufern – er hatte es selbst, oder hatte es gehabt. Er wußte um die Streitsucht des Flüchtlings, er wußte, wie die Welt Außenseiter behandelt. Er war allzeit bereit, Demütigung oder Unterwürfigkeit einzusetzen:

das sah ich ihn oft tun, in seinem Laden, Kunden gegenüber, und dann nahm er es auch wieder zurück und behandelte manche Kunden als ungefähr gleichrangig, eine Spur unter ihm stehend, und andere wie Dreck, obwohl es sichtlich Männer mit Macht waren; und auf die eine oder andere Art nahmen sie es hin. Es ging um kaum etwas anderes als Rang, über die Feinheiten dieser Rangordnung aber, von Mann zu Mann, lachte Onkel Simon am besten und zuletzt, buchstäblich: er lachte, zwinkerte, scherzte, rauchte Zigarren, lehnte sich in seinem Sessel zurück, erhob sich und ging auf und ab.

Doch das Spiel war für ihn absolut in sich abgeschlossen; nie ging es fließend in einen Waffenstillstand, in echtes Amüsement oder in eine Gewissensfrage über. Es war kleinlich. Es war Haarspalterei, jedoch eine, wozu man eine flotte, aber nicht sehr scharfe Axt benutzte. Mir kam sie wie eine enorme, enorme, enorme Vergeudung vor, diese verdorrte, zwecklose, sich endlos um Winzigkeiten drehende Rangelei um den Vortritt.

Kein Wunder, daß Lila sich jahrelang geweigert hatte, ihn zu besuchen. Höchstens einmal im Jahr telefonierte sie mit ihm, und auch das nur, wenn sie unter Kopfschmerzen litt, Aspirin genommen hatte und den Tag im Bett verbrachte, um ihren «Telefonverpflichtungen nachzukommen».

«Da», konnte er zu mir sagen, «knüpf dem Herrn da die Schuhsenkel.» Oder: «Sie haben etwas an den Hosenaufschlägen, Jim – der Junge hier bürstet sie Ihnen ab.»

Ich konnte es nicht. Als Onkel Simon das zum zweitenmal sagte, sagte ich: «Nein. Der Junge tut es nicht.»

Oh, welche Szene, welche Szene. Tante C. flüsterte mir ins Ohr. «Wein, bitte, dann muß er dich nicht bestrafen.»

«Scher dich zum Teufel», sagte der Junge zu seinem Onkel.

«*Kein Abendessen für dich!*» kreischte Simon.

Doch die alten, kranken Leute und die schwarze Köchin schoben mir heimlich Essen zu. Und sogar Charlotte erschien mit Brot, Marmelade und Milch in meinem Zimmer.

Simon stellte mich am nächsten Morgen in meinem Zimmer zur Rede. In ernstem Ton verlangte er zu wissen, ob ich disziplinlos zu leben gedächte.

«Warum hältst du nicht den Mund – oder sprichst vernünftig mit mir», erwiderte ich im flimmernden Morgenlicht.

«Du willst also in einem Heim enden?» Onkel Simon hatte die Ruhe nicht verloren. Er hatte mich im Griff.

Ich explodierte. *Ich* verlor die Ruhe. Es war nicht eigentlich ein Wutanfall; ich drängte nur schlicht den Dialog in Richtung Realität. «Ich schreibe an die Schulbehörden von St. Louis, an den Schulinspektor für U. City. Der kommt und holt mich. Er hat mir einen Wohnplatz angeboten.»

«*Was redest du da?*»

«Mr. Baker kommt mich holen ... Er hat's gesagt.»

«*Was redest du da?*»

«Ich soll nicht damit prahlen», sagte ich trübsinnig.

«*Was redest du da?*»

«Mama hat gesagt, ich soll's dir nicht sagen. Ich bin ein Genie, Onkel Simon, und es gibt Leute, die mir helfen – wenn ich sie drum bitte. Ich brauche den Mist von dir nicht zu schlucken, wenn ich nicht will.»

Ich vertrete eine fremde «Kultur», die an keinem besonderen Ort angesiedelt ist, nur in gewissen Menschen. Ich vertrete Schichten von anderer Bildung, ein ganzes System anderer Freiheiten. Ich habe erfahren, daß einem Kind mit Höflichkeit begegnet werden kann. In einer anders realistischen Umwelt als der von Simon – oder von Mama oder von S. L. – habe ich eine Position inne. Es handelt sich noch immer um dieselbe Welt; die meine ist noch immer ein kindliches Stück der normalen Welt, aber die Regeln und meine Position sind anders. Spielplätze, Gärten, Sportarten, selbst simple Rennläufe, Wintergärten – all das ist für mich anders. Es ist im Grunde nicht nur eine Frage von «Sprachbegabung» oder «Führungsqualitäten», obwohl es so bezeichnet worden ist. Es könnte sich durchaus als Wahn, als wertlos erweisen. Ein hinzugehörendes *Faktum* allerdings ließ sich überprüfen: daß es nicht ortsgebunden war.

«Wenn du nicht aufpaßt, hast du ganz rasch einen Tritt und eine Tracht Prügel weg», sagte Onkel Simon mit fast gutmütiger Brutalität. Aber er rauchte vor Zorn, der Hierarchie-Sache wegen. Weil er später nicht wissen würde, wie er mich einkleiden oder ansprechen sollte, wenn ich als Neunzehnjähriger seinen Laden beträte. Weil seine Welt lokal, wahnhaft, eine vergessene Provinz war. Weil selbst die Begriffe, die ich benutzte, insofern irrwitzig waren, als sie flugs eine andere Ebene von Privilegien und Rationalität, von Realismus, wie gesagt, heraufbeschworen, die in allem, was er kannte oder gewohnt war, nicht vorkam.

Und doch war er allwissend, intelligent, ein schlauer, wohlunterrichteter Jude, ein mit Geschäften vertrauter Mann.

Ich, das häßliche Kind, nicht mehr so häßlich wie bei seiner Ankunft, sagte ein wenig matt: «Dürfte ich das Telefon benutzen? Darf ich das Telefon benutzen?»

Da ging er auf mich los. Als er ins Zimmer gekommen war, hatte er mich angewiesen aufzustehen. Er wirkte ganz glücklich in seiner Wut – nein, das war ein Starrkrampf. Er war getroffen – unerwartet hatte die Wahrheit ihn getroffen ... eine unerwünschte, ein wenig europäische Wahrheit. Ich rannte aus dem Zimmer und riß den Telefonhörer in der Halle an mich. «Ferngespräch!» sagte ich atemlos zu der Telefonistin. Alle solchen Gespräche wurden damals von Telefonistinnen überwacht. «Verbinden Sie mich mit dem Inspektor der Schulen von University City, Missouri – das liegt bei St. Louis ...» Onkel Simon hatte mich am Arm gepackt, aber jetzt sah und hörte er nur zu. Allerdings begann er, an mir zu zerren. Ich sagte zu der Telefonistin: «Ich bin ein Kind. Sagen sie ihm, Wiley Silenowicz, Wiley, ist in Little Rock in Schwierigkeiten, sagen Sie ihm, ich bin hier unter dieser Nummer ... Au, au ... im Haus von Simon Cohen.»

Simon schüttelte mich und setzte dazu an, mich zu ohrfeigen, ließ es aber bleiben, als ich sagte: «Laß das.»

Die Telefonistin tat, wie ich verlangt hatte. Sam Baker rief binnen einer Stunde an, und während Simon Tantchen C. anschrie, gelang es mir, mit ihm zu sprechen. Dann rief er die örtliche Schulbehörde in Little Rock an, um herauszubekommen, welche Art von Beistand er mobilisieren konnte. Onkel Simon war in der Stadt immerhin so bekannt, daß Baker – durch welche Beziehungen oder welchen Zufall auch immer – den Senator erreichte, der in Simons Haus anrief, und, nun raten Sie mal, sogleich brach Friede aus.

Der Senator ist ein lauter, nicht direkt blickender, jedoch eindrucksvoll präsenter Mann. Er scheint auf intelligente Weise unehrlich zu sein, darunter aber zugleich so etwas wie einen Kiel oder eine Tiefenschicht aus sowohl sentimentaler wie auch gelegentlich echter Ehrlichkeit zu besitzen. Freilich ist er nichts ganz und gar. Wenn man mit einem Menschen mit gespaltenem Ich redet, ist es mehr so, als spräche man für ihn, und weniger wie ein Zwiegespräch. Er war jedoch ein sehr scharfsinniger Zuhörer. Andrerseits war ich schlau genug, um zu wissen, daß ein Erwachsener, ein vielbeschäftigter oder wohlausgelasteter Erwachsener sich langweilt, wenn ein Kind redet. Sie können es nicht erwarten, aus dem Haus und unter Erwachsene zu kommen. Der Senator blieb immer länger bei mir sitzen und unterhielt sich mit mir oder ging länger mit mir spazieren, als mir gefiel oder als ich für praktisch hielt.

Eine Zeitlang sprach weitgehend Tantchen C. für Onkel Simon, der alles andere als gedemütigt war. Nicht einmal zum Schweigen war er gebracht worden. Nur sagte er, derartigen Unsinn verstehe er nicht, und blieb in der Tür zum Wintergarten stehen, während Tantchen C. mir «den Marschbefehl» für den Tag übermittelte, und sie fragte mich auch, was ich tun wolle; aber Simon, Onkel Simon, redete mit mir, ohne auf einen der Spitznamen, die ich vorschlug, oder auf irgendeine neue Art von Zuneigung zu reagieren, nur auf die alte Art, und die alten Gepflogenheiten – Lauftraining in der Dämmerung – wurden fortgesetzt, wobei mir aber eine gewisse, kurios berechnete Freiheit zugestanden wurde und ich nicht mehr sechs Sommertage pro Woche im Laden zubringen mußte.

Ich hatte gesagt, ich würde keinen Skandal machen, wenn er aufhöre, in allem Zwang auf mich auszuüben, aber er ignorierte jeden Gedanken an einen Skandal – er definierte ihn im Geiste vollständig um. Ihm hatte das ganze anscheinend nur wenig zugesetzt, ich aber war am Ende meiner Kraft, und ich wurde albern oder ein bißchen verrückt, kindlich überdreht: «Er muß mich in Ruhe lassen, wenn ich's dreimal sage», sagte ich. Dies wurde als Regel ernst genommen, während andere Dinge, die ich mir sorgfältiger überlegt hatte, ignoriert wurden.

Für eine Weile hörte ich ganz auf, im Laden zu arbeiten, und verbrachte meine Tage bei den hinkenden, gebrechlichen, sterbenden alten Leuten. Und dann in der Küche bei der Köchin, die mich durchaus mochte, deren Zuneigung aber Grenzen hatte. Einem ergebenen Onkel Tom oder einer Tante Thomasina bin ich niemals begegnet, auch nicht von ferne. Onkel Simmy mit seinen autoritären Methoden in Haus und Geschäft ist ihnen natürlich begegnet. Die Köchin repräsentierte eine mir unbekannte, in ihrer Gegenwart aber lebendige Kultur – sie sagte, ich solle nicht mehr versuchen, gewitzt zu sein, und nie vergessen, daß Simon eben Simon sei und sich nicht ändern werde: «Charlotte hat ein bißchen Gefühl, viel nicht, nur ein bißchen, aber er hat gar keins.» Sie sprach Südstaatendialekt, und zwar deutlich. Wenn wir uns über Bücher unterhielten, sprach sie ein anderes Englisch, aber eines, das ebenfalls nicht ganz rein war: «Um mich mit Schund abzugeben, dafür hab ich zuwenig Zeit zum Lesen.» Wenn sie über religiöse Dinge sprach, wurde ihr Englisch steifer und ihre Artikulation auch, aber sie war keine leidenschaftlich religöse Frau, keine Betschwester. Ich interessierte mich für sie, aber im Freien hielt ich mich lieber auf. Und sie war eine Erwachsene.

In der Schlucht stieß ich auf eine Bande von weißen

Jungen. An zwei Tagen ging ich allein dorthin, um zu rennen, und ein paar weiße Jungen, denen die Schlucht als ihre Wildnis diente, kamen auf die Idee, mich zu verfolgen, ein Vorzeichen von Freundschaft oder von üblen Dingen. Was geschehen würde, war mir egal und auch wieder nicht egal, ich war bemüht, bei Verstand zu bleiben, war es aber auch leid. Ich war kein Held. Ich wurde ein bißchen verprügelt, tüchtig geschlagen und getreten. Einen der Jungen, einen verweichlichten, lernte ich kennen; er war der einzige gesprächige. Aber auch ihn liebte ich weder, noch baute ich ihn fest in mein Leben ein. Die Jungenbande machte mir angst und setzte mir ein bißchen zu, doch dann und wann ernannten sie mich zu ihrem Anführer, weil ich so frühreif war: ich konnte Karten lesen, alles mögliche erklären, mit Polizisten reden, mich im Wald zurechtfinden, uns in fremden Häusern Wasser oder Limonade beschaffen, Streit schlichten und Geschichten erzählen. Sie forderten mich auf, sie bei einem unerlaubten Streifzug anzuführen, den Bach in der Schlucht entlang bis dorthin, wo er in den Arkansas River münden mußte. Die Polizisten kannten mich inzwischen. Sie ließen uns zu einer Lehmbank in dem breiten Fluß hinausgehen, Jungen mit schmutzigen Beinen.

Ach, sie ist zu schwer zu erzählen, die Geschichte, wie sich Anhänglichkeiten verflüchtigen, wie immer etwas anderes von größerer Bedeutung ist, welche spezifische Form dies in einem Leben annimmt. Simon hatte begonnen, mich als jemanden zu respektieren, der Macht besaß. Er verhielt sich nicht rachsüchtig mir gegenüber, rechnete jedoch damit, am Ende zu siegen, es mochte kommen, was da wollte. Er erwartete, daß ich im Laden arbeitete, Flusen von den Anzügen bürstete, die Männer anprobierten,

Männern Rücken und Hinterteil abbürstete: ich wurde vor Widerwillen blind. Mit zwei schwarzen Jungen arbeitete ich im Lagerraum, aber Sie können sich wohl vorstellen, was sie brauchten und wie wenig ich geben konnte. Zweimal hatte ich für ein paar Minuten einen Anfall von hysterischer Erblindung, eine Nervenkrise.

Simon atmet geräuschvoll in dem kleinen Luftgewölbe, das ihn umgibt. Ich leide unter Übelkeit, wenn ich in seiner Nähe bin. Was Versagen und die Leiden zunehmenden Alters bedeuten, was ein Männerschicksal ist, wenn es zu Ende geht, dies spiegelt sich verzerrt in einem privilegierten Kind, seinen Kräften und Schwächen wider – und in seiner Neigung zusammenzubrechen. Ich bedauere nicht, was geschehen ist. Ich finde es komisch. Ich hatte beschlossen, nach St. Louis zurückzukehren, für ein halbes Jahr bei den Bakers zu wohnen und dann auf eine Privatschule überzuwechseln – für das Stipendium war gesorgt worden –, aber Lila hatte angerufen und gesagt, sie habe ja gewußt, daß Simon mich höllisch langweilen würde, und sie brauche mich, das Leben sei die Hölle, S. L. wolle nicht mehr mit ihr zusammenleben, außer ich wäre da, und so weiter: «Du läßt mich doch nicht im Stich, oder? Und du *weißt* ja, was S. L. für dich empfindet. An deinem Hinterteil geht die Sonne auf und unter. Du magst ja häßlich sein, aber er mag dich. Wiley, mich mag er überhaupt nicht mehr.»

Ich wußte nicht, ob ich stark genug wäre, ihr zu sagen, sie solle sich zum Teufel scheren. Ich wußte nicht, ob ich nach Hause gehen würde. Das lastete auf mir. Ich hatte mich bei meinem Vater innerlich nicht so abgemeldet wie bei Lila. Ich wußte gar nichts mehr.

Simon. Der Albatrosgeist dieses alternden Mannes

schwingt sich auf einer letzten heißen Strömung in die Höhe, auf der heißen Erwartung eines möglichen Sieges in letzter Minute, eines Triumphes mit dem, über und durch das Kind von so leuchtendem Ansehen, den «Hüttensänger des Glücks für einen Sterbenden» – so S. L. Silenowicz. Ich meine, der Albatros wußte dies, er kannte die Bedingungen, unter denen ich herbeizitiert – nun, gebeten, ersucht, sogar angefleht – wurde von seiner Schwester, derjenigen mit dem flinkesten Verstand in der Familie, derjenigen, die den meisten *Spaß* gehabt hatte, wenn ich es so formulieren darf. Stellen wir uns einen Besuch des breitgebauten, großgesichtigen Senators vor, und das Kind sagt dem Senator seine Zukunft voraus und geht mit ihm im Garten spazieren, der Arm des Senators ruht auf des Jungen Schultern, die beiden diskutieren Rüstungsfragen, ob eher die Spitfire oder die Messerschmitt. Es ist kein Tag, an dem das Interesse abflaut. Die Kluft zwischen den Generationen wird recht gut überbrückt. Der Senator geht. Nun sitze ich auf Simons Schoß, ein starrer Junge, der nicht starr zu sein versucht, häßlich, wie Sie wissen, bebrillt, mit schlecht geschnittenen, häßlichen Haaren; der Junge trägt einen Trainingsanzug und Buster-Brown-Schuhe. Es kommt freilich kaum darauf an, denn ich war das Kind, das kein Kind war, sondern immer mal wieder *ein leuchtender Vogel von einer Seele* (S. L.), bald ein Blauhäher, sollte ich hinzufügen, krächzend und schadenfroh, bald ein Kuckuck in irgendeines anderen Kindes Nest, bald ein stummer roter Kardinalsvogel mit leuchtendem, gescheitem Gesicht, bald ein kaum sichtbarer, sich absondernder Hüttensänger, der durch den Schatten geistert, einen verblaßten Sonnenorden auf der Brust, und dann wieder – falls man jedermann als vogelbeseelt betrachtet – in einem unsichtbaren Aviarium, ein Abenteuer nach dem anderen bestehend, unter kreischenden und krächzenden, von Raum zu Raum flitzenden Vögeln, inmitten der Schatten und des bleichen emotionalen Lichts, des einzigen, das diese häuslichen Abenteuer zulassen – falls man den kleineren Vogel in den Klauen des größeren erblickt – oder entkommen, während der größere getroffen wird und stirbt – man könnte ruhig andeuten, wie kompliziert und komplex die Jagd und ihr Widerhall sind.

Doch, oh, die Gefühle des Gefangenen, seine Regungen von Abscheu. Onkel Simmy wollte, daß ich für ihn lief, ihm zeigte, was ich gelernt hatte, vorführte, wieviel stärker ich am Ende des Besuchs bei ihm geworden war. Und also lief ich, aber im Trainingsanzug und nicht in Shorts. Und ich war unglücklich wegen der Dinge, die vor mir lagen – ich empfand den melancholischen Wunsch, mit Onkel Simon im reinen zu sein, und haßte ihn doch zugleich dafür, daß er nicht wußte, was er tun sollte, daß er so verflucht blöd war. Eigentlich stimmte es nicht, daß ich ihn nicht leiden konnte. Die abstürzenden, wirbelnden Gedanken des Kindes und Onkel Simons totengleicher Starrsinn, die Prozession von Bildern, welche die Meinungen eines gierigen, unglücklichen Kindes darstellen, die Geschichte von Entführungen, das Lächeln des Spätnachmittagslichts zwischen den Blättern, der halbherzige Todeswunsch des Kindes … Oh, ich erinnere mich. Oh, wie ich mich erinnere. Und dann tauchte der Hund auf, ein Hund, den ich von der Zeit her kannte, die ich mit der Jungenbande verbracht hatte, ein neurotischer Terrier, der, wie wir, die Jungen, wußten, unberechenbar biß.

Vorsicht, sagte ich zu Onkel Simon. Paß auf. Der Hund da beißt.

Kein Hund beißt, wenn man ihn umsichtig behandelt, sagte Onkel Simon und streckte die Hand aus.

Der Hund biß ihn, und dies ist natürlich das Ende der Geschichte.

Die Welt beherbergt Liebe und Tod

S. L. und Wiley, Samstag, 8 Uhr 10, April 1944

Das zeitgepeitschte Prickeln der Atmosphäre und das Knistern der realen Augenblicke: Wachsein. Ich öffne die Augen, und Licht bedruckt mich, den Jungen in dem Zimmer dort, von Jahren später her betrachtet, aus dem Augenwinkel heraus sichtbar nun, da ich schreibe, in der Gegenwart des Erinnerns und aus großer Ferne. Dann gleicht mein Bewußtsein im Zimmer einem Schiff, das im Dahinziehen seinen Schatten auf das Wasser wirft, auf die Fluten der Momente. Die eine bloße Schulter, von der die Pyjamajacke geglitten ist, trägt eine schimmernde Epaulette von Licht. Die zart-muskulöse Knochigkeit des Jungen, die neuerdings, seit der Pubertät, scheu wirkende Haut – es ist grotesk. Der Geist bewegt sich auf geheimen Pfaden. Wenn ich da beginne, wo die Geschichte schon längst in Gang ist, sollte man von den Gestalten wissen, daß sie von weitgehend ungeprüften Erinnerungen abhängen. Solch eine Abhängigkeit bedeutet einen flackernden Wechsel zwischen Blindheit und klarem Blick.

Der Kopf ist mit jungenhaftem Haar bedeckt. Die Haut registriert Helligkeit. Vom Schlaf übriggebliebene, verblaßte Halluzinationen, Erinnerungen und Sinnesverzerrungen, die im Lauf der Veränderungen seit der Pubertät eingetreten sind, das Ich ist trüb, unbestimmt – ich bin mit der Frage *Bin das ich?* ausstaffiert. Das Gefühl dafür, wer *ich* bin, ist während des Schlafs zerschellt, und diese beängstigende Verletzlichkeit bin ich, aber ich bin mir fremd. Dies ist ein Schlafzimmer in University City, einem Vorort von St. Louis, in Missouri. Das Jahr ist 1944, das letzte Jahr, bevor Leute wie wir etwas von der Bombe und von den Lagern erfuhren. Mein Adoptivvater S. L. Silenowicz hat sich von dem anderen Bett im Zimmer, dem Zwilling desjenigen, in dem ich liege, erhoben und sitzt auf meinem Bett.

Eine Geschichte besagt, daß dies das sechste Jahr seines Siechtums ist. Wir befinden uns einen Monat vor seinem Tod, doch das wissen wir nicht. Die Geschichte seines Lebens, wie auch die Geschichte seines Siechtums, wie auch die Geschichte der Bindung an mich, die er während seiner Krankheit entwickelt hat, gehen einem Ende zu; vielleicht fühlten wir das, jedoch, wie Hörer von Musik, als Kohärenz von noch zu entfaltender Gestalt. Ich bin sein Adoptivsohn: William *Wiley* Silenowicz. Geboren als Aaron Stein. Wir sehen uns nicht ähnlich, er und ich, doch wenn ich alt sein werde, werde ich aussehen wie er. Ich werde wie meine beiden Väter aussehen, und wie ich selbst obendrein.

S. L. leidet an Herzschwäche und unkontrollierbar hohem Blutdruck; ein mörderisch hoher Blutdruck ließ sich damals noch nicht behandeln. Und nur manche Krankheiten wurden unschwer diagnostiziert, und seine zählte dazu. Die ihm zugeschriebene, meine ich. Er hatte bis dahin vier Schlaganfälle gehabt. Jedesmal wurde uns gesagt, wenn er sich davon erhole, werde er nur noch dahinvegetieren, aber dazu kam es nie. Er ist vierundvierzig Jahre alt.

Von Schlaf und Träumen zerschlagen, bewegt sich mein ertrinkendes Bewußtsein unter Zischen und Pochen (des Herzens) voran; ich bin ein Schiffbrüchiger im Wrack des Lebens meines Vaters … dem Wrack der MS *Unerträglich.* Das Leben ist unerträglich. Mein Vater hat eine abgeflacht melodische Stimme, die eines nordtexanischen *Gentlemans*, mit einem freundlichen Furnier aus scherzhaft eingesetzten Unterschichttönen – so muß man in Amerika reden. Er beherrschte *ländlich*-südstaatliche und *ländlich*-mittelwestliche Akzente, und er sprach volkstümlich-zauberformelhaft, mein siecher Vater. Es klang sehr viril. Er befiehlt mir aufzuwachen; ein Notfall ist dies nicht; er setzt zärtliche, schmeichelnde, ferne Klänge ein, die eines kranken Mannes.

Er mag die Menschen nicht mehr. Er ist schroff zu ihnen oder bleibt stumm. Er spielt noch genauso wie damals, als er gesund war, mit Dialekten und Redestilen in Klangfarben, die manchmal gebildet und unverhohlen gesellschaftlich gemischt sind, doch nun tut er es höhnisch – bei Leuten, die er nicht mag. Seine Stimme ist durch die Krankheit dünner und blasser geworden, dennoch ist die Stimme meines Vaters noch immer die eines Mannes mit breitem Brustkasten. Als es ihm noch gutging, umschmeichelte und beschwatzte und überredete er manchmal Barkeeper oder Geschäftspartner und Frauen und Kinder und alte Leute und Tiere – ich fand sie interessant, die Stimme meines Vater und seine Redeweisen, die sich in unserer flatterhaften Demokratie herausgebildet hatten – doch eigentlich gibt er nur Wahre-Jakob-Maschen und Geständnisse zum besten, nichts sonst.

Er schüttelt meinen Fuß und sagt – mein Kopf ist von ihm abgewendet, und er kann meine Augen nicht sehen –

«Für die Welt gestorben? Hörst du mich da drinnen? Ohren auf: du wirst hier draußen gewünscht –» Er hat versprochen, mich nicht zu wecken. Ich bin ein Junge, der wächst und unter extremer Anspannung steht, und sowohl mein Vater als auch meine Mutter haben nachts Angstanfälle und machen Szenen. S. L. sagt: «Die Welt wartet auf dich; aufwachen, Mr. Shakespeare –» Ich bin kein junger Dichter oder so was, aber die Leute finden, ich hätte einen großen Wortschatz. «Mr. Zu-pissfein-für-Worte. Du bist der *schwarze Prinz des Morgens*, geb ich ja zu – Zeit aufzustehen, damit du uns mit dem Anblick deiner blanken Strahleaugen beehren kannst. Du gibst ein Bild des Jammers ab, an so einem blanken, strahlenden Morgen.» Er knetet meinen Schenkel, tätschelt meinen Schenkel von der Seite. «Sprich mit mir, Schneewittchen – oder hat dir die Katze die Zunge gestohlen?»

Einsamkeit in einer Stimme gleicht kleinen Wellen in einem Teich. Ich bin nicht abgelöst von ihm: was er tut, affiziert mich physisch. Der Ton verfängt sich in meinem Ohr wie das Geräusch einer Fliege.

«Du bist der Promenadengockel … Was für eine schlafende Schönheit … Ich bin die Maienkönigin … *Deine Augen will ich sehen* … Schau mich nicht an, als sähst du einen Geist … Ich bin kein Geist – Du schläfst ja mit offenen Augen … Leiste uns jetzt mal ein Weilchen Gesellschaft …»

Die geisterhafte Masse, die das Erwachen ist, erstarrt.

Jede Fläche im Raum schimmert in diesem Licht – das Kissen nah vor meinen Augen glüht, so weiß ist es. Nach der listigen, beängstigenden Verwandlungsfähigkeit, die meine Identität im Traum besaß, möchte ich mit S. L. nicht reden. Papierene Masken scheinen in der Luft zu hängen, Bühnenkram, Lügen und Wahrheiten unter einer Maske von Schweigen. Jetzt berührt er mich an der Schulter.

Ich befinde mich in dem Gehäuse, das seine sprechende Stimme errichtet. Unterminierend, überragend schwimmt seine Stimme im dunklen Strom der Schlafzimmersekunden dahin. Ich werde von Assoziationen zu seiner Stimme überflutet. Aus seiner ein Stück zurückgelehnten Haltung heraus, auf meinem Bett, sagt er – Regie führend, ermahnend –: «Steh auf: dich zu wecken ist ja so, wie mit bloßen Händen eine Mauer einzureißen. Wiley haßt es, aus dem Schlaf hervorzusteigen; er liebt seinen Schlaf ... er ist ein Träumer ... Hör mal: Schlaf gibt's wie Sand am Meer: es gibt mehr Schläfer als anständige Leute: Steh auf, du Penner ... Hast du fein geträumt, hast du kalte Händchen, hast du kalte Füßchen, ist dir kalt? *Oh, wie ich das hasse, morgens aufzustehen* – ist das bei dir auch so? Hast du schlecht geträumt? Bist du heute morgen mit dem falschen Fuß aus dem Bett gestiegen?»

Ich blinzle und blicke vage in die Gegend. «Ich bin wach ...»

Die Blutfülle, die Erektion – die Potenz, die mein Schlaf (und seiner nicht) besitzt, diese ans Halluzinatorische grenzende Erregung verwandelt alles, verwandelt seine Stimme in teuflische Ironie.

«Himmel ...», brumme ich *schrulligerweise*, eine erste Reaktion beim Aufwachen, um nicht etwas sagen zu müssen, was ihn kränkt, um ihn nicht von mir wegschieben zu müssen. Das Bewußtsein des Jungen bewegt sich, akrobatisch mit Aufmerksamkeit und Entschiedenheit jonglierend, von *Ding* zu *Ding*, bewegt sich durch etwas, das man *Distanz* nennt, bestehend aus Zeit, winzigen Lufträumen und dem Gefühl im Schädel, magische Dinge gingen vor sich. Nachdem ich so lange Kind war, bin ich nun ein hübscher Junge mit einer Erektion und versuche, sie von S. L. fernzuhalten – ich bin ganz schön groß, und er ist ein Kerl – und teils bin ich auch schamlos: soll er sich doch umbringen, wenn er will.

Zu versuchen, auf einer Privatsphäre zu bestehen, ist hoffnungslos, wo ich so dünn bin und mein Pyjama überall auseinanderklafft und wo Dad krank *und* schamlos ist, nostalgisch schamlos, zwanzigmal mehr als ich.

Ich versuche, mich zu bedecken. *Er* ist in der Nähe ...

«Junge, bist du verrückt – ein verrückter Junge bist du ... so was Verrücktes wie du ist mir noch nie begegnet.» Er blickt einen dunklen Schacht hinab auf einen weißen, sehr jungen Pimmel. Dabei macht er ein merkwürdiges Gesicht. Als ich noch klein war, hatte ich feineres Haar und den Brustkorb eines kleinen Jungen. Ich finde diesen Wandel schwindelerregend. Ich verschwimme darin. S. L. hat einen Geruch an sich – es ist, wie sich in dem Geruch aufzuhalten, der am Tag einer richtig beängstigenden Klassenarbeit in einem Schulzimmer herrscht. S. L. beugt sich über meinen vom Schlaf erhitzten Körper, um mich zu küssen. Er ist breiter und fleischiger als ich in seinem Pyjama – nicht größer. In der Schule haben wir Symbole und den Symbolismus durchgenommen, aber ich verstehe darunter Arten und Weisen, *mein Vater küßt mich zuviel* zu sagen, ohne daß jemand weiß, was man da sagt. Seine realen Finger berühren meine jetzige Brust. Ich schiebe seine Hand weg – sanft – ich will ihn nicht aufregen, sein *Herz* ... Die vom Willen unabhängige Rationalität von realer Zeit und realem Licht, die Momente von rastloser Wirklichkeit im Raum – und mein Dad, dessen Arm zum

Teil auf meinem mageren Hals liegt und der mich gefühlvoll auf die Schläfe küßt.

Ich ertrage seinen jetzigen Atem. Er ist ein breiter, trauriger Mann, der nach Einsamkeit und so etwas wie gefühlvoller Grausamkeit stinkt. Ich habe eine dünne Decke vor meinem Schwanz zusammengeknüllt. S. L.s Geruch erinnert mich daran, wie erschöpft ich bin. In den sechs Jahren seiner Krankheit habe ich ihn nicht oft allein gelassen.

Das Pulsieren der Erinnerung zwischen Sehkraft und Blindheit ist ein sowohl statistisches wie ästhetisches Phänomen; es fllimmert wie viele große Blätter an einem alten Baum, wenn man sich auf einem dessen höherer Äste befindet. Alte Gefühle sind präsent – ich kenne diesen Mann. Zum Teil leide ich an Lebendigkeit, einer Art Seekrankheit. Ich spanne die Beine, meine dünnen Beine, an und zähle die Sekunden ... SOLL ES MICH DOCH UMBRINGEN ... UND WENN SCHON ... SCHEISS DRAUF ... LOSLASSEN ... *LOS* JETZT ... Ein wahnsinniger Held. Ich erdulde S. L.s Pose, dann ahme ich sie mit stummem Sarkasmus nach – stümperhaft. Ich strecke den Bauch heraus. Ich schürze die Lippen. Ein derartiger körperlicher Sarkasmus – oder ist es ein körperliches Auskundschaften? – ist jetzt verboten, war jedoch gestattet, als ich klein war. Dad sagt: «Gib mir einen netten Kuß – tu mir den Gefallen ...» Er bringt sein Gesicht über meine Wange – ich hebe den Arm, um ihn fernzuhalten, und imitiere ihn weiter. Er hat die Frechheit, an meinem Arm zu ziehen.

«Laß das!» murmle ich. *Es hat keinen Sinn, davon zu träumen*, alles wäre anders – das wird zu sexuell, wenn ich Dad so gebrauche. Man sollte meinen, er wäre milde geworden, als er krank wurde, aber er blieb selbstgefällig bis zum Ende … Es sollte einem leichtfallen, nett zu einem kranken Mann sein, aber ich schwöre, er hatte den unglaublich selbstgefälligen Sexualstolz des Teufels … selbstsicher, böse, männlich-schwül, mit männlich-nuttenhafter Autorität, unabhängig-unerreichbar, bleich darauf erpicht, mich zu küssen.

Seit anderthalb Jahren nun behauptet er, das sei ein Scherz, eine Art von Scherz. Ich ziehe, ein übler Scherz, das rechte Bein an und drücke gegen seine Rippen. Ich drücke ihn an den Bettrand.

«He», macht er.

Ich sage, als hätte ich nichts getan (obwohl ich leicht außer Atem bin): «Ich bin kein kleines Kind.» Dann verliere ich einen Teil meines Gleichmuts: «Ich will nicht, daß du mich auf den Mund küßt. Ich bin kein Kind mehr … Und bitte sag zu mir nicht so kindisches Zeug wie das mit meinen Händchen und Füßchen …» Ich stehe auf. Ich bin einen Meter sechsundachtzig Komma fünf groß. «Das hat nichts mit mir zu tun …» Ich möchte zum Beispiel nicht sagen: Das *verwirrt* mich, und ich weiß nicht mehr, wer und was ich bin; daß ich tatsächlich den Mund aufmache, ist – ist es eine heiße, sengende, beängstigende Angelegenheit, eine warmblütige Vergewisserung, wozu ich in meiner Eigenschaft als etwas-anderes-als-ein Sohn imstande bin? Eine Bürde? Ein Labyrinth von vielleicht intelligenten Halluzinationen? Eine Rolle, die mir zur zweiten Natur werden wird? All das durchtost mich lautlos, wie es das manchmal tut, funkelnd und gewaltig wie eine riesige Lokomotive oder eine riesige Gestalt auf einer Bühne oder in einem Film, im Scheinwerferlicht, einem teils unbarmherzigen, teils blödsinnigen, *romantischen*, persönlichen Licht.

So poetisch, wie Daddy gelegentlich redet und womit er mich immer verblüfft, sagt er: «Würdest du einen Ausflug zu den Toten ablehnen?» Dann sagt er: «Sei kein Spielverderber ...»

Auf die Macht hin, die er besitzt, auf sein *klares Wollen* hin, leuchtet mein Verstand auf wie ein Segel auf mondheller See ... Meine Adoptivmutter hat gesagt: *Er beschwatzt einen zu allem möglichen* ... Das tun Eltern mit einem, solange man ein Kind ist. Mein Vater ist krank; sein Wesen ist völlig anders als damals, als es ihm noch gutging. Im Stimmgehäuse meines lebenden Vaters haust meines Vaters Geist ... Ich kann mir hier nicht helfen. Ein weißleuchtender Hauch meines eigenen klaren Wollens erfaßt mich ... Hier kommt es darauf an, was mein Gesicht und meine Haltung ausdrücken.

Er sagt – mit falscher Gutmütigkeit, metallisch und stechend –: «Du bist zu hochnäsig, um ein guter Kumpel zu sein ...» Er sagt: «Ich übertreibe nicht. Du bist ein Spielverderber.» Das ist ein rhetorischer Trick, oder? Er sagt: «Was Schlimmeres kannst du einem anderen nicht antun, Wiley, als ihn nicht zu mögen ...» Er lacht kurz auf. «Du spielst mit Feuer, wenn du Leute, die dich mögen, nicht auch magst ...» Er spricht erinnerungsschwanger, mit einem Nachgeschmack von welterfahrener Drohung. Man stelle sich ein Haushaltszündholz vor, das angestrichen wird, das plötzlich ätzende Gleißen, der *bleiche*, dann ins Gelbe und Gelbrote kippende Gestank: so war das Feuer seiner Persönlichkeit, seiner Gefühle und seines Willens – auf diese Art sensationell war der Moment, dieses graugetönte, insgeheim schwierige, ja sogar etwas (für mich) höllische Zeug, das *Was-machst-du-nun* seines Willens und meines eigenen, und dann die vergangenen Dinge, die Unzahl von Erinnerungen, Ohren und Zungen, große und kleine Tiere und Ereignisse und ein bestimmtes Licht – kein Tageslicht. Gedankenlicht.

Er sagt: «Sei kein Angsthase. Sei kein böser Wolf.» Ich weiß weder, was er da zitiert, noch ob er überhaupt zitiert. Jemandes Willen in der realen Zeit zu erleben ist etwas anderes, als eine Grabrede anzuhören. Wille und Charakter tragen zu geistiger Gesundheit bei – mein Gott, dieses gespreizte Gerede von geistiger Gesundheit. Er sagt: «Ich meine, *nimm's ernst*, das ist nämlich die Feuerprobe: Wenn du jemanden, der Gefühle hat, nicht ernst nehmen kannst, dann bist du das Pulver nicht wert, das man bräuchte, um dich zu erschießen. Und dann ist mein Leben keine Bohne wert, denn du bist mein Sonnenschein. Dann bist du wahnsinnig – vor Herzlosigkeit.»

Zum Teil will er Widerspruch provozieren, und während er *wahnsinnig* wird, glimmt eine zitternde Erwiderung in mir. Es ist mir schon irgendwie ernst, aber so, wie es Jungen ernst ist, mutmaßlich. Seit langem habe ich mich damit abgefunden: die Welt ist nicht so, wie behauptet wird, aber so ist sie nun einmal. Ventile schnellen hin und her und schaffen es nicht, die hin- und herwogenden, vielleicht wahnsinnig anstößigen Gefühle einzudämmen. Man besänftigt seine Verachtung, indem man einen Ton der Selbstansprache anschlägt, einen Ton wie in *Im erbarmungslos vorrückenden Morgenlicht fühlt es sich schlimm an.* Ich kann mir bestenfalls halbwegs vorstellen, wie ich für S. L. aussah, ein mehr oder weniger zartes Rohlingsgesicht, ein großer, vierzehnjähriger Junge … Ich kann noch nicht in Spiegeln lesen. Das beinahe hübsche, wohlgestaltete, mädchenhafte Gesicht eines Bücherwurms *und* Rohlings, zierlich, mit zarter Stirn, Wangenknochen und noch jungen, dünnen Augenbrauen – nicht das Gesicht seines Sohnes. Ich bin nur sein Adoptivsohn. Ich weiß nicht, ob irgendwelche Gesichtszüge aus meiner sehr frühen Kindheit überlebt hatten, ob etwas von dem, was auf den künftigen Mann hinwies, an meine leibliche Familie gemahnte. Ich kann mir die visuellen Informationen nicht vor Augen führen, über die S. L. verfügte, nicht das in der dritten Person operierende, grammatische Periskop, durch welches er *den Jungen da* sah, *ihn* – das dreidimensionale, Gewicht besitzende Volumen von hautumhüllter Masse, von traumgleicher, neuerworbener Größe und neuerdings eingestandener Wachheit: so wach zu sein fühlte sich an, wie wenn man in einem Versteck pinkelt. Mein Dad sagt, er könne in mir lesen wie in einem Buch, aber er meint damit nicht mich – er meint etwas allgemein Menschliches und Maskulines – und ihm Ähnliches, was nur einen Teil von mir darstellt. Die schwachen Gerüche nach Linnen und nächtlich-männlichen Körpern im Schlafzimmer, die Frühlingsatmosphäre und die Vorortdüfte, die durch die offenen Fenster dringen, hauen mich um – erinnern Sie sich an die Zeit, als Ihre Sinne und der Verstand, der die Sinneswahrnehmungen identifizierte, als all das noch neu und auf einer neuen Stufe von Körpergröße und früher Sexualität angekommen war?

Laut sage ich zu S. L.: «Sei mal du kein Spielverderber ... Laß zur Abwechslung mal mich der Junge sein, OK?» Weil ich kein kleines Kind bin.

Dad sagt: «Du hast kein Mitleid im Leib.» Er sagte: «Hast du je einen kranken Elefanten sterben gesehen? Als Junge – ich weiß, wie Jungen sind – hab ich mich mal in einen Zirkus geschlichen, und es war gar nicht toll: ich hab nie was Schlimmeres gesehen als diesen sterbenden alten

Elefanten … außer im Krieg. Er pfiff auf dem letzten … ich hab üble Sachen gesehen – sieh dir gelegentlich mal einen Elefanten an: von deren Gesichtern kannst sogar du noch was lernen. Ich sag dir, bleib, wie du bist, tu, was du willst, ich bin kein übler Bursche – na los, erschieß mich und bring's hinter dich – bloß mach nicht so einen Zirkus wegen allem, wegen einem alten Elefanten. Manche Sachen taugen nicht für Kinderohren; ich will nicht angeglotzt werden wie eine Schießbudenfigur … Jeder gibt *mir* die Schuld dran, daß du verwöhnt bist, aber was konnt *ich* denn schon machen: du warst so dickköpfig wie ein alter Elefant …»

Nellifan … nalter rellifan …

Der Junge gab Widerworte: «Na, *ich* verwöhn *dich* doch: was kann denn *ich* schon machen: *du bist dickköpfig* …»

«Sei kein Klugscheißer …»

Er spricht in einem Moment, der sich bewegt; sprechend bewegt S. L. sich durch einen Korridor von Lauten. Im Voranschreiten erkennt er, welche Möglichkeiten in seinen Worten liegen: vor ihm und hinter ihm, lauter Möglichkeiten, in seinen Sätzen und in der Aufmerksamkeit des Zuhörers, im räumlich-momentanen Kontakt mit einem Zuhörer; vielleicht hat er gewisse Dinge gedacht oder sie neu empfunden – oder vielleicht hat er als soziales Wesen zugehört – oder S. L. hat das gewaltige Ich, das er in meinen Augen besitzt, als einen Riesen und wahrheitsliebenden Mann unter lauter Lügnern empfunden. Ohne Vorwarnung wird er zornig; wenn S. L. im Zorn gewisse Dinge sagte, hieß es oft, das sei nicht er – *«das ist die Krankheit, die da spricht»* –, doch er war er: der Zorn war seiner. Meistens glaube ich, er war ein Mann, der im Innern seinen Sarkasmus und die Individualität, die Selbstsicherheit anderer und die Beschimpfungen, mit denen er sie in seinen Wutausbrüchen bedachte, erregend fand. Der dramatische Aspekt des Redens war ihm wichtig, doch nicht so wichtig wie einem Politiker. Wenn er krank und omnipotent – vor sexueller oder erotischer Raserei – war, konnte er als kapriziöser Lektor seine Wirkung auf die Welt bestimmen.

Er schien sich aufzublähen und so *gewaltig* zu werden, wie er es für mich als Kind gewesen war. Er modelte seinen Redestil um; er verfiel in einen herrischen, erzürnt-erbitterten Offizierston, und sein Gegenstand war, wie sehr er mich nicht leiden könne, daß ich gemessen an ihm, an seiner Krankheit und Größe, ein Arschloch sei: das war keine Metapher. Er wollte etwas. Meine Gefühle liefen zickzack, mein Überdruß, mein Zorn auf ihn tat mir weh, doch mein Zorn war anders als seiner. Er sagt: «Dich kümmert nicht, was irgend jemand fühlt: du hast keine Ahnung, was *Kooperieren* bedeutet ... Mach nicht so ein Gesicht! Wer andere so ansieht wie du, kommt schnurstracks in die Hölle ... Warum kannst du nicht den Mund halten? *Kannst du den Mund halten?* Das kannst du doch, oder? Mein Gott, zeig dich mal von deiner besten Seite, sei lieb. Wenn du schon nicht menschlich sein kannst, dann sag gar nichts – hörst du – HALT DEN MUND ... Sei ein Mensch!»

Es ist, als würde Batteriesäure verschüttet, wenn er brüllt – ätzend und rauchig. Was da alles vorgeht, kann ich nicht wissen. Haß, der einem entgegenschlägt, offenbarter Haß, trägt den Geruch des Hassenden. Der Haß, der mir entgegenschlägt, ist Dads Haß. Und so riecht er auch – nach meiner Vergangenheit mit Dad. Im sonderbaren Licht seiner Laune konzentriere ich mich und nehme mich stur zusammen. Ich habe das Gefühl, Dinge, die (in der Vergangenheit) geschehen sind, purzelten lautlos in Kammern umher, die das Verlorene, die Geheimnisse in mir bergen. Ich habe jetzt nicht die Zeit zu erkennen, was alles in der geisterhaften Schwärze, der finsteren Leere von Dingen, die es zwischen ihm und mir in der Vergangenheit gab, ein- und ausgeht; und in der trüb-leuchtenden Wolke von Unwissenheit, die meinem Alter entspricht, weiß ich, welchen Schluß ich ziehen muß: daß ich ihn nicht meinerseits verletzen, ihn nicht auslachen darf: er ist krank.

Im wirklichen Leben ist Aufmerksamkeit etwas Physisches. Meine Haut, meine Muskeln und Augen erinnern sich an all die Male, die er mich beleidigt hat. *An alle*. Ich habe sie nicht einzeln im Gedächtnis, nur Bruchstücke davon, mit denen ich beweisen kann, daß ich nichts erfinde, wenn ich das Gefühl habe, er nutzt dieses Zeug aus und geilt sich daran auf. Zum Wesen akuter Gefühle, vielteilig und zeitkodiert und fließend, wie sie sind, gehört es, daß sie ein kannibalisches Echo der Vergangenheit enthalten, es mag uns gefallen oder nicht: alles wird fortwährend umgedeutet.

Wenn ich meine Pokermiene verliere, wird das, was ich über Dad-in-der-Vergangenheit weiß, zu einer Lichtquelle und wirft ein belastendes, heißes Licht. Daß Daddys Rage so rasch nachgelassen hat, bedeutet, daß ich das mit dem Gesicht richtig hingekriegt und ihn ein bißchen erschreckt habe. (Bei sich selbst bezeichnet man das als *meinem Gesicht war nichts anzusehen.*) Er hat hingeschaut. Er und ich führen Buch, aber man kann nur in gewisser Hinsicht Buch führen.

Man kann einem Kranken gegenüber nicht auf Rache sinnen, doch manchmal kann ich nicht anders. Auf den Korridoren der Erinnerung an die Schmerzen, die er verursacht hat, stachelt seine Rolle im *Schmerzkontinuum* meines Lebens, sein Wutanfall mich nun dazu an, zu Schmerz, Abscheu und Verletztheit Bilanz zu ziehen: *Ich hab's satt* ... In Wirklichkeit *ist er nicht mein Vater.*

Aus den elektrischen Lichtern und Festen und Rasenflächen des Geistes, seinen ätherischen schwarzen Löchern, seinen scharfkantigen Scherben, seinen Wolken und Katarakten von Assoziationen und Meinungen und zugänglichen Gefühlen entsteht in aktuellen Augenblikken das elektrische Geprassel der Erregung, der reaktiven Erregung darüber, mit jemandem zusammenzusein. Dies weiß S. L. nur halb. Er möchte es nicht wahrhaben. Er mogelt sich daran vorbei.

Ob nüchtern oder magisch weit, werden Bilder und Hypothesen – provisorische Einsichten – ebenso wie das Klima und das Licht, ebenso wie die Realität, von *vielleicht* und *mag sein* und *nehmen wir einmal an* beleuchtet ... *nehmen wir einmal an, den Menschen seien moralisch keine Grenzen gesetzt* ... Sein Blindekuhspiel launenhafter Halbentschlossenheit, seine blinde Cholerik und sein Ungestüm bringen mich dazu, ihn dumm zu finden. Und feige. Ich glaube, er weiß nicht, daß Seele und Körper eines Menschen sich an Vergangenes erinnern. Oder er weiß es wohl und gerät darüber in Rage. *Was er will, das will er dann, wenn er es will.* Erinnerungspartikel heizen an; sie verderben die Dinge auch und versperren Möglichkeiten. Ich verfüge über die unsichtbare Kraft, bei beschleunigtem Gedankenlicht zu vorläufigen Schlüssen zu kommen. Emotionen scharren hier an den Dingen und bringen sie zum Explodieren, als wären sie, im elektrischen Sinne, überlastet und instabil. Sie setzen fahle Flammen von emotionaler Hitze frei, die züngelnd brennen. Ich hungere danach, Dad im Hinblick auf mein Leben zu Stillschweigen zu verdonnern. Ich hasse es, wie er nervös überprüft, wieviel Leben (und Jugend) ich in mir habe.

Er folgt weiter seiner Manie (vielleicht glaubt er, er wüßte, was ich denke); wie wegwerfend sagt er: «Du bist erbärmlich häßlich», beobachtet mich aber genau.

Er meint es physisch und mehr-als-physisch. Und unheimlicherweise meint er damit, ich sei nicht gut genug für ihn, was mir nur paßt. Sein Ton besagt, daß er von mir enttäuscht ist und daß er Willensfreiheit besitzt, entschlossen und «angestachelt» ist. Der bloß taktische Teil der Beleidigung, derjenige, der Bluff war und der Teil, der aus echtem Haß bestand, tragen alle zu der gigantischen Erniedrigung und grandiosen Erhebung und großartigen Scheindramatik bei, die ich im Gespräch mit ihm, meinem Dad, einem ausgewachsenen Mann und einem sterbenden dazu, an jenem Tag und an anderen Tagen erfuhr. Sehr viel von seiner Denkweise und seinen Meinungen liegt in diesem pantomimischen Glubschblick aus vorquellenden Augen.

Manches von dem, was neue Bedeutung angenommen hat, seit ich gewachsen bin, hängt noch in der Schwebe, zugleich definierend und verschwommen. Als Kind war man ein lebendes Trostmoment und Opfer gewesen, Dads Herzen nahe, ein Maßstab für seine Lebenskraft. Der innere Schwall von Allüren ist unsäglich, jedoch heiß zu spüren, wie Schweiß; er geht mit einem erregten Herzschlag einher.

Schützend legt sich höfliche äußere Blindheit über

mich. Dad und ich sind *Kriegskumpane*, und ihn im Stich zu lassen wäre *ernstlich* Verrat. *Wir haben unsere Hochs und Tiefs ... Er kann ruhig aus der Haut fahren, wenn er will ... Es ist zwar schlecht für ihn, aber ich kann's ertragen.*

Ach, ich belüge mich. In Wirklichkeit kann ich es nicht ertragen ... nicht mehr. Seine Methoden sind so blödsinnig: Schmeichelei, Erpressung und dann Beschimpfungen. *Er war noch nie WAS WERT.* Meinetwegen - *na und?* Der nächste Stich, der in mir Gefühle zum Durchbruch bringen soll, ist von jener würgenden Wildheit und von jenem widerwärtigen Stolz, wovon er nicht lassen wird, das weiß ich. Er ist immer im Recht – er muß im Recht sein ...

Er sagt: «Bist du eine aasfressende Hyäne?» Dann: «Frißt du gern Tote, wie eine Hyäne?»

Sein Zorn ist von seiner Vergangenheit geprägt, von vergangenen Empfindungen und seiner Niederlage jetzt. Für ihn bin ich nun *wirklich ekelhaft*. Optimistische Geduld kann eine seltsame Kreuzung aus Feigheit und Mut sein. Oder ein Fehler. Amüsement – Scham und Amüsement – sind die physisch gefährlichsten Regungen: sie reizen Dads Liebes- und Haßgefühle nur noch mehr, und dann kann er richtig bescheuert und mörderisch werden.

«Ein verrückter Tag heute», sagt er, mit *echtem* Abscheu.

Was ich als Wahrheit empfinde, steht in so heftiger Opposition zu dem, was er als Wahrheit empfindet, daß es ist, als schliefe ich noch und würde mit einem mysteriösen Traum konfrontiert, obwohl ich weiterhin hellwach bin: ich spähe in einen faltenreichen Traum, der Dads Wahrheit ist ...

«Du bist viel zu tief in Gedanken, um mir zuzuhören. Mit mir reden kannst du wohl nicht? Du hast ja komplett das Zeitgefühl verloren», sagt er.

Meine Zukunft liegt in meiner stotternden Atmung; *mein* Zorn mit seinen Verbindungen zur Vergangenheit – Postkarten, zerhackt in Blitzbilder weiterer Atemzüge – blinkt innerlich und äußerlich. Ich bin die letzte Person, die noch bereit ist, mit S. L. umzugehen. Wenn ich ihn verlasse, wird er sterben. Oder es versuchen. Er hat keine Werte zu übertragen. Meine Gefühle ihm gegenüber werden unmerklich schillernd, flockig, ein schmückendes, wogendes Gefieder – ein moralischer Akt, bekannt als solcher (die Leute reden darüber, daß ich in S. L.s Nähe bleibe). Doch ich kann den Raum verlassen und nie wiederkehren. Ich kann mich in diesen Augenblick stürzen und mit ihm fertig sein. Das Dessin jugendlichen Eigenlebens blitzt auf, des Willens, als Nicht-Kind zu leben; doch davon redet, damit prahlt man nicht. Ich lasse es auf meinem Gesicht spielen, wo es bildhaft epigrammatisch wirkt – Sie kennen doch die Listen der Adoleszenz?

Ich verfüge über die Potenz von Kraft und Willen und Schwellgewebe ... Mir kann Rache zuteil werden ... Ich bin *echt.*

Er brüllt mich an, brüllt das an, was auf meinem Gesicht geschrieben steht: «ICH KANN DICH NICHT LEIDEN! Ich kann dich nicht leiden, wenn du DENKST ...»

Man erkennt die Dinge stets ein wenig später, nachdem sie aufgetreten sind; diese Synkopierung gehört zu dem Ratesaal, den der Geist darstellt, wenn etwas geschieht, wenn man zum Beispiel versucht, mit seinem Vater zu reden.

Meine Kraft ist eine Erscheinungsform meiner Panik und eine Erscheinung, die andere in Panik versetzt … dann und wann. Pornographisch, wie die Intelligenz ist, werde ich in meiner Ahnung von Dads Todesnähe und meiner Vertrautheit mit halluzinatiorisch-sexuellen Momenten, die mich neuerdings erfüllen, durch alles bestärkt, was *hier* ist.

Ich sage: «Laß mich in Ruhe.»

Mein *Laß mich in Ruhe* stellt eine Willenskraft im Zimmer dar: im Rückblick tönt und färbt und beizt dies Dads Koller. Es koloriert nun alles. Man empfindet sich wie ein Feuer, das alles im Raum verbrennt – Dad eingeschlossen.

Dads Jähzorn und Verlangen geben in der Stadt zu wirklich verhängnisvollem, entsetztem Zungenschnalzen Anlaß: sie haben mir die Kindheit *ruiniert* … Ich wünschte, ich käme aus gutem Haus und mir wären Glück, eine gute Schulbildung und ein prachtvoller Vater beschieden. Meine Familie besteht aber nur aus Menschen.

Mit einigem Abscheu fährt mein Dad fort: «Bleib am Ball … Schenk mal *was anderem* Beachtung als *nur dir* … Würd's dir, bitte schön, was ausmachen, mir, der Welt und dir selber diesen Gefallen zu tun?»

Warum hält er nicht den Mund? Seine Autorität hängt davon ab, wie bemitleidenswert er ist. In einem gegebenen Moment zählt immer nur das gerade Akute, aber ich fühle mich in Dads Schuld, weil ich einmal ein Kind in seiner Obhut war und er versucht hat, mich zu amüsieren. Wesentliches, seines, meines, existiert im Augenblick nicht. Die Oberflächen von Objekten bergen *Bedeutungen* Haut und Haar, das Licht auf der Wand, die Art und

Weise, wie jeder dasteht und atmet, die Stimmung, in der er ist und sein emotionales Befinden *heute*. Die Grammatik der Tonarten und Blicke während ihrer Streifzüge durch die Topographie der Momente hat den stärksten Einfluß darauf, wie sich «Wahrheit» im wirklichen Leben, in der Topographie der Momente, wandelt, ohne unwahr zu werden. In den verschiedenen Topographien: Dad ist ein kranker Mann.

Ich muß auf die «Wahrheiten» setzen, die ich erkenne. Wenn nur ein paar Leute *korrekt* sähen, wäre die Weltgeschichte nicht so, wie sie ist. Man muß annehmen, daß es ein universales Maß an Irrtum und an *Ist mir doch scheißegal* gibt. Dies läßt Raum für den anderen Menschen, läßt einem selbst Raum, *falls man ihn gut genug ermißt.*

Dad ist ein Mann und leidend. Ich bin ein Junge, und ich will überleben.

Wir sind Vater-und-Sohn (gewissermaßen). Wir sind nicht DIESELBE PERSON. Wenn du ihn liebst, meint er, du seist ein guter Kerl, was für ihn bedeutet, du bist dieselbe Person wie er, was wiederum bedeutet, daß sein Denken und Verlangen mit deinem identisch sind – was blödsinnig, aber auf der Welt nicht ungewöhnlich ist.

«Du bist ein gewitzter Junge, gar kein Zweifel», sagte Dad sarkastisch, in einem Ton, der signalisierte, das er das Gegenteil meinte, daß ich blöd sei *und*, falls ich auf einigen Gebieten gewitzt sei, dann auf solchen, auf die es nicht ankomme. Mein Dad hängt mir immer noch auf der Pelle; daß er meinen Verstand geringschätzt, ist also keineswegs sicher.

Dad sagt: «Ein Mann kann immer jemanden anheuern, der sich für ihn Sachen merkt.» Er kennt mehr Verfahren dafür, sich in einem Gegenwartsmoment zu bewegen, als ich; das sind die Kennzeichen von Alter und beschränktem Verstand. Sie gehören zu seinem Stil, wer-mit-Macht zu sein. Freilich hat er seine Macht zum größten Teil verloren.

Dad fragt sarkastisch: «Bist du denn aus Diamant?» Doch etwas ist verändert, die Stimmlage oder der Ton, der die Absicht tranportiert, das Gemeinte, das mir hingeworfen wird; nun besteht es aus virulentem *Liebes*zeugs – so selbstgerecht ist es. Er fragt: «Bist du auch so beständig und scharf wie ein Diamant?» Das hat er mich ironisch schon oft gefragt, doch die Nuancen der Ironie wechseln natürlich, auch wenn er dieselben Wörter benutzt, und daß ich das erkenne, wird von mir erwartet. Er ist dabei, sich zu beruhigen. Vielleicht. Mit nervös schielendem, zugekniffenem geistigem Auge beobachte ich ihn und lausche mit Klecksen und Spritzern von Verständnis, wovon sich winzige Detonationen äußerlich abzeichnen – die Raterei und Barbarei in einem jungen Menschen, die blassen Strecken, auf denen er ausweichend Zeit zu gewinnen sucht, das vogelartige Flattern und Zurückzucken, der Dünkel und zehrende Schmerz, wenn von persönlicher Gunst beim anderen im Augenblick nichts zu spüren ist. Wir und unsere Nerven: ein Anflug von Schweiß bei Dad; ich bin kühler und möchte richtig cool sein: ich bin schweißtreibend, nervositätsverklebt cool.

Das Hoffen auf Gnade – eine Launenmarter, eine Strapaze – sture, leere Gesichter. Man atmet unter dem unglaublichen, unsteten Gewicht der *Zeit* - mein Kopf ist ein tanzender Friedhof mit so etwas wie einer auferstehenden Armee von erspähten Geistermomenten; *ich muß den Mistkerl da nicht lieben,* aber ich tue es irgendwie ... Oh, Himmel, wie glitschig Vorgänge doch sind. Wollen Sie ein großer Meister der Erinnerung sein? S. L., der krank war und viel Zeit hatte, wenn man so will, war zum mittelgroßen Meister der Erinnerung geworden.

Er fragte: «Grollst du wegen irgendwas, Wileychen? Willst du deinen Kopf gebrauchen und dich umschauen, statt deinem Herzen zu folgen? Weißt du was, es gibt da einen Haken; es gibt immer einen Haken – hui, pfui: ich rieche, rieche Menschenfleisch: es kommt immer noch was nach – willst du ein Wichtigtuer sein? Tu mir den Gefallen: sei keine Mimose … einverstanden, Pupserchen?»

Ich finde, man muß ernstlich tollkühn sein, um mit irgendwem zu reden.

Er sagt: «Schau nicht so sauer, Mr. Sauerampfer … Die Szene ist vorbei … Was ich zu sagen hatte, hab ich gesagt … Vergiß nicht, was ich gesagt hab – es war Wort für Wort mein Ernst.»

Für das, was man empfindet, hat man wahrscheinlich nicht die Worte. Ich versuche, es unbenannt zu lassen, und die Zeit zupft es meinem Geist aus den geballten, klammernden Händen wie ein Falke, der hervorzerrt und zerlegt, was der wahnsinnige Held – vor Spannung wahnsinnig, rachsüchtig – gefangen hat. Niemals präsentiert die Erinnerung die Dinge in ihrer ursprünglichen Reihenfolge, auch wenn man sie zur Reihenfolge befragen kann.

Die Erinnerung vermag weder das echte Aroma zu reproduzieren, das vom Warten im Licht der Wirklichkeit ausging, noch den echten Schmerz von damals. Ich hocke auf dem Fensterbrett, mit verschränkten Armen, in meinem Pyjama, der immer noch an mir herunterrutscht, und warte darauf, daß Dad mit Friedenschließen fertig wird. Ich finde, die Erinnerung neigt zum Romantisieren, indem sie die Details und die Spannung, die erschöpfte

Furcht und Angst fortläßt, den Trotz und viel von der Gleichgültigkeit. Sie läßt das Normale und das Skandalöse fort.

Manchmal sind bewußte Erinnerungen so viel lieblicher als die Wirklichkeit, daß sich zu erinnern – im Vergleich zum Erleben – mir vorkommt wie von einem Engel erfaßt zu werden, so blendend kurz und geleitet.

Ich sagte zu Dad: «Ich möchte mich jetzt anziehen …»

Er korrigierte mich. «Nur zu – Scheißen, Dusche, Haarewaschen …», sagte er, um mir zu zeigen, wie wir reden, wie Männer reden, wie ich reden sollte.

Man kann sich nicht an das Warten erinnern, nicht an den kuriosen Verlauf, den das Denken nimmt, während man scheißt. Als ich die Hand zum Waschbecken hinüberstrecke, mir aus dem undichten Hahn ein paar Tropfen kalten Wassers auf die Finger laufen lasse und mir, auf der Toilette hockend, mit ungleichmäßig und kalt befeuchteten Fingern, dann mit der Handfläche die Augen reibe, erinnere ich mich verdutzt an ein paar wie vertrocknete Momente aus der letzten Partie des Gesprächs.

Ich versuche, mich *darüber zu erheben* – wie ein Milchtrinker. Von meiner Unschuld habe ich eine Vorstellung: sie ist sehr wenn-dann-ig und parteilich. Wer behauptet, vollkommen unschuldig zu sein, wird mit Dummheit bestraft. In Maßen und Grenzen unschuldig kann man sein. Man muß dazu die Unschuldspraktiken von männlichen Zeitgenossen um einen herum kennen. Und alles mögliche andere.

«Moralisch» zu sein – was so viel heißt wie zu Dad freundlich zu sein und sich von ihm in seiner Krankheit nicht erschrecken und brechen zu lassen – ist spannend und schmutzig.

Dad kommt ins Bad spaziert – er folgt mir oft hierher – S. L. sagt: «Du bist wie ein Affe mit einer Ladung Kokosnüsse – tu mir einen Gefallen, sei ein guter Affe, sieh nichts Böses, tu nichts Böses, sag nichts Böses ... Sei ein weißärschiger kleiner Affe – mit einem Affengesicht ...»

Ich habe kein Affengesicht. Er sieht da etwas anderes, das Knochige, das ich neuerdings habe.

Er ist unaufmerksam. «Nicht gar so kleiner Affe – tu uns allen einen großen Gefallen: sieh nichts Böses, tu nichts Böses, sag nichts Böses ...» Mehr fällt ihm nicht zu sagen ein.

Auf dem Klo

Die Meinungen eines Träumers sind seltsam in der Zeit verankert. Ein Tagtraum ist eine lügenhafte Korrektur des wachen Lebens, der Andersartigkeit und Vielfalt und des Augenblicks, eine Korrektur zugunsten der Träume, die man hegt, zugunsten dessen, was man sich ausmalen kann. Im wirklichen Leben kann man beweisen, daß man als maskulines Wesen in Ordnung und bei Verstand ist, indem man jemanden schlägt. Daddy tätschelte mich, aufs Haar. *Eins*, sagte ich mir, *zwei.* Die momentane Wirklichkeit ist nicht an meine Vorstellungen von ihr gebunden. Mir dagegen sind oft durch Ideen die Hände gebunden. Daddy läßt das kalte Wasser laufen. Ich denke annähernd Folgendes: *Oh, schwupp-di-wupp, diese gottverdammte SCHEISSE, nur Mist: endgültig am Arsch alles – sauber – SCHLUSS.*

Meine Hände erinnern sich an etwas, mein Rücken auch; meine Füße erinnern sich an diesen Kachelboden. Mein Geist späht ins Nichts: Ich befördere eine Wurst aus mir hinaus. Daddy steht am Waschbecken, umd ich hocke auf dem Klositz, über meine Arme gebeugt; meine Ellbogen ruhen auf meinen Knien, ein angebrüllter Junge, der soeben scheißt – vielleicht geduldig, vielleicht liebevoll, vielleicht höllisch gehässig: sicher weiß ich es nicht. Schon dadurch, daß es mir so vertraut ist, meine Wut (und meine Jungenkraft) zu verbergen, und durch das Scheißen entsteht ein klebriges, morastiges Gefühl, zum Teil kalzifiziert, als würden mein eigenes Körpergewebe, meine Knochen und Ausdünstungen bei einem Football-Tackling oder in einer Umarmung zusammengequetscht.

Einen Moment lang bin ich seelisch blind. Zum Teil beruht der dramatische Umstand, daß mein Atem so leicht zu deuten ist, auf dem Drama der Atmung selbst, einer biologischen Universalie.

«Hat dich der Himmel uns gesandt? Daß ich nicht lache», sagt Dad. Das ist ein alter Witz. Knausrig höre ich zu, pochenden Herzens, ohne einen Bereich für mich, außer wenn ich Dad belüge und betrüge. Verwandtschaft, Kindschaft ... ihn mild beachten, als wäre er nicht im Raum, und ich inmitten der stotternden Empfindungswellen: ist das eine Emotion, der dringende Wunsch zu gehen, der Drang zu entkommen – ist dieser erstickende, insgeheime Drang eine *Emotion*? Gefühle verflüchtigen sich wie die Mimosenhaftigkeit, wie Bilder von einem Spiegel in die Luft ... *Wir waren glücklich; ich war glücklich; mach mich noch ein bißchen länger glücklich.*

«Liebst du mich oder nicht?» murmle ich, frage ich. Mein Mund berührt die Armbeuge, und mein Kopf ist gesenkt. Ich sage es, aber eigentlich denke ich es.

In einem seltsamen Ton sagt er: «Ab und zu: *kommt drauf an ...*» Dann sagt er in einem anderen, einem raunenden Ton, zugleich aber vielleicht aufrichtig und traurig und grausam: «Ich kann jemanden wie dich nicht lieben.» Das stimmt genau, von vorn bis hinten, da kann er sagen, was er will, ha-ha. Richtig verstanden, ist es die Wahrheit, aber ich bin nun nur die Person, die sich abmüht, ihn zu verstehen.

Ich würde mich gern bei ihm für die Tirade entschuldigen. Ich möchte so etwas beim nächstenmal nicht so rasch herbeiführen; er soll es überhaupt nicht zu Tiradenartigem kommen lassen, weil es sein Herz anstrengt und seinen Blutdruck in die Höhe treibt. Aber Dad haßt all den Mist, der einen gehorsamen Bürger aus ihm macht; er selbst ist der Herr seiner Unbeherrschtheit.

Der reizende, schlüpfrige, vor dem Rätsel Zeit stehende Dad. Ich hätte das wirkliche Leben gern so, wie ich es mir erträume und im Kopf entwerfe, mit klaren, rationalen Bedeutungen, solchen, die *ich* kenne. So, wie ich darauf gefaßt bin, das Universum aufschreien zu hören, wenn ich im Traum auf der Straße eine Erektion kriege. Oder im Licht der Wirklichkeit. Oder wo mein Dad es sehen kann. Aber das wirkliche Leben ist anders. Eine Erektion von mir amüsiert S. L. Ich halte mich dann besser von ihm fern. Ideale und Träume können alles sein, wozu jemand sie erklärt; sie lassen sich nicht messen ... sie machen sich über den realen Krempel lustig – dazu sind sie da.

«Bist du hellwach, aber für die Welt gestorben?» fragt er – ob ich in Tagträume versunken bin, meint er. Um mich zu schikanieren, gebraucht er wie früher eine Art von Babysprache.

Meine Haltung auf dem Klo verbirgt meinen Unterleib. Aber S. L. weiß, was vorgeht ... er kennt das längliche, aufgeplusterte Ding. Und ich bin hellwach, aber für die Welt gestorben, und nicht weit von sexuellen Illusionen entfernt. Er war tief in meine Privatsphäre eingedrungen in dieser ungesunden Überminute, die alle Minuten bisher umfaßt – in dieser wirklich kippligen Sache zwischen *zwei* Leuten, wo's darum geht, nicht zu kneifen und sich aus der – durch die Präsenz der anderen Seele gebrochenen – Hitze in die Behaglichkeit der eigenen Tagträume zurückzuziehen. *Milde Beachtung* kann sich innerlich heiß anfühlen – erregt wie ich bin, ist die Erregung etwas Lichtes wie eine orange-glühende Kugel, tanzend auf meiner Blässe.

Wie mutig bin ich? Ein gewisses Zögern, hinzusehen und mir ein Urteil zu bilden, verschleiert meine formulierten Meinungen ebenso wie meinen Eindruck von der leicht erschlafften Haut am Hals meines Vaters und von den grauen Bartstoppeln dort. Dad ist vierundvierzig. Wieviel zu sehen bin ich bereit? Die Undurchsichtigkeit von Körpern im realen Licht ist unvollständig, die jener launischen Kammern, die berechnend werden, eine Investition des Ich im stützenden Gewölbe der Rippen. Zu meiner visuellen Bestandsaufnahme von meinem Vater gehört auch meine Einschätzung seines Gesundheitszustandes. Er findet es verführerisch, wahrgenommen zu werden. *Er hat mich verschlissen.* Gleichgültig reinige ich mich von Scheiße: *Bis zum Nachmittag wird er's überleben …*

Ich habe spezielle Antennen für Bestandserhebungen im intimen, familiären Umgang – in einer Umarmung etwa. Ich ziehe die Distanz des Sprechens vor: «Alles in Ordnung mit dir heute?» frage ich.

Ich hasse es, solches Zeugs zu fragen. Ich hasse mein

Leben. Aber trotz solchen Zeugs bei Sinnen – und cool – zu bleiben und durchhalten zu können, das ist männlicher Charakter. Ich steuerte damals meine Atmung, um einen männlicheren, gewichtigeren Effekt zu erzielen, indem ich Dads Atmung nachahmte, seinen Stil im lokalen Licht der irren Leere beim Eintreffen jedes neuen Augenblicks. Das gehetzte, jedoch müde Gefühl von unratsamen Risiken und einer vertrauten Schönheit, das Badezimmer, der frühe Morgen, die Färbung der Situation hier (zwischen uns) affiziert mich in einer Weise, daß ich die beiden Leberflecke seitlich auf halber Höhe an Dads breitem, einst muskulösem, nun welkem Hals und die gepünktelten Schatten von starkem Bartwuchs um sein Kinn *nicht mag*. Ich bin in den Dimensionen der Fortdauer gefangen … Die ist etwas anderes als nur Zeit, nichts ist darin statuesk, nichts steht still; sie kommt mir so zierend und hinreißend vor wie Mädchenbrüste, die rhythmusbesessene Fortdauer, das *logische* Vorrücken des *Was-nun* im rastlosen, kippenden Moment, der auf all das zufällt, was bislang geschehen ist. Akte erheben sich und fallen: mit der Axt gefällt: ich finde das Leben allzu spannungsreich.

Seltsam real liegen Knochen von skelettiertem Licht auf Kacheln und Handtuchhaltern – hinter den Handtüchern fallen Schatten schräg auf die Kacheln und den weißen Läufer zu. Die eine oder andere Zukunft wird nicht eintreten. Diese und jene wohl – Inzest und Tod. In mir herrscht eine reglose, strahlende Atmosphäre, in der die Atmung keine Rolle spielt: es ist ein Traum von ewiger Aufmerksamkeit, obwohl zugleich immer neue Momente lautlos, ohne ideologisches Getöse eintreffen. Was bedeuten die Dinge eigentlich, wenn das Leben immer weiter geschieht? Was alles bedeutet, das wird zum speziellen

Projekt der Unwissenheit, der *quasi-geheiligten* Ernsthaftigkeit der Seele.

Sporadisch lastet auf meinem Pimmel das Gewicht von Halluzinationen. Eine komisch-obszöne, mösenartige Sache schwebt mir vor – eine echte, undeutliche Möse, rosa, rötlich: ihr grinsendes Anderssein. Die Vorstellung von einer echten Möse ist umwerfend. Ich erinnere mich an das diffuse Kribbeln in Fingerkuppen und Zehen, als Daddy mir mit seiner kränkenden Tirade kam. Dies fällt mir zur *Mösenvorstellung* wieder ein.

«Träumst du, Pupser?»

Ich nicke.

Er sagt: «Du bist eben jung ...» Dann sagt er: «Du weißt schon genug, zuviel sogar, ich bin bloß ein alter Knacker aus Winnetka: hast du Grips genug, auf einen Mann zu hören, der weiß, wo's *langgeht*?»

«Wie meinst du das, Dad?» Pause. «Sag doch, was du damit *meinst.*»

«Ich kann dir doch nicht alles verklickern, ich kann dir nicht jede Kleinigkeit auf dem Silbertablett servieren, ich kann nicht alles sagen – ein paar Dinge mußt du schon ganz allein rausfinden. Sei nicht frech – sei frisch wie ein Gänseblümchen, aber sei nicht frech.»

Mit Erwachsenen zu reden ist schwer.

«Sei wie der Dieb von Bagdad ...», sagt er. «Der hat ein nettes Lächeln.» In einem Film, *Der Dieb von Bagdad*, war der Star Sabu, der Elefantenboy; der nur etwas Weißes über seinem Schwengel trug; er hatte einen schmalen braunen Oberkörper und ein *komisch* freundliches, schelmisch-serviles, tiefsinniges Lächeln.

Auch wenn Dad noch am Leben ist, sage ich wie zu

seinem Geist: «Ich bin vierzehn: du bist *vierundvierzig … Nimm dich vor mir in acht …»*

«Wovon redest du denn *jetzt*? Ich bin alt. Ich bin krank. Mir steht eine Vorzugsbehandlung zu …» Er sagt: «David und Saulus … David und Goliath …»

Ich kapiere nicht.

Unklar, vornehm, distanziert – wie ein alter, großwüchsiger Filmstar – sagte er: «Wie viele Jungen haben *das* mit ihrem Vater?»

«Was? David und Goliath?» Ich versuche nicht, so zu tun, als wäre er mein Freund – er ist ein Vater, der versagt hat und krank ist und irgendeiner Phantasie nachhängt, in der wir Kriegskumpane sind.

Das Leben ist nicht vollkommen gnadenlos; es ist nicht vollkommen dämonisch und schrankenlos. Wenn ich auf Dads Atemkurve achte, ist es, als versuchte ich, einen Satz zu hören; einen Satz zu hören ist so, wie Auskünften nachzufahren, um in einer fremden Stadt die Tankstelle zu finden. Daß ich, teils aus medizinischen Gründen, teils aus Verlegenheit, auf Dads Atmung achte, führt am Ende dazu, daß ich mir vorkomme wie in Gegenwart eines männlichen Medusenhaupts, eines *merde*-Speiers. Er wird nicht versuchen, nach mir zu greifen, wenn ich aufstehe. Ich versuche in Dads Gegenwart stets marmorn-männlich zu sein, anzugeben.

Daddy, blond, ausladend muskulös, erschlaffend, teilweise verrottet, lacht über irgendwas: «Ha-ha. Ha-ha …»

Zu der etwas dürftigen Sammlung von intimen Fakten, die der Junge besitzt, gehört diese kurze, riskante Phase einer Bindung an S. L. Silenowicz. Seine Arme, sein *nekkischer* Nacken, seine Stimme in dem gekachelten Raum (ein stattlicher Bariton, ermattet), seine hitzige Präsenz –

all dies gehört zu den letzlich vielleicht doch wahrhaft halbheiligen, *schmutzigen* Vokabularen der WIRKLICHKEIT.

Das Atmen meines Vater ist in diesen Minuten zu einem angstvollen Schnauben geworden, ein enorm langgezogenes, dahinscharrendes Geräusch: angstvolle Schübe ungleichmäßigen Atmens. Er täuscht das vor. Er ist sich seiner Macht, mich zu affizieren, voll bewußt.

«Du klingst ganz gut heute ...», sage ich und stehe auf.

Er sagt: «Spar dir den Quatsch und verwöhn mich.» Ich strecke einen Arm aus, um Dad auf Distanz zu halten, und gehe, im Pyjama, auf die Dusche zu. Ich werde mich hinter dem lila Duschvorhang ausziehen.

Er sagt: «Wiley, ich bin noch ein junger Mann, und ich bin krank und muß sterben. Was meinst du, wie ich mich da fühle? Ich bin erledigt. Ach, ihr könnt mich am Arsch lekken, alle miteinander ... Himmel noch mal. Zum Teufel – ich hab *Angst* - und schäm mich nicht dafür», sagt er zu dem Vorhang, hinter dem ich nun stehe. «Ich kann mich um keinen kümmern, ich kann mich nicht um *dich* kümmern, ich bin krank. Es macht mich krank, krank zu sein. Ich würd mich nicht mal bei Gott persönlich entschuldigen, hörst du? Soll Gott sich doch bei mir entschuldigen – so haben wir gewettet. Wie findest du das? Wenn er ein Gentleman und kein Teufel wäre, würd er's tun. Hast du je Angst gehabt? Also, was ich dir sagen will, wenn du ein guter Kerl sein willst, dann rat ich dir, nimm mich wie ich bin. Ich will kein Held mehr sein, nicht mehr, nicht mehr ...» *No more, no more, no more* stammte aus einem Jazz-Song. «Du weißt ja nicht, wie das ist, krank zu sein ...»

«Ich bin schon krank gewesen ...»

«Du bist noch *nie* krank gewesen ... nicht so krank ...

Keiner weiß, wie das ist. Es tut *die ganze Zeit* weh. Ich habe die ganze Zeit Angst, verdammt noch mal.»

Ich weiß, du hast es mir gesagt, sage ich lautlos.

«ES IST ENTSETZLICH IN JEDER EINZELNEN MINUTE, AN JEDEM EINZELNEN TAG, ES IST TAG UND NACHT ENTSETZLICH – WILLST DU DIE SHOW NICHT VERPASSEN? WILLST DU MICH STÜCKCHENWEISE STERBEN SEHEN? Ich sterbe – meinst du, das wär lustig? Willst du den Elefanten sterben sehen? Ich spiele das Spiel von keinem mehr mit, hörst du mich?» Ich hatte das Wasser in der Dusche angedreht. «Geh doch zum Teufel meinetwegen – meinetwegen können alle zum Teufel gehen. Alles kann zum Teufel gehen. Ich will das alles nicht ... Das ist kein Leben mehr. Mein Herz *taugt nichts.* Und die verdammten Ärzte sind blöd – blöd und gemein – Mörder sind das. Was wissen die denn schon? Wie man Rechnungen verschickt, das wissen sie. Sie haben überhaupt kein Gefühl. Nichts von alldem fühlen sie. ... *Ich sterbe wie ein Hund* ... Jeder hergelaufene Mistkerl will, daß ich's *ihm* leichtmache ... Wie ein Mann soll ich mich benehmen, sagen sie. Ich denk nicht dran. Ich lebe von Almosen. Hoffentlich muß jeder von diesen Mistkerlen mal durchmachen, was ich durchmache. Sie können mir den Arsch küssen. Ich hab keine Zeit für ihren blöden Mist.»

Für einen Augenblick war meine Abwehr zurückgeglitten wie eine Vorhaut. Ich weiß nicht, was das zu bedeuten hat, diese brutale Erregung, die damit einhergeht, einem Mann wie ihm nahe zu sein, einem Kerl, der solche Sachen sagt. Meine Augen und mein Mund erstarren, wie wenn ich in der Schule nicht mehr zuhöre, erstarren zu Verdüsterung, zu Blindheit, zu gewitzter Blödheit.

Doch dann überlege ich es mir anders und höre, teilweise im nachhinein, zu: ich schätze mal, Dad redet wie von Mann zu Mann. Ich nehme an, daß Dad noch echter ist als mein Bild von ihm, das auch wirklich und echt ist. In meiner echten, gegenwärtigen Empfindlichkeit jetzt, heute, bin ich näher daran, ihn zu vernehmen, denn als ich noch klein war; die Schleier über den Tönen, den Intentionen, sind zerrissen ... Ich sehe, daß er geheime Gründe hat, sich zu schämen – und sich etwas einzubilden. Anstandsregeln, Grammatikregeln, Schulkorrektheit ... von der Art, wie sie unter Jungen außerhalb des Klassenzimmers herrscht.

Ich weiß noch, wie es war, als mein Körper anfing, wirklich sexuell zu werden, als sich die Eier senkten, die ersten unkindlichen Haare sprossen, sich hier und da erstmals nennenswerte Knochen abzeichneten. Dann kamen die veränderten Träume, und dann veränderten sich mein Gesicht, meine Haut und die Größe meiner Lippen. Und dann der Stimmwechsel – und meine neuen Stimmungen und so weiter ... Ich weiß noch, wie *unmöglich* es war, diese Veränderungen in der Schule zu erwähnen. Ich interessiere mich sozusagen wie ein naseweiser Lehrling dafür: ich bin einer von den Halbwüchsigen, die so etwas wie eine *individuelle* Existenz haben.

Schon als Kind war mir die Kindheit phantastisch vorgekommen, die Süße, das Ausmaß von allem – manchmal phantastisch katastrophal. Hinter dem Vorhang habe ich eine Dreiviertelserektion; ich finde es schmerzlich, daß diese empfindliche Potenz so seltsam ungewiß ist. Ich bin ein Junge, ein Mann-Lehrling. Einmal hat Dad zu mir gesagt: *Diese Karotte, dieses Karottenstangenzeug, uumbringen kann dich das ...* Nun sagt er mit einer gewissen

Freundlichkeit: «Du mußt für uns beide wichsen, mich kann so was umbringen.»

Laß mich doch in Ruhe … mit seiner Spioniererei, meine ich. Er hat so was schon öfter gesagt: fast alles, was zwischen uns gesagt wird, hat eine Geschichte. *Intimität* …

Ich drehe das Wasser lauter.

Dad war ein Exhibitionist. Er zwinkert mir zu (in meiner Erinnerung). Er hat noch immer eine kleinstädtische Eleganz, eine Art von überholter Eitelkeit als altmodischer Mann, als *Gentleman* – Nostalgie ist für Männer des Mittelwestens etwas Romantisches. Vielleicht erzeugt sie immer einen bestimmten Stil – wie um zu sagen, *du weißt schon, wer ich bin … ich stelle keine Überraschung dar* … Eine Art, sich verlockend zu geben. Für ländliche Leute war Dad noch immer elegant; das erwies sich, als er im Veteranen-Hospital war. Manchmal verschlimmerte sich seine Krankheit, wenn er in Rage kam. Seit meinem zehnten Lebensjahr schlief er zumeist in meinem Zimmer, lebte Tag für Tag, Nacht für Nacht neben mir her. Mit mir lebte er zusammen, nicht mit Mama. Des Nachts schlief er neben meinen Träumen.

Nun sagt er: «Du bist wie Unkraut. Du wächst wie Unkraut.» Er weiß nicht, welchen Ton er anschlagen soll. «Wir sind vielleicht zwei Tarzane.»

Nein, sind wir nicht.

Wir befinden uns in einer Wohnung im dritten Stock; draußen regen sich die Wipfel der Bäume, die das Trottoir säumen. Wir sind an der *Kingsland Avenue* …

Mir war aufgefallen, daß alle meine Gerüche sich veränderten. Dad konnte es ertragen, in deren Nähe zu sein – das erstaunte mich, und ich hielt ihn für verrückt. Meine

Ambitionen als Kind änderten sich alle paar Monate, als ich zu wachsen begann, zum *Jungen im Wachstum* wurde. Meine inneren Gefühle schienen auf einen Stapel Blätter geschrieben zu sein, die zu einem einzigen schwarzweißen Knäuel geknüllt waren, Blüten und Nicht-Blüten von sonderbarer Hitze, eine Spur kalt und halbverstanden. Geschäftsmäßige Alltagszähigkeit, zähnerviger Realismus, nur veränderte sich dieser Realismus von Tag zu Tag so, wie ich mich physisch änderte – erblühte, eine teilweise schmutzige Blüte erlebte. Selbst unter dem kaltem Wasser der Duschen, die ich nahm, stoße ich ziemlich heißen Atem aus, als brenne in meinem Bewußtsein nun ein Feuer oder viele Feuer: allerlei brennt da ohne klaren oder förmlichen äußeren Grund; und der von diesem Zeug zurückströmende Rauch nahm mir sogar im Wasser die Luft. Dieses eigenartige Würgen zusätzlich zu der inneren Hitze, zusätzlich zu der manchmal fiebrigen Hitze, dieser abartige, persönliche Rauch, der mich grotesk macht, zum *Narren* macht ... Wie konnte mein kranker Vater sich in der Nähe dieses übelriechenden, unfertigen, rauchgeplagten Geschöpfs aufhalten *wollen*, dieses hirnverbrannten, dürren, fiebernden, männlichen Frühmenschen?

Dad sagt auf der anderen Seite des Vorhangs: «Bist du's satt, ein Heiliger zu sein? Ich schätze mal, deine Eier haben sich gesenkt, oder?»

«Weiß ich nicht ...», sagte ich unter dem Wasser hervor. Ich konnte mich noch daran erinnern, daß meine Eier hochhängende kleine Böhnchen gewesen waren, und *da sind sie jetzt* ... Dieses geistige Nachklappen oder Nachhinken, wo Verwandlungen geschehen ... Seit Monaten pochten meine Eier nun schon.

«Du mußt noch eine Menge lernen», sagt Dad auf der

anderen Seite des Vorhangs. Ich spiele ein bißchen mit meinem Schniepel. Er sagt: «Ich bring dich nur auf Ideen. Davon hast du schon genug im Kopf – nimm ein paar Ratschläge von mir an: nimm dich nicht zu wichtig. Sei einfach ein Mensch. Laß dich durch nichts davon abhalten, *menschlich* zu sein. Glaub mir, ich weiß Bescheid ... ich hab's auf die harte Art gelernt. Liebe und Zärtlichkeit kommen an erster Stelle – du weißt doch, was es mit dem Blauhäher des Glücks auf sich hat? Nun, das ist die Wahrheit – den Blauhäher des Glücks findest du gleich im Garten hinter deinem Haus. Also, sei ein Mensch ...»

Das changierende Bedeutungslicht in einem Redeschwall, die unmittelbaren Lügen und hoffnungsvollen Schwindeleien, die heiße Luft, und dann wieder, in anderen Floskeln, die hoffnungsvolle Fast-Aufrichtigkeit, ein versteckter Antrag und eine gewisse Aufrichtigkeit – *Sei ein Narr und hör auf mich, laß uns närrisch sein, lieb mich, dann lieb ich dich, ist doch alles nur ein Spiel unter Gaunern, bleib in meiner Nähe ...* Hatte er schon immer so geklungen und war ich nur zu klein gewesen, um es mitzukriegen? Früher habe ich es anders gehört. Eifersucht und Jähzorn kriege ich mit, weigere mich aber meistens, sie als solche zu erkennen ... *Bin ich mädchenhaft? Bin ich ein Heiliger?* Er hat schon zu mir gesagt: *Du rettest mir jede Nacht das Leben – und ob ...* Er gerät seltener in Panik, wenn ich da bin. Mich *beschützt* das große Ha-ha der Kunst, die Phrasen wie *Väter und Söhne* verteidigt; doch mir ist schon seit Jahren klar, daß zwischen den meisten Vätern und Söhnen, die ich kenne, Murks herrscht. Mein Rang *als Junge* ist hoch, weil meines Vaters Interesse an mir so groß ist. Ich bin ein Star – wie Sabu im Film.

«Na, Elefantenboy, wie steht's – geht's wie geschmiert? Wiley, der Elefantenboy? Wenn das kein ‹Dummbo›-Witz ist …»

Das Wasser läuft mir übers Gesicht. Daß andere in ihrem Willen von einem unabhängig sind, gehört zu den Folgen davon, daß das Paradies verloren ist; man versteht Verschiedenes unter Gerechtigkeit im Universum. Manchmal interessiert mich diese Sache, daß Dad an mir Interesse findet, und manchmal langweilt sie mich.

«Bist du ein Hahn?» fragt er. «Krähst du? Kikeriki, nicht dumm-didel-dei – ich wette, die Hennen legen für dich Eier.» Sein Gerede wirft einen sexuellen Schatten. Er hat kein Geld, er kann seinen Bestechungsversuchen keinen Nachdruck verleihen; er kann niemanden tyrannisieren: er kann niemanden kaufen. Ich weiß nicht, was er erwartet: Im Erwarten war S. L. immer groß. Ich beginne das zu tun, was Jungen eben tun, manche Jungen wenigstens, mich außer Reichweite dieser seltsamen Welt zu wichsen. Ein Akt der Spionage, der Schläue, der Rebellion – hinter dem Duschvorhang. Ich mache es sehr leise. Etwas furchtbar Süßes, etwas Furchtbares ganz allgemein, eine schwindelerregende Vorbefriedigung setzt ein. Empfindungen befinden sich in wie beflügelter Bewegung durch eine Schlucht von simultaner Selbstvergessenheit und Allwissenheit. Ich stehe wie in großer Höhe über der Vielfalt von Willen in diesem gefängnisartigen Haus.

Dad sagt: «Du bist ein Junge im Wachstum – willkommen in der Hölle – ach was, ich will dir keine Pause gönnen; ich will dir applaudieren.» Er meint ernst, was er so sagt, jedes Wort, auf die eine oder andere Weise. Er sagt: «Sei jung und lieb: gebrauch deinen Kopf. Du weißt ja, das hab ich immer gesagt, gebrauch deinen Kopf. Du bist ein Prachtkerl, das sag ich jedem, der's hören will.» Das von Überraschung elektrisierte Ich, tanzend und nekkisch, vom Wasserrauschen gemartert, zieht magnetisch weitere nackte, elektrische Gewitter an, Erwiderungen, im Tempo des Lebens im Griff oder halb im Griff. Ich empfinde Dads Stimme als elektrische Berührung, grausam zivilisiert und verbrennend, wie es eine reale Stimme an sich haben kann, als gingen die *Luftangriffe* über einem los, von dieser enervierenden Aktualität ... Das brüchige Kliff voll Nester, mit Toren darin und von wundschürfender *und* glatt-elektrischer Stachligkeit, dieses Zeug und die sich – *schmerzhaft* – weitende Seele – der momentane Kollaps der *Einsamkeit* und das Einsetzen einer überstürzten Verfügbarkeit, wieder und wieder, die Kaninchenhitze und das Spatzengeschrei sexueller Empfindungen dringen wie vergewaltigend in mich ein. Diese atemlosen Übertragungen, von Geist zu Geist, Mann zu Mann, die irrsinnig unterschiedlichen inneren Labyrinthe und Gefahren: es gleicht einem Traum, obwohl es unmittelbar wirklich ist.

Alles ist bedeutsam wie in einem Gedicht. Oder wie wenn man verliebt ist. Es tut mir leid, so gelebt zu haben, wie ich es getan habe, doch verschieden bewegte Teile von mir sausten und wirbelten inmitten vielerlei elektrisch geladener Schilfrohre und in einem biologischen Licht umher, Bedeutungen, halb geschenkt, halb verdient, halb gestohlen – die Mathematik mentaler Vorgänge: der große Stammler spricht, *ah, ah,* welch ein erstaunliches Gefühl.

«Duschst du kalt? Schaffst du dir deine Gefühle vom Leib?»

Während ich mich reinige, bin ich kalt gefühllos und dann plötzlich von Empfindungen und Gefühlen zerrissen. Wer ist *der Mann* jenseits des Vorhangs? Die weichrandigen, maskentragenden Manifestationen seiner Bedeutung für mich kreischen in das Gestöber vermuteter Bedeutungen hinein – der Verstand lauscht: all das ist real … Eine wilde, stinkende Horde von Geistern tobt an meinen Nerven entlang und zerzaust meine Schuljungengelassenheit. Grotesk komponierte Gefühlskomplexitäten in einem stoßweise beatmeten Ich … in einer feuchten Grube von Gefühlen, in den Qualen der Lust und den Weiten von Dauer und Wiederholung. Bestimmte Erinnerungen mit ihren von Nanosekunde zu Nanosekunde wechselnden Bedeutungen flitzen, Zeugen gleich und strahlend, auf Assoziationsbahnen entlang … Unwieder holbar einzigartig sind sie, die reale Landschaft des Moments, das singende Schweigen im Bad, das süße Schweigen der Berechnung … Der Verstand ist gleichsam ein Engelsei des Universums und heckt Dinge aus.

Daddy, er ist wieder in unserem Zimmer, beide sind wir wieder dort – Daddy setzt sich in den zu kleinen Sessel am Fenster. Er ist krank und horcht in sich hinein, schwermütig und fern. *Er hat dich geliebt. DICH hat er immer geliebt.* «Vielleicht solltest du mal duschen», sage ich, während ich mir die Haare trocken rubble. An manchen Tagen fürchtet er sich davor, zu baden und zu duschen.

Er sagt: «Erspar mir deine Ansichten. Klugscheißer mag ich nicht … Tja, wir sind eben im Land der gebrochenen Herzen, schätze ich.» Was weiß er denn schon? «Dich zu kennen ist, wie auf einem elektrischen Stuhl zu sitzen», sagt er. Dann: «Vöglein klein, du bist mein Sonnenschein.» *Und manchmal ein elektrischer Stuhl,* setze ich im Geiste hinzu.

Laut sagt der klugscheißerische Junge: «Manchmal ein elektrischer Stuhl.»

Immer schön paarweise spazieren wir in die Flut. Aus meiner Stimme hören Sie meines Vaters Stimme, Daddys Stimme heraus – Was hast du denn erwartet, daß du irgend jemanden ungestraft kennen könntest?

«Weißt du denn gaaar nichts? Wie ein *Narr* brauchst du wirklich nicht zu reden, weißt du, soviel müßtest du doch wenigstens wissen», sagt er mit einer gewissen Grandezza.

Jedes Zucken des Verstands gleicht einer kreisenden, jagenden, niedergehenden Rauchschwalbe. Ich möchte nicht gnadenlos sein. Das sonderbare, wahre, überfüllte Lagerhaus einer Welt und einer Intimität, die wirklichen Blätter im leichten Wind vor dem Fenster, ihr gequältes, vorläufiges, unterbrochenes Fallen, das Hineingleiten in den nächsten Moment, das Wummern und Rumpeln des Herzens, seine gestohlene Kraft inmitten der Heimlichkeiten. Eine verlorene ekstatische Wirklichkeit lebt in der mahnenden Stille weiter: *Haare frottieren, zwischen den Zehen abtrocknen und immer weiter atmen …* Die Wirklichkeit wogt in beharrlicher Verwandtschaft dahin – die Wirklichkeit bewirkt das in mir, sie teilt mir sich als Aufgabe zu. Meine Eltern kamen ohne Fußnoten bei mir an.

Mein Daddy sagt zu mir: «Pisser –» Dann: «Pisserchen –» Dann: «Pipimacher –» Spott. Dann: «*Don Juan* … du tröpfelst auf den Fußboden.»

Ich glaubte zu wissen, wie seiner Ansicht nach das Leben war, für *einen Mann.*

Ein paar von S. L.s Scherzen

«Manchmal muß ich lachen: Leute, die wie Truthähne aussehen, meinen, sie sähen wie Engel aus – vielleicht haben sie ihre Flügel ja in der Brieftasche. Ich hatte ein Engelsgesicht, als ich jung war, und über Gefängnismauern konnte ich auch fliegen. Der tollkühne junge Mann auf dem fliegenden Trapez. Ich hätte dir mein letztes Hemd gegeben, aber was hat's mir schon gebracht. Du hast vor mir nicht buckeln müssen, als wär ich Gott. Eins will ich mal sagen: es gibt keinen Dank auf der Welt. Ach, ach, alles macht mich fertig. Na gut, ich war immer für ein kurzes, aber glückliches Leben. Daß es glücklich war, würd ich nicht sagen. Ist mir egal. Ich bin der Ist-mir-egal-Junge. Wie gefallen dir diese Latschen? Na ja, ihr könnt alle zum Teufel gehen – du nicht, wenn du nett bist. Ich will dir mal die Wahrheit verraten: das Leben tut einem nicht gut. Hast du gewußt, daß ich ein Philosoph bin? Bin ich, bloß hört keiner hin. Ist ja nicht meine Schuld, daß ich immer ein Herzbube war. Ich hab die Welt nicht geschaffen – eine Menge Sachen hab ich nicht gemacht. Du bist das Licht meines Lebens – wie findest du das als Witz über mich? Ich hab ja vielleicht nicht sehr viel Glück, aber ein Spielverderber bin ich nicht. Ich ruf dreimal hurra darauf, daß ich dich im Leben habe: du munterst mich auf: hurra, hurra, hurra. Ich würd nicht alles glauben, was ich sage, wenn ich du wär – ich würd nicht auf mich hören, als ob ich *William Shakespeare* wär ... Hör mir so zu, als ob ich S. L. Silenowicz wär – das reicht mir schon. Gib uns einen Kuß ...» Er sagt: «Ich will nicht, daß man mir zuhört, als wär ich eine Frau – aber der Mann in der Familie bin ich todsicher auch nicht. Ich bin fertig und am Ende; ich bin Kanonenfutter. Ich hab alles verloren und ich sitze fest. Ich sitze mit dir fest ... «

Mein Hang zu Unheil und Düsternis stammt von ihm, von dem, was er mit seiner schwächer gewordenen Dröhnstimme sagte, und von seiner Art, mich anzusehen, von der Ausdrucksfülle seines Gesichts im häuslichen Licht seiner Krankheit, von der Zeit, die wir zusammen verbrachten – bräutlich, zwei Männer in einem Raum, eine frühadoleszente Initiationszeremonie: mit ihm zusammenzusein, will ich sagen, bedeutete, in die Männerwelt einzutreten ... «Lern, mit mir zu reden, dann kannst du mit jedem reden ... Glaub mir, ich verstehe alles – alles. Ich bin der Mittelpunkt des Universums. Wenn ich aufblicke, ist ringsum Himmel, also weiß ich, daß ich der Mittelpunkt bin.» Er und sein Mehr-oder-weniger-Sohn – Ach, Gott, du hast mir einen verwesenden, lokalen Gebieter geschenkt, und die Schonungslosigkeit der Momente, Tod, Je-Augenblicklichkeit. «Wenn du nicht zuhörst, existiere ich nicht – hörst du mich? Wenn du mich nicht verstehst, könnte ich genauso gut schon tot sein – du redest mit einem kranken Mann, aber ich bin ein Mann ...»

Ich war beeindruckt davon, wie wirkungsvoll seine Effekte waren, von dem (einem gewissen) Wahrheitssinn, der für mich in seinen Reden, seinen Scherzen, seiner Präsenz zum Ausdruck kam. Ich lausche, und von Zeit zu Zeit *höre* ich ihn tatsächlich.

Mit einem Seufzen sagt er: «Du hast vielleicht eine Art, mich in dich aufzusaugen, kleiner Krug mit den großen Ohren – großer Ohrenspitzer – na schön, nichts gewagt, nichts gewonnen. Ich hab alte Juden immer gehaßt: sie riechen schlecht und glauben, sie wissen alles: keinem hören sie mehr zu. Willst du mich aufmuntern? Willst du's darin im Leben zu was bringen? Die halbe Welt wartet drauf, daß deine Sonne aufgeht. Einen Mann zu lieben ist schwer – frag mich, dann sag ich dir die Wahrheit: das kann ich, ich bin so ein Genie. Ich hab einfach das Glück, daß du niemanden lieben kannst. Wenn dich mal jemand danach fragt, sag ihm einfach: *S. L. hat gesagt, ich könnte niemanden lieben ... S. L. hat mich immer verteidigt: die Leute haben gesagt, ich wär's nicht wert, bei den Säuen zu schlafen, und er hat gesagt, ich wär's ...*»

Ich erinnere mich an die oft häßliche, aber erregende Melodik seiner Stimme, an das implizit Männliche, schamlos Verschämte, *Männer-in-einer-Autowerkstatt*-Artige darin, an die Vielfalt seiner Sprechweisen. Es berührt mich im Kern meines Wesens – es gemahnt mich daran, wer ich bin.

«Ich will nicht, daß jeder dich verwöhnt – überhaupt wer», sagte er. Oft besann er sich mitten im Satz anders. Pronomen und Emotionen flatterten ebenso umher wie sein Gefühl für das Geziemende, für dasjenige, was zu erfahren sich für mich geziemte. «Du bist ja bloß ein Kind. Es ist schon alles schwer genug, ohne daß du's noch schlimmer machst.»

Gehorsame und ungehorsame Atemzüge durchpuffen seine Kehle unter dem Einfluß von Krankheit und von Nähe.

«Was ich zu sagen habe, ist: schlag eine neue Seite auf – Taten sagen mehr als Worte. Gib uns einen Kuß. Wer weiß schon, was ein Kuß bedeutet? Himmel, Arsch und Zwirn – um welchen Preis wärst du wohl dazu zu bewegen, nett zu mir zu sein, wie ein richtiger Mensch, tagein, tagaus?»

(Ich sagte, pflichtschuldig und in reinem Ton, und

ziemlich wagemutig und höhnisch, und nicht wenig darauf aus, mich zu beschützen und nein zu sagen und ihm weh zu tun: «Das ist nicht zu verkaufen, was ich tue.»)

«Was soll das denn heißen?» sagte er noch höhnischer als ich. Und brachte eine männliche, mehr als schulmeisterliche Sprachkenntnis ins Spiel. Außerdem ein Moment von Klasse, von kleinstädtischer Weltherrlichkeit. Er sagte: «Ich weiß mehr als ein Schullehrer: was du da sagst, ergibt keinen Sinn. Ich weiß, was Sinn ist; frag mich danach, dann sag ich's dir.»

«Laß mich in Ruhe», brummte ich. Ohne die Augen abzuwenden. Meine Form von Höflichkeit; meine Weigerung, grob zu ihm zu sein, ermutigte ihn.

«Was? Was hast du denn jetzt schon wieder? Du redest Kauderwelsch, Esperanto … Pidgin … Pidgin-Englisch … Pidgin-Quatsch …»

Ich blicke ihn an, spüre meine offenkundig reale Jugend und relative Frische oder Frechheit (sie lebt in den Augen und Wimpern; in der jugendlichen Mickrigkeit, Spirrigkeit, in den neu entstandenen Nervenenden) und mache ein finsteres Gesicht, wohlwissend, daß ihn dies affiziert.

Er fährt zusammen. «Indem du nett bist, gibst du den Leuten einen Grund, dich zu mögen», sagte er ermutigend.

Mir war bewußt, daß er es nicht als nett betrachten würde, wenn man *aus einem Grund* nett zu ihm wäre – er hatte da so eine fixe Idee von Liebe, vom Paradiesischen – immer noch vollkommener und reiner, immer idealer oder dem Ideal immer näher kommend. Ich dachte nicht daran, ihm irgendwas über ihn selbst zu sagen und ihn aufzuregen; er kriegte manchmal Anfälle von Herzflimmern, wenn ich ihm quer kam. Es ist ganz interessant: wenn man so am Denken ist oder einen Gedanken oder so was hat und nicht will, daß er einem vom Gesicht abzulesen ist, dann wird der Gedanke von selbst gemein und schärfer, weil er versteckt wird: *Er tut mal wieder dumm.*

Wie auch immer, mein Verstummen, mein Wegschauen gehören zu unserer Sprache, was Probleme mit sich bringt, wegen der Unterschiede im Alter und im Denken zwischen uns – verstehen Sie? Man muß es mit Gefühl und Augenmaß einsetzen – und wissen, daß Mißverständnisse eingebaut sind – wenn ich einen idealen Maßstab anlege, dann ist Dad nicht intellektuell. Wenn er einen idealen Maßstab anlegt, dann bin ich nicht wie ein Sohn, nicht so, wie Söhne sich in Filmen oder in Tagträumereien verhalten – ich bin zu hochgestochen, zu modern. Zum *Verstehen* bedarf es einer physischen – vage sexuellen – Sympathie und einer gewissen emotionalen Berechnung. Wenn ich das aber schaffe, dann ist es, als wäre ich geleckt und feingemacht.

Und wenn Dad mich zu intim umarmt, dann ist alles im Eimer.

Solange die Gesten sparsam bleiben, besitzen die Signale, sprachliche oder solche der Atmung, ihre präzise musikalische Aussagekraft oder Dringlichkeit. Wird die Sympathie aber hitziger und tatschiger, dann wird alles derb. Mein – ohnehin beschränkter – Part im Dialog wird dadurch gestrichen, daß Dad diese Leidenschaft – oder was es ist – uns überstülpt. Ich *fühle* dieses Zeug nicht. Es kommt mir ruinös vor, ruinös für mich. Ich meine, in dem Zimmer da, im Geruch von Staub, von Tageslicht, im Geruch dieser Tageslichtstunde in diesem Raum, im Gefühl (und Anblick und in der Riechbarkeit) der Nähe von meines Vaters Brust und Armen, war ich gestrichen. Uhh. Dies machte mich seinen Gefühlen gegenüber skeptisch. Wenn man jedoch nicht *destruktiv* werden will, darf man nur *auf die richtige Art und Weise* skeptisch sein.

Ich hatte das Gefühl, meine Existenz habe in seinen Augen keinen anderen Wert als den, zum Verschlungenwerden bestimmt zu sein. Ich glaube nicht, daß für ihn viele Möglichkeiten bestanden. Die Idee, daß es unendliche, verschiedene bedeutungsvolle Wirklichkeiten geben könnte, erheiterte und erschreckte mich, und sie kam mir wie etwas sehr Geheimes vor, wie ein *verschlossenes Buch*. Andere Leute fanden aber, sie sei ein *offenes Buch*, was soviel heißt wie jung.

S. L. drückte mir die Luft ab, als er sagte: «Du bist ein dickfelliger Spinner.»

Es ist beängstigend: in wie *unendlich* zeitverknöchertem Maße jemand, der einen berührt, ein Gegner ist, lässig rücksichtslos, Teil eines Wahns, in dem *Liebe* (sowie Faulheit) und Kapitulation miteinander verflochten werden.

Er sagte: «Du bist gar nicht so lustig, wie du meinst – du reißt das Wort an dich. Ein ehrlicher Mensch muß dir erst auf die Schliche kommen. Dein Problem ist, daß du anderen mißtraust. Du bist nichts Besseres als jeder andere …»

«Du behandelst mich nicht, als wäre ich deinesgleichen.»

Das löste bei ihm Jähzorn aus: «Mund halten! MAUL HALTEN! Klappe! Ich will zur Abwechslung mal mein eigenes Wort hören können. Wenn man der Nachfrage trauen kann, bin ich gescheit. Auf meine Art bin ich ein gutaussehender Mann.» Alte Phrasen, die er bei den Parties, die er und Mama gaben, gern angebracht hatte. Ich wollte ihn noch immer so *klar* verstehen, wie wenn ich Bücher las. Ich wußte, daß er mit seinem Gerede auch um Liebe warb.

Wichtig aber war für mich – für meine *Seele*, wenn ich so sagen darf –, daß man uns nicht filmen konnte. Oder uns irgendwie als erhabenes, nobles, *sentimentales Vorbild* anführen konnte. Das Unnormale hier, und dazu noch, daß Dad die Überzeugung ausstrahlt, er habe als erwachsener Mann das Recht, Leidenschaften zu hegen, der Umstand, daß er so viele Wege kennt, seinen Willen durchzusetzen, und daß er meistens das Kommando führt – das kann man nicht filmen. Er hat so eine Taktik, durch Ungeduld alles in der Hand zu behalten; aufgeregt beharrt er auf bösen Prinzipien. Männlicher Realismus. *Glamouröse* Zielstrebigkeit.

Und stets ist das kaum mehr zu beherrschen für *einen guten Kerl* wie ihn, lebhaft und menschlich, zudem stinkend und von finsterem Willen in einer sprachlich verkehrtermaßen endlos differenzierten Welt – seiner Welt. Ein säuerlich-nervöser Mief geht von ihm aus, als wäre er Tag und Nacht zu dieser Umarmung hier unterwegs gewesen – reisekrank im Zuge der Momente ... (Seine Reaktionen auf mich waren das Urmedium, in dem ich schwimmen lernte.) Verglichen mit der Welt – und unter dem Licht im Zimmer betrachtet – stellte ich, jung wie ich war, eine hervorragende thematische Abwechslung für ihn dar, eine Abwechslung zu Krankheit und Tod und zu seinem eigenen Wesen, seiner eigenen Persönlichkeit – das war der damals übliche Begriff.

Liebe zu einem Sohn gehörte zu einem obskuren Gefasel von einem Sinneswandel, über den ihm, und nur ihm allein, ein Urteil zustand. Ich meine, ich hatte nichts zu sagen, oder sehr wenig, und kein soziales Was-auch-immer hemmte oder leitete ihn, und gewiß nicht Mama: keinem stand das geringste Urteil darüber zu, was der Sinn war. «Ich bin ein Mann. Ich bin Amerikaner», sagte er. Mama sagte, er sei ein *rechthaberischer Jude* und wisse es nicht mal. Ich verwarf seine Definitionen von allem möglichen – er hatte sein Leben nicht gut bewältigt – und ich bestritt die Gültigkeit seiner Prinzipien, seine Ideen und Ideale. Doch ich nahm wahr, wie er atmete und daß sein Blick sich in der Umarmung trübte und ihm innerlich vor sinnlich-emotionaler *Not* Augen aufgingen. Doch, er affizierte mich. Die Sensibilität seines Körpers, der Hände, der Handrücken und Handflächen, die eigenartigen, irislosen Augen glichen, und sein pochender Hals vermittelten mir eine Ahnung – oder ein Urteil – er ist also so, wie ich ihn, sein Handeln, diese Momente kenne – seine verstockte, ängstliche Hitze, eine gehetzte Tiefenhitze, eine Befindlichkeit wie in tiefem Wasser, die ihn vom Sterben ablenkte.

Ihr Bewußtsein wird im Grunde davon geprägt, wie Sie geliebt werden – wissen Sie das? Es wird in seiner Fähigkeit geprägt, Pfade oder Fernstraßen anzulegen. Ich war ungeübt, unprofessionell, *unbewandert* – ein Junge. Ich hatte eine lange Geschichte von Dads-Kind-Sein hinter mir. In seinen Armen ist der Moment miefig und *penetrant* und so vertraut, daß er mir sensuell realer vorkommt, als sich leicht in Sprache beschreiben läßt: er ist so real und beklemmend wie ein Traum, der beharrlich behauptet, Wirklichkeit zu sein, sich beharrlich für plausibel erklärt.

Rasch stellt sich Komik ein, die gewohnte und ungewohnte Folter; seine Haare kitzeln – ich liebe ihn weder physisch noch so ganz als einen Vater, auch nicht als mich selbst in dieser zeitverschoben gargantuanischen Gestalt da oder in dieser Gestalt eines anderen Jungen, der alt und gewieft geworden ist; zugleich aber ist mein Gefühl, gefoltert zu werden, auch schweißtreibend und ernstlich lachhaft, ein altvertrautes, familiäres Flirten ohne Gelächter, das fast ununterbrochene, halbschockierte Gefühl von Lächerlichkeit – mein ausweichendes, halb höhnisches, dumm verächtliches Gebaren – als derjenige, der *geliebt* wird, als der Sohn-Geliebte oder was auch immer, genau wie in meiner blonden Kindheit.

Ich bin geübt darin, weiterzuleben, noch eine Weile durchzuhalten. Bislang habe ich durchgehalten.

Schließlich zähle ich laut «Eins, zwei, drei» und stoße ihn dann von mir.

«Du bist schon abendfüllend, muß ich sagen», sagte Dad.

Seine *Wirklichkeit* bringt mich auf, und meine Wirklichkeit ihn – ich meine, diese *Gefühle*, und daß wir eine Adresse teilen, und dann die Augen, der Blick in die Augen …

S. L. sagt: «Laß dein Blondhaar für dich sprechen … Überall geht's um die Wurst. Aber wenn du jung bist und die Klappe hältst, dann hast du Asse im Ärmel …»

Man kann aus der Haut fahren vor Geliebtwerden. Es kann einen rasend langweilen. Ich war altklug: ich legte kaum Bekenntnisse ab, wenn überhaupt eines, vor niemandem, nie. Im Rahmen meiner Irrtümer bin ich der Inbegriff von Korrektheit, es sei denn, ich verliere in den lodernden Zonen dieser Zuneigung und ob ihrer hartnäckigen, *blinden* Unangemessenheit die Nerven: *in Liebe grüßt David der Psalmist.* Liebe zwischen Männern ist wirklich eine merkwürdig stumme Angelegenheit –

Ich möchte mit dir reden –

Ich ziehe ein Gesicht, gequält von dieser unbestimmten Androgynität, einer gewissen Femininität am falschen Platze, die er mir aufgezwungen hat. Ich nehme an, er wiederholt seine Adoleszenz, entwirft sie in mir neu statt in sich. Der Nachdruck – und der Klangcharakter – dessen, was er tut, ist abstrus, nostalgisch – verboten. Er ist ein sterbender Mann. Sein Leben wird verdienstvoller und heiliger, wenn seine Definitionen die besten, die absoluten, die absolut wahren sind. Wenn nun aber das Leben eines jeden von uns heilig ist, was dann?

Wenn ich einer von diesen elektrisierenden Jungen bin und er einer dieser erwachsenen Radschas und Verführer mit verborgenem Antlitz ist, wer sind wir dann? Seine Gefühle. Na schön, hatte ich ebenmäßige Züge? Rezessive Merkmale? War ich farblos? *Pikant?* Ich weiß es wirklich nicht. Vermutlich wirkte ich im Stil der Zeit offen und plagiatorenhaft wach – *du imitierst Nichtse und Niemande*, sagte Dad einmal, voll Verachtung dafür, daß ich an der Ära teilhaben wollte. Enthielt mein Gesicht eine herzzerreißende Wahrheit? Stellte es vielleicht, soweit Gesichter dazu imstande sind, einen herzzerreißenden Kompromiß dar? Meine Rolle war die desjenigen, dessen *Herz* fortgeworfen wird. S. L.s Rolle war es, den *verzweifelten* Geruch eines Liebenden zu verströmen.

S. L. sagt: «Du meinst, du weißt alles.»

Welche Story-Möglichkeiten sich da auftun – der Alleswisser und der Sterbende. Der hübsche Junge und das

Glück des Sterbenden – was ist das *Glück* eines Sterbenden wert?

«Stell dich nicht zur Schau», sagt S. L. *väterlich.*

«Ich stell mich nicht zur Schau ...», sage ich.

Dads nervöser Geruch, das Salzige an ihm gehören zu den mentalen Eindrücken meiner Jugend. Seine Reaktionen auf mich sind physisch nicht logisch. Dads Augenblicke zusammen *mit einem Jungen*, angehaltener Atem und heldenhaft taktische Lidschläge: er posiert. Unter Wasser. In den Brechungen, in eines Mannes starrem Blick durch einen nassen Fleck von Gefühl, spüre ich, wie seltsam ölig sein finsteres Interesse ist. Männliche Schönheit, der allzu große Aufruhr darum, ist eine heroische Sache. «Wenn du zuviel Kenntnis davon nimmst, bleibst du's nicht lange», sagt er.

Gedichte der Zurückweisung

S. L. sagt: «Du bist ohne Sinn und Verstand. Willst du die Leute denn vertreiben? Macht dir das vielleicht Spaß? Du hast die falsche *Einstellung.* Ich – so schlau wie die meisten bin ich allemal – und du hast keine Ahnung, von nichts. Nimm dich bloß in acht», sagt S. L. mit sehr viel *Verschwiegenheit* im Ton, «willst du, daß ich als letzter lache?» Er sagt: «Wenigstens rede ich nicht wie ein Buch. Versuch, nicht wie ein Buch zu reden. Führ mich nicht an der Nase rum ... ich bin keine Miss College – ich bin ein kranker *Mann* ... PUNKTUM. Tja, ich weiß wirklich nicht, wer dir mal Vernunft beibringen soll. Ich behaupte ja nicht, ich wüßte jede Kleinigkeit: ich bin nicht so ein Alleskönner und Alleswisser wie du. Hast du dich denn mit dem Kopf schon jemals abgerackert? Dir fällt alles zu leicht. Dein Glück, daß du ein ordentliches Paket in der Hose hast. Versuch, vernünftig zu sein. Das spricht für dich: die liebe Vernunft. Manche Leute sind der letzte Dreck – sei nicht wie die. Leider bist du nun mal kein Tom Sawyer.» Wünschte er sich das wirklich? «Wir übrigen müssen auch leben. Ich war keiner, der auf lange Strecken Punkte einheimst ... Ich kenne meine Grenzen. Versuch nicht, alles zu verstehen – sei einfach nett. Jeder ist ein Dieb – weißt du das? Schau mich nicht so an, als sollte ich alles erklären – ich bin doch kein Lehrer. Hör mir zu: ich verrate dir da Geheimnisse. Hoffentlich dankst du's mir. Tu mir einen Gefallen, Wiley, und sei kein Narr, der sich für schlau hält, sei nicht so einer, der sich für schlau hält und die halbe Zeit nicht weiß, wo hinten und vorne ist, sei nicht einer, der weniger Chancen hat als ein Chinese in der Hölle. Sei nett zu mir. Für Mitleid mit einem Narren hab ich nicht die Zeit. Mit einem jungen Narren ...»

Und so fort.

Das Hinein und Hinaus von Daddys Monologen, seine unterschwellige Hoffnungslosigkeit, daß er verstanden werden wird, seine Orientierungslosigkeit, seine Logik, sein Machtgefühl und sein strapaziöses, alogisches Verständnis von Wahrheit, seine zügellose Liebe für das Reden, seine Stimme als der Faden, der die Dinge in seiner Sicht verbindet, seine Stimmen eigentlich, sein grundloser Gebrauch der Redeweisen von Tiefer- oder Höherstehenden – *Dein Dad redet wenigstens mir dir, Wiley* ... Klar doch, bloß ganz schön schwierig, dieses Gerede, seltsam und obszön, wie sein Leben, wie seine Sicht der Dinge. Seltsam und obszön war es, seine Einsamkeit, jenen Teil seiner *Verzweiflung* zu begreifen, der nicht-lachhaft, der kein Scherz war. Dann fühlte ich, wie es für ihn war, wenn er mich berührte. Oder wenn ich ihm zuhörte. Ich begriff es mit meiner Unrast, meinem Hinterteil – das sagte er einmal mit dem erstorbenen Lächeln der überlegenen Erfahrung, der Machtstellung, die aus der Präsenz des Todes im Haus resultiert, in der Rolle des Mannes, erschöpft von diesem falschen Bürgerrecht in einer rauhen Welt, von seiner Eifersucht auf die öffentlichen Viten historischer Männer und von seinem Interesse dafür. Wir halten uns in abgeschirmter Stille auf, er und ich … Der Krieg war überall, fast überall, aber nicht hier. Irgendwie begriff ich schon, daß Männer davon träumten, diese kuriose Macht an sich zu reißen oder zu erlangen – schön zu sein und Geschichte zu machen wie manche Frauen. Es hatte etwas Mythisches, sich mit S. L. in einem Raum zu befinden. Und es war Wirklichkeit: viel davon zeichnete sich auf meinem Gesicht ab.

«Harte Fakten sind nun mal hart», sagte Dad, krank und aufgekratzt, und redete weiter, als sei er mechanisch ergötzt von seinem Leben als *gutaussehender Mann* – und dessen Sklave. Nervig-geistreich und einsam. «Ich bin ein Liebhaber. Ich mache was, ob ich will oder nicht. Jetzt verrat ich dir ein Geheimnis: jeder glaubt, er ist Gott und will seinen Spaß und seinen Willen haben. Das ist die Lokomotive und der Bremswagen.»

«Bin ich die *ganze* Zeit ein Narr?» fragte ich ihn.

«Die *ganze* Zeit», sagte er mit triumphierender, amüsierter, schnaubender, griesgrämiger Wonne. Willkommen bei unserer morphingewürzten Poker-Komödie. «Angeblich leben Leute in meinem Zustand länger, wenn sie ihren Spaß haben. Ich sag dir ehrlich, ich hab keine

Lust, da mitzuhalten. Ich passe. Kann meinetwegen auch wissen, wer will. Es ist mir einfach zuviel – zum Fenster werd ich's hinausbrüllen: ich bin erledigt; es ist mir alles zuviel. Einigermaßen fair bin ich immerhin ... Wenigstens kichere ich nicht, wenn ein Mann mit mir spricht –»

«Ich kichere nicht.»

Er sagte: «Baby muß Bäuerchen machen. Rat mal, was das heißt. Aber eine Lektion solltest du wirklich lernen: red nie hochgestochen daher, wenn's kein Geld bringt ... Wer Ohren hat, der höre.» Er legte mir eine Hand aufs Knie.

«Ich will keine Hure sein, Daddy ...» Ich schob seine Hand weg.

«Du hast vielleicht komische Ideen, massenweise, sehr, sehr komische Ideen. Du hast zuviel Phantasie, mehr als dir guttut. Ich will dir mal was über dich verraten: – du kannst nicht zwischen Hü und Hott unterscheiden.»

S. L. ist kein – und war nie ein – *anständiger* Mensch. «Blendend – ja», sagte Lila, «aber er war ein sehr, sehr schlimmer Mensch. Tja, auf ein langes Leben für uns übrige, kann ich da nur sagen.» Sie strich mir über den Arm, und er brannte überall dort, wo ihre in meinen Augen nun kleine Hand entlangfuhr. Lilas Berührungen im Lauf meiner fluktuierenden Geschichte sind ein Teil dessen, was ich über historische Fluktuationen weiß. Wir sind eine Familie von *Huren.* In einem sexuellen Universum.

Sie sagte: «Mach ich dir Gänsehaut? Mit dir ist schwieriger umzugehen als mit irgendwem, der mir je begegnet ist. S. L. ist *kein gewitzter Mann, was Frauen anbelangt ...*»

«Mama, ich will keine *Hure* sein.»

Lila sagte: «Du bist jemand, der alles genau betrachtet

und alles falsch versteht. Damit kannst du in der Schule durchkommen, aber nicht im Leben.»

Ich sagte (über die Schule und mein Leben und meinen Wert in der Welt): «Meistens brauch ich nicht darüber zu reden, aber ich muß es im Kopf behalten, denn die Physiklehrerin und Mr. Caulkins» – der Schulinspektor und noch am ehesten mein Verbündeter – «sagen, ich kann den Krieg gewinnen helfen mit dem, was ich in Naturwissenschaften vielleicht mal entdecke: darum interessieren *sie* sich dafür, was ich als nächstes mache: sie haben Geduld mit mir.» Ein einigermaßen lautloses *Ha-ha* schwang mit: *Ich gehöre nicht zu* euch. «Leicht ist das nicht; sie erwarten zuviel von mir.»

Daddy sagte: «Mach mich nicht ärgerlich mit deinem Quatsch, Wiley ... NIE WIEDER WILL ICH HÖREN DASS DU MIR ODER SONSTWEM ERZÄHLST WIE SCHLAU DU BIST HAST DU MICH VERSTANDEN ES GIBT EIN PAAR DINGE DIE *ICH* NICHT ERTRAGE UND ICH MUSS SIE NICHT ERTRAGEN *HÖRST DU* UND DAS GEHÖRT DAZU ...» Schuldgefühle und Eifersucht im Schatten des Todes.

«Ich hab nur Tatsachen berichtet, Daddy. Ich bin's eben manchmal leid, so zu tun, als wär ich Tom Sawyer, sonst nichts ...»

«Die Leute verbergen, was sie verbergen sollten. Sie verbergen nichts, was hübsch ist. Grips ist nicht hübsch.» Er war ein hübscher Mann gewesen, aber nicht bekannt für seinen Grips. Er und ich sprechen im Schatten seines Todes. Wahrhaftig bis zu einem gewissen Punkt. Zumindest lügen wir anders. Er wurde manchmal ziemlich besessen von Schicksalsüberlegungen – Schmerz, Folter,

Tod. Ich sollte vor ihm und für ihn Angst haben – das wollte er, meine ich. Mein Gott, wie sonderbar doch alles war, was er wollte. Es war *ungeheuerlich* …

Ich hatte nicht die Absicht, seine launenhaften Definitionen oder seine wirren Ratschläge anzunehmen: und doch, im Herzen tat ich es. Wie dem auch sei, am Ende liebte er mich – das sah ich … Aber das war seine Liebe.

Er sagte: «Es gibt gewisse Dinge, um die nur gutaussehende Menschen wissen – du siehst nicht wirklich gut aus, aber du bist jung: das ist so ziemlich das gleiche …»

Wenn der Tod nah ist und man Gespräche führt, muß man Schludrigkeit als okay hinnehmen. Ich traute Daddy überhaupt nicht mehr. Widerwillig, scharrend definierte mich sein Geist, hieß mich willkommen. Wünschte mich tot.

Er sagte: «Wünschst du, ich wäre reich? Alles dreht sich nur ums Geld. Jeder ist eine Hure …» Er klagte über den Arzt: «Ach, der interestiert sich mehr für dich als für mich, dabei bin ich derjenige mit der Krankheit. Diese Burschen warten bloß auf ihre Chance, einen komplett zu besiegen – es ist schon schwer genug zu sterben, ohne mir auch noch ansehen zu müssen, wie alle über mich triumphieren. Ich kann ohne das leben.» Dann hörte er, was ich zuvor gesagt hatte, oder er begriff die Taktik darin: «UND ICH SAG DIR DOCH DU SOLLST DEN *MUND HALTEN*! MUND HALTEN! MUND HALTEN!» sagte mein Vater. «ICH BIN EIN STERBENDER MANN», sagte er voll Stolz auf diesen Rang, dieses Schicksal, diese Realität, die ich von ihm erben würde.

Naivsein ist alles

Einmal waren Ora und ich nach einer Party in Bronxville, wo viele hochnäsige-aber-schüchterne, abwehrende und naseweise, nichtjüdische, junge reiche Leute aus Vorortgegenden in der üblichen Party-Sexualität zirkuliert waren wie unter einer aufgeheizten Wolke, sehr betrunken. Wir wohnten ein Stück unterhalb von Bettys und Irvings Haus, in einem ehemaligen Gutsverwalterhäuschen. Betty war Oras Tante, die Schwester ihrer Mutter. Bettys Eltern hatten auf dieser Anhöhe in Westchester gewohnt, am höchsten Punkt dieses steilen Bergrückens: und über die Jahre hatte sie zwei, drei weitere Anwesen hinzugekauft, zur Vergrößerung des eigenen.

Bettys Vater stammte aus Ohio und war ein ehrenwerter Bursche, so etwas wie eine Vorzeigefigur für die Gangster im Hotel- und Hotelwäscherei-Geschäft. Bettys Mutter war eine hübsche, gescheite Frau gewesen, die sich vor Langeweile fürchtete. Dieser Teil der Gegend war damals nicht chic. Ein Ziegfield-Revue-Star hatte hier gewohnt, eine Person, die in Eselinnenmilch badete. Zwei Farmen wurden noch bewirtschaftet. Die meisten der übrigen fünf großen Häuser gehörten Juden oder Oras mit der Mafia verbandelten Großeltern.

Zu unserem Cottage gehörte keine Garage. Wir benutzten die im Haupthaus, einem grellweiß gestrichenen Holzgebäude am Ende einer kurzen, steilen Auffahrt mit scharfen Kurven, von Eichen überschattet. Wir waren mit offenem Verdeck gefahren. Als wir uns dem Haus näherten, hatte ich es geschlossen, damit wir dort, wo man uns kannte, unbeobachtet blieben, an der beleuchteten Tankstelle zum Beispiel und von dem Ortspolizisten, der das Anwesen bewachte, wenn niemand dort war. Ich war zu betrunken, um in die Garage zu fahren, und lachte darüber und blieb auf dem geteerten Vorplatz – der auf der einen Seite zu einer Mauer hin aufgefüllt war, damit eine ebene Fläche entstand – im Wagen sitzen. Ich hatte, als wir die Party verließen, das Jackett ausgezogen und ein paar Hemdknöpfe geöffnet, damit die kühle Luft mir half, beim Fahren mit meiner Betrunkenheit klarzukommen.

Ich war gefahren, als wäre ich nüchtern – das kann man, wenn man es will. Man kann sich ebenso neben die eigene Betrunkenheit stellen wie neben die Phrasen und Ideen des Jahrzehnts. Als der Wagen stand, als die Vibrationen und Motorgeräusche aufhörten und die Räder stillstanden, blähte sich die Betrunkenheit schubweise auf und machte mich schwindlig, mehr als zuvor – sie pulsierte in meinem Kopf, stach mir in die Augen, dröhnte und hämmerte – ich fühlte mich wie am Ertrinken, von unsichtbarem Wasser. Mit einem Willensakt gebot ich der Betrunkenheit, Ruhe zu geben. «Wir haben's geschafft», sagte ich. Steif waren Ora und ich im Wagen gesessen, als zählten wir die Meilen und Sekunden, uns keineswegs sicher, ob nicht dies die Nacht der Katastrophen war, eines kaputtgefahrenen Wagens, vielleicht des Todes oder unserer Verstümmelung.

Auf der Heimfahrt hatten wir ein bißchen über die Party geredet, wer sich an wen herangemacht hatte. Später unterhielten wir uns dann, während wir nach Norden fuhren, im steifsten intellektuellen Ton, dessen wir fähig waren, im Stil der späten vierziger Jahre, wie man ihn uns in Harvard beigebracht hatte: wir diskutierten über Epiktet, Hegel, Santayana. Wir versuchten, unserer Betrunkenheit einen traditionellen Anstrich zu geben oder so etwas. Wir sprachen ein wenig über Antisemitismus und Intellektualität – und abwechselnd waren wir sehr souverän, und oft kicherten wir, jedoch nicht über den Ernst, mit dem wir uns unterhielten, sondern darüber, daß wir betrunken waren oder über die dumme Bauweise der Fernstraße, über die Trassenführung des Taconic Parkway.

Ora war betrunkener als ich, aber wenn sie betrunken war, benahm sie sich stur nüchtern, und nur etwas unterschwellig Obszönes deutete darauf hin, daß sie betrunken war; sie war eine junge Frau von beachtlichem Format, und sie polemisierte viel – manches davon hing mit ihrer Gesellschaftsschicht zusammen; als trüge sie eine Reitpeitsche oder ein Jagdgewehr. Sie lebte niemals in Frieden mit diesem Teil ihrer selbst, sondern suchte Zuflucht oder Unterschlupf in einer *obszön* robusten Wildheit, fast eine Pose, wie sie ein reiches Mädchen sich anmaßt und die ihr vertrauteste *Dichotomie* – ein Wort, das sie liebte – des Lebens: zwischen dem langweiligen und dem verruchten Leben. Sie mußte oft pinkeln, wenn sie betrunken war; aber sie sah sehr gut aus, und die ihr geltenden Annäherungsversuche ereigneten sich gewöhnlich auf einem hinteren Flur in der Nähe der Toilette.

Im Wagen hatte sie darauf geachtet, sich nicht zuviel zu bewegen, denn Schütteln hätte den Topf zum Überlaufen gebracht. Dennoch hatten wir dreimal angehalten und uns dann dem Durchhaltewettbewerb gestellt, ob wir es bis nach Hause schaffen würden. Vielleicht war unser wahreres Zuhause die Wohnung in der Stadt: ich weiß es nicht.

Der unermeßliche Blick lag hinter uns und zur einen Seite hin – uns umgab eine unermeßliche Stille, ein unermeßlicher, ziemlich warmer Wind, eher eigentlich eine Brise, jedoch keine, die sich abwechselnd legte und erhob, keine aus vereinzelten Haken und Wirbeln bestehende, sondern, der großen Weite des nächtlichen Luftraums wegen, eine Flußbrise, ungemein animalisch und geisterhaft, ein flüsternder Drachen von einem Wind. Ora hatte die Schuhe ausgezogen und schlüpfte nun in einen wieder hinein, in einen hochhackigen Schuh. Sie wandte mir das Gesicht zu und sagte: «Küß mich. Fühlst du dich sexy?»

Niemand war da, weder im Haupthaus noch in den drei kleineren des Anwesens. Die Bäume waren da, eine mächtige Rotbuche, die in der Brise schnaufte, und ein paar Lärchen und Ahornbäume, Tannen und Fichten. Der Abhang gab einen weiten Blick auf den Himmel und die Sterne frei, auf ferne Hügel und erahnbare Täler, auf Farmen damals und auf behagliche kleine Dörfer, die bald Vororte werden würden. Wir hatten verstreute Lichter über und unter uns, Sterne und Häuser; die unter uns wiesen auf Existenzen hin, die mit weniger Geld auskommen mußten, als hier oben zur Verfügung stand.

«Ich muß pinkeln», sagte sie. «Und ich weiß nicht, ob ich gehen kann.»

Ich schob meine Arme unter ihre und zog oder drückte irgendwie, bis sie die Schenkel gespreizt hatte, bis ihre Beine in einer annähernd sexuellen Position waren. Verbal war Ora gewöhnlich kühn, in ihrer Redeweise aggressiv, physisch aber passiv und sehr abwartend – vielleicht war das ein damals üblicher Stil. Ihr schwerer Kopf, ihre herrliche Haut, ihr Haar preßten sich gegen meine Wange. Ich hob ihr den Rock hoch und schaffte es, ihr das

Höschen auszuziehen – über den einen hochhackigen Schuh. Die Nachtluft, das leuchtende Albino-Zifferblattgesicht des Mondes in seiner verschwommenen, zufälligen Fülle, die steif anstürmende Brise und natürlich mein betrunken dröhnender Kopf – all das ist nun eine untergegangene Welt, jene Farmen so nah bei New York und meine Jugend, meine Trunkenheit.

Die Erleichterung, nicht tot zu sein, die sozialen Ungeheuerlichkeiten der Zeit, die Nähe und Ferne überspannende Aussicht auf jene weite, unruhig agrarische, halbagrarische Gegend mit ihrer Gutsbesitzerschicht; das Ungewöhnliche der Uhrzeit und des Verliebtseins … Die Einheimischen betrieben nicht ausschließlich Landwirtschaft; sie gingen arbeiten, hatten Geschäfte. Unser Rückzug, unser Aufstieg zu diesem Bergkamm, der nicht chic war, sondern Außenseitern vorbehalten (aber es war schön, dieses so hochgelegene Stück Land) – alles war romanhaft, von Vergänglichkeit gezeichnet und von sehr schräger, leicht Gatsby-hafter Romantik.

Der warme Wind, der Mondschein, Oras kraftvoller Körper, das Dunkel, das, als meine Augen sich ihm anpaßten, nachließ – damals war ihr Gesicht nie langweilig. Es langweilte nicht einmal sie selbst. Ich half ihr, über die Auffahrt zu hoppeln. Niemand konnte uns von der Straße aus sehen; das heißt, die Straße führte im Winkel ab, und kein Scheinwerfer würde auf uns fallen.

Ora klammerte sich an mich und sagte: «Hier ist es zu offen.» Ich stützte sie, und wir gingen um die Garagenecke. Die Holzwand der Garage strahlte Wärme ab, und aus dem Gras stieg kühle Feuchtigkeit auf. «Gibt's hier irgendwelche Tiere?» fragte Ora. Hinter der Garage kam eine Mauer, teilweise überwuchert, und dahinter ein Feld

– nun ein junges Waldstück, doch während des Krieges war es für eine Weile Farmland gewesen, vor acht, zehn Jahren. Man konnte die Leere geradezu hören, konnte hören, sehen und spüren, daß dort niemand war, daß kaum Tiere überlebt hatten. Der Mond beschien einen Teil der Garage, und dann wurde es sehr dunkel. Ich hielt Ora fest und überprüfte mit den Füßen das Gras. «Geh dort rüber», sagte sie. Sie sagte: «Nicht schauen.»

Ich lehnte mich gegen die Garage. Durch das Hemd hindurch fühlte ich die Temperatur des Holzes und die Farbe, mit der es gestrichen war, und ich liebte mich dafür, daß ich eine Art von Maschine war, die derlei Dinge registrierte, wie auch dafür, daß ich ein bißchen reich war und jung war und mich auf diesem Berg – oder an diesem Bergrücken – aufhielt, und ich liebte Ora mehr oder war verliebt in sie oder ihr verbunden, weil unsere Seelen irgendwie in einem solche Winkel zueinander standen, daß ich mich mir von ihr beschreiben ließ: sie erwartete von mir, daß ich mich liebte, daß ich ein zorniger, ein wenig wilder Dichter war. Sie lehrte mich gleichsam, so zu sein.

Ich zog das Hemd aus, damit sie sich abwischen konnte, aber sie wollte es nicht nehmen, drum reichte ich ihr ein Sassafrasblatt von einem Schößling, der in der Nähe stand.

Zuvor aber spürte ich an meinem dünnhäutigen, bloßen Rücken das Holz und hörte, wie Ora ins Gras pinkelte, dieses nasse, pfeifend-wispernde Geräusch. Und ich nahm die Luft wahr. Und das – auch sexuell – Heroische meines Versuchs zu leben. Wie beflügelt regte sich Lüsternheit; jeder Aspekt des Ichs ist ein Gestalter der Luft und der Momente: die in Luft badenden Arme, der kuriose Ansturm sexueller Selbstdramatisierung – nun ja, der Art und Weise, wie wir es miteinander treiben. Die Rollen, das Verlangen, vielleicht der Wunsch, das eigene Party-Ich spielen zu lassen; die junge Frau und der zum jungen Mann gewordene Junge: «Da du nun schon hockst ...» Sie blickte auf. Ich öffnete ein Stück weit die Hose.

Sie reagierte immer kurios darauf, daß ich etwas unternahm, die Initiative ergriff; sie reagierte aufgeregt: sie wurde eingesperrt und dann nicht ganz befreit. Es war, als schlüpfe sie tiefer in eine Art von Bau – das heißt, wenn sie die Einladung akzeptierte: manchmal zauderte sie. Gleichwohl blieb noch etwas auszuhandeln; auch sie stellte eine Macht dar.

Ist es Macht, was mein nun deutlich animiertes Fleisch in Bewegung versetzt? Oder ist es schlurfende Feigheit, zu vögeln, wenn wir betrunken sind – uns in ihren Träumen, ihren Vorstellungen von Sexualität zu bewegen? Spricht es für einen zerrütteten Willen? Erneut biete ich das Hemd, das Sassafrasblatt an. Ora nimmt einen Finger und ein Büschel Gras und steht auf – mein bloßer Arm stützt sie, berührt sie: sie kann stehen und die Balance wahren.

Das Gewicht von Ora, die sich an mich lehnt, ist drükkend und real. Ich schiebe die Hand in die locker geschnittene, an den Schultern gepolsterte Bluse, die sie trägt. Die sexuelle Kraft, die von ihr ausgeht, ist gewaltig.

Die Party hatte zum Teil mir gegolten, der Unterzeichnung eines Vertrags, mit dem ich mich verpflichtete, ein Drehbuch für den noch recht jungen Mann zu schreiben, dem das Haus gehörte. Und Ora hatte sich entsprechend dafür angezogen – ein Typ auf der Party, der sehr betrunken war, hatte gesagt, sie sei *die Venus des Teufels*. Sie trug eine weiße Strickjacke, nicht zugeknöpft. Die Nacht schlitterte und rutschte. Nun hing Oras Bluse unter ihren Brüsten. Ihr BH wirkte absurd. Der Rausch machte mich am ganzen Körper so lebendig, wie ich als Junge gewesen war. Aneinandergelehnt, hie und da anhaltend, um uns zu küssen, überquerten wir im stillen, unangestrengten Mondlicht den Rasen hinter dem Haus. Der Pfad wand sich durch die umfriedete Szenerie von Rasenstücken und Blumenrabatten am Haupthaus und zwei gigantischen Buchen mit silbrig angehauchten, zerfurchten, mondbeschienenen Gesichtern vorbei, unter ein paar Ahornbäumen hindurch und an Blumenbeeten, Hecken und einer steinernen Patio-Terrasse vorüber. Ora, schwer und real, solide gebaut und vage schimmernd, lehnte sich freizügig, verhandlungsbereit an mich, während wir uns trunken durch die Dunkelheit bewegten. Wo der Rasen hinter dem großen Haus sich öffnete, griff sie nach meinem Schwengel, zum Ausgleich für mein nachtluftsanftes Streicheln und Betasten ihrer nackten Brüste. Barbrüstig, mit Zukkeratem (vom Alkohol), leicht feuchthäutig, gönnen wir uns einen trunkenen, schnüffelnden Kuß unter einer murmelnden, plappernden Buche.

Unter uns dehnt sich die Nacht.

«Wie weit trägt Schall?»

«Weiß ich nicht.»

«Ich möchte kein Publikum haben.»

Ich schlüpfte aus den Schuhen und streifte ihr mit einem nackten Fuß den Schuh ab … Hose, ihren Rock … ihre Wolljacke … Nun stehen wir nackt, aber im Mondlicht da –

«Kann man uns sehen? Kann uns jemand hören?»

«Ach was. Hier sind nur wir und die Geister –» Der Sprit und die schwarzen Amorgestalten modernen Begehrens. Ich flüsterte: «Ich fürchte mich im Dunkeln –» Unter dem Baum. Ein Scherz.

Ganz eindeutig – wie in einem Test – haben wir unter keinem wichtigeren Gesichtspunkt etwas gegeneinander, weder physisch noch geistig. Es ist merkwürdig, dieses Bündnis auf Probe, das doch, zumindest im Augenblick, endgültig ist.

Oras Körper stellt eine Landschaft, ein Klima – oder eine Art von Boot – für meine Gefühle dar. Es gibt da eine große Kluft zwischen ihrem sichtbaren, einen anrührenden Körper und der inneren oder insgeheimen Wirklichkeit, die er als Hitzequell für sie selbst besitzt, und was man berührt, ist diese Divergenz.

Man berührt die sonderbar lebhaften Höhlungen ihres Körpers und deren oder Oras Einlaßspiele; ihr Körper selbst stellte die mit Karyatiden-Pfeilern geschmückte Veranda dieser Momente dar. Vielleicht erwählte ich ihren Körper auf ähnlich nachdrückliche Weise, wie sie mich zum Unhold vom Dienst, zum langbeinigen sexuellen Demi-Dämon und Gebieter erkor. Nicht daß ich all das gewesen oder nicht gewesen wäre, aber das projizierte sie sexuell auf mich – ein Spiel vielleicht. Es war, als würde man in das Wörterbuch ihres Lebens geworfen, in dem geheime Schlüsselmomente aufgezeichnet waren, freilich in einer Sprache, die ich nicht verstand. Die anmaßende Schönheit ihres ersten Freundes an der Highschool zählte zu den Dingen, die sie, träumerisch vielleicht, auf mich übertrug. Wir gehören beide Gruppen an, für die Verlangen mit Stolz in Beziehung steht, was nicht ungewöhnlich ist, uns jedoch vielleicht verdammt, zwei verwöhnte Geschöpfe auf diesem hochgelegenen, von mauergleichen Hecken umgebenen Rasenhang, inmitten von Blumenbeeten, in einigen davon Holz- oder Steinskulpturen. Ein Großteil des Vorfalls hat sich in einem der Sprache entzogenen Moment verloren: *Wir haben es nicht vom Wagen bis zum Cottage geschafft – wir haben auf dem Rasen gevögelt.* Ora führte ein Tagebuch, und darin schrieb sie auch: *Vielleicht wird dies einmal ein berühmtes Tagebuch …*

Was wir hier haben, ist ein unstetes Ensemble von trunkenen Beachtungszonen, den Phallus in der Nachtluft – den weißen, eine Spur trockenen Ast oder Willen, gar nicht priapisch und dann *höllisch* priapisch, eine stumme Gewalt höheren Sinns, der Geruch von Gras und Lilien – *reich, reich,* murmelte die Nacht; der Junge lebt in dem Mann: *Auf unserem Landbesitz wie in einem Traum: doch dies ist Leben …*

«Ich schulde dir ein gutes Liebesgedicht, Ora …» *Ch schuuuldir nn guuutes Lüübesgödicht, Oh-rah …* Unter lautlosem Gelächter stolperte ich in meiner zähen Trunkenheit und gab Ora wie ein Junge frei, statt sie mit mir ins Gras zu ziehen. Und als ich dann wirbelnd von meiner Höhe auf den Abhang purzelte, so daß mein schwirrender Kopf gut zwei Meter tiefer geriet, als ich und mein astgleicher Ständer auf der Seite landeten und ich mich dann auf den Rücken drehte: ah, da sind Sterne, Blätter, nächtliche Eiben, der Mond: der Grasgeruch: halbunterdrücktes Lachen packt mich, dann lauteres, närrisches Gelächter – «Sch – nicht …» Ora beugt sich herüber: oh, die Brüste, oh, die Brüste, oh, diese *Originalität* von Brüsten, oh, das Gewicht wiederkehrender Unschuld, wiedererlangter Unberührtheit: wieder die Last akuten Unwissens und

Dunkels, ein Verwirrungsschub: Oras Atem, ihre Schultern, ihr Haupt – *timor felicitatis* - Furcht vor dem Glück, vor seinem Verlust, Furcht vor der Macht dieser handgreiflichen Frau, Furcht vor dem Mondlicht und meinem eigenen Begehren. Wie ich zugreife, mit welchem Ungestüm ich nach den dichten Garben ihres langen, schönen Haares greife: wie ich es besitze und beherrsche, das dunkle Pferd des Augenblicks, und wie ich selbst von Pflicht und Stolz geritten werde, von Ora als Publikum, von ihr und mir als Publikum – ah, ah, ah …

Und bei dem Sturz, dem Aufprall, der mir durch die Knochen fuhr, habe ich mir an den Eiern und an meinem die Trunkenheit mißachtenden Ständer weh getan …

«O mein Gott, ich kann's nicht *aushalten*, lebendig zu sein …» sagte ich zu ihr.

«Schon schlimm», sagt sie ein wenig breiig, eine Hand auf meinem Schwanz, die andere auf meinem Arm, dann auf meiner Brust – sie erregt sich, nimmt mich in Besitz, befühlt mich, nimmt vielleicht ihrerseits Besitz von mir – «aber du bist's nun mal, Wiley …»

«Großmaul – liederliches Großmaul-Mädchen küßt Juden auf dem Rasen.»

Mir gefiel nie, wie sie küßte, außer wenn ich sie dirigierte. Für meinen Geschmack küßte sie von sich aus zu *geschwollen*.

Trunken erkannte ich, wie nützlich es war, ihre Küsse nicht zu mögen, nützlich als dramatischer Trick; es stachelte mich dazu an, mich auf sie zu wälzen, ein wenig hangabwärts auf dem kitzelnden, leicht rauhen Gras; ich wollte die Kontrolle über ihre schlampigen Küsse gewinnen, ihnen sinnliche Kohärenz aufzwingen. Mich verächtlich dem Kuß entziehen, mich halb aufsetzen, gebieterisch, wie strafend – ah, ah, wie außerordentlich un-unschuldig die Szene doch war, trotz meiner Unschuld und Blödheit, oder Blödheit und – ich weiß nicht: irgendwie war alles aus einem Guß.

Ihre Hände, ihre Berührungen, waren oft ungeschickt, ohne sexuellen Sinn, ohne Ansinnen, Rhythmus oder Respekt, eher wie vom Tageskram übriggeblieben. Ich spüre ihren Hunger nach – nach was? Nach mir und nach Romantischem, nach etwas im Rahmen der lingua franca zeitgenössischer Ideen Erkennbarem. Ich bin ihrer so gewahr, daß ich *ihren* Hunger verspüre, wiederzuerkennen, das zu leben, was sie gelesen hat, und ich bin ihrer falschen oder geheuchelten Selbstverlorenheit gewahr. Und ich kann dieses Gewahrsein ausblenden und schlicht übergehen, oder ich kann darauf beharren, was in gewisser Hinsicht sadistischer ist.

Ich streichle sie auf gewärtige Weise. Ich sage: «Wollen wir mal dein Kleid ruinieren –» Eigentlich ihren Rock, den ich unbeholfen unter sie zu schieben versuchte, während ich so tat, als wollte ich in sie eindringen.

«Hier, auf dem Gras?» sagt sie. Sie beklagt sich oft, ich sei zu derb.

«Hier auf dem Gras –»

«Der Mond wird uns zusehen», sagte sie im Stil von Theaterstücken und Filmen, die sie bewunderte.

«Schsch», machte ich.

In unserem Cottage wie in der Wohnung in der Stadt zog sie immer überall die Jalousien herunter, obwohl man nicht zu uns hineinsehen konnte. Sie fürchtete Neid – und sie brauchte Abgeschiedenheit: sie schätzte geheime sexuelle Sichtweisen oder war in ihnen gefangen: in den Sichtweisen einer Darstellerin und eines Publikums, Sichtweisen, welche den Neid der Sphären, den Groll der Nachtgeister erregen. Selbst gegen den Mond hatte sie etwas einzuwenden.

Die lückenhaft allwissende Enzyklopädie, die Ora darstellt, ist teilweise eine Enzyklopädie amerikanischer Begierden. Diese scharfsichtige, erstaunlich gutaussehende, kompakt gebaute Frau liebt ihre Klischees. «Ich habe viel Grips –» sagt sie. Dann läßt sie den Gedanken fallen oder verliert ihn aus dem Blick. Dann entschuldigt sie sich oder tarnt sich: «Ich bin betrunken – das mag ich ...» Das letzte sagte sie wie ein College-Mädchen: am College hatten wir uns kennengelernt und zum erstenmal miteinander gevögelt.

Ihre Gedanken sind vor mir verborgen hinter den Knochen ihrer Stirn, ihres Schädels, ihrer großen Hübschheit: knöcherne, vom Willen überwachte Wälle: ihre Augen im Mondschein signalisieren nicht körperliche Bejahung, sondern strahlen eine Beachtung aus, die einer anderen Fraktion im Parlament ihrer Ichs, in ihrem Repertoire von Beachtungsformen, von Fragen entstammt – ihren Risiken, ihren Überzeugungen, ihrem Gefühl, sie sei ihr eigenes Verhängnis ... Was sie interessiert, worauf sie neugierig ist, das ist dasjenige, was andere Frauen besitzen, und Männer: dieser Neid, diese Schläue – dieser Realismus –, ist eine Methode, wirkliche Dinge zu erkennen. So knöchern sie auch nachgibt und so gleichsam übelriechend die Bereitwilligkeit ist, die aus ihr hervorquillt, es ist eine sexuelle Einladung in den Bau: diese Courage, diese sexuelle Bereitschaft, diese träge Spannung, ob sie aktiv oder reglos – aber dennoch einladend – sein soll, die liebe ich, liebe ich zutiefst. Auf dem steilen

Grashang, der fast eine Bergwiese ist, wo die Bäume – und betrunken ich – sich schwankend über sie erhoben haben, und mit der kindlichen Unflätigkeit unseres Rauschs sagt sie: «Das wird ein schmutziger Fick ...»

Vielleicht meint sie: *Laß uns für tollen Sex sorgen ...*

«Klappe», sagte ich, aus derselben fiktiven Welt heraus – das heißt, ich war der Sprecher, aber ich spielte meine Rolle. Der feuchte Boden und das Mondlicht: ich blieb vorsichtig und gab mir keinen Namen: ich war ein Gebilde aus Heimlichkeiten – wie Ora auch, nur anders. Hier besteht der Zirkustrick, die Trapeznummer darin, *logisch* zu sein in einem betrunkenen Moment auf einem Rasenhang vor einer bestimmten Frau in einem bestimmten Moment in ihrem Leben – in meinem auch, und in einem bestimmten Jahr: ein bestimmter Fick.

Voll des Lobes, das ein wenig knirscht, weil sie in ihren Ambitionen, ihren Phantasien – ihrer fiktiven Welt – gekränkt wurde, sagt Ora: «Du bist ein König – dies ist ein königlicher Garten –» Und pornographisch, einmal ihre Meinung äußernd: «Das ist ein königlicher Schwanz.»

Tyrannisch, imperial – ich habe meinen großen weißen Schwanz einmal geliebt – fauchte ich: «He, Ora, keine Propaganda, fick einfach, okay?» Sie haßte es, wenn ich das sagte.

Logisch zu sein heißt, die freien Symmetrien zu erkennen, in denen der eine Akt sozusagen auf freiem Willen beruht und der andere, die Reaktion, nicht so frei ist, daß die Symmetrie gestört wäre, unmittelbar oder in unterschwelligen Nebenbedeutungen oder in Obertönen. Die neugierigen Bewegungen der Ichs sind *ehrgeizig* – der männliche freie Wille ignoriert Ora. Der weibliche freie

Wille schweift in Phantasien oder in andere nicht anwesende Gegenden ab: Liebe und Flucht, die Eurydike-Nummer, nicht blinzeln, nicht zurückschauen, nichts zurückhalten. In dem Maße, in dem ich mich nicht Phantasien hingebe, mich nicht in mich zurückziehe und nicht auf Oras Lenkung reagiere, kann ich ihren erstaunten körperlichen Blick festhalten, doch das hängt davon ab, daß ich sie phallisch erregend finde – ein Dialog besteht. Sie prallt oder driftet nicht in Gefühle ab, um dann zurückzukommen: sie ist eigensinnig präsent, auf geradezu lieblose Weise, aber so wie sie es tut, ist es Liebe. Für jeden von uns; sie schreibt den Dialog, und ich *erstaune* sie aus diesem Traum hinaus.

Es gibt da Umstände und Zustände von Berührungen und Positionen – die Rolle, die man beim Küssen, beim Lecken spielt – und Tendenzen zur Courage, zu sexueller Courage, von Witz und Raffinement bei ihr, die nicht unbedingt meinen Stimmungen, meinen Nervenenden entsprechen. Ich schätze eine Art von erzählerischer Struktur und ein Bekenntnis, wer man ist. Wenn ich Ora berührte oder stubste, war sie oft nicht zum Tanz der Erwiderung fähig, sondern wurde warm und gastfreundlich. Scheinbar reagierte sie auf das dramatische Geschehen, auf das, was ich unternahm, eigentlich aber auf etwas in ihr selbst. Am Fuß einer Treppenflucht nach der anderen sozusagen war sie vor mir sicher. Wer sie war – als Person, meine ich, jedoch samt des Furniers der Unterweisungen, die ihr zuteil geworden waren, und ihres Aufbegehrens –, fand ich interessant, allerdings nicht sehr, denn es kam mir so vor, als sei sie in einem Käfig eingesperrt. Sie legte eigentlich niemals ein Bekenntnis ab; sie verhandelte und verhielt sich so, wie es nach ihrer Ansicht ihrer Rolle entsprach.

Mir gefielen weder ihre Vorstellung von Ausschweifung noch vom Alltäglichen; nach ihrer Version ließ das eine wie das andere wenig an Gefühl oder ließ Gefühle wie Kuriositäten erscheinen, umgeben von kritischen Bemerkungen, kleinen Ohs und *Ah, das war gut, das war toll.* Sie mochte solche Dinge. Ich weiß nicht, inwiefern das aus ihr selbst kam und inwiefern es etwas Klassenspezifisches und Nichtjüdisches war.

Oder das Gegenteil von Naivität? Nun, jede Vögelei stellt die Grenze zum Ende der Affäre dar, die Grenze zu Gleichgültigkeit, zu Verärgerung und zur Entschlossenheit, den anderen zu betrügen, oder dazu, daß man mysteriöser- oder unmysteriöserweise freigegeben wird – eigenartig ist das – und dann geschieht es doch nicht ganz: man wird nicht freigegeben.

Sicher, ein Rausch befreit einen ein wenig. Zumindest zu fließenden Assoziationen, zu wogendem Stimmungswandel: Ora war zu kintoppig und gar nicht witzig, behauptete ich, und meinte damit den Augenblick am Abhang – «Nicht hier – dort –» Ich rollte sie im Gras herum und rollte mit: «Im Klee wälzt sich die Partyfee.» Ihr wurde ein bißchen schwindlig davon, und sie hielt die Luft an und grinste, plötzlich amüsiert.

Die seltsamen, kindlichen Unterwerfungsakte, die sie manchmal bot, waren etwas anderes als ihre trotzigen Weigerungen zu reagieren oder die furchtsamen Momente scheuen Mitwirkens, wenn ihre Furcht sie sexuell ein wenig aufputschte. Mehr als vor mir fürchtete sie sich vor Gefühlen – vor dem Verlust ihrer Verhandlungsposition. Doch ich wollte meine männliche Macht nicht verlieren: das waren die Masken, die wir trugen. Ein wenig fürchtete sie, mich zu verlieren, aber diese Furcht war nicht so groß, daß es einem Tanz, einem Pas de deux geglichen hätte, sie zu vögeln: ich meine, sie mochte meine Ausstrahlung, liebte sie schwül, jedoch nicht so sehr, wie ich es mir von ihr gewünscht hätte und wie ich es auf diverse Art bei anderen Leuten erlebt hatte.

Man könnte sagen, die Geschichte eines Lebens wäre ein Buch der Ficks – nicht wahr? Sie möchte, daß ich mich gehen lasse und tue, was mir gefällt: das sagt sie. Sie meint den Zwei-Personen-Fick – sie gibt sich großmütig und für ihre Begriffe *liebevoll.* Ich klatsche ihr kräftig auf den Hintern. Auf den Knien rolle und wälze ich sie forsch herum, und zuerst lacht sie, dann aber wird sie widerborstig: sie grunzt gleichsam, richtet sich aus der Taille heraus auf, umarmt mich. Sie hat starke Arme, einen feuchten Mund, wirres Haar, und im herabströmenden Mondlicht wirkt sie ziemlich unecht; ihre Stärke, ihr Verstand, ihr starker Verstand, ihr Kopf – sie will, daß ich als der Gebieter posiere, im Mondlicht tanze, ein bißchen brutal bin, betrunken grunze und mich auf sie stürze: sie will, daß ich ihr meine sexuellen Geheimnisse zeige – meine Kinderstubengeheimnisse – meine Umkleideraumgeheimnisse.

Wir weichen einander aus – jedoch nicht ganz. Von einer vorgegebenen Asymmetrie der Ichs kann man nicht sprechen: in jedem von uns paßt etwas zum anderen, die Vibrationen von ähnlichem Schmerz, ein teilweise ähnliches, irgendwie ähnliches Ich. Nicht meine sexuelle Aufmerksamkeit für sie, sondern für mich selbst büße ich ein, was die Akkumulation jenes heißen, leuchtenden Pulsierens verzögert, welches das Nahen des Orgasmus anzeigt. Ora erstarrt kaum merklich: es ist eine Frage von Sekunden, so rasch merkt sie es; es passiert zwei- oder dreimal, ein Streicheln, ein Kneten der Brust; dies wirkt bei ihr und wird von meinem Körper umgesetzt, in Körpertemperatur, in den Geruch des Schweißes, in die Art der trunkenen Berührungen: wir befinden uns nun im Bereich der sekundären Theatralisierung – es fühlt sich wie ein Augenblick der Unschuld an, weil dies für Ora neu ist.

In der Nachtluft beginne ich zu lachen. Frauen wissen zumeist, wie jungfräulich oder nichtjungfräulich sie sind, doch Ora ist hierin ein Mann, in diesem Bewußtsein der anderen Art, unberührt, unpenetriert zu sein.

Die Augenblicke, in denen ich sie herumwarf und der Augenblick, in dem ich sie auf ihren ziemlich großen, mondlichtgebleichten und mondschattengefurchten Hintern klatschte (und der Anblick ihres ungeheuer schönen Rückens), waren diejenigen, in denen ich an ihrer sexuellen Erfahrung vorbeizog und zum Unjungfräulichen oder Schmutzigen wurde, zum priapischen Dämon, zum bösen Männchen. Und sie wurde zur leicht erzürnten – leicht beleidigten – wohlerzogenen Jungfer, der Unrecht geschehen ist.

Auch sie lachte laut auf – hielt vielleicht den Atem an. Dann war ich allein – im Mondschein und im Dunkeln und im Licht der Sterne. Und in diesem Augenblick floh auch sie, floh innerlich, verschreckt oder verraten, eine beobachtende Nymphe – aber eine mit schmutzigen Gedanken, keine jungfräuliche –, und alles wurde noch theatralischer und übrigens auch mathematischer; wir beiden, jeder mit seinem Körper und Geist, Verstand und Rausch.

Dann wurde es notwendig, zur einzigen *gutmütigen* Möglichkeit geradezu, gewalttätig und distanziert zu Ora zu sein, gewalttätig mit so etwas wie schmutziger und wissender Gutmütigkeit, denn danach hatte sie stillschweigend verlangt. Sie gab nicht immer die Choreographie für das vor, was ich tat, nur wenn ich betrunken oder müde oder ihrer müde war.

Sie war unfähig, meine Erfahrung anzuerkennen, wenn nichts daran sie an ein Buch oder an Männer erinnerte, die sie gekannt hatte, wenn es sich in keine Kategorie einordnen ließ. Ihr Begriffsvermögen versagte, weil ich in mancher Hinsicht wie ein jüngerer Bruder oder eine Amorgestalt für sie war – ich war in der Tat anderthalb Jahre jünger als sie. Wir waren sündige Geschwister – irgendwie, das heißt, wie in einer Geschichte. Doch Inzest wäre, abgesehen davon, daß er Sünde ist, oberflächlich und langweilig, weil man dasselbe weiß. Inzest wäre vielleicht keine sehr tiefe Erfahrung, aber er wäre leicht.

Ich meine, es gab da etwas Klassenbedingtes in Ora, etwas sexuell Klassenbedingtes, wie etwa in *die Inferiorität anderer erweist sich an der Inferiorität ihrer Tröstungen* – sie war sich da nicht völlig, aber ziemlich sicher. Sie hatte experimentiert – sie kannte die mechanische Wirklichkeit und Männer, die nach Angst und Eifer und Verlegenheit stanken; sie hatte auch eine gewisse Erfahrung mit dem Gefühl innerer Finsternis und mit falschen Einladungen des anderen: mit dem, was ich immer als *schmutzige Landschaft* empfand, als die schmutzige Landschaft des Sex mit seinen kuriosen Krümmungen des Raums an ein und derselben Stelle, mit seiner kuriosen Natur, Reise und Bildungserlebnis zu sein, Dunkel und Licht.

Wenn einer von uns in einem gegebenen Moment versagte, erwies sich oft, daß der andere auf rätselhaft symmetrische Weise versagte, jedoch nicht immer. Die Symmetrie, meine ich damit, war kein genaues inzestuöses

Echo, sondern etwas Absonderliches. Man weiß nicht mehr, wohin mit seinen Füßen – seinem Schwanz, seiner sexuellen Anima oder Seele –, und man kaschiert das, man gibt sich selbstsicher. Der Moment weitet sich; und man betrachtet oder empfindet sein Unwissen als Blindheit, wie alle sagen, und späht hinaus; der Blick flitzt durchs Universum und kehrt zurück und wendet sich nach innen mit einer kurios leibhaftigen Ellbogen-und-Knie- und Schwanz-und-Möse-Geometrie, die höher und weniger leicht zu messen ist als Symbole auf Papier. Doch man *erkennt*, daß jede Handlungsfreiheit eine Art Gefängnis ist, das einem Handeln abverlangt, daß jede Oberherrschaft, jedes Privileg bis aufs Jota aus Peitschen besteht: *tu dies, tu das*. Man versteht jede Erwiderung als Versagen – und als Ansporn –, bis der Orgasmus einen befreit, und man versteht jede verweigerte Erwiderung als Einladung und als etwas irgendwie Erwiderungsähnliches, aber von der *Ach-du-meine Güte*-Sorte.

Die Gewalt selbst, oder das an Gewalt grenzende Zeug, besteht aus Instinkt und einer kuriosen, bindenden und verblendenden Zärtlichkeit: blindes Mädchen, blinder Samson, blinde Delilah. Was wir ausblenden – auch Ora ist Samson –, ist die Rücksicht auf andere Elemente unseres Lebens. Es geht nur um uns, um die von Trunkenheit entschärfte, damit vertiefte sexuelle Sicht, tief wie der mondhelle Nachthimmel mit den Lichtdornen auf den Blumenbeeten und dem Rasen inmitten von Laub. Jedenfalls lachen wir und küssen wir uns in den Tiefen eines Moments, und ich bin einigermaßen aktiv, Ora jedoch nicht; was vor allem herrscht, ist Unwissenheit, genau so, wie man, wenn man sich auf die Philosophie einläßt, desto gewitzter ist, je mehr an Unwissenheit man eingesteht, vorausgesetzt, die Unwissenheit, die man eingesteht, ist von der richtigen Art. Naivsein ist alles.

Ich meine, wenn Ora sich in diesem Moment trunken weigert, ihre Unwissenheit einzugestehen und statt dessen weiter die gewitzte Samsonetta spielt, dann wird sie zu so etwas wie einem Reiseführer. Sie schafft es nicht, sich zum Niveau des Moments aufzuschwingen; sie meidet den Sturz ins (nicht wirklich) Höllenhafte – da die Möse nun einmal offenkundig für jedermann das Tor zur Sünde ist. Drum ist das ganze ein einziger Pfusch, aber es ist zart und saftig. Das erkennt man an einer Empfindung oder Ahnung von Niederlage; als bestünde die Lösung darin, Ora zu schlagen, oder als würde das die Niederlage zumindest leichter machen. Ich schwebe drohend über ihr, die Hände auf ihren beiden Brüsten. Die dämonische, ätzende Schadenfreude, dieses bittere, erstickende Zeug, das sie so schätzt, dieses *Ich bin stark, ich bin potent, ich brauche keinen* – liegt mir nicht sehr; ich finde, sie gibt sich da Illusionen hin. Es zu spielen oder jemanden wirklich zu dominieren und zu verängstigen, kann erregend sein. Mich zurückzuhalten wird zu einer komplizierten Angelegenheit.

Ora wußte das – oder wußte es zum Teil. Sie sagte: «Du bist der waghalsige junge Mann auf dem fliegenden Trapez.»

Ich sagte blödsinnigerweise: «Du bist wirlich unglaubverdammt beschissen - saumäßiglich - bums - schööön ... Ach *Gott*, Ora ...» Derlei Aufweichungen klassenspezifischer Sprüche mochte sie.

Knetend und reibend, wußte ich irgendwoher, wie laut genau ich keuchen mußte, um ihr einen erregenden Schock zu verpassen, jedoch auch wieder nicht so laut, daß sie vor Schock alles Gefühl verlor – das nennt man Feintuning: eine Form von wissendem Ratespiel …

Ich hauchte: «Von unserem Auto bis zum Cottage haben wir es an jenem Abend nicht mehr geschafft … « Der Rasenhang in einer stillen Nacht um zwei. Ich sagte: «Im Mondschein vögelten wir auf dem Rasen …» Ich war noch nicht einmal richtig in ihr drin … Mein Gott, waren wir jung …

Wenn ich die Wirklichkeit als Geschichte darbiete statt eine Geschichte als Wirklichkeit, könnte dies Sie zumindest daran erinnern, welch eine vorrangige Sache die Erfahrung ist. Und daß wir sie in Geschichten verstecken. Ora hatte schon lange nicht mehr ihre Verdammungsnummer geboten, ihre *Gottverdammt-dies-und-das-und-dich-gleich-mit*-Liturgie, die sie hie und da beim Sex gesungen hatte. Ich fürchtete mich vor der lebenslang angestauten Wut in jedem von uns. Ora war körperlich so stark wie ein nicht sehr großer Mann, besaß jedoch all diese komplexen Schichten von Lack und Politur und war sehr viel feiner ausbalanciert – eine Frau zu sein ist ein sonderbares Schicksal. Sie konnte in aller Beiläufigkeit abenteuerlich grausam sein (jedoch nicht zu mir), und doch ausgewogen grausam der Welt gegenüber; sie war politisch sehr viel ausgefuchster als ich. Fast alles in meinem körperlichen Repertoire nahm, selbst als Andeutung, im Verhältnis zu ihr eine Nuance, einen Schatten von Brutalität an, denn die Anziehung war stark, und wir waren lange genug zusammengeblieben, um zu wissen, daß wir noch länger zusammenbleiben würden. Mich irritierte das zutiefst, diese unheimliche Stärke und Schwäche der Bindung und der dazugehörigen Freiheiten und Grade von

Zwang und Toleranz, Grade von Endgültigkeit letztlich.

Gleichwohl lobte ich Ora gern. Ich möchte nicht jenes andere tun, jenes Verfolgen des anderen mittels sexuellen Lobs, das sich in Form von Verdammung und schrillen Schmähungen äußert. In einem Moment des Rückzugs, des Atemschöpfens (wo sich die Wege kreuzen, halten wir im Mondlicht inne, lautet das Klischee) sah ich Hecken und Bäume um mich her, geduldige Blätter in ihren luftigen Reichen; und ich verspürte in Ora, ihrer Ungeduld mit mir als einem Mann, die Qual der mit Kunst – mit Ehrgeiz – vergeudeten Liebe.

Der Rasen riß ab, und Oras Arm flog quer über die grauschwarzen Labiaten, die geisterhaften Artemisien und weißen Lilien. Den Geruch nach Erde und Ringelblumen. Da waren Oras Geruch, ihre Brüste im Mondlicht, in der klebrig halbwarmen Luft. Ich heulte leise auf.

«Ein Heidenfick ist das», sagte Ora. Sie neigte dazu, alles zu rezensieren – fast alles. Sie sagte: «Oh, Wiley, *du haßt Frauen doch überhaupt nicht!*»

Sie hob die Arme und legte sie mir wieder um den Hals. Ich neige dazu, einfältig, begriffsstutzig zu sein: «Das hast du schon mal gemacht», sagte ich dümmlich und schälte ihre Arme von mir ab. Ich half ihr, sich wieder hinzulegen. Ich mußte dümmlich denken, Schnellficks seien doch die besseren, weil man dabei kaum Zeit hatte, die eigene Einfalt zu bemerken, oder ihre.

Sie sagte: «Laß uns ein Baby machen ...»

«Was? Hier? Im Freien?» Ich sagte ihr das ins Ohr. Ich hätte es eigentlich nicht *sagen* müssen: wir lagen Korper an Körper. Kennen Sie das Gefühl? Man atmet Brust an Brust. Sie behauptete oft, sie sei Nihilistin ... Einmal sagte sie: *Nihilisten können sich gut amüsieren, Wiley – sie glauben bloß nicht, daß es irgendwas bedeutet ...*

Ich drang in sie ein; sie half mit. Ich dachte allerlei und sagte es nicht, atmete es nur – Bilder, Worte, Genüsse, Fickerinnerungen, trunkenes Gefasel, trunkene Überlegenheitsgefühle, all diese schmarotzenden Dinge beim Bumsen, all der Kram, den der Schwanz, der Unterleib, der aufdringlich sich zusammenziehende, mal harte, mal sich lockernde Hintern empfinden. Und all die Gerüche, die einem in die Nase steigen. Und die Rhythmen – die irgendwie, ich weiß nicht, *energische* Zärtlichkeit, die Candide-Naivität, das Ich-bin-verloren-Gefühl. Sie hat mich gestohlen, mich gekidnappt.

Ich glaube nicht, daß Ora je die Wahrheit sagte, nicht einmal Teile einer Wahrheit. Manchmal behauptete sie, kein Gedächtnis zu haben. Aber sie liebte es zu lügen, sie liebte Lügen und Schwärmerei – sie konnte nicht singen; sie hatte kein *Gehör* für Musik. Und ich, nun ja, ich bin Schriftsteller und durch und durch naiv, nicht aber, was Menschen betrifft; meine Wahrheitssagerei entsetzte Ora stets, widerte sie geradezu an. Und all die Garten-Eden-Listen, die Schlangen in den Augen und zwischen den Beinen, die Schlangennester überall in uns – in schamlosen Fingern und kratzenden Zehen und in den Wölbungen der Fußsohlen, wo nun alles so empfindlich ist, in den wissenden, blinzelnden, nach innen gewandten Augen, und in den Empfindungen, die meine sich mit ihren verheddernden Haare auslösen und mein Mund auf ihrem und der Schweiß, der in gekitzeltem, zum Teil abweisendem, gereiztem Schamhaar im Dunkeln prickelt. Das Publikum besteht aus einer separaten Kammer in jedem von uns, die sich von einer wogenden Serie anderer Bereiche und Wahrnehmungen aus erschließt – des Grases unter Oras Rücken, der Gerüche, des Gewichts der sexuellen Zusammenkunft – es hat nichts mit Akrobatik und nur ein wenig mit der Freiluftbühne zu tun: vorwiegend nur damit, daß wir aus irgendwelchen Gründen für einander annehmbar sind.

Ora sagt, es ist Liebe, und wenn sie das sagt, bestreite ich es und necke sie, oder aber ich breche in Lachen aus: haben wir denn so viel Glück? Eindeutig, greifbar aber ist eine aggressiv ehrgeizige Trunkenheit, irrwitzig flirtbereit (jedoch ein wenig widerstrebend) Gefühlen gegenüber, somit höllisch und himmlisch, jungfräulich und mondbeschienen; und falls andere Leute uns in Ruhe lassen, müßte darüber nicht entschieden werden. Nun ja, wir – als Publikum, als unser Leben – könnten darüber entscheiden. Das Schon-ganz-in-Ordnung-Getue, das Unechte, die diversen Bedeutungen gleiten vorüber, klappen hoch und sausen ins Dunkle, während ich pumpe und sie, aufrichtig oder auch nicht, *erstaunt* und geistesabwesend wird, himmlisch-irdisch und nicht unglücklich. Jede Bewegung, jeder Atemzug hinterlassen eine Lichtspur. Dann werde ich zu einem stoßenden Schnecken-Elefanten-Känguruh, so träge und ein bißchen schmierig, wie ich mich nun bewege (und «Ah ... Ah ... Ah ...» mache). Meine Brust, mein Kopf, meine Genitalien, die mir immens erscheinen, werden zu einem Gehäuse über den Empfindungen und dem lichterfüllten Kriechen durch den sexuellen Raum.

Ora findet Trost in leichter Mißbilligung männlicher Gewalt oder in einer gewissen Entrüstung, die aber nicht echt sein kann, denn als gäbe es die nicht, rückt sie geschmeidig ab und läßt das Thema Nähe von ihrem Geist und ihrer Seele fallen zugunsten der klammernden, leicht abstoßenden *Empfänglichkeit* in ihr, ihren Schenkeln, ihrer Möse. Sie hat sich gelockert. Sie gleicht einem nach innen gewendeten Rasen. Sie folgt einer weiblichen *Phantasien-sind-real*-Parole und entschwebt zu den Sternen, ein Kleopatra-Engel in der Gondel, halb Hure, halb *seriöses* junges Mädchen.

Sexuelle Bewußtheit erwacht in ihr und dann in mir, ihr Gefühl der Unwiderruflichkeit sexueller Wirklichkeit, welches mir fehlt; ihr Verständnis ist feiner als meines, wie auch ihre Finger gewandter sind, nur nicht sexuell, nicht musikalisch. Je mehr ich ihrer gewahr werde, desto mehr werde ich, in anderen Momenten, meiner eigenen Hände, meiner eigenen Lust gewahr. Ich bin neugierig und wie umrankt in meiner eigenen schiebenden, wegschiebenden Bereitschaft, Ora zu vergessen und mich voranzuackern mit Brust, Mund und Schwanz – Schwänzlein-Gernegroß … Meine Besucherunschuld im Vergleich zum düsteren genetischen Esprit einer Frau, im Vergleich zu Oras beschwichtigendem Schachern mit dem Höllischen, weckt in ihr den Wunsch, mich hier schuldbewußt zu sehen – es herrscht hier eine Manie, eine Manie in ihr, uns als Richter zu betrachten und als Reagierende oder Verdorrende – aber wir reagieren ja. Gestattet wird ein gewisser Mangel an Alleinsein, der Austausch von Bedeutungen, vielleicht von Ichs. Beim Münderwerk, bei den Erkundungsgängen, die wir mit dem Mund unternehmen, beim Stöbern, Lekken, Küssen, ist flüchtig das elektrische Rauschen des Geistes zu hören. Eine Wahrheit. Eine Chance zu einem gewissen, grasfleckigen, ziemlich echten Glück ist hier vorhanden, nicht in irgendeinem albernen Sinn, sondern zu einem vorstellbaren Glück, nur daß wir wissen, es wird uns erpressen und dominieren, wenn wir es eingestehen. Irgend etwas davon eingestehen.

Seltsam leibhaftig ist der Moment; die Aufmerksamkeit, die trunkenen Distanzen, wolkig steigend oder sinkend – Liebe: eine Farce? eine tragische Geschichte? Eine Art von Liebe … was ist sie wert?

Nicht rhetorisch. Sondern wirklich. Ich bin gescheit genug, Ora in den Endphasen einer Vögelei nicht zu trauen – sie ist schwanzfeindlich, stumm, verborgen, wachsam, eine umhüllende Präsenz, eine gefickte Frau – es hat etwas Mathematisches an sich, ihr Gefühl; nicht meines: das ist aschig und transzendent. Lichtsamen zerspringen zu Strahlen und bewegen sich sonstwie, und Geister diverser Art, ein Spiegelblitz von individueller Bedeutung und ein konstantes Gefühl von Leiblichkeit, kristallin, statistisch. Unräumlich, fast wissend, bewegt man durch das Netz von Bestechungen.

Ora bewegt sich im Grunde nach Programmen, nach Rezepten für Beachtung: *Tu dies*; dann das; füge dies hinzu; jetzt rühren; dann mit physisch intensiverer Ratekunst und Ambition neugierig die nächste Empfindung abwarten, um zu sehen, was sie bewirkt … *Nun dies dazutun, rühren und abwarten*, rühren und blinzeln … Oh, fick doch … Wir unanständigen Geschöpfe brüten eine lexikalische und emotionale Geometrie aus, die so raffiniert ist wie die weißen Feinheiten einer Eiform. So komplex. «Los: komm», sagt sie – man verspürt eine gewisse sensorische Eleganz, des eigenen hohen Rangs, des Schönheit darstellenden Lichts und Sinns: es stellt *Schönheit* dar und auch wieder nicht … Dies ist ein Geschenk, das Ora macht. Kann sein, daß ich es stehle.

Hier ist die Luft real, und die Trance ist halb verflogen.

Ich kann verstehen, daß es den Leuten lieber ist, wenn Gestalten die abstrakten Körper konventioneller Verweiszeichen besitzen, wenn sie in diesem Sinne bronzen sind, nicht bloß real und, Verzeihung, auf einem Rasen im Mondlicht verloren.

Gast im Universum

Welch ein seltsames Spiel von Subtraktionen und Additionen ein Leben doch ist. Ein Gedanke geht mir durch den Sinn wie eine Katze, die mir über Schultern und Nacken spaziert. Die schmalen Rippen der Katze und das feinspitzige Fell zu spüren, das mir im Vorüberstreichen das Haar zerzaust und leicht gegen meinen Schädel drückt, gleicht dem Voranrücken eines Gedanken, der dann zerfällt. Nach dem Gedanken ist es, als hocke die Katze auf meiner linken Schulter, den kleinen Kopf an meine Schläfe gedrückt, den Körper in straffer Balance gewölbt.

Bei einer Party 1956 in New York, zwölf Jahre nachdem mein Vater gestorben war, empfand ich die selbstbewußte Pracht der Wohnung als echolos, als eine psychologische Umgebung von äußerster Verlegenheit: jüdische Gestalten, mit den Künsten befaßt. Und das Protzige an dem Raum war wie ein Geflüster ohne Echo, unverschämt und eine Aussage über diejenigen, die da flüstern: Wir sind Insider: wir sind gewitzt und teuer: gehobene Bohème: *arrivistes.*

«*Nouveaux riches*, bloß sind wir nicht *riche*, also nur *nouveau*«, sagte die verrückte Moira zu mir. Das daunenweiche Sofa, auf dem wir saßen, war so tief, daß Moira sich praktisch in der Horizontalen befand. «Wir wollten einen Raum haben, in dem man nicht aufrecht sitzen muß», sagte sie. «Diese Sofas *betatschen* einen – ist das nicht reizvoll? Ich mag das. Hast du schon mal Kinderbetatschen gespielt, wenn du mit jemandem gevögelt hast? Ha-ha … Du bist noch so jung, so leicht zu schockieren … Du bist noch ein richtiges Baby …» Ihr Stil war unter anderem warmherzig-giftig.

Sechs übergroße, leicht protzige Sofas, nicht ganz *das Wahre* (nicht die teuerste Version, aber sehr teure italienische Kopien des französischen Originals), mit floral gemusterten Leinenbezügen, die, hatte mich Ora, die Frau, mit der ich lebte, belehrt, das Wahre waren. Zwischen diesen Sofas standen Tische jeglicher Größe und unterschiedlichen ästhetischen wie Warenwerts. Nur wenige der Tische waren aus Holz. «Holz ist zu englisch», sagte Moira. «Ich bin keine Engländerin. Obwohl ich Engländer schon mag … ha-ha, ha-ha …»

In erstaunlichem Maße sollte der Raum einen chic willkommen heißen: Vasen mit dicken oder dünnen Blumen standen umher, kleine Bücherstapel lagen auf dem Boden; und man sah kleine moderne Teppiche und nacktes Parkett, ausladende Blumentapisserien (der Raum war groß) und ein paar leuchtende Perserteppiche. Alles in allem jedoch fügte sich der Raum für New Yorker Vorstellungen von *wahrem Geschmack* resigniert in eine bestimmte *amerikanische* Millionärszweitrangigkeit und in Unterlegenheit gegenüber *wahrem Geld*: ein beliebter Begriff in jenen Jahren, wie das Wort Grazie. Solche Begriffe und Vorstellungen waren in Büchern und Zeitschriften verbreitet, sogar in manchen Filmen, und vorherrschend bei Hemingway, Fitzgerald und Eliot, bei den Exkatholiken wie bei den Protestanten, den damals regierenden männlichen Diven und Ideenquellen. Jedenfalls waren Frömmigkeit und Post-Frömmigkeit, romantische Schwärmerei und Männlichkeit für diese Diven des sexuellen Terrors *aristokratisch.* Im rassischen Sinn. Manchmal im nationalen. In ihrer Jugend Meister radikal funkelnder Sprache, Gestalten schal gewordener Größe, waren sie bestimmende Figuren, Ikonen terrorisierender Belehrung, welchen die Bescheidenheit des Raums – oder der Gastgeberin – Anerkennung zollte und gegen welche sich der Raum als schützender Hafen anbot.

Drei der weichen Sofas und drei blaß-orangefarbene Lacktische (wie Erinnerungen an Sonnenuntergänge) bildeten eine Gruppe. An den Wänden hängen einige mindere Versionen von Gemälden aus berühmten Serien: ein beschädigter blaugrüner Picasso mit einem vergewaltigenden Satyr. Fünf obskure Soutines, eine große Gouache von Francis Bacon mit einem schreienden Papst. Ein Buffet ist auf dem verspiegelten Flur aufgebaut – eine Vulgarität, die damals als pariserisch elegant galt. Die Kellows hatten einen guten Koch (Sous-Chef, zwanzigtausend Dollar im Jahr), der sich weigerte, sonntags zu arbeiten: es ist Sonntag. In Ergänzung dessen, was der Koch hinterlassen hat, bereitet sonntags eine Norwegerin – eine ehemalige Krankenschwester, die Moiras Pflegerin während eines Schubes «einer entsetzlichen Geisteskrankheit» (Moira und Brr bezeichneten Moira oft als *die neue Zelda*) gewesen war – weitere Gerichte zu. Dies wurde dem hinzugefügt, was Brr «jüdisches Smorgasbord» nannte. Moira hat früher einmal zu mir gesagt: «Ich möchte tun, was ich möchte ... Ich möchte *dekadent* sein; *WAHRES Geld* kann tun, was *es* will, aber ich kann nur mein Möglichstes tun.»

Wir werden von gewöhnlichem Sonnenlicht beschienen, das durch eine Wand dringt, welche der neoklassischen Absicht mittels einer Reihe von vergrößerten, erstaunlich *modernen* Fenstern entrissen wurde. In dieser Wunde äußert sich der Geist der fünfziger Jahre ... Nach weniger eingreifend umgebauten Räumen in diesem Apartment zu urteilen, hatte das alte System aus weit auseinanderliegenden Fenstern bestanden, die Lichtstege erzeugten, welche, sich nach innen zu verbreiternd, in großen Abständen in die seltsam entwurzelten, fast schwebenden Räume des hochgelegenen Apartments fielen – burgartig, die Außenwelt aussperrend. Der architektonische Stil war die amerikanische Imitation einer englischen Variante eines Adria-Stils gewesen, New Yorker-Apartment-Haus-englisch-georgianisch, jedoch in gelben Klinkern; der zugrundeliegende georgianische Baustil stammte von Diokletians Palast in Split und von der Wohnarchitektur in Ragusa ab, das im heutigen Kroatien liegt.

Die vorherrschende Idee damals war, solche historischen Bastard- und Kompromiß-Bauten sollten vereinfacht, nachgebessert, *bereinigt* werden. Hierin erkannte man nicht mehr ein faschistisches Ideal. Jedenfalls existiert nun eine Wand aus indirektem Licht, von gedämpfter Grellheit: die Fenster gehen nach Osten, und es ist Nachmittag; direkt bescheint die Sonne die andere Seite des Apartments: eine Lichtwand, teilweise unterbrochen von schmalen Backsteinstegen, Fensterkreuzen aus Metall und hübschen, sehr teueren Vorhängen; weitgehend wird der Raum von einer fast griechischen Woge von Licht durchglänzt.

Wir blicken aus der siebzehnten Etage; und zur Rechten liegt die gargantuanische, von Ingenieuren geschaffene Stein-Stahl-Konkretion des tragenden Gespinsts (über von hier aus weitgehend unsichtbaren, gigantischen steingefügten Pfeilern) einer für ihre Häßlichkeit berühmten Brücke: ein erstaunliches Gefüge aus massiven, luftigen Streben und gemustertem Licht. Wenn man ans Fenster tritt oder auf bestimmten Sofas sitzt und hinausschaut, springt es einen an und überschattet das Gewollte wie das Erreichte im Raum. Es ist witzig, das sich die Brücke da befindet, es ist auf witzige Weise abscheulich, und die nicht mehr zu übertreffende Anmaßung, die der Raum darstellt, besteht in diesem Bündnis mit dem Alptraum: «Wir sind Kinder unseres Zeitalters, reicher Schrott», hat einer der Geistreichen hier gesagt; wenn man sich in dem zerrissenen Raum befindet, erblickt man in der fliegenden Riesengröße der Brücke einen Maßstab und Proportionen, die alles, was hier vorgeht und die Leute, die hier sind, verhöhnen oder übertrumpfen.

Es ist ein *sozialistischer* Nachkriegsmaßstab, rüde und erdrückend, der besagt, daß die beachtliche Eleganz und Lebendigkeit des Raums letztlich nichts als eine schäbige Freß-und-Sauf-Fröhlichkeit darstellen, wiewohl sie auch reich und schlau durchdacht und in mancher Hinsicht wirklich hübsch und ambitioniert sind. Es ist, als wäre dem Modischen hier von einer sehr intelligenten, trübsinnigen, hysterischen Seriosität ein Tritt versetzt worden, mehr satirisch und hysterisch als überlegt, ein Tritt, der es ins Fieberhafte, ins Ungeheuerliche kickt. Der Raum stellt einen allzu einleuchtenden Vortrag über das Ungeheuerliche in menschlicher Seelen, die Ungeheuerlichkeit des Schicksals, gesellschaftlicher Kräfte, genetischer Vererbung und psychologischer Vorbestimmung dar – *tiefsinnig* ist das, und zugleich modisch, und es erhebt einen Kunstanspruch – und in der Tat übt der Raum im Augenblick Macht über die versammelten Künstler und sonstigen Gestalten aus: das Tragische ganz allgemein in signifikant ungeheuerlicher Ausprägung.

«Immer machen die Leute sich über Mode lustig, aber was gibt es denn schon sonst? In einem Lehrbuch kann man nicht wohnen», sagt Moira. «Ich lese ständig, aber ich muß auch mal auftauchen und Luft schnappen. Aber was weiß denn ich schon: ich bin ja gaga. Wenn ich mir aussuchen könnte, wer ich sein will, wäre ich Kafka.» Sie hat ein ovales Gesicht, einen sehr abgeschlossenen Stil und Verstand, wenig aufregende Augen, zu große Zähne und eine wirklich außerordentliche körperliche Ausstrahlung, die daher rührt, daß sie in so hohem Maße gestylt und verrückt ist – sie ist selbstmordgefährdet, voller Wut, selbstbezogen. Ich weiß, es ist nicht einleuchtend, aber es war, als hätte sie einen Hirntumor, der sie chic machte, statt sie zittern zu lassen oder sonstwie Schwindel zu erregen.

Der absolutistische oder traumartige Charakter der bedrohlich nahen Brücke, ihre Art und Weise, da und *bedrohlich* zu sein, der Anspruch auf einen tiefen Sinn, den sie erhob, war rüde und aggressiv – und kindlich obendrein. Gescheiterte Kunst, gescheitertes Wollen von solchem Ausmaß, solcher Größe – noch war man nicht in den sechziger Jahren, welche die Kunst für irrelevant erklärten. Das Lamentieren und Predigen war *amüsant*, aber die Kunst wurde dabei auch als Keule gebraucht, um *Wer bist du überhaupt?* zu sagen. Man versucht, im Hinblick auf die Wahrheit als politische Strategie autoritativ und tiefsinnig zu sein. Doch andererseits hatte auch der Rückschlag, das sichtliche Scheitern der Wohnung und ihrer Gestalter, einen genialen Wurf oder etwas dergleichen hervorzubringen, Einfluß auf die hier anwesenden Leute und schuf einen Käfig aus starren, schalgewordenen Verweisen, die sich nicht auf Kunst, sondern auf ein Kokettieren minderen Ranges mit der Wahrheit bezogen, was das Ergebnis *lediglich* modisch machte. Worin man eine psychologische Strafe oder ein alltägliches Scheitern aufgrund von Gottesverlust erblicken konnte. Doch der hauptsächliche Nutzen gescheiterter Kunst und seriöser Politik der Linken wie der Rechten besteht eben letztlich offenkundig darin, daß man nicht wirklich davon *in den Schatten gestellt* wird, es sei denn psychologisch-ästhetisch: andere Leute mit ihrer Politik werden für einen in den Schatten gestellt. Es handelt sich nur um ein kleines Erschauern in diesem New Yorker Moment.

In Amerika ist alles so sehr vom Datum und der Richtung bedingt, welche die Geldströme nehmen, daß bestimmte damals gebräuchliche Wörter und Phrasen in meiner Erinnerung einen besonderen Duft haben: sie beschwören die Ära herauf, die Kellows und ihre Freunde, meine Jugend: *geistreich, reicher Schrott, Künstler, artistes, sozialistisch, hübsch, seriös, neurotisch ...*

Sozialistisch bedeutete: wirklich human, frei von ethnischem Snobismus, sexuell tiefgründig – tatsächlich, das bedeutete das Wort für eine Weile. Es bedeutete *Wäre-nie-und-NIMMER-Faschist-oder-Nazi-gewesen.* Es bedeutete *Ist-auch-heute-nicht-froh-über-die-Bombe.* Es bedeutete *In-keinem-Sinn-ein-Mörder-sondern-zutiefst-human.* Was wohl bedeutet, daß es eine Propagandalüge war und *in Wirklichkeit* etwas anderes bedeutete. Haben Sie je einen Film gesehen, in dem der Flug hölzerner Pfeile in einer spätmittelalterlichen Schlacht wiedergegeben wird, samt der diversen Geräusche, die sie machen, dem Schnalzen der Bogen, dem Sirren der fliegenden Geschosse, dem *plock*, wenn sie treffen? Man gleicht einem Krieger, gefangen auf der Flucht vor einem Hagel hölzerner Pfeile, inmitten echter Toter, Scheiternder, psychisch Zusammenbrechender ... *Ich war auf der richtigen Seite: ich bin Ironiker* ... So eine Epoche war das.

In ihrem Ton der nervös alternden, verrückten jugendlichen Naiven mit zu langen Zähnen, einem Ton, der einem in den Kopf fuhr und darin hängenblieb, sagte Moira: «Oooh, wie iiich ess haasse, wenn *reuu*che Leute diese mieesen Visaagen [schrille Stimme, Glotzaugen und starrkrampfiges Grinsen] haben und niiichts genieeßen können; *reuu*che Leute sollten *geniee-* [tiefer] -ßen können: *Iiich* ... amüsiere mich mit Genuß ... und duuu?»

Eine melancholische, zyklisch selbstmordgefährdete Hysterikerin: weiß der Himmel, was sie eigentlich *meinte* – ich meine, es war, als hätte ein Dichter ihre Monologe geschrieben und sie absichtlich dunkel gehalten. Manchmal sagte sie, sie wünschte, sie könnte einen Dichter dazu bringen, sich in sie zu verlieben und für sie Texte zu schreiben, die sie nur aufzusagen bräuchte; sie sagte, es würde ihr gefallen, wenn er frühmorgens zu ihr käme und «mir tiefsinnige Sachen zum Sagen vorbeibrächte ...» Ich war von gewissen Kritikern zum *Dichter* geweiht worden, obwohl ich Prosa schrieb; das Wort bedeutete, daß ich Jude und ein Klugscheißer war und jemand, der Adjektive benutzte, und es bedeutete auch, daß ich politisch nicht einzuordnen war. Es bedeutete nicht, daß ich Dichter war, außer für bestimmte Kritiker, und die meinten mit ‹Dichter› exzentrisch und kompetent – nicht mehr. Doch, es bedeutete noch mehr.

«Die Brücke stürzt ein», sagte sie und kicherte, aber halb glaubte sie es sich; und sie reckte den Hals und blickte zum Fenster, um nachzusehen, ob die Brücke oder ihr Schatten sich verbog. «Es fühlt sich wie das Ende an. Heute nacht habe ich wieder von den Öfen geträumt. Ich bin wirklich verrückt, mußt du wissen: ich komme aus New Jersey, und das ist einfach zuviel verlangt von jemandem wie mir. Ha-ha. Ich habe keine vollkommenen Brüste und eine Menge Kummer – jede Menge ... Ich finde, wir sollten alle brav sein: wir sollten alle zum Tempel gehen, ihn sauberschrubben und nachschauen, ob noch genügend Öl vorhanden ist ... oder Kaddisch sprechen, weil die Apokalypse da ist ...»

Alles in ihr strebte auf eine unbestreitbare Schuldlosigkeit zu, auf eine endlich zu erlangende Unschuld. Die sechziger Jahre wurden hier herangezüchtet oder ausgeheckt.

Von meinem Platz aus, neben Moira auf einem Sofa der Sitzgruppe nah an der Wand aus Licht, sah ich den rasch strömenden, von Wirbeln geriffelten East River, schlammige Strudel siebzehn Etagen tiefer, manchmal momentweise vom Licht weißgolden getönt. Aber die Geräusche fehlten, ich hörte das kehlige Gemurmel des Wassers nicht wirklich, roch auch den Wassergestank nicht ... doch in *meinem Kopf* war beides gegenwärtig, als Erinnerungen im Wust verwehter, sich leicht verschiebender, changierender und kitzelnder Strahlen und intim dachbodenartiger alter Szenen und Anwandlungen ... ein Haufen ins Phantastische kippender Unbeständigkeiten. Das Bewußtsein, darin weitaus beängstigender und weniger beharrlich als ein Fenster oder ein Fluß, ist in jedem Moment auf neue und schale, stabile und unstabile Weise es selbst. *Diese alternde Nachwuchswelt* ist ein kugeliger

Derwisch auf halb besonnter Bahn – diesen einen Satz flüsterte ich Moira ins Ohr. Sie kicherte. Von der Mitte des Raumes aus sieht Ora zu. Und ist eifersüchtig. Ora hat einmal geträumt, sie sei eine durch seichtes Wasser (in Maine) wuselnde Königskrabbe, und eine Möwe schnappe sie: *Und die Möwe warst du, Wiley!* Die Möwe flog mit ihr auf und ließ sie fallen, um ihren Panzer zu zerschmettern; um sie zu fressen, sagte Ora.

Mir klang das mehr nach Möwe gleich Mädchen und so, als hätte sie von den Ekstasen und Toden geträumt, die das Frausein mit sich bringt, und als machte sie mir das zum Vorwurf, was vermutlich angebracht war.

Das sagte ich ihr, und sie sagte: *Erklär mir das, wiederhol es noch mal langsam*, sagte dies zu mir mit so etwas wie wütender, verzückter Konzentration. Auf der Party, in eben diesem bestimmten Moment – in dem ich sie (vielleicht) neckte –, entsinne ich mich am deutlichsten wieder daran, wie ununschuldig ich gewesen war: ich fühle meine Möwenschwingen sich spreizen; ich fühle meine Intelligenz wie einen sehr-hart-und-gelbschnäbeligen Versuch, an ihr zu reißen, sie umzudrehen. Sie augenblicklich hilflos zu machen – Weichteile nach oben. Und in ihrem Hals, ihrem jungen Hals, in den dünnen Sehnen ihres kräftigen jungen Halses und in ihren bloßen Armen, in ihren schwül-fraulichen Haltungen – so anders als Moiras Dürre, so anders als bei irgend jemand sonst: diese geduldige, vielleicht trübsinnig amüsierte *Sanftmut*, diese *dünne*, rastlose Schale von Geduld zeugt von Leben und Groll. Dies ist unverkennbar selbst in dem lebensgefährlichen Spiel ihres so wohlgestalteten, edeläugigen Gesichts – eines Gesichts, das wie gemacht ist für Geschichten.

Doch der Widerstand in ihr, diese Intelligenz und Begriffsstutzigkeit zugleich – wie eine Heizschlange, so daß die Elektrizität der Frau sich mit der Elektrizität der Wut vereint … der Zähigkeit. Dunkel glüht sie vor Zorn hinter der Geduld, sogar bis nah an den Vorsatz, Verrat zu üben, zu verletzen oder gar zu morden, tatsächlich zu morden, bis zum Drang zu lügen – sie besitzt einen Ehrenkodex, jedoch kein Gewissen; eher ist sie willens, zur Hölle zu fahren und sich selbstmörderisch aufzuführen, als gehorsam zu sein, als auf irgendwen zu hören, als zu lernen.

Und dies habe ich auch genital erfahren, daß derlei Dinge sie sexuell aufputschen. Doch nichts ist ideal, Filmstar-ideal an ihrer Sexualität, sie entspricht einfach nur Ora und ihrem sexuellen tiefgründige-Frau-Getue, dem Ora-Kram …

Und sie ändert ihre Haltung, nimmt eine vage knabenhafte Beinstellung ein – und läßt flüchtig die Brüste locker schwingen, die animalische, schmutzige Bewegung einer entronnenen Sklavin.

Ich bin un-unschuldig. Das papierdünne Jetzt raschelt wie im Feuer vor gnadenloser Vergänglichkeit; Bewegung ist der Stoff, aus dem die Liebe ist. Auch wenn sich vielleicht jeder Stillstand wünscht, sich wünscht, das unheimlich gesetzlose Verhalten von Menschen in der Realität möge ein Ende nehmen … Oh, dieses unstete Licht … Ich bin ein Konzert von Feuerwerkskörpern. Die wahre Wahrheit ist nicht unbedingt dafür gedacht, daß menschliche Wesen sie unter menschlichen Bedingungen erkennen, sie könnte sehr gut lichtlos sein. Man ist ein Gast im Universum – das flüsterte ich Moira zu. Wir konnen spionieren, aber wissen können wir nicht. Blinzelnde Augen und die Natur der Sonne sind bittere Erklärungen für den

Zustand des In-Bewegung-Seins – geographisch sowohl wie obendrein durch unaufhörliches Verwittern und Sterben, durch das minimale Trudeln und Dahinzucken des grauen, unbenennbaren, nicht zu verdammenden, verdammten Brabbelns rühriger Nichtreglosigkeit in einem unbenannten Überall. Natürlich werden wir verrückt im starr-flüssig-ätherischen Wind, im, Verzeihung, *Hauch Gottes*. Das ist schwülstig, doch halbwegs tröstet mich dieses unkartifizierte, emotionsgeladene Beschaffensein, diese ungeographische, ozeanische, luftgeborene Ahnung von Gott-als-Bewegung. Ich weiß weder, welches moralische Gewicht noch welche Folgen es hat, wenn ich sage, daß die Zeit uns nicht vergibt. Die Zeit bietet keinen Schutz vor Verdruß ... Stell dir nur vor, die gesamte Nachwelt lacht über deine Irrtümer, verflucht dich für deine Irrtümer, ohne sich die Mühe zu machen, sich deiner zu erinnern. Wie wäre es wohl, zeitlos zu sein, Moira? Moira ist an Ort und Stelle festgenagelt in psychischem Schmerz, in überwältigender Bedeutungslosigkeit, *gekreuzigt* von ihren Nerven ... Und ich bin *höllisch un-unschuldig* – im Moment –, doch ich habe nicht die Absicht, ihr weh zu tun.

«Hast du das Gefühl, auf einem fremden Planeten zu sein?» fragt Moira. Sie sagt zu Harvey Deuteronomy über mich: «Mit ihm läßt sich leicht reden.»

Ich verstehe die Zeit wirklich nicht, aber ich komme mir wie ein frischer Stengel davon vor, der auf dem Sofa die Beine ausstreckt, schwachköpfig vor Bewußtheit: man lebt *wie wild* in den Momenten, egal wie streng man sich zu sein bemüht. Mein Zustand ist zerfranst von Distanzen, Erschöpfung, Zweifel, Stimmen.

Das seltsam flinke Schlurfen und die gigantischen Lawinen des Geistes sind Teil seiner ungläubigen Konkurrenz mit dem Licht. Moira (geboren als Sadie) ist real. Ihr wahrer Name lautet *Dieser Moment*, ist der Schluck Champagner, den sie auf einmal nimmt. «Sieh doch: der Himmel ist ganz wund vor Zeit», sagte sie zu mir. Wie sonderbar er doch ist, der Moment, in dem man wieder in die Welt eintritt. Die Stadt ist so von Lärm erfüllt, daß sie einer widerhallenden Veranda um diesen Raum herum gleicht.

Moira-Sadie sagt zu mir: «Ich seh's in deinen Augen: du bist jemand, der ein bißchen Hilfe gebrauchen kann. Du bist deiner so sicher ...» Eindeutig trübt Wahnsinn ihr die Sinne. Schmerz ist – wenn er schlimm genug wird, Eifersucht etwa, Dinge im Kopf, im Körper – ein stinkender Löwe auf dem Weg ... Ich glaube, Moira hat das zu mir gesagt, sie hat das Bild erfunden; und ich habe es gestohlen, in der Erinnerung jedoch höre ich mich selbst das sagen.

Aber ich glaube, Sadie-Moira war es. Ihr Bewußtsein ist, wie meines, erfüllt vom gerissenen, gebrochenen Knistern gefangener oder fliehender Aufmerksamkeitsfetzen.

Moira sagte: «Ich weiß nicht, wie ich mich Intellektuellen gegenüber benehmen soll ... Na ja, dann erfinde ich eben einfach was.» Mir war klar, wieviel Wert die Leute in dieser Welt auf ihre Methoden legen, da sie sich nun einmal so hoch aufgeschwungen haben, drum nahm ich an, sie rede literarisch. Whacko Williams, der elegante Ex-Schauspieler-jetzt-Fernsehproduzent, kam näher. Moira sagte: «Sieh mal: da ist der schönste Mann der Welt – und der scharfste, mit Ausnahme von ein paar englischen Schlawinern, von denen noch nie jemand gehört hat –»

«Ach», machte Whacko, «diese *Herzoginnen Lutscher ...*»

«Herzoginnen-*Lutscher*«, wiederholte Moira mit schelmischem *Du-bist-blöd-ich-bin-verrucht*-Grinsen.

«*Pussi*katzen sind das», sagte Whacko.

Moira gackerte und lachte begeistert: «Au ja, laßt uns noch ein bißchen unanständig reden», sagte sie.

«Kalte Pussikatzen», sagte Jeffrey Bestmann, ein zäher Bursche und *vielversprechender* Regisseur. Dennoch ein Schmarotzer.

Whacko Williams, mächtiger Unterhaltungsindustrie-Boss im Wirtschaftsleben jenes Jahrzehnts, sagte: «Ich möchte aus deinem Pantöffelchen Champagner trinken, Moira –»

«Ich trage Größe vierzig», sagte sie drollig.

Whacko sagte, noch immer in seinem Poussierton: «Du weißt alles, was da zu wissen ist ... Du bist eine sexuelle *Encyclopedia Britannica* ...»

Natalie Bone, einst Ballettstar, dann Filmstar, dann Ex-Filmstar, dreimal verheiratet und noch gut verheiratet, als *große Schönheit* bekannt, weil ihr breites Gesicht stromlinienförmig, großknochig, nordisch war, und laut Klatsch *berühmt* für ihre Launen, dafür, eine Domina zu sein, die Männer, die ihr nachstellten, zu quälen, sagte: «Ich hasse Champagner am Nachmittag ...»

«Ich brauche immer was Erhebendes», sagte Moira kläglich und erklärte sich damit zu Natalies Rivalin – als angenehm und *feminin* gemäß der freudianischen Analyse der fünfziger Jahre. Sie wandte sich ihrem anderen Sofanachbarn zu und sagte: «Judy Garland ist wundervoll, aber fad ... Wirklich wundervoll ist Alden Whitto, mit dieser *unanständigen* Reinheit, die er besitzt ... der ist nicht in die bürgerliche Falle gegangen ... Er ist *entkommen*.» Sie kannte sich bestens aus, bei ihr holten sich Kolumnisten und Leute, die für Zeitschriften schrieben, Auskünfte; sie wußte eine Menge – enzyklopädisch viel, wie es in der Sprache ihrer eigenen Welt hieß.

Dreißig Leute sind bislang hier. Zehn sitzen verstreut auf den Sofas, die einen betatschen. Einige gehen umher oder stehen hier oder auf dem Balkon vor den Fenstern. Die jüngeren, weniger berühmten, dekorativeren Männer sitzen, mit Geschmeidigkeit für sich werbend, auf dem Boden. Ein paar weitere sind im Eßzimmer.

«Sie lassen sich die Haare so schneiden, daß sie gut aussehen, wenn der Wind hineinfährt», sagte Moira über die Leute auf der windigen Terrasse: alle waren Männer. Es sind mehr Männer als Frauen da; nur ein paar Frauen sind unter den Gästen.

Harvey Deuteronomy stand über uns und blickte auf uns herab, und geistreichelnd – im Ton eines Kabarett-Komikers: *geistreich* als Masche von jemand, der *so tut als ob* – sagte er mit weit tragender Stimme: «Also, es ist hier ja wie in der Highschool – warum bloß sind die Erwachsenen immer woanders? Ich glaube, deine Brücke macht mir *Migräne*.»

«Ist sie nicht *wundervoll*?» sagte Moira kichernd. Mit der hohen, gelackten Stimme, die sie manchmal hatte, erklärte sie: «Morgens ist die Brücke *netter* ... so düster und verhangen ...» Sie meint das gleißend durch die Verstrebungen fallende Sonnenlicht. «Wir sollten im Grunde dann Leute herbitten, aber *morgens* bin ich den Leuten nicht gewachsen.»

«Ich bin ja so linkisch», sagte Deuteronomy *launig* und ließ sich mit neurotischer, zerzauster, schlaksiger Attitüde auf ein Sofa sinken, das im rechten Winkel zu demjenigen stand, auf dem Moira und ich saßen.

Die gesprochene amerikanische Sprache mit ihren Tonart-Verschiebungen, ihren Mimikri-Möglichkeiten, ihren nicht-jüdischen und jüdischen Signalen, ihren demokratischen und snobistischen Momenten wird in Büchern so gut wie nie eingesetzt – es ist zu schwierig. Ein amerikanischer Wortwechsel ist etwas Eigentümliches, geschäftsmäßig oder wie eine Begegnung in der Einöde, selbst wenn er erotisch ist. Man muß generell auf der Hut sein, da man mit Leuten aus so verschiedener sozialer und psychologischer Kategorie in Kontakt steht.

Moira sagte: «Franzosen sind so *ermüdend*, solche Snobs, sie meinen, sie wüßten alles; schließlich bin *ich* linkisch, da werde ich es doch den Männern oder Jungen, die hier zu Gast sind, nicht vorhalten: ich möchte nicht gelangweilt werden, aber es stört mich nicht, wenn jemand linkisch ist …»

Und man hatte seinen aktuellen beruflichen und ehelichen Status, dazu seine aktuelle und frühere Klassenzugehörigkeit, die man zurechtlog, verbarg oder zur Schau stellte; und seine geschlechtsbedingten Attitüden – Natalie Bone war Feministin und ein zielstrebiges Biest: dies war ein *berühmter* Stil: sie hatte ihn in Filmen vorgeführt und war dafür in Zeitschriften als *Göttin* apostrophiert worden.

Sodann weist man Bildungsunterschiede und sexuelle Neigungen auf, die man verbirgt oder präsentiert; und einen individuellen Grad der Empfänglichkeit für Einschüchterungen – *Was? Sie haben nicht mit Moira geschlafen?* oder *Sie haben Camus nicht gelesen?* Je nachdem, wie *unschuldig* und hilflos man wirkt und wie mächtig man ist, wird jedesmal, wenn man etwas mißversteht – und wie sollte einem das nicht unterlaufen, wo die Menschenleben sich in Amerika so unliterarisch dahinlümmeln –, die Person, mit der man redet, es darauf abgesehen haben, einem eins auszuwischen, um sich zu beweisen, wie in Ordnung sie selbst ist. Gerangel herrscht an der Park Avenue, ein fortwährendes Messen der eigenen Macht und Geistesgaben am anderen. Manchmal heißt es, man höre besser nicht allzu genau hin, man schaukle besser mit wie auf einer Spielplatzschaukel, neben und parallel zu allen anderen.

Im wirklichen Leben unterhalten sich amerikanische Männer zumeist nicht – sich zu unterhalten ist bei uns eine Ausnahmesache, ein Zeitvertreib, dem man gesondert frönt, als Mann oder Frau ... In Büchern werden unechte Dialekte gebraucht oder modifizierte englische Dialoge, die von vornherein stilisiert sind und auf eine Rolle, nicht einen echten Menschen verweisen sollen. Auf dem Theater ist es genauso. Und in Filmen.

Daher klingt diese Gruppe hier wie im Film. Die Denkpausen mitten im Satz, die Richtungswechsel, die Äußerungen bei vor den Mund gehaltener Hand und die dreist fixierenden Blicke sind ziemlich theatralisch. Und bilden gleichwohl eine nahezu komplette Sprache. Wenn die verrückte Moira also gerade eine Konversationskünstlerin sein möchte und wenn sie Bücher imitiert, dann wird ihre drogenschwammige Stimme, für Show-Zwecke frisiert, sich synchron mit der von Deuteronomy spreizen und wird seine Songs und anderen Werke beeinflussen, als wären Harvey und Moira ein Liebespaar oder Geschwister. Sie hat ihren eigenen Stil, doch der ist nicht exzentrisch, sondern von erfolgreichen zeitgenössischen Vorbildern abgeleitet.

Moira sagte: «Ich liebe meine Drogen – achte nicht auf

mich – ich mache nur Party-Konversation ... Ich brauche ein bißchen Hilfe, um das, was ich zu tun habe, durchzustehen.»

«Um mit Brr verheiratet zu sein und Champagner zu trinken ...?» fragte Whacko.

«Warum denn auch nicht Übermensch sein, wenn man es sich per Rezept verschreiben lassen kann?» sagte Deuteronomy. Er war sehr scharfsinnig, sehr gescheit.

Moira kicherte. Dann: «Ich wollte nie ein normales Leben führen.»

Ein gutaussehender älterer Mann hörte einen Witz heraus, der mir entgangen war, und lächelte ihr zu.

Sodann beklagte Moira sich darüber, daß sie nicht Schriftstellerin oder darstellende Künstlerin sei, kein eigenes Geld habe, von Brr abhängig sei: «Ich bin keine Künstlerin: meistens bin ich einfach nur verkatert von all meinen wundervollen Pillen ... Ha-ha.» Bohemehaft versetzte sie ihr prachtvoll gepflegtes Haar in einen verrückten Schwung. In einem weiteren, abrupt veränderten Tonfall sagte sie: «Lange dachte ich, für Traumhaare würde es sich lohnen, seine Seele zu verkaufen.»

Deut sagte: «Brr hat da so seine Tricks ... Brr kann einem Traumhaare verschaffen ...» Er ist talentiert und seltsam – ich glaube nicht, daß er gern talentiert ist. Ich glaube nicht, daß er davon besessen ist – diese Art von Größe hat er nicht. Er war vor kurzem enorm prominent geworden, als Sänger, der *die neuen Songs* schrieb und sang – er führte die nächste Welle des populären amerikanischen Songs an. Er spielte den naiven Wichtigtuer, produzierte jedoch seine Sendungen selbst und war bereits sehr reich ... Vielleicht ist er androgyn.

Deuteronomy sagte: «Ich *mag* den Raum hier ...»

Moira sagte: «Ach, er ist eben eine Bühne: so trübselig, wenn niemand hier ist, daß ich ihn nie betrete ...»

Die Anatomie des Raums flackerte, wenn er leer und unbeleuchtet war; ich hatte ihn schon so gesehen, eine ziemlich gigantische gesellschaftliche Maschine aus Leere und Mobiliar.

Brr sagte: «Frißt einem die Haare vom ...» Sein Englisch ist das seiner Zeitschriften, aber wenn er persönlich wird, läßt er seine Sätze unbeendet: dies war eine Phase, durch die er ging. «Ich werde bei lebendigem Leib *aufgefressen* –»

«Weil du am Ball bleibst», ergänzte Deut.

«Ich habe keine Zeit: ich möchte etwas schaffen, bevor ich sterbe ...» Ich *glaube*, er ahmte Moira nach – wie gesagt, wir alle stahlen voneinander. «Ich kann zu diesem Raum nur eins sagen – fotografieren läßt er sich gut –»

«Ich laufe davon darin», sagte Deuteronomy; er hatte ein breites, unanfechtbares, naives, höchst fotogenes, höchst fühlbares Lächeln.

«Ein bißchen», sagte Moira. «Aber du kannst dich hier sicher fühlen: du bist unter Freunden ...»

Brr sagte: «Dafür ist er da: daß man hier ein bißchen davonlaufen kann. Du kannst dich hier sicher fühlen: du bist unter Freunden.» Er neigte dazu, sich alles, was in seiner Gegenwart gesagt wurde, anzueignen, es mit seinem Copyright zu versehen.

Er hatte die Eigenart, traurig dreinzublicken, wenn er von seinem zäher-Bursche-Gebaren abwich und höflich wurde; er besuchte dann seine Vergangenheit, die Zeit, bevor er so erfolgreich geworden war. Daß er den Stil eines jeden so genau wahrnahm, war das Markenzeichen seines Wahrnehmungsvermögens – über Brrs eigenen Stil wurde nie gesprochen (eine ganze Reihe von Zeitschriften gehörten ihm).

Moira sagte: «Ich finde, es ist *sehr* moralisch, sich zu amüsieren … Oh, seht doch mal, die Brücke: sie ist ein riesiges Netz, und die Wolken sind lauter kleine Fische … die Sonne ist ein großer Fisch – ha ha.» Sie traute sich mit ihren Solos ziemlich weit vor. Ihr Lachen war verstörend, dezent leise, aber dennoch wahnsinnig und bedrohlich: *O Gott, ich bin so unglücklich*, besagte ihr Lachen: *Fick mich* …

Brr sagte: «Die Leute sagen immer, Moira sollte schreiben.»

«Keiner sollte schreiben – das ist ein Hundeleben …»

Brr ignorierte mich. «Sie sagen, sie sollte einfach so schreiben, wie sie redet, einfach aufschreiben, was sie sagt.»

Wenn man genau zuhörte, wenn man die wahre Gestalt des Geredes beachtete – seine physische Gestalt, die Spuren von Sinn und Absicht darin, das Atemholen und die Hysterie –, dann führten beide, Deut und Brr, Moira an der Nase herum. Sie konnte nicht schreiben, meine ich, aber sie war, Pardon, *wahnsinnig* interessant (in gewisser Weise). Doch sie betrogen sie, täuschten sie – aus Haß? Nicht nur mit ihrem übertriebenen Lob, meine ich, sondern mit den Blicken, die sie einander zuwarfen, mit ihrer Weise, sich zu verständigen, die sie nicht verstand.

Sie sagte: «Ich wünschte, wir könnten uns ein richtig teures Apartment leisten, aber Brr sagt, wir sind ständig pleite, meinetwegen …» Wieder kicherte sie. «Brr ist knickrig …» Möglicherweise schlug sie zurück.

Deuteronomy, damals der berühmteste, sagen wir: obere-Mittelschicht-Unterhaltungskünstler der Welt, sagte in einem geringfügig anderen, irgendwie leicht schief gelegten Ton: «Das hier ist ein *gescheiter* Raum … daß er knickrig wäre, könnte ich nicht sagen», sagte er verschmitzt.

Der Raum war in jenem Jahrzehnt wichtig: in einem gewissen Maße bestimmte er unser Leben, unsere Karriere: vermag das ein Raum?

In seltsam bösem Ton sagte Moira: «Es ist ein Raum für Leute, die gescheite Sachen sagen.»

Weder sie noch Brr, die einander natürlich beeinflußt haben, können lange auf Drohungen oder Forderungen verzichten, wozu dieser Ukas zählte, wir sollten uns gefälligst als gescheit erweisen oder wir hätten das Recht, uns hier aufzuhalten, verwirkt. Aber es klang etwas Scherzhaftes in der Drohung mit.

«Ich komme hierher, um anzugeben», sagte Deuteronomy, privilegiert, wie er war – er ist ein Star, aber das ist es nicht allein; er steht sowohl Moira wie auch Brr nahe.

«Angeber-Streber», sagte Moira. «Ich mag die schreibenden Jamese – James Joyce, Henry James und James Jones … Noel Camtippy mag ich am liebsten, weil er mir die Hand küßt …»

Brr sagte: «Den Arsch küßt er ihr: er klaut sich von Moira Ideen..»

Deut sagte: «Die James-Bande – du hast Jesse vergessen …»

Brr wirkt jung für sein Alter, vorpubertär beinahe, als wäre es ihm gelungen, immer ungefähr zehn zu bleiben, als wäre er nie durch die Mangel der Pubertät und des körperlichen Wachstums gedreht worden.

«Mein Süßer», sagte Moira mit einem vielschichtigen New Yorker Zungenschlag der fünfziger Jahre zu Deuteronomy. Sie sprach ihn ungewöhnlich intim an, und meine Aufmerksamkeit schwand; ich blendete ab; ich wollte über die Intimität zwischen ihnen nichts erfahren.

Der Raum war schön in diesem angenehm strahlenden, weich glanzvollem Licht. Die möglicherweise wundervollen floralen Sesselbezüge blühten wiesengleich. Ich machte die Bemerkung, ich sei «hingebungsvoll bemüht, mich nicht selbst mit Kaffee zu bekleckern». Dann fragte ich Deuteronomy, ob er aggressiv sei. Weil er ein berühmter Star war, meinte ich. Es stand mir vielleicht halbwegs zu, seltsame Sachen zu sagen.

«Passiv aggressiv», sagte er. Er hatte etwas jugendlich Unschuldiges, das zum Stile der fünfziger Jahre gehörte.

«*Du* bist aggressiv», sagte die verrückte Moira zu mir.

«Du bist interessant», sagte Deuteronomy mit einem Lächeln anderer Art zu ihr, einem ermutigenden, wie zufällig intimen Lächeln.

«Das *Leben* ist aggressiv», sagte Brr.

«Bücher sind es nicht», sagte ich.

«Wir mögen Bücher», sagte Brr.

«Wir stehlen unser Leben aus Büchern», sagte Moira.

«Wir sind von Büchern abhängig», sagte Deuteronomy.

«Wir sind abhängig von und stehlen aus Büchern», sagte Brr.

«Ha-ha», machte ich; ich brachte es nicht fertig, nicht zu lachen. «Meint ihr, das Wort *Stich* kommt von Stichomythie?» fragte ich.

«Oh, du redest ja wie ein Buch», sagte Moira. Sie hatte einen ausgeprägten Sinn für unfaire Verteilungen, besonders von Talent und Klassenprivilegien. Sie sagte: «Wir führen uns genau wie Protestanten auf …» WASP war noch nicht zum gesellschaftsfähigen Begriff geworden.

Gesellschaftlich ist man das, wofür die Leute einen halten. Scharf beobachtet von diesen in unserer Art zu leben so erfahrenen Seelen, befand der junge Mann sich im Zustand kalter Heimsuchung – animalischer Erwartung und Naivität, vermengt mit jugendlicher Nervosität.

«Wir beziehen unsere Versatzstücke aus Büchern», sagte Deuteronomy. Innnerhalb des Gespinsts, welches das wirkliche Lebens ist, reden sie für Moira, in Wirklichkeit jedoch für mich – ein komisch-ernster *Normalfall*, normal an der Oberfläche.

«Ich hasse es, wenn sich alle einig sind», sagte Moira. «Ich möchte, daß alle *ungezogen* sind – und frech – bei Männern finde ich Unverschämtheit herrlich. Engländer sind darin gut. Obwohl Franzosen auch nicht übel sind.» Sie lehnte sich noch weiter auf dem Sofa zurück, legte die Beine übereinander und machte irgend etwas mit dem Oberkörper, verschob ihn seitwärts zum Bogen.

«Versatzstücke sind die Seele Amerikas», sagte Deuteronomy traurig.

Brr sagte: «Aufrichtigkeit ist das Schlüsselwort – du mußt zugeben, daß eine Menge Leute aufrichtig sind.»

Moira in den fünfziger Jahren ist Isaak auf dem Berg im Lande Morija, das Kind-Geschöpf, das geopfert werden soll. Wir übrigen sind fleißig. Und haben Projekte. Diejenige zu sein, die geopfert wird, gefällt ihr nicht. In seiner Conférence, seiner Show, sagte Harvey Deuteronomy, die geheime Anziehungskraft der Religion beruhe darauf, daß sie einen dazu ermutige, seine Kinder auszuweiden. Brrs Kinder – vier an der Zahl, aus drei Ehen – er benutzt sie als Beweis dafür, daß er normal ist. Er unterstützt die verbreitete Lehre, sie seien reizend; es bleibt ihnen nichts anderes übrig, als im Vergleich zu seiner Weltlichkeit Heilige zu sein. Berühmtheit ist eine Beachtung anziehende, die Seele erschöpfende Sache. Aber dies ist eine Party, und man benutzt andere Leute.

«Er klingt wie Gerard *Männlein* Hopkins», sagte Deuteronomy zu Moira über mich, ein alter Scherz zwischen ihnen, bereits auf andere Männer angewandt. Er sagt es mit seiner *berühmten* Liebenswürdigkeit, einer speziellen, ihm und seinen öffentlichen Auftritten eigenen Liebenswürdigkeit.

«Oh, ich kann ihn nicht leiden», sagte Moira und grinste dazu boshaft, weil ich so jung war und nicht würde erkennen können, ob sie mich oder den Dichter Hopkins meinte. Mir stockte das Blut vor Gastangst und auch, weil ich Moira abtat – und vor heimlicher Wut. Ich habe ein geheimes Innenleben, das meinem äußeren Benehmen nicht sehr gleicht. «Wen?» fragte ich mit strenger Miene: ein hoch aufgeschossener Junge sagte das.

Deuteronomy sagte: «Weißt du – all diese College-Professoren – diese *Putzen* –, mit ihrem Gerede über die schreibenden Priester und wie männlich und muskulös sie doch sind ... die sind schon eigenartig.» Deuteronomy mochte die katholischen Schriftsteller nicht. Jeder im Raum war besser informiert als ich.

Brr war selten zuvorkommend, wenn man groß war; er teilte solche Dinge mit einer kuriosen Sorgfalt zu, die anmutigen Manieren nahekam; an einen früheren Punkt der Konversation anknüpfend, sagte er: «Das ist ein Kompliment.» *Zuvorkommend* sagte er das – mir erschien es nahezu als Eingeständnis, daß sie alle um mich warben und darin miteinander konkurrierten ... Ein Spiel.

Ich hatte keine Ahnung, was jeder von ihnen wußte – oder plante. Leicht betrunken und daher kühn sagte ich:

«Oh, Mann-o-mann, wie rar, ein geradezu männlich hopsender Kindskopf ... « Sehr oft bin ich (wenn ich schreibe oder unter Leuten bin) albern oder mache Witze, nur fällt es wenigen auf. Hier hatte ich es mit erstaunlich unerschrockenen Leuten zu tun ...

Moira verschob die Intensität ein Stück und sagte: «In einem guten Film steckt mehr Glück als in ganz New Jersey. Deswegen bin ich aus New Jersey weggegangen.» Es hat einen speziellen Zeit-gegerbten Geruch – wie nach alten Klamotten, doch freudianisch-aufsässig, absorbiert, mechanisch wohlangepaßt –, dieses Wort *Glück*. «Wir sind eben nur reicher Schrott ... Was bin ich froh, kein Künstler zu sein ... Ich bin *artiste* – ich bin *Sozialistin* ...» Mit Büchern wollte sie sich nicht unterhalten.

Ich nehme an, Moira besaß sexuellen Tiefsinn in ihrer Selbstzerstörung und ihrer in den Händen von Männern und der Gesellschaft liegenden Zerstörung sowie in ihrer Rache, die darin bestand, Geld auszugeben, en mode zu sein und verrückt zu werden: eine Form von Intelligenz und *wahrem Esprit.* Nicht in dem, was sie sagte – sondern in ihrer Zerstörungswut. Vielleicht war sie ein Fall von narzißtischem Masochismus, aber ich glaube nicht ... Wie seltsam alles war ... Irgendwie häßlich, über Deut und Brr höhnend, sagte sie: «Tschechow mag ich ... Und wißt ihr, was er sagt? *Wie sollen wir leben*, hat er gesagt.»

«Wir sollen gut leben», sagte Deuteronomy. *Ein gutes Leben* war damals sowohl als Phrase wie auch als Idee reich an Sinn, jedoch nicht im tschechowschem Sinn, sondern als durch seine eigene Gewichtlosigkeit definiertes Gewicht. «Allen Ernstes», sagte er putzig. *Allen Ernstes* hieß, daß man versuchte, etwas Abschließendes zu sagen.

«Gefällt dir unsere Art zu reden?» fragte mich Moira. «Gefällt dir die New Yorker Art zu reden?»

«Ich hab das Gefühl, wir schwimmen in potentiell Zitierfähigem ... « Ich versuchte, mich interessant zu machen..

In Moiras Haus ist Mißgunst chic. Zudem ist eine gesellschaftliche Begegnung eine Probe, Teil der Vorbereitung auf weltweite Auftritte – das heizt an. Doch mein Publikum ist kleiner als ihres. Moira glaubt, daß *Kunst* so gut bezahlt wird, wie Noel Camtippy und Picasso – nach den kleinen Picassos an den Wänden ihres Raums zu schließen – bezahlt werden, Männer, die sie begehrt oder mag.

Die beiden ehemaligen Filmstars hier sind alternde Frauen von starker Präsenz und äußerst prononcierten Meinungen (zu allem). In gewissem Sinne sind sie vielleicht Huren, wie Moira mir zugeflüstert hat. Dann aber universelle Huren. Die Signale einer Person wie Moira zu *lesen* ist schwierig. Was das Leinwand-Image jedes der Ex-Stars bedeutet, ist leichter zu begreifen. Unter den Anwesenden ist auch eine weitere Gestalt aus dem Show-Business, ein hinter den Kulissen wirkender Intellektueller, der Tausende von Kritikern und Schreibern kennt, Parties gibt und über den Ruf, den Glanz oder Glamour dieser Leute entscheidet. Auch ist ein ziemlich berühmter Drehbuchautor hier, den wohlinformierte Filmkritiker, die zu diesen Zusammenkünften keinen Zutritt haben, häufig als den jüdischen Noël Coward bezeichnen. Er ist ein «berühmter» Salonplauderer und ein «berühmter» Liebhaber. «Wir haben Stanleys Punktzahl genau im Auge», hat Moira einmal gesagt. Soeben schildert er einen Filmkomiker-Star, Martin Stone («No Funny Business»), «der

Schicksalsschwengel – er steckt ihn einfach rein und salutiert Darwin.» Dann sagte er: «Nun, da Noël Coward alt und Dorothy Parker sturzbetrunken ist, bin ich die flinkste Zunge des nichtkommunistischen Westens, Papa Knallbonbon, Papa Pointenhagel –»

Mein Gott, ich bin hier der Ärmste.

Unheimlicherweise sagte Moira: «O nein, du wirst dich nicht mit Haut und Haar verkaufen; das bedeutet es nicht, wenn man bei uns verkehrt.» Ein wenig *hopsend* sagte Moira das, als mache sie sich über alles lustig. Peccinorda di Gustibus, die Lesbierin, beobachtet *Moira* genau.

Moira hatte auf die Klingel getreten; ein Diener erschien und wurde Champagner holen geschickt – «nicht von dem richtig guten», sagte Moira mit einem kleinen Auflachen, «keiner wird es merken.»

Whacko kam vom Balkon herein, kniete nieder und küßte ihr erneut die Füße.

Hier zu sein ist so geheimnisvoll, wie es Hieroglyphen sind. Als treibe man aufs Meer hinaus. Etwas dergleichen sagte ich zu Moira.

«Bei einer Gruppe kommt's drauf an, wer mit wem befreundet ist, und seine Geheimnisse hat jeder, und, ich weiß nicht, ist das hier eine gute Gruppe?» sagte Moira und schaute um sich – der Stil, den sie da übernahm, war ein französisch-amerikanischer, wie ihn diese Amerikanerinnen an sich hatten, die sich viel in Paris aufhielten.

Habe ich gesagt, Ora akzeptiere die Urteile der Kellows? Drei Viertel der gebildeten Bevölkerung dieses Landes tun das. Ora schwänzelt um die Kellows herum – mir fallen ein, wenn nicht zwei Dutzend Frauen ein, in deren Karriere Brr als Entdecker oder Zweitentdecker fungierte, denen er einen Namen, eine öffentliche Existenz, eine öffentliche Rolle als Frauen verschaffte, deren öffentliches Image er schuf, beruhend auf dem Verhältnis von Aussehen zu Stil und Grips. Ora ist fasziniert davon, was die Kellows alles wissen, und sie ist rasend eifersüchtig – sie schwänzelt.

Wenn er Ora – die einer anderen Kaste als die Leute im Raum angehört: Maine-Oberschicht, hier im Exil – jemandem vorstellt, sagt er: *Und das hier ist Ora*, ohne ihren Nachnamen. Ich glaube, er ermutigt sie damit, trotz ihrer Magnetkraft, ihrem guten Aussehen und ihrer sichtlichen Intelligenz, trotz ihre Aura von Macht und Heißblütigkeit, erbittert zu sein; er will, daß sie mich betrügt. Er bringt alle Paare in Kalamitäten: er ist bekannt dafür.

Es sieht ihm ganz ähnlich, daß er sie am Arm nimmt, sie neben Peccinorda di Gustibus, berühmt als Lesbe und klug, plaziert und mich dann unschuldig ansieht. Ora möchte nicht als Lesben-Liebling – ihr Ausdruck – gelten, aber sie mag diese Frauen; ich treffe im vorderen Raum unserer Wohnung oft eine Reihe von Stiefel tragenden Frauen mit Monokel, energischem Haarschnitt und glänzenden Augen an, viele davon Europäerinnen; sie wirken emotional geschlagen – von Ora. Einmal hat sie gesagt: *Nun, die lieben Hausfrauen werden mich jetzt nicht mehr anrufen und zum Tee bitten.* (Anfänglich hatten sie es getan.) Doch jetzt waren wir zu berühmt, und Ora kleidete sich falsch für eine Hausfrau; sie arbeitete für Arestow, den Fotografen, einen Freund von Brr.

Oder aber Brr setzt sie neben berühmte Wüstlinge, neben jüdische Autoren von Filmkomödien-Scripts zum Beispiel, die sich ihrer männlichen Nymphomanie wegen seit langem in Psychoanalyse befinden, Filme über alle ihre Frauen geschrieben haben und notorisch dreist, vital und leidend sind. Sie ziehen Frauen verdientermaßen an. Einer davon bekam in eben diesem Raum von einer strengen Ora zu hören: *Ich bin keine Schickse, ich bin ein Mensch.* Außerdem war sie überhaupt nicht blond – ich bin noch halbwegs blond, aber sie ist nußbraun.

Oder Charles Pearl, der populärste Filmstar jener Zeit und ebenfalls ein berühmter Wüstling, somit damals der vielleicht berühmteste Liebhaber der Welt, von Porfirio Rubirosa und Alden Whitto einmal abgesehen: er sagte zu ihr «Hallo – meine Güte, was hast du hübsche Brüste» und legte um eine die Hand. Ora, dunkeläugig, vibrierend in ihrer düsteren Jugend, in ihrem Hochmut der Abtrünnigen aus Maines Oberschicht – und oft auf kalte Weise erbarmungslos mit Leuten, die sie befummelten, obwohl sie ebensogut auch zum passiven, den Tränen nahen Opfer werden konnte, jedoch kaltschnäuzig und verächtlich. (Pearl war es auch, der sie im hinteren Flur bei der Toilette aufspürte; er sagte zu ihr – er hat es mir erzählt – *Berühr mich, berühr mich einfach, sieh doch nur, was du mit mir machst,* und Ora sagte, *Nein, das hatte ich nicht im Sinn – was immer du tust, tu's allein.*) Und die betrübt war, wenn Professoren oder jemand, den sie kennenlernen wollte, es versuchten. Nun war sie mit einem Filmstar konfrontiert, dessen Arbeit sie bewunderte und mit einem Mann, mit dem sie gern zusammengearbeitet hätte (wenn nicht noch mehr: ich wußte nicht, wonach es sie bei Männern verlangte), und sie mag sich von mir ausgeschlossen und verraten gefühlt haben, und innerhalb jener Gruppe unbehaglich. Doch ihr Haar blieb glatt, und sie hielt sich nobel aufrecht. Eine Reihe von Brrs Fotografen hatten Oras Attitüde bereits kopiert und übertrieben – sie selbst war nicht fotogen; sie verschloß sich, wenn eine Kamera sich auf sie richtete – und dann schrie sie: «NICHT! ICH HASSE DAS!» Dann: «ICH BIN PRAKTISCH VERHEIRATET mit ihm!» Und sie deutete auf mich. Das geschah, als Pearl sie im großen Salon anfaßte.

Aber sie schob ihn nicht fort. Ich tat das, und später schalt sie mich dafür: Ich kann selbst auf mich aufpassen. Nun ja, das kann sie und auch wieder nicht; nicht im Rahmen einer monogamen Affäre; und sie will nicht, daß ich mit Connie Lewistein schlafe (vögle), mit der ich einen kleinen Film drehe.

Oder sie ändert vielmehr ständig ihre Meinung, ja, nein, ja, nein – schließlich: *Ich bring dich um, wenn du sie bumst*. Sie ist schon sehr sonderbar – alle sind schon sehr sonderbar; diese Welt ist voll Verrückter: «New York ist ein Irrenhaus», verkündet Moira fröhlich.

Doch Ora ist die sonderbarste von allen: als Namen für sie hat ihr Vater den Imperativ des lateinischen Verbs für beten gewählt. Er wollte, daß eine lichte Jungfrau aus ihr würde. Sie ist, sagt sie, *das schmutzige Mädchen, das wilde Mädchen* – das jetzt, in der Großstadt, in dieser Umgebung, überzählig ist: was wird sie als nächstes tun?

Ein faßförmiger, wirklich berühmter, seriöser Kritiker, ebenfalls ein berühmter Wüstling, der sich zumeist damit begnügt, Schriftstellerinnen zu beeindrucken, kein junger, sondern ein alter, hartnäckiger, unanständiger Mann, bewegte sich, eine Hand gewölbt vorstreckend, auf Pearl und Ora zu. Ich ging zurück zu Moira.

«Jeder liebt jeden», sagte die verrückte Moira mit beträchtlichem Desinteresse zu mir: sie trug eine merkwürdige, grüne Angelegenheit, einen seidenen Overall oder eine Abwandlung davon, ein Kleid mit Hosenbeinen, ich kenne mich mit so fortschrittlichen Kleidungsstücken nicht aus (aber ich lerne es gerade), und im Haar trägt sie ein schmales rosa Band, von einem dezent lebhaften, unvergeßlichen Rosa, das auch die im Raum vorherrschende Farbe war. In solchen Dingen war Moira gewitzt. Unter Lachen sagte sie: «Ich weiß nicht, wer ich bin, wenn ich *Kleider* trage ...» Berühmte Kleider. «Brr gefällt es; er bringt mich dazu, diese *Sachen* zu tragen ...» Berühmte, im Augenblick berühmte Kleider. «Ich bin eine gestaltete Gestalterin.»

«Auweia, das hab ich nicht ge*wußt*», sagte Pearl in einem Farmerton, weit unter seiner sonstigen Ausdrucksweise, zu Ora. «Lassen Sie mich Ihnen etwas zu trinken holen. Aber ich würde Sie schon gern bumsen, wissen Sie.» *Sehr* gentlemanhaft und *treuherzig*.

Ora wandte das Gesicht ab, hob, ohne nachzudenken, starr den Arm und hielt Pearl auf Armeslänge von ihren Brüsten fern. Sie hatte ein ärmelloses schwarzes Kleid aus Paris an, ohne Büstenhalter zu tragen, das Moira abgelegt und ihr geschenkt hatte. Ora ist oft wirklich schön – ihre Haltung, die abfallenden bloßen Schultern, dann der stolze Hals und die strahlende, feinmodellierte Seiten- und Vorderpartie ihres knochigen Gesichts mit der prachtvollen Haut. Aber sie war ein *Typus* – die hinreißende, mädchenhaft junge Matrone von Stand, leider wählerisch, jedoch passiv darin, gleichsam ein guter Kumpel, der sich mit all dem *Schmutzigen* abgefunden hat, freilich so sehr zu Lügen neigend, daß sie diese Vorfälle leugnen würde, falls sie Brr mochte. Sie wollte an diesem Ort sein. Und sie haßte es, dort zu sein. Das Herz stand einem still, wenn man sie so sah. So gutaussehend, so wissend, so voll Unwissenheit und so fehl am Platz, wenngleich nicht ganz. Und sie wußte nicht, wie fehl am Platz sie war. Sie war sie selbst und hatte noch nicht begriffen, daß für diese *Darstellungskünstler*, wenn ich sie so nennen darf, alles Gestaltung war.

«Sie ist noch neu», sagte Moira herablassend zu mir. «Na ja, man weiß schließlich, wo man hineingerät, wenn man in *diese* Klapsmühle hier kommt», sagte sie boshaft, «in eine Klapsmühle gerät man hinein! Ts-ts ...»

Der fette Kritiker Walter Pauline Christian sagte: «Nicht doch – ich erwarte einen ganz reizenden Abend, wenn ich hierherkomme, und gutes Essen – und hübsche Frauen – und dich, Moira.» Immer wieder spähte er zu Ora hinüber.

Moira sagte zu mir: «Weißt du, im Bett ist er gar nicht übel.»

Er war halb betrunken, angespannt vor Party-Nervosität und gesellschaftlichem Dünkel, doch zugleich scheu, teddybärhaft, arrogant, gesellschaftlich sehr emsig, sexuell ein Spinner, und wie die meisten Männer im Raum beeilte er sich zu signalisieren, daß er von Moira rekrutiert und benutzt worden war, daß sein Entree auf Sex beruhte.

Brr sagte zu ihm: «Wiley ist brillant ...»

Dies nagte an Christian, der in seinen eigenen Augen der Julius Caesar eines jeden literarischen Rufs war. «Brillant? *Brillant?*» sagte er; und zu mir: «Na, da haben Sie aber einen Patron.» Ängstlich nahm er sich zurück, da Brr über so viele Zeitschriften herrschte. Christian war *charmant*, mit der geübten, verlockenden Griesgrämigkeit eines dicken, gescheiten Mannes. Er sagte zu mir: «Mir ist aufgefallen, daß großwüchsige Schriftsteller gewöhnlich überladen schreiben.»

Ich konnte es mir weder leisten, nicht gleichgültig noch gleichgültig zu sein – wissen Sie, was ich meine? Er war verschwitzt und rot – wie ein Eunuchen-Waschweib. Brr war zwischen Pearl und Ora getreten. Er sagte: «Wir wollen doch Wiley nicht durcheinanderbringen – auf Parties gerät er immer so aus dem Häuschen ...» Er zwinkerte mir zu. Ich hatte Pearl da schon gestellt; Brr spielte ein Spiel.

Unter vier Augen hatte er mir bereits erklärt: *Es ist nicht klug, ein Nest mit jemandem zu bauen, während man sich noch seinen Weg in die WIRKLICHE WELT bahnt!* – er sprach gern hektisch, in der Art von Bildunterschriften. Man müsse verfügbar sein, meinte er. Er sagte: «Die verrückte Moira weiß darüber alles ...» Er hatte sie unterworfen, aber sie war grausam, was ihn anging; sie nannte ihn Knickei und Mr. Killer Lieblos. Freilich nur, wenn sie sehr high war. Von einem Typ, den ich kannte, und seiner neuen Frau wurde mir erklärt, daß es, wenn man eine gute Gastgeberin und ein guter Gastgeber sein und dafür berühmt sein wolle, einfach dazugehöre, sich über seine Frau, seinen Mann oder Geliebten lustig zu machen: andernfalls schließe man die Leute aus, mit denen man im Gespräch sei.

Brr sagte: «Die verrückte Moira sagt, du wärst wie ein Idiot –» Brr sprach so deutlich, als laufe ein Band mit.

«Ach ja?» sagte ich.

«Prinz Soundso ...»

«Prinz? Myschkin? Der bei Dostojewski – in *Der Idiot*. Ich dachte, du wolltest mir sagen, Moira hält mich für blöd.»

«Sie hält dich für einen großen Kopf: sie hofft, du bist auch noch anderswo groß. Sie sagt, du bist *wuchtig* ...» Kein einfacher Geselle.

«Tut mir leid, wenn ich wuchtig bin», sagte ich. «Phallisch gesehen, bin ich eher das Familiensparformat als die Riesenpackung.»

Nach einem Moment fragte er: «Meinst du, deine Methode kommt an bei ... den Leuten?» Zur Abwechslung klang er einmal naiv.

Mit großen Augen sah ich ihn an; das sollte *weiß ich nicht* heißen. «Ankommen – wie? Aus welchem Grund?» Ich war in diesem Haus in der Defensive.

«Du willst doch einen Proustschen Roman schreiben? Und ein gutes Leben haben.» Proust galt in dieser Clique als der beste Romancier aller Zeiten.

«Nein. Du etwa? Ich will Bestseller schreiben wie Jack London und Hemingway: aufrichtig, populär –»

Er kapierte schneller, als ich sprechen konnte. «Du *bist* ein Idiot», sagte er so rasch, daß der Dialog dadurch einen interessanten Rhythmus erhielt, fand ich, dieser Dialog, der mir auffällig intelligent erschien, nicht wegen der Dinge, die gesagt wurden, sondern wegen der Struktur, die Brr ihm gab, der so wach und skrupellos war und ein solcher Industriekapitän.

«Aber kein heiliger – nicht wie Myschkin», sagte ich.

«Doch», sagte er. Sein *doch* entsprach einem reflektierten Satz, nur daß man keine Kenntnisse von Satzstrukturen brauchte, um es zu verstehen. Er meinte, ich sei *eigenartig.*

Ich hatte eine sehr dunkelgraue Flanellhose, einen guten schwarzen Kaschmirpullover und ein weißes Hemd an: mehr konnte ich mir als Gesellschaftskleidung nicht leisten; und es war ein Zeichen des Respekts Leuten gegenüber, denen Kleidung wichtig war: ich hatte mich bemüht. Wie dies ankam, weiß ich nicht, nur daß ein paar Wochen später andere – auch ein paar Frauen – so gekleidet auftauchten. Natürlich wurde mir in dieser Gruppe hart arbeitender Leute, überwiegend *Spinner*, um Brr zu zitieren (*Alle sind sie Spinner, und ihre Arbeit ist ihre Maske*, sagte Moira einmal.), die Rolle des *Gesunden* zugeteilt – eine spezialisierte Form des Epheben, angeblich *als Mann sexy*, jedoch *im Augenblick* der Favorit des Hauses. Was immer jeder in diesem Raum tat, war ein Zeichen; jeder war Semiotiker, weil es um jedermanns Karriere ging.

Aus ihrer Kindheit kannte Ora *andere* Leute: den Gouverneur des Staates New York zum Beispiel, den drittreichsten Mann der Welt. Manchmal verkehrten wir bei einigen dieser Leute. Sie nahmen oft Anstoß an mir – und an meiner Kleidung. Was etwas bedeutete, versuche ich damit zu sagen, war außerhalb des zugehörigen Kontexts uberhaupt nicht klar. Der Kritiker wollte, daß ich mich mit ihm und Ora unterhielt; er wollte irgendwie sehen, ob ich bereit wäre, sie zu verkuppeln. Dergleichen läßt sich in aller Gutmütigkeit arrangieren; manchmal wünschte ihr mir damals mitten in der Nacht, wenn ich einen Anfall von Panik hatte und nicht schlafen konnte, Ora wäre eine kaltblütige, skrupellose Aufsteigerin, die mit diesem und jenem schliefe und uns weiterbrächte, wie es viele Frauen taten, die wir kannten.

Calvin Higgins' Frau – Higgins war mein Verleger – war außergewöhnlich ehrgeizig, hübsch und charmant, aber auch dumm und prätentiös; daß wir die Kellows *kannten*, machte sie sehr eifersüchtig. Sie hatte ein schrilles Stimmchen und kurze Beine, und in ihrer Küche sagte sie zu mir: «Ich bin eine faustische Seele; ich habe mit meinem Leben einen faustischen Handel abgeschlossen, als ich Cal heiratete.» Das sagte sie mit diesem schrillen Elite-College-Studentinnen-Stimmchen, was alles noch viel befremdlicher machte, und ich empfand kaltes Entsetzen.

Sie war sensibel und schnell und wohlerzogen und verfügte über eigenes Geld, doch zugleich war sie in mancher Hinsicht hochgezüchteter weißer Schrott, hysterisch, überaus berechnend und nicht zu großen Siegen fähig. Im Grunde war sie überzählig, und Calvin beutete sie aus, ein kleiner, nervöser, entschiedener Mann, ein großer Lügner und Charmeur – herzzerreißend, sobald man ein anfängliches Schaudern ob seiner clownesken, sehr weißen, abstoßenden Physis überwunden hatte. Er deutete etwas von einer tragischen sexuellen Vergangenheit an und erzählte Anekdoten darüber, wie er verschmäht worden war – wobei es ihm gelang, nicht zu erwähnen, von welchem Geschlecht. Er war so durch und durch zweitrangig und so unwiderstehlich gütig – aber das war gelogen; er war ehrgeizig; und seine Frau war fast ebenso eine Gefangene wie Moira –, daß einem bei dem Gedanken, man kenne ihn, schauderte, wenn nicht schon seine Güte einen zum Zähneknirschen brachte.

Er schrieb zutiefst aufrichtige, sehr gütige Gesellschaftsprosa darüber, wie menschlich und human die herrschende Klasse doch sei, aber ich glaube nicht, daß er die herrschende Klasse kannte; er kannte ein paar feinsinnige, wohlerzogene reiche Leute. Im Grunde waren seine Bücher schadenfroh. Er liebte es, über Verstümmelungen zu schreiben. Zu meinem Ruf hatte er tätig beigetragen.

Wie dem auch sei, im Gegensatz zu Moira vergötterte Higgins' Frau Ora, ihre Lebensweise, ihren gesellschaftlichen Rang, den sie anerkannte. Higgins' Frau stammte aus Nord-Dakota oder Indiana. Sie hegte eine faustische Mädchen-College-Wohnheim-Schwärmerei für Ora und sprach von ihr als von einer *so großen Persönlichkeit, so tapfer – sie geht hinaus und kommt dem Leben auf halbem Weg entgegen – ich möchte so sein wie sie.*

Daher fand ich es verwirrend, daß Ora bei der Party irgendwie mißbilligt und nicht sonderlich gemocht wurde. Sotto voce sagte Ora zu mir: «Es demütigt mich, wenn du mich verteidigst: laß mich selbst für meine Verteidigung sorgen.»

«Aber du hast dich nicht verteidigt: du hast geweint.»

«Leb du nicht mein Leben. Jetzt weiß jeder über mich Bescheid.»

«Was wissen sie denn über dich?» Haben Sie jemals mit jemandem Gespräche geführt, die Ihnen völlig bedeutungslos vorkamen, doch zwei, drei Tage später sehen Sie eine Bedeutung darin, nur können Sie es nicht überprüfen, weil der andere sich nicht mehr deutlich genug erinnert, und Sie auch nicht? Und der andere möchte nicht darüber reden; seine Stimmung hat sich geändert.

«Daß ich ein Opfer und eine Närrin bin – liebestoll.» Das war sie wirklich nicht. Doch sie bot sexuell einen tapferen, rührenden Anblick: eine Urmutter von Dynastien. Bei ihren alten Freunden stieß ich, wenn nicht gerade auf Abneigung, so doch auf Mißtrauen und scheele Blicke, genau wie Ora hier: ich glaube, es war der Wert, den ich mir ironisch beimaß, woran Oras protestantische Bekannten, von denen die meisten berühmt waren, Anstoß nahmen, gerade so wie die Juden hier an dem Wert, den Ora sich unterschwellig und unironisch beimaß.

«Ora, ich dachte, du versuchst, meinetwegen keine Szene zu machen» – wegen des Auftrags, den Kellow mir gegeben hatte.

«Du hältst mich für schwach – du hältst mich für ein Nichts –»

«Ich halte dich für eine Heldin –» Doch dann ging ich zu weit: «– des Dritten Reichs …»

«Ich bin doch keine Antisemitin! Ich bin genauso gut für dich, wie's irgendeine Jüdin sein könnte!»

«Ora, ich schwör's bei Gott, ich werde wahnsinnig: du bist komplett verrrückt. Laß uns doch auf dieser Party hier keine Szene machen. Mein Gott, du machst mich wahnsinnig –»

«Du lebst in einer Traumwelt, Wiley. Nur weil du *Grips* hast, bist du so verwöhnt –»

«Verpiß dich, Ora.»

Im Grunde hatte ich keine Ahnung, worüber wir eigentlich redeten. Sie war eifersüchtig; ich war dort, in jenem Hause, für eine Weile ein Star. Ich weiß nicht wieso, aber ich lächelte sie an: das Lächeln geschah einfach – wie zerbrechlich und intim das wirkliche Leben doch ist ... Ich hatte das Lächeln, will ich sagen, nicht herbeigerufen, und es hatte nichts weiter zu bedeuten, als daß ich amüsiert war, zum Teil über die grauenhafte Situation.

Die Geschwindigkeit und Wendigkeit des Mannes, der Abstand, in dem Brr hinter der Oberfläche seiner Augen steht, und sein traurig triumphales, unermüdliches (mit Pillen aufgeputschtes) Wesen wirken schwindelerregend auf mich. Und *amüsant.*

«Ich küß dir die Schnürsenkel», sagte Sam Chonberg zur mir, an Whackos Küsserei von Moiras Füßen anknüpfend. Chonberg ist mehr oder weniger offen homosexuell, wie auch Camtippy, nur daß Camtippy, kein Jude, viel, viel berühmter ist. Moira sagte zu mir: «Ich liebe den Antisemitismus – er verdreht einfach die ganze Welt, macht lauter Knoten rein und erfüllt sie mit Lügen.» Gloria Peeler (damals meine Agentin) meinte, Chonberg habe mir für meine Arbeit an einem Filmscript für ihn ein lächerliches Angebot gemacht. *So tief kannst du dich nicht hin-*

ablassen: das kannst du dir noch nicht leisten – dafür sind deine Kartöffelchen noch zu klein …

Gloria Peeler ist offen und aufs freundlichste Sadomasochistin – etwa nach dem Motto *Auf in den Tango, rein in den Tang* –, ein berühmter harter Besen und eine *freundliche* New Yorker Gestalt.

Ich erzählte Moira, was Gloria Peeler gesagt hatte, und Moira sang: «Kartöffelchen, Kartöffelchen …» Dann: «Besser als klitzekleine Eierchen.»

Kellow und Chonberg und Deuteronomy und Christian (Jude). Ah, *Kellow ist reinste Tausendundeine Nacht* – orientalisch; Chonberg ist der zum amerikanischen Star gewordene kleine Mann aus Deutschland. Peeler tut alles, was sie tut, *dem weiblichen Prinzip zuliebe.*

Brr hatte vordem sowohl für Leonard Doetroch geschwärmt, der immerhin sozusagen ein sehr bedeutender Werbefilmregisseur ist und sehr prononciert etwas vom Künstler, welcher Art auch immer, an sich hat, wie auch für Little Sam Chonberg (Kellow ist ein Jude, der Juden mag), der vielleicht ein großer Komiker ist, zumindest aber ein sehr, sehr guter, und der nie wieder in einer Komödie mitwirken wird. Er ist im Begriff, in England einen Spitzenfilm, einen internationalen Spitzenfilm zu drehen, zur Veredelung mit Sir Edmund Buller und Lady Joan als Darstellern: «Ich kann noch zusätzliches Dialogmaterial gebrauchen – falls du da was hättest …»

Moira flüsterte: «Das ist ein Vierziger-Jahre-Spruch. So was sondern wir nicht mehr ab.» In normaler Lautstärke sagte sie: «Wir sondern jetzt Fünfziger-Jahre-Sprüche ab», und sah Chonberg innig an. Meine Güte, sogar das läßt sich zum Flirten benutzen.

Chonberg und Brr haben gewisse Fertigkeiten gemeinsam: sie sind vorzügliche Reiter: Ich werde zum Metzgerburschen, wenn ich auf ein Pferd gerate, ohne Finesse, Haltung oder Sensibilität: meine Kommandos wirken, aber sie sind grob und dumm. Beide können sie außerordentlich gut tanzen. Beide lodern sie vor Rastlosigkeit.

Ich bin ein Gegengewicht zu Chonberg. Wenn ich außer Rand und Band gerate, pflegt Kellow auf Chonbergs Seite überzuwechseln. Tatsächlich glaube ich, daß Kellow beabsichtigt, mich und diesen kleinen Film, den ich mit Connie Lewistein drehen will, in Besitz zu nehmen: daß er erwartet, der Film werde seine Welt widerspiegeln und von ihm handeln. Die Psychoanalyse hat etwas an sich, das die Menschen nahezu in abstrakte Begriffe verwandelt: Kellow ist Taktik und Ambition.

Kellow tut so, als hätte er an Ora ein gewisses (sexuelles) Interesse, hat aber eine aktive Abneigung gegen sie – das hat er mir «gebeichtet». Chonberg hat tatsächlich einen Annäherungsversuch gemacht, fühlt sich aber eigentlich nicht zu Frauen hingezogen, soweit ich sehe. Mit verschränkten Armen sitzt er auf der Sofalehne und fragt mich warm: «Und was glaubst du?» Ich kann mich aus den letzten paar Minuten an keinen Zusammenhang entsinnen, zu dem dies unmittelbar paßte. Ich schaue auf meine Hände im Schoß.

In einem viel offener schlauen Ton als Brr sagt Moira zu diesem: «Warum ihn nicht mal fragen, was sein Lächeln bedeutet?»

Brr sagte: «Chonberg hat für uns eine großartige Geschichte über die Spielarten des Lächelns geschrieben.»

Deuteronomy sagte: «Du lächelst selten, Brr. Du öffnest den Mund ein bißchen und funkelst kurz, und dabei läßt du's bewenden.»

Brr sah mich an; er wollte meine Meinung hören.

«Du hast für jeden von uns eine andere Nuance von Nicht-Lächeln: das ändert sich so rasch, daß ich das Gefühl habe, ein Luftzug weht von dir zu mir», sagte ich.

«Du bist sehr flink», sagte Moira zu mir.

«Ich habe das früher einmal gedacht und mich jetzt daran erinnert», sagte ich.

«Du bist wie ein Felsen», sagte Brr; ein Rätsel.

«Ein flinker Felsen?» Dann: «Epater die Felsen? Es ist ganz schön quälend, im Vergleich zu jedem sonst im Raum ein kleiner Fisch zu sein.»

Moira sagte: «Du solltest einen richtigen Film machen – mit Brr. Allein analysierst du immer zuviel.»

«In meinem Kopf herrscht ein dunkler Tumult.»

«Oh, hört euch doch das *Kind* mal an», sagte Moira.

Kellow wollte, daß ich in meinem Film einen sehr kleinen, schmalen, zartgebauten, etwa achtzehnjährigen chinesischen Schauspieler einsetzte. Kellow sagte, der Chinese sei das schönste junge Model der Welt. (Dies war vor langer Zeit; Chinese zu sein war exotisch.)

«Wie kann er dann einen Spinner darstellen?»

«Laß ihn eine Brille tragen ... Er liebt ein Mädchen, das größer ist als er: eine Blondine mit großen Brüsten – die noch nie eine Wüste gesehen hat, die nicht mal richtig begriffen hat, daß er *Chinese* ist.»

«Ist er habgierig? Ist er strebsam? Warum eine Wüste in China?»

«Wie bitte? Die Wüste Gobi.»

Moira sagte: «Will er dominieren? Läuft er immer schneller als alle anderen? Gibt er das Tempo vor? Weiß er immer den besten Klatsch? Wo hast du gelernt, auf so etwas zu achten?»

«Irgendwie gelingt's dir immer, das letzte Wort zu behalten … Wiley», sagte Deut.

Ich gehöre einer menschlichen Subspezies an, die nicht zu verteidigen ist. Wie ich zu sein ist schäbig und etwas Besonderes: man muß nie überleben, auch nicht wissen, wie andere überleben: man muß nie etwas empfinden, es sei denn, um sich Notizen für Szenen zu machen. Ich wollte mein Leben nicht so verbringen, doch andererseits bleibt man nicht sehr lange ein Junge. Soweit ich weiß, ist die soziale Oberfläche, die man aufweist, eine als kulturelle Prägung ausgegebene Lüge. Auch ich bin ein Lügner und neuerdings ein Wüstling, kein Flußgott oder ein echter Junge in den Strömungen und artesischen Brunnen der Zeit. Der Stil ist ein brütender Schutzpatron der Metamorphosen, der einem die Oberfläche eines Lügners verleiht, als Auszeichnung unter anderem.

Wenn man die soziale Metamorphose verweigert, das Flußhafte verweigert und durch das mentale Flanieren und Flüchten des *Auf-dem-laufenden-Bleibens* ersetzt, dann denkt man allerlei sonderbare Dinge, wie etwa, daß ich mehr das Kind meines Ichs-als-Kind denn das Kind meiner Kindheit bin. Die Früchte des Paradieses und des Gartens hinter Mauern und der Geist, der durch die Blätter und über die Wasser schwebte – wie bin ich mit solchen Ichs verbunden? Wie unendgültig sie doch wirken, und wie zerbrechlich sie doch sind, die vergangenen Rollen. Die Wahrheit unterscheidet sich davon so sehr, wie wenn man einen echten Tiger in den Raum brächte – und freiließe: nicht das Porträt eines Tigers, kein Gedicht über einen Tiger, sondern das komplette Ding.

Ich meine, wenn man es ernst meint und wenn man aus

Tagträumen über sein Leben zu einem traumgetönten Leben erwacht, zu wachem Bewußtsein und einer Landschaft der Aufmerksamkeit für Parties, mitsamt Vorstellungen von der Wahrheit und von Arbeit, dann könnte man sich verhalten wie ein Tiger im Raum, schon angedeutet, doch bislang noch unsichtbar. Ich bin jemand, den mein jüngeres Ich ablehnen würde – wenn es auch erleichtert gewesen wäre zu sehen, daß kein Niemand aus uns geworden ist.

Brr starrte mich aus Käferaugen an; er hat von Natur aus etwas Käferäugiges, sehr Insektenhaftes, das er unter Kontrolle hat und mal verbirgt, mal zeigt. Er möchte wissen, wie ich es meine, wenn ich nichts davon sage, daß ich mich verkaufen will. *Moira* war sehr dafür, sich zu verkaufen; sie war eine *berühmte Shopperin*, eine irre und tiefgründige Shopperin – sie sagte ganz sachlich (wenn auch kichernd): «Ich habe schon Visionen gehabt, während ich bei Bloomingdale's war – ich rede nur nie darüber. Für mich sind Rolltreppen so eine Sache.» Dann: «Du wirst noch mal ein unfreundliches Buch über uns schreiben, wart's nur ab – ich kann dir in die Augen sehen und geradewegs in deine Seele blicken: Ich bin eine *Hexe!* Eine dostojewskische Hexe –» Ich *glaube*, sie meinte, sie wäre eine russisch-jüdische Hexe.

Brr warf ein: «Sie ist eine Leserin! Ich bin überhaupt kein Leser ...» Er rivalisierte mit ihr, beschützte sie aber auch und machte mit seiner Prahlerei gewissermaßen Werbung für sie.

Moira flitzte weiter; sie sagte zu mir: «Du bist der Idiot, gespielt von Gérard Philippe, natürlich mit einer großen Prise Hollywood-Yankee-Naturbursche darin, aber wir sehen alle den Captain Bligh und Stawrogin in dir: Ich weiß, er heißt Stawrogin in diesem anderen Buch, das ich so mag – nicht *Schuld und Sühne*, auch nicht *Die Brüder Karamasow. Die Besessenen*? Ich liebe diesen Titel –»

«Ich auch», sagte ich.

«Ich meine das wörtlich: ich *liebe* ihn. Ich weiß, er heißt Stawrogin, weil ich Raskolnikow sagen möchte – wenn ich also Raskolnikow denke, dann weiß ich gleich, daß ich Stawrogin sagen muß: mein Arzt hat mir das beigebracht ... Er hat mir beigebracht, den Kopf auf *meine persönliche* Art zu gebrauchen. Mein armer Kopf ...» Sie sagte, sie führe sich diese Gestalten sexuell vor Augen und ordne ihnen Sexualorgane sowie Liebes- und Verführungsszenen zu. «Raskolnikow war ein Wichser mit einem kleinen Pimmel, einer von diesen verstörten Mörder-Liebhabern, die sich so rumtreiben. Aber Stawrogin ...» Es folgte ein pantomimischer Erguß. Ein sexuelles Großmaul sei er, eine Fegefeuer-Gestalt, ein grenzenlos gefährlicher Charakter, der sie in ihrer Vorstellung immer anstarre, sagte sie.

«Moira hat den teuersten Seelenklempner der westlichen Welt», prahlte Brr leise. (Siebzehn Jahre später wird sie sich die Kehle durchschneiden, die Pulsadern öffnen und verbluten, während er im Zimmer nebenan im Pillenschlummer liegt. Das geschah in den siebziger Jahren.)

Moira sagte laut: «Stawrogin ist verantwortungsbewußter ...»

In diesem Gespräch geht es um das Wesen von Übergriffen und sozialem Grauen – wie wir einander beschädigen. Doch das belassen wir im unklaren. Ich sagte: «Ich mag sehr starke Menschen, damit ich an nichts schuld bin, was auch passiert –»

«Hm, das ist wirklich tiefsinnig», sagte Moira. Dann, mit bösem Kichern: «Was ich von tiefsinnigen Sachen halte, weiß ich immer erst, wenn ich bei meinem Arzt bin. Ich *liebe* meinen Arzt – buchstäblich. Ich finde *ihn* beängstigend – er ist ein Stawrogin, aber nicht so gemein – auch nicht so gutaussehend. Ich würde ihn liebend gern heiraten – er macht mehr Geld als Gott – und ist interessanter. Ich liebe die Schuld, wenn sie Männer, na ja, ihr wißt schon, so englisch und *gemein* macht.» Sie hatte wirklich die Gabe, mich zu interessieren, echte Beobachtungskraft und viel Übung darin, Übergriffen ausgesetzt zu sein: aus ihrem ganzen Verhalten ging unter anderem hervor, daß sie eine Affäre mit ihrem Arzt hatte, mit Deut und Brr schlief und daß alle voneinander wußten.

«Moira ist tiefsinnig», sagte Deutonomy liebenswürdig. Wenn ich ihn traf, wirkte er nie ganz und gar wie jemand, der *nicht* auf der Bühne steht.

«O ja, Moira *ist* tiefsinnig», sagte Brr theatralisch-geheimnisvoll. Das mußte mit seiner Macht zusammenhängen. Moira und Brr erfanden gemeinsam eine Form von Journalismus. Moiras Bedeutung für die Kultur der Nachkriegszeit war vielleicht größer als bekannt ist. Sie propagierte diese oder jene politische oder kulturelle Idee – eine verrückte Fürstin der Pop-Bildung, eine verrückte amerikanisch-jüdisch-geniale Ehefrau, die die Welt veränderte. Ein wenig.

In dieser Clique ist es Mode – und prickelnder, beschissener Nachkriegsbrauch –, dafür zu sorgen, daß über eines jeden Kopf das Urteil schwebt, ob er ein Künstler oder keiner sei. Fast jeder im Raum wird fünfzig Jahre später noch immer unvergessen sein, doch keinem außer mir blieb über diese Zeitspanne hinweg der Rang *Künstler* erhalten. Ich will damit nur sagen, daß all das unredliche Schachern, der Tauschhandel und Handel mit dem Titel zu nichts führte. Am Ende bleibt an mir vielleicht der Ruf eines Betrügers hängen.

Einer der anwesenden Regisseure hatte einen populären Film über den Jazz gedreht – einen interessanten, ziemlich ungeschönten Film. Er kam zu uns herüber, und Moira lobte seinen Film; sie sagte: «Ich fand das viele trübe Licht so schön –» Es war nicht einmal beleidigend. Aber ich verstand es nicht.

Er sagte: «Ich mag Filme nicht – und ich mag Jazz nicht. Ich bin bloß ein angeheuerter Handlanger.» Er war betrunken und trug Cowboystiefel, was in den fünfziger Jahren bedeutete, daß ihn das Magazin *Time* für *avant-uns-übrigen* (Moiras Ausdruck) halten würde. Sein Ton ließ Moira aus irgendeinem Grunde still werden: er war ein Mensch von lebensfähiger, haltbarer, einflußreicher Sensibilität: männlich, vielleicht eher kompetent als begabt und sicherlich stark.

Brr sagte: «Ein angeheuerter Handlanger, der *großartige* Arbeit leistet.»

Brr sagte: «Ihr wißt ja, was Whitto *Life* gesagt hat –» Whitto, ein ungemein populärer und widerspenstiger Bilderstürmer, wurde in dieser Clique oft als Quelle von Prophezeiungen ausgegeben, als verrückter junger Rabbi im Grunde. Die *Wahrheit*, die er als Schauspieler suggerierte, kam in ihrer Wirkung einer vorübergehenden Religion nahe. Für Pressezitate besitzt Brr das Gedächtnis eines *idiot savant*, und er gibt nun Whitto wieder: «‹Der Jazz ist die große amerikanische Kunstform: er entsteht aus Unterdrückung. Jazz zeigt, wie man reagieren soll – wenn man ein gutes Gewissen hat, kann man sich inmitten der kriminellen Handlungen seines Landes vergnügen.›» Brr war ein so guter Imitator, daß man den Eindruck hatte, Whitto spreche im Raum, doch trotzdem kann Brr Whitto nicht *zeigen*; Brrs Wiedergabe ist dumm und nobel und fragwürdig, Broadway gegenüber Hollywood – theatralisch.

Brr muß herrschen. Das Ziel seines Treibens ist, einen zu übermannen - *er ist wie ein Vierjähriger,* sagt Moira. Wäre er nicht so, wie könnte er dann seine Zeitschriften erfolgreich führen? Jeder seiner Autoren hatte seine eigenen Theorien und freundschaftlichen Beziehungen und war berechnend; Brr verhandelte mit Agenten und beschäftigte einen Stall von Fotografen. Einmal sagte er zu mir: *Jeder ist andauernd am Rebellieren. Ich verbringe zuviel Zeit damit, den Polizisten zu spielen.*

«Was sind denn Filme eurer Meinung nach in Wirklichkeit?» fragte Brr; er gab ein Thema vor. Einige in unserer Gruppe stöhnten auf, weil es soviel vom Schulaufsatz hatte, weil sie benutzt wurden.

Moira hieß den Jazzfilmregisseur einen Tisch herbeiziehen und sich darauf setzen. «Es ist einfacher, wenn du sitzt, es hat dann weniger von einer Rede.» Er war klein und prall, sehr kraftvoll und dominant in seinen Cowboystiefeln und auf beiläufige Weise kriecherisch – *artig* nannte man das damals.

Er zog tatsächlich einen Tisch heran, sagte aber: «Du fütterst mich nur mit Bagels und Kaviar: dafür höre ich mir Witze an, beantworte aber keine Fragen –»

Diese Bemerkung von ihm war dazu angetan, beklatscht oder gutmütig benickt zu werden. Daß alle sich über Brr Kellow lustig machten, daß er und Moira als Grobiane galten, als zudringliche Ausbeuter und Grobiane, das trug merkwürdigerweise dazu bei, daß man ihnen soviel *Stil* zubilligte. Ich weiß nicht, wie manche Leute das machen, so gnadenlos und doch so kriecherisch zu sein.

Während des sich lang dahinziehenden Nachmittags der Apokalypse bieten die Ex-Filmstars sich auf einem Sofa dar, das unserem gegenübersteht. Vorgeblich unschuldige Professionalität ist nötigend und instabil, ein Plenum beanspruchter und eingeklagter Rechte. Auf jeden wirft es einen Schatten, daß dies das Jahrzehnt *vollkommener Brüste*, abenteuerlicher Büstenhalter ist, die kurios vorspringende, bombenähnliche Brüste formen. Derlei Lügen machen es schwierig, bei Sinnen zu bleiben: geistige Gesundheit wird als soziale definiert, sowie ein wenig freudianisch. In das lokale Bild von Gesundheit, von Normalität ist die Vorstellung eingebaut, die Wirklichkeit sei phantastisch und jeder habe Geheimnisse ... Dies ist eine Gruppe, in der Nervenzusammenbrüche und Barmherzigkeit grassieren. Den Männern (jedoch nicht mir) ist die ängstliche und modische Vorstellung von einem universalen, jedoch idealen, unermüdlichen und anspruchslosen *Bumser* eigen, und sie tragen sehr teure, imposante Kleidung.

Das grobe Muster, artig (wie jemand sehr Junges) und von einer vielleicht völlig verlogenen Wahrhaftigkeit zu sein, dazu die semi-baudelairesche, *korrupte* Wirklichkeit – hinter diesen Stilen stecken die Überzeugungen und Umstände von Leuten, die in privaten Höllen leben – ich auch, doch meine ist, mitten im angeblichen Garten Eden USA, einem Vorort der Hölle, verwässert. Das unheimliche Heiligkeitsgetue in einem gegebenen Moment kann auch homosexuell getönt sein – auch das ist ein Problem.

Deuteronomy sagte: «Filme sind das, was du sehen mußt, damit du im Kopf nicht mehr die Stimme deiner Mutter sagen hörst: *leg nicht Hand an dich, Harvey ...*»

«Schlichte Geschichten für schlichte Gemüter», sagte einer der Filmstars, eine Frau, die ich mit dreizehn attraktiv gefunden hatte: sie war noch immer attraktiv. Ich fand es merkwürdig, wie *bekannt* sie mir war – ihre Stimme, ihre Manierismen, manche Kurven ihres Körpers. Der Erinnerung an sie haftete etwas von Träumen an.

Mit wahnsinnigem Spott wiederholte Moira sotto voce: «Schlichte Geschichten für schlichte Gemüter.» Zu Frauen war sie oft rüde (eine Party als Arena für Wettkämpfe in unbenannten Disziplinen).

Der Unterhaltungsindustrie-Kapitän sagte: «Filme sind das, woran ich erkenne, wie unglücklich ich bin, weil mein Leben *nicht* so ist wie im Film, aber trotzdem geben Filme mir ein gutes Gefühl, weil ich weiß, so blöd wie ein Film bin ich nun wieder nicht. Ha-ha.»

«Wiley», sagte Brr. Er *ruft mich auf*, der Mistkerl.

«Ich bin noch nie einem schlichten Menschen begegnet», sagte ich. «Ich glaube nicht, daß so jemand existiert. Also sind Filme schlichte Formen für komplexe Menschen, andererseits wollen die Leute auch schlicht sein, so wie die Werbung und das Kino. Sie konkurrieren damit. Oder es fällt ihnen nichts mehr ein. Oder es sieht gut aus – dann kommen sie sich wie Opfer vor. Ich glaube, Filme sind eigentlich schlimme, erdrückende Vereinfachungen. Aber sie beziehen ihre Macht aus zwei Quellen: Filme definieren heute, was Popularität ist. Filme selbst sind opernhafte Halluzinationen, in denen Bewegung das ersetzt, was in der Oper die Musik ist – aber schlicht: schlichte, schmutzige Musik. Wie schmutziges Gerede gewöhnlich mit beschränktem Vokabular auskommt. Die Kraft von Filmen ist abgeleitet von dem Prozeß, in dem beim Masturbieren aus Halluzinationen aktive Illusionen werden. Und in Träumen – was einen darin schön und mächtig und königlich macht. Filme gehören zum Genre der Masturbationsuntermalungen.»

«Weiter», sagte Brr.

«Nein», sagte ich. Aber ich redete doch weiter: «Ich meine, es ist schon interessant, wie falsch Filme sind und daß wir ihnen Wirklichkeit verleihen. Da bist du in aller Öffentlichkeit in deinem Kopf allein und brüllst mit der Menge für Gott und die Gemeinschaft – es gefällt mir nicht, wie Filme die Zuschauer tyrannisieren und beherrschen. Was wir über Sex – und über Menschen – *wissen*, wird in Filmen nie gezeigt ... eigenartig, oder? Tanznummern und Szenen, in den Frauen sich ankleiden, kriegen Filme richtig gut hin. Vielleicht möchte jeder gefälschte, gezähmte Geschichten über selbstbestimmte Sexualität sehen. Ich glaube, Filme sind schwierig zu machen: es ist schwierig, das Opfermoment richtig zu erfassen, und sei's nur in Teilen: und das Publikum zu bekneten, und vor ihm den Kotau zu machen, und die Strafe hinzunehmen, die das Publikum verhängt, und sich benutzen und zugleich anbeten zu lassen. Es ist sehr vertrackt: voller S und M und sexuellem Terror, und all das will vorgetäuscht sein –»

Der Jazzfilmregisseur sagte: «Wir sind in Hollywood alle Geschlagene –»

Deut, der körperlich groß und in der Öffentlichkeit im Moment viel populärer war als jeder sonst im Raum, sagte: «Ach das: das liegt am Sozialismus –» Ein Scherz. «Aber du bist eben auch sehr klein.» Fast alle lachten. Brr war klein und schätzte im allgemeinen nur kleine Leute, von Deut und mir abgesehen.

Ich stand unter Spannung; das kam von meiner Art zu reden, Kamikaze-artig und ohne unmittelbares Kalkül: eine Rolle.

«Das wird mir hier zu tiefsinnig», sagte einer der Ex-Filmstars; ein Vorstoß, um im Raum Bedeutung zu ergattern.

Mit großem Wie-auf-der-Bühne-Charme sagte Deuteronomy: «Es kommt vom Geschwisterrivalitäts-Tango ...»

Der kleinwüchsige Regisseur war Deuteronomys (und mein) Vorgänger als Brrs bester Freund. Brrs Dominanz beruhte ebenso auf seinem Stilwissen wie darauf, daß er über so viele Presseprodukte regierte. Außerdem wollte er dominieren, und die Leute ließen ihn – es war Sonntag.

Moira sagte: «Wir sind vielleicht Schwergewichte, was?» *Schwergewicht* war ein in New York damals gebräuchliches Wort. «Manchmal ist es richtig erleichternd, ein *Schwergewicht* zu sein.»

«Touché», sagte Brr.

Ich blickte zu Ora hinüber, die ein paar Schritte entfernt stand und schwieg; sie hatte einen ihrer *Wiley-brilliert, da kann ich nicht mithalten*-Momente. Ich wollte, daß sie stolz auf mich wäre. Ora war die am besten aussehende Person im Raum, wenn man ihren Stil mochte.

«Übst du vorher ein, was du so sagst?» fragte Moira.

«Ich war in Harvard», sagte ich.

«Und was kannst du sonst noch?» fragte sie.

«Ja», sagte der kleine Filmregisseur; das war ein Job-

Angebot und eine Herausforderung. Ein New Yorker Freundschaftsangebot.

«Ja. Was kannst du sonst noch *tun*?» wiederholte Moira eindringlicher.

Ich drehte irgendwie durch. Und sagte: «Ich kann tippen und vögeln, aber meistens bin ich ein Pfuscher – ich verpfusche alles.» Vor Angst wurde ich wütend und begann zu spinnen.

Der Regisseur kam näher, aber Brr sagte zu mir: «Wie wär's mit noch einem Bagel?» was meinem Eindruck nach hieß, ich solle den Mund halten, er wünsche nicht, daß ich mich mit dem Regisseur unterhielt und anfreundete. Brr und Moira kidnappten mich. Wir, Moira, Brr und ich, verließen den großen Raum. Ohne Ora. Und ohne Deut. Moira stieß mit der Hüfte gegen die Wand; sie hatte eine hübsche Figur und einen hübschen Trinkerinnen-Pillenschluckerinnen-Gang, einen wie einstudierten Gang; aber sie war krank und sonderbar von den Pillen, die sie nahm. Sie und Brr *liebten* es, ihre Parties zu verlassen und dann wieder zu erscheinen.

Oder sie waren dazu gezwungen – um Luft zu schöpfen oder wegen ihres Geisteszustandes. Aber sie neckten andere auch gern, wie gerade jetzt. Im Speisezimmer setzte Moira mich in eine Ecke; sie und Brr füllten Teller mit Essen, und Brr holte aus der Küche ein Glas Champagner für mich, und dann kamen sie mit einer Serviette und mit Besteck zurück. Sie setzten sich rechts und links neben mich: sie fragten mich über meine Theorien zum Kino aus, die ich noch nicht durchdacht hatte, und über mich selbst.

Brr sagte: «Du behauptest also, Filme seien vor allem sadomasochistisch, S und M?»

«Nun ja, das Publikum ist masochistisch und rachsüchtig. Die virtuelle Vernichtung, physisch und moralisch, des Stars und des Helden im Film, auch die des Produzenten und Regisseurs und aller übrigen, ist notwendig. In den meisten Filmen passiert es, und in Filmkarrieren früher oder später –»

«Alice im Wunderland», sagte Brr. Daß er einen benutzt, zeitigt Nachwirkungen: leidenschaftliche und verstörte Liebe, Haß und Bestrafung.

Moira wollte wissen, woher in *meinem* Leben mein Wissen um Sadomasochismus rühre. Sie ist in diesem Moment dreist und auf hausfrauliche Weise ein wenig listig, gesellschaftlich wach und artikuliert und zu erheblicher psychischer Gewalt bereit – es ist sehr beunruhigend. «Warst du als Heranwachsender brutal?» fragte sie. Ich nickte; ich weiß nicht, warum ich log; es kam mir sexy vor. Moira fuhr fort: «Hat deine Mutter dich ermutigt?»

Brr beobachtete: im Grunde tat er das immer, *beobachten.*

«Meine Mutter war zur Mutter von Schlappschwänzen geschaffen – nein, ich habe mich ihr zum Trotz aufgespielt.»

Moira wollte mehr: «Warst du auch ihr Opfer?»

«Sicher –»

«Aber deine Mutter hat dich sehr geliebt – das spüre ich –»

«Meistens wollte sie an erster Stelle kommen – sie hat sich sozusagen ab und zu in mich *verliebt* –»

«Was für eine *romantische* Betrachtungsweise du doch hast», sagte sie sarkastisch.

«Teils schien die Sonne, teils verfinsterte sie sich.» Ich zitierte falsch Racine.

«Ich verstehe dich im Grunde nicht, wenn du sprichst», sagte Moira nachsichtig.

«Macht nichts. Ich habe da nur was Griechisches zitiert.» Dann grinste ich sie mutig an: ich brauchte sie nicht, und ich hatte eigentlich auch keine Angst vor ihr.

Brr fragte: «Was heißt S und M überhaupt für *dich*? Auspeitschereien? Oder seelische *Gemeinheit* –»

«Ach, *Züchtigungen* – klar ...» Ich meinte die phantasievollen Formen davon in Filmen, alte Seemannsbräuche und britische Schuljungen und Piraten.

Er sagte: «Nein. Ich meine, klatsch-patsch.» Die echten Sachen, die im Schlafzimmer.

Ich sagte: «Scheint gut für den Teint zu sein.»

Er fragte: «Was für einen Analytiker hast du eigentlich?»

«Ich bin nicht analysiert: ich habe nicht genügend Geld.»

«Aber wenn man sehr *leidet,* dann *helfen* sie einem und geben einem Kredit», sagte Moira.

Ich sagte: «Ja, schon, wenn man unter dem leidet, worüber sie gerade schreiben. Sonst nicht. Als ich auf dem College war, habe ich zwei Analytiker in Boston um Hilfe gebeten, aber ich hatte kein Geld, und beide waren sie zunächst sehr mitfühlend, aber als ich sagte, ich sei pleite, sagten sie, ich sei normal.»

Moira sagte: «Oh. Sagen sie *das* wirklich jemals? Oh, dieser Unschuldsknabe –» Sie meinte mich. «Ich bin paranoid schizophren –»

«Das ist ein *Geheimnis*!» sagte Brr.

«Ich bin's nur ab und zu», sagte Moira mit einem Kichern. «Wenn man's die ganze Zeit ist, gibt's nichts Schlimmeres als das – Du bist so rein, Süßer», sagte sie nun, da sie an ihren Wahnsinn dachte, im wahnsinnigen Ton zu mir; dann wandte sie sich an Brr und sagte elegisch, in einem ernsten, übertrieben vernünftigen Ton, einem völlig anderen Akzent: «Er *ist* rein …»

Brr fragte: «Betrachtest du S und M als vor allem *physische* Erscheinung?» Der Ausdruck *psychische Gewalt* war noch nicht gebräuchlich. Eindeutig hatte sich Brr jedoch im Verdacht, er übe sie.

Ich seufzte. «Nein. Das Schlimmste ist, geistig zerstört zu werden.» Ich zog eine Grimasse. Ich schätzte, er würde das als Herausforderung verstehen.

Moira machte es nicht besser. «Wie ich durch Brr», sagte sie mitten in all die Lügen und Posen hinein. Und kicherte dazu.

Ich zögerte und sagte nichts.

«O mein Gott, was bist du für ein Baby», sagte Moira. «Nun bist du meinetwegen ganz traurig. Anderen weh zu tun, erregt Männer: ihr ganzes Ich wird zu einer Erektion – ich bin eine Femme fatale für manche –»

«Für Alden Whitto», sagte Brr zu ihr.

Ich sagte: «Ja, das ist einer von diesen schönen, romantischen Fieslingen.»

«Ein Fiesling?»

«Erinnerst du dich noch aus der Zeit, als du klein warst, daß es da immer einen Jungen gab, der sich Kiesel in die Schuhe steckte oder sich mit Streichhölzern verbrannte und dich verbrennen wollte?» Brr akzeptierte Whitto als eine Art von Prophet.

«Nein.»

«Sie waren richtig raffiniert in ihren Strafen. Im Gemeinheiten austeilen. Sie sind wie finstere Meerjungfrauen. Sie werden in diesem Zeug erfahren; sie können es *intim* einsetzen. Immer wollen sie gleichziehen: sie waren versessen auf Rache – sie sind spannend, wie Raupen. Ich spreche von Kindern, von der Kinderausgabe –»

Brr sagte: «Nein.» Dann: «Waren das Spinner?»

«Sie waren aufgeweckt, nicht gerade zum Klassensprecher geeignet, dafür waren sie zu fies. Und der Kaste nach waren sie Absolutisten, wir anderen aber nicht – sie hatten es immer mit dem einen Gott, dem einen Klassenanführer, dem einen gescheiten Jungen, dem einen hübschen Mädchen. Wenn man einer davon ist, ob Junge oder Mädchen, dann darf man bei allem, was man tut, die anderen auf jede mögliche Art tyrannisieren –»

«Wo hast du denn das gelesen?» fragte Brr.

«Ich hab's beobachtet», sagte ich achselzuckend.

«Er hat es irgendwo gelesen», sagte Moira. «Alles steht in Büchern. Etwas Neues kann's nicht geben. Bist du Sadist, Wiley? Was er sagt, ist gleichgültig», sagte sie zu Brr; «er ist Sadist.»

«Bist du Sadist?» fragte mich Brr.

Ich zuckte mit den Achseln. «Hie und da ...»

«Ha-ha.» Er lachte widerwillig, mit echtem Widerwillen. Ich betrachte mich als Komödianten, aber er sah mich selten so.

«Der Meister der Erektion ist der Meister der Jagdhunde», sagte ich; um das Gespräch abzubiegen, rette ich mich in Nonsens. Aber ich werde auch ohne Vorwarnung albern.

Brr und Moira verzogen das Gesicht.

Ich seufzte und sagte zur Erklärung: «Man sieht einander in die Augen – vielleicht erlaubt man dem, was da ist, sichtbar zu werden. Dann muß man es tragen wie einen Stein: man ist dafür verantwortlich ... Es ist nicht leicht, Beachtung zu ertragen – es ist, als wäre man nackt in einer Folterkammer – ich glaube, man leidet anders, wenn man Sadist ist.»

«Ist das sexy?» fragte mich Brr.

«Das versteht sich nicht von selbst – manchmal ist es sexy: es kommt darauf an, in welche Richtung die Peitsche zielt. Es ist besser als natürliche Erscheinung denn als Theatervorgang –»

«Ich hasse Intellektuelle», sagte Moira.

Ich stand auf. «Das bin ich mehr, als ich verstehe.»

Brr stand neben mir auf; er reichte mir bis zur Schulter. Angst oder Anspannung oder was es sonst war brachte mich dazu, verschwommen zu sagen: «Erektionen sind wie Bananen auf dem Markt, sie gehören dazu, wenn man dem Affen Zucker gibt.» Ich sage oft dumme Dinge, weil ich oft dumm bin. Ich hoffte, das würde die Großer-Mann-kleiner-Mann-Angelegenheit zwischen mir und Brr erledigen. Zu einer bestimmten Form von Geben und Nehmen gehört es, sinnloses Zeug zu reden.

Ich folgte Moira und Brr in den anderen Raum.

Deuteronomy, der noch auf demselben Sofa sitzt, bringt uns *auf den neusten Stand*: «Hier hat sich das Gespräch von Filmen zu Büchern hin bewegt – sind Filme jemals so gut wie Bücher? Und nun geht's um Bücher: sind Bücher so gut wie Sex?»

Alle Gespräche bei allen Sonntagsbrunches liefen so.

«Ha-ha, ha-ha.»

«HAHAHAH.»

«HA-HA ...»

Geschmettert, gekrächzt, geschnaubt, gegluckst; verzerrtes Lächeln, das neuste Modell des Quittierens von Pointen.

Moira sagte mit kalter sexueller Präzision: «*Wir* haben uns über *Sadismus* unterhalten.»

«Na, den habt ihr ja in Spitzenqualität genossen», sagte Chonberg.

Gesichter wandten sich um; es war schockierend: jedes Gesicht bewegte sich in seinem eigenen Tempo, je nach individueller Auffassungsgabe und Agenda – dieses Wort benutzten wir noch nicht. Jedes Gesicht ist eindeutig eine Vagina dentata.

Schon gut, denk nicht drüber nach, übersieh es, denk nicht über die Körper der Leute nach, zieh nicht jedem im Geiste den Reißverschluß herunter, hak keine vollkommenen Fünfziger-Jahre-Tittenhalter auf, versprich nichts. Das wahre Thema lautet Erfolg. Und Sinn.

«Dann erzähl uns doch mal», sagte Deut.

«Ich habe keine Lust», sagte ich leicht hochmütig – sadistisch. (Ich scherzte.)

«Bitte», machte Deuteronomy, die Arme in die Seiten gestemmt, mit seinem breiten Bühnencharme, der mich abseits der Bühne so aus der Fassung brachte.

«Ich muß noch länger drüber nachdenken.»

Noël Schwearzen, der jüdische Noël Coward, sagte: «Ich hab das Vögeln zugunsten der Bücher aufgegeben» – eine Bemerkung vom Typ *heißer Furz*.

Moira sagte zu Schwearzen im Ton der sexuell Verstimmten: «Ach, du, du bist ja auch ein Künstler ...» Ich habe keine Ahnung, ob sie ihn verspottete oder nicht.

Brr und Deuteronomy ließen ihre Gesichter und Blicke fast wie Scheinwerfer zu mir herumschnellen; dann sagte Deut zu Schwearzen: «Ach, du, du bist ja auch ein *wahrer* Künstler –» In Zeitgefühl und Stimmgewandtheit war er Schwearzen weit überlegen. Mit bühnenhaft naivem Lächeln fuhr er fort: «Ich habe die Bücher zugunsten des Vögelns aufgegeben.»

Brr, immer noch auf der Suche nach Zeitschriftenthemen, fragte: «Warum ist es für Frauen von Belang, daß ein Mann Künstler ist?»

«Hemh?» machte Schwearzen. Hemh zu machen war eine Art von witziger Bemerkung, doch darin war Deut nicht zu schlagen.

«Ha-ha», machte Deut; eines seiner Freundschaftsangebote; andeutungsweise jedoch auch ein Signal, daß er Schwearzen ignorierte.

Brr zeigte ebenfalls, daß er Schwearzen ignorierte: «Aber wir *wissen* schließlich, daß die Kunst von Belang ist ...»

«Manchmal», sagte Deuteronomy. Er hatte rosige Wangen, lockeres Haar: leichtes Make-up und eine Perücke, selbstgefertigt, erfunden. Er dominierte gerade und gab das Kommando nun nicht an Brr ab, was interessant war.

Unheimlicherweise besaß ich eine Macht, die mir den meisten Leute gegenüber abging, außer in New York: Macht dieser Art war auch eine Form von Schwäche.

Ich sagte, als wäre es ein Zitat: «Und gemeinhin, wenngleich nicht allenthalben, hieß es zum Preise von Männern, welche man Künstler nannte, eine Frau oder die Frau überhaupt erbaue sich daran, daß solche Männer mit ihren Köpfen und Leibern Dinge hervorbringen, welche sodann zu großen Teilen in die Einrichtung des Geistes übergehen.»

Deuteronomy fragte: «Von wem stammt das?»

«Von wem wohl?» fragte ich zurück, als ich merkte, daß es in ihm ein wenig pochte. «Thomas von Aquin», log ich.

«Ach, er zitiert immer nur», sagte Moira verstimmt, über mich vermutlich. Sie kam von ihrem Pillen-und-Alkohol-Hoch herunter.

Das folgende Schweigen fühlte sich gräßlich an, jedenfalls für mich. Mir wurde heiß im Gesicht. «Brr stellt mich Leuten vor und warnt sie nicht vor meiner Art zu reden.» Dann sagte ich: «Ich muß einfach so reden – warum, weiß ich auch nicht. Ich muß einfach. Tut mir leid.» Ich habe in Gesellschaft oft das Gefühl, mir wären die Augen mit einer Gazebinde verbunden, durch die ich fast hindurchsehen kann: durch opaken Dunst sehe ich beinahe, was ich gerade tue, doch nicht ganz.

Beschützend sagte Deuteronomy: «Pointenhengst trifft Fußnote.»

Auf einmal war die Stunde der Geheimnisse gekommen, eine labyrinthartige Angelegenheit, all der Egos und Posen wegen – eben das, was Parties manchmal zum Erfolg macht. Die dort Anwesenden waren keine Gelehrten oder Künstler, aber sie verstanden den Markt der Sehweisen. Oder etwas ähnliches. Kraft physischer Logik, kraft der Grammatik von Bewegungen ließe sich der Moment durchdringen, doch das zu tun sind wir nicht gewohnt.

Die verrückte Moira sagte: «Ach, zum Teufel, warum eigentlich denken? Denken kann ich nicht.»

Deut sagte: «Dann schick das Denken doch zum Teufel – man kriegt nur Pickel davon.»

Nicht ohne Bescheidenheit sagte Moira: «Ich muß tatsächlich verrückt sein: ich finde dich nämlich komisch.»

Kampf hing in der Partyluft – man bedenke bloß, wie *menschlich* doch jeder ist, mit wem er geschlafen hat und auch, wie überrascht von Tod oder Schmerz jeder ist.

Moira sagte zu mir: «Hast du einen Tiger in dir?»

Man stelle sich das vor, einen wirklichen Tiger in einem, die krallenbewehrte Unrast und der Gestank, ein karnevalfarbiges, sich ständig streckendes Raubtier.

Apropos gar nichts (eine damals recht beliebte Wendung) sagte Deuteronomy: «Warum schreibst du nicht ein Stück für mich?»

Das zähe, *aufsässige* Drängen der Ambitionen. «Bis ich dazu komme, es zu versuchen, hast du vielleicht eine Abneigung gegen meine Arbeit entwickelt.» Im Augenblick bestanden wir fast vollständig aus Ambitionen, nur mit einer dünnen Schicht Menschsein umhüllt. «An was für ein Stück hattest du denn gedacht?»

«Hemh?» fragte er warm und ansprechend: ein Scherz. «An ein bißchen junge Kunst hatte ich gedacht – du weißt schon.»

Ich verfügte über ein kleines Repertoire an amerikanischen Jungengeräuschen. Ich gab ein naives Quietschen von mir und sagte: «Eigentlich mag ich die Junge-Kunst-Masche ja nicht ...» *Überleg nicht lang, sing einfach wie ein Vogel*, hatte Cal Higgins mir aufgetragen – mein Gott, war der Mann furchtbar. «Ich mag die Vogelgesang-Masche nicht», sagte ich zu Deut. Die Leute müssen einen gar nicht verstehen; sie bitten einen schon um Erläuterungen, wenn's ihnen wichtig genug ist.

«Was möchtest du denn machen?»

«Ich möchte etwas *Amerikanisches* machen, aber psychologisch erwachsen – nicht bloß diesen Traum-von-Freiheit-und-Erfolg-Mist ...» Sich ganz unbombastisch zu benehmen, wenn man gerade besonders bombastisch empfand: das war Höflichkeit.

Er war still geworden, körperlich still. Es auszusprechen ist unbescheiden, aber er fühlte etwas heraus aus dem, was ich sagte, aus den Geräuschen, die ich von mir gab – er hatte in seinem inneren Licht und Schatten eine Idee vorüberhuschen sehen wie ein Reh im Wald, den Hauch der kleinen a's und b's einer Idee zu etwas, das er gebrauchen konnte. Vermutlich war es, als nähme ich Moiras Rolle ein, jedoch von einem Winkel aus, der nicht der ihre war.

«Wie meinst du das?» fragte er in einem so sanft-melodischen Ton, daß ich unwillkürlich lächelte.

Ich sagte: «Ich habe etwas dagegen, in diesem Sinn als *junger Autor* von Interesse zu sein – das ist, als wäre man ein männliches Model, jemand, der so gut aussieht, daß er nicht spielen kann, mit einem so vielschichtig suggestiven Gesicht, daß er darüber hinaus kaum noch etwas suggerieren kann: er kann bloß die verdammte Visage herumtragen und ab und zu gefühlvoll zucken, während die Glücksträume anderer auf ihm spielen. Ich möchte meine Sachen wenigstens insoweit steuern können, daß ich im Licht einer Verantwortung zur Hölle oder zum Himmel fahre, die ich allein getragen habe. Ich weiß schon, wie das geht, verstanden zu werden, aber das bedeutet, daß ich etwas sage, bloß um verstanden zu werden: es ist nicht mein wahres Gesicht, sondern so etwas wie ein Regisseurgesicht, ein erfundenes Gesicht. Ich habe vor zu versuchen, etwas Amerikanisches zu schaffen – aber auf unerwartete Weise. Ich rede jetzt von junger Kunst, von dieser Jugendlichkeitssache –»

«Ja? Aber das, was du schaffen willst, *was* ist das? Worin würde es *bestehen*?»

Wie schafft man es, gerade genug zu verraten, um ihr Interesse so weit zu wecken, daß sie einem Geld und einen Vertrag geben? Oder läßt man es einfach laufen? Oder schwenkt man auf einen *seriösen* Kurs ein, mit dem sie nichts anfangen können, obwohl sogar ein Sänger wie Deut einen Zugang dazu findet: «Also, erst mal mußt du wissen, daß die Sprache, derer wir uns bedienen, vornehmlich nur auf Dinge verweist, die bereits in Sprache vorliegen, auf etwas in einem Buch, das unter Copyright steht, auf etwas bereits Gesagtes, auf Geräusche, die das Territorium einer Generation markieren.» Wir benutzten das Wort *Medien* noch nicht. «Darum ist diese Sprache eigenartig zwiespältig, als das Begreifliche und als das *Noch-nicht-Wahrnehmbare*: wir wissen ja, daß sich das Leben von der Sprache unterscheidet. Man muß erst hingehen und hinschauen – die Löwen müssen über die Hügelkuppe trotten und die Okapi-Herde *sehen*. Und sie müssen Englisch lernen, um alle Erfordernisse der Jagd abzudecken ...»

«Ich mag Okapis», sagte er herzlich. Aber mein verquerer kleiner Scherz war eine Niete. Nicht das Richtige für die fünfziger Jahre.

«Sprache kann etwas Voraussagendes an sich haben. Visuelle Bilder sind inhärent irdisch, denn in ihren Fehlern ist kein Voraussage-Moment enthalten. Sie stellen schlicht falsch dar, was vorhanden ist oder auch nicht, und wenn sie doch etwas vorhersagen, dann haben wir es mit dem Lotto der Phantasie zu tun, stimmt's? Ich will keinen in die Irre führen. Vielleicht könnte ich eine Methode erfinden, mit lebensnäheren Perspektiven zu arbeiten – aber, weißt du, vielleicht ist das alles auch bloß pubertärer Quatsch. Was dann?»

«Ach, wenn ich du wäre, ich würd's machen. Diese Sache übers Jungsein – das solltest du für *alle* Leute machen.»

«Mich lächerlich machen.» Dann sagte ich: «Nun ja, es wird da eben um die Oberhand gerungen.» Deuteronomy ließ mich weiter angeben; das heißt, sein Gesicht blieb freundlich – und interessiert. «Ich betrachte die Vereinigten Staaten als eine Ansammlung von benachbarten Legislaturen, mit allerlei Drangsalierern und diversen Systemen der Bestechung und Stimmabgabe: so ist es hier um die Vernunft bestellt. Ziemlich oft, fast täglich sogar, läßt man mich wissen, ich könnte alle Preise gewinnen, wenn ich konvertieren würde; und wenn ich den Mund hielte, nicht verlauten ließe, daß ich Jude bin und das, was ich schreibe, von einem Juden geschrieben wurde, Juden-Literatur ist, dann könne ich *einige* der Preise erhalten. Oder aber, falls ich das tue, was ich will, keinen – kannst du mir folgen? Ich bin der Autor, der das Wort Jude zum erstenmal in den *New Yorker* gebracht hat. Man hält mich für einen *blinden* Jungen. Das liegt daran, daß die Zweitrangigen sich zusammentun und konspirieren. Ich meine, in Amerika ist die einsame Gestalt diejenige, die zählt, der einsame nietzscheanische Junge von nebenan – weißt du, was ich meine? Es ist hier in vieler Hinsicht furchtbar ... ich stehe unter Beobachtung als Monster, als Monster-Drangsalierer, als Schlappschwanz-Monster-Drangsalierer, als Minderjähriger, als Jude ...»

Dann versuchte ich, ich weiß nicht was, vielleicht zu zeigen, daß ich wußte, was vorging: «Ideen, ob gute oder schlechte, ob mittelmäßige oder absonderliche, haben einen speziellen Wert in diesem Land, wo niemand sehr lange irgend etwas ist. Egal wie dumm das jetzt klingt, es geht um Ideen, aber nicht um derart intelligente, daß sie nicht leicht zu modifizieren wären.» Statt Pop-Kultur: diesen Begriff hatten wir noch nicht.

Brr und Deut hörten zu, und die verrückte Moira stellte einen blauweißen Teller mit Pfirsichen auf den Tisch neben das Sofa, auf dem ich mit einer großen Sonnenblume lungerte. «So, da haben wir Renoir *und* van Gogh», sagte sie, erfrischt, frisch aufgepillt; sie war für eine Weile verschwunden gewesen; ihr Blick war tot, ihr Lächeln liebenswert, ihre Stimme ziemlich aalig ... Sie war nicht eifersüchtig. Sie bot mich Deut und Brr an. Brrs Spitzname rührte von einer Witzzeichnung im *New Yorker* her, in der ein Revuegirl im Pelzmantel sagte: *Den hab ich dafür gekriegt, daß ich vor Bergdorf's Brr gemacht hab.*

Als Brr das letzte Mal eine Idee von mir übernahm, hatte er mir ein schwarzweißes Porträt von mir geschenkt, das eine Malerin gezeichnet hatte, die kaum mehr als in Mode war, aber eine Reihe von interessanten Liebhabern aufweisen konnte; sie litt sehr artikuliert und war bereit, alles am Telefon zu enthüllen – sie war ein Star des telefonischen Informationssystems. Später sprang sie irgendwo aus dem Fenster – es gab eine Menge Selbstmorde in unseren Kreisen. Die fünfziger Jahre gingen hart mit allen um: vielleicht lag es an Schuldgefühlen. Oder an Gewissensbissen.

Was hätte es schon genützt, jemanden wie Deuteronomy zu lieben – er stank nach Ausverkauf. Nicht nur in pragmatischen Grenzen, sondern in ausschweifendem, krassem, geradezu poetischem Umfang. Mit Moira und Brr war es das gleiche. Und Ora, meine Geliebte, versuchte es. Ich bin weder flink noch gerissen genug, Bergkönig zu werden – wenn Sie das Verhalten von Charakteren über ein paar Minuten hinweg betrachten, dann kommen Sie bei einem ganz anderen Begriff von Charakter an – als

System von Verknüpfungen innerhalb eines Unternehmens, einer Agendaliste (kein Wort, das wir damals verwendeten). Warum sich auch die Mühe machen, irgend etwas auszuleben, wo man doch so tun kann, als wäre nichts echt?

Moira sagte: «Ach, du bist ein brillanter junger Mann, dem die Stunde geschlagen hat –»

Brr sagte: «Und wie fühlt sich das an?»

Er war sonderbar.

«Man wird viel betrogen und ausgenutzt», sagte ich.

Deuteronomy sagte: «Na, komm schon: erzähl uns, wie's sich anfühlt.» Er und Brr dankten mir gelegentlich dafür, daß ich etwas gesagt oder geschrieben hatte, das ihnen nützte. Aber sie taten dies nie öffentlich. Gleichwohl erwies mir Brr Respekt, und Deut befand sich auf einer Umlaufbahn der Liebenswürdigkeit, die ihn zu nichts verpflichtete; er war zäher, als ich es bin, zumindest der Welt gegenüber. Ich weiß nicht, wie ausweichend ich mich verhielt und wie heimtückisch er war. Wie heimtückisch Brr war, weiß ich: es war ein unbeherrschbarer Zug von ihm – für ihn, meine ich. Er mußte einen betrügen. Vielleicht ist jeder ein wenig so: ein listiger Kind-Mann.

Ich sagte: «Als *Exempel* fühlt es sich unbrauchbar an. In der Öffentlichkeit wird man lediglich zu einer Phrase oder etwas dergleichen, zu einer politischen Ikone vermutlich. Wenn ich jedoch tatsächlich gut bin in dem, was ich tue, dann ist es als Exempel völlig unbrauchbar. Ich fühle mich berühmt und übermäßig beachtet, und zugleich nicht berühmt genug und unterschätzt – ich fühle sehr vielerlei: es hängt von Kleinigkeiten und von der Tageszeit ab. Du bist berühmter als ich. Und keinen interessiert es zu verstehen, wie sich aus dem Ansturm und Vorüberrasen unzähliger Momente als moralische Wahl ein Stil erhebt.»

Er nickte. Er bezog seine Ideen überallher, doch seine Vorstellung vom Jungsein stammte von mir – für eine Weile. Ich war nützlich – und das war schwindelerregend.

Moira hat einmal gesagt, sie hätte es gern, wenn ihr ein zupackender Engländer oder ein eitler, arroganter Franzose weh täte. Sie möchte zum Hintergrund ihrer Zeit gehören. Das wollte ich wohl auch, jedoch aus einem anderen Geist heraus.

Jedenfalls schien sie meine Position oder meinen Status zu begreifen. Ich fand es vulgär und ärgerlich, daß es sie reizte, mich zu pygmalionisieren: «Wir müssen dir ein paar anständige Sachen zum Anziehen kaufen – oder wer trägt hier dieselbe Größe wie du?» Damit die Sachen kostenlos zu haben wären.

«Ich habe bereits beschlossen, die falschen Sachen zu tragen: das verschafft mir eine Art von Privatsphäre.»

Deuteronomy sagte ungezogen: «Brr kleidet sich bereits wie du. Er sagt, der kommende Stil ist *deiner.*» Wenn er eine Idee von mir übernommen hatte, dann auf Brrs Anregung hin.

Ich trage abgewandeltes Harvard-Schwarz mit einem Stich ins Rabbiner Schwarze – schwarzes Kaschmir mit einer leicht rowdyhaften Note.

Deuteronomy sagte: «Ich hatte einmal einen Pullover an, der Brr gefiel, und dann ließ er in jeder seiner Zeitschriften einen Artikel über Pullover erscheinen. es war schon unheimlich, wenn ich ins Theater ging und vielleicht ein halbes Dutzend Männer sah, die so falsch angezogen waren wie ich, nur war es auf einmal nicht mehr falsch.»

«Jetzt macht das Whitto», sagte Moira und lächelte lieb, zu lieb. Ihr Lächeln war der Scheinwerfer ihres Wahnsinns.

Brr sagte: «Ich habe meinen Stil von Jouvet.» Ein französischer Schauspieler der dreißiger und vierziger Jahre, sehr groß, sehr dezent in seinem Stil, ganz anders als Brr. Also machte Brr vielleicht einen Witz.

Was ich sagen wollte, als ich davon sprach, wie vulgär Moira in ihren Pygmalion-Vorstellungen von Kleidung und Star-Sein und Psychoanalyse war, meinte ich damit, daß all das nach *Sie tanzte nur einen Sommer* roch, daß es leeres Gefasel, präsuizidales Zeug war – man verlor sich dabei.

Moira kam auf eine Geschichte über Paris, die Existentialisten und die Pariserinnen zu sprechen, die Brr abgedruckt hatte, «Lippenstift und Nichts» hieß das Stück, und Moira sagte, die Idee dazu stamme von mir. Aber das stimmte nicht. Streckenweise war es in dem Artikel um die alternde Coco Chanel gegangen, die Nazi gewesen war: kam es auf ihre Schuldgefühle an? Brr erzählte mir, die Anzeigenkunden hätten ihn dazu gebracht, die Geschichte zu bringen, die, wie viele andere, eine Lüge, eine *Pflichtübung* war. Soviel zu meinem Einfluß.

Doch jetzt befand er sich auf irgendeiner Umlaufbahn; auch er nahm Pillen, aber er konnte sie steuern. Er rief den jungen Semi-Butler herein und schickte ihn hinauf, ein Chanel-Kostüm zu holen, das Moira nicht tragen mochte, aber zu verleihen bereit war, weshalb ich es mir im Hinblick auf die Pygmalionisierung von Ora ansehen sollte. Nicht Ora sollte entscheiden; sondern ich.

Es war ein außergewöhnliches Objekt, dieses Kostüm, aus rauhem, noppigem marineblauem Stoff, an Arbeitskleidung oder entfernt an eine Seemannskluft erinnernd, eine Uniform, die zugleich von Abenteuern, Pflichterfüllung und Geduld kündete, und dies in einer Welt, in der Arbeiter und Barmädchen Sexualobjekte waren. Oder, falls es eine Uniform war, dann eine für einen langen Segeltörn durchs All, mit Goldknöpfen und schwarzen Tressen. Es kam mir in weit höherem Maße wie eine Erfindung vor als jedes andere Kleidungsstück, das ich bis dahin gesehen hatte.

«Aber sie war Nazi», sagte Brr und strich sanft mit den Fingerspitzen über das Kostüm. «Eine widerwärtige Frau. *Ich* fand sie widerwärtig –»

«Brr sind viele Leute unsympathisch», sagte Moira.

«Ora, möchtest du das Kostüm hier haben?» fragte Brr laut, vor allen Leuten.

Zu meinem Erstaunen sagte Ora: «Ich sollte es wohl mal anprobieren ...»

Deut sagte: «Frauen beim Kleider-Anprobieren sind *sehr* sexy.»

Brr sagte: «Ich masturbiere hinterher immer, wenn Moira in Paris Kleider anprobiert.»

Schwearzen sagte: «Ich bin ein großer, großer, GROSSARTIGER Masturbierer –»

Brr, der ab und zu plötzlich ein Solo hinlegen konnte, sagte: «Ich bin ein Napoleon der Masturbation – die Masturbation ist meine *Kunstform.*»

«Au fein», sagte Moira, «jetzt wird's für eine Weile lustig ...»

Brr probierte aus, ob sich der Gedanke im Rahmen von zu gebenden Interviews als nützlich erweisen könnte, und sagte: «Die Masturbation ist die Grundlage meiner Arbeit.» (Moira sagte zur Seite: «Er ist wundervoll, wenn er sich für ein Thema begeistert.» Sie schien tatsächlich interessiert.) Brr sagte, über das Masturbieren und die damit einhergehenden Phantasien: «Das ist mein geheimes Leben – nach Moira bin ich nicht mehr imstande, andere Frauen zu haben … Keine Frau ist mit Moira zu vergleichen …»

(Die meisten Leute schätzten ihn als *andersherum* ein – so sagten wir damals).

Deuteronomy sagte über die Masturbation: «Das ist das Geheimnis des Show-Geschäfts – aber ich *liebe Hollywood* –»

Ich sagte: «Masturbieren ist letztlich, nach den ersten paar Malen, vor allem ein Erinnerungsspaziergang plus Verbesserungen. Interessant ist die Aufmerksamkeit, die man aufbringt: man ist physisch aufmerksam: *das ist mein Schwanz, das ist mein Unterleib, das ist meine erwachsene Hand, das sind* meine *Rhythmen* … Innerlich hält man fortwährend Wache –»

«Das ist wirklich *wahr*», sagte Deut.

«Zum düstren Turm Childe Harold kam – oder *Das ist dasjenige, was ich Soundso nicht geboten habe* (bei der letzten Vögelei) oder *Das ist nicht das, was Soundso mir geboten hat* … diese Schritte hin zu – was weiß ich, zur Müllhalde, zur Abfallgrube nach –»

Deut sagte: «Wenigstens ist es etwas, worauf ich mich verstehe. Ich muß mir keine Sorgen darum machen, was wohl jemand anders von meiner Technik hält …»

Da verlor ich den Verstand und hielt mich nicht mehr zurück: «Keine *schwergewichtige*, folgenreiche Realität überlagert diesen realen physischen Akt: ob man zu schnell macht oder zu langsam, ob man fett ist oder einen kleinen Pimmel hat – auf nichts davon kommt es an. Der

Traumkönig hat den Gipfel seiner Macht erreicht. Die meisten sagen, das ist doch bloß Wichserei, oder Soundso holt sich bloß einen runter, was soviel heißt wie, er vergeudet Zeit. Das Wort ist von wachsen, putzen abgeleitet – es verweist auf körperliche Arbeit. Die tränenden Augen, der schlaffe Mund. Das Zucken längs des Rückgrats. Manchmal fühlt es sich an, als wäre man unterwegs zum Selbstmord – so wird auf natürliche Weise die biologische Isolierung hervorgehoben. Nach einer Vögelei, bei der ich schlecht gekommen bin – wißt ihr, wenn man meint, der Orgasmus hätte sich in ein nebliges Dickicht verzogen – dann wichse ich manchmal, und der verdammte Orgasmus dabei treibt mir Tränen in die Augen, aber ich schäme mich – verlegen und beschämt bin ich, verlegen, beschämt und *trotzig* – ich frage mich, warum. Na ja, vermutlich liegt's daran, daß man seine Geliebten und seine Eltern hintergeht; es ist im Grunde ein Erkunden des Alleinseins und der Selbstbestimmung – ihr kennt doch all die Mythen, in denen sich jemand bewährt und Macht erhält und ihm Wünsche offenstehen, und dann dreht er beim Wünschen durch? So ist das. Du übernimmst die Herrschaft über deinen Körper, deine Seele. Das verzweifelte Registrieren, das damit einhergeht, daß es soviel von Geheimbündelei und von Blasphemie an sich hat, dieses Sich-zur-Baumhütte-Davonstehlen – die Aufsässigkeit schlägt ständig um, mal in diese, mal in jene Richtung, und du mußt es gar nicht zur Kenntnis nehmen, du kannst flink sein und nicht hinschauen. Wenn du es verzögerst oder nachher ziellos darüber nachdenkst, dann kannst du feststellen, daß sich das ganze dreht und windet vor lauter seltsamen Überzeugungen, seltsam unehrlichen Gedanken – auch ehrliche sind darunter. Aber es wird selten in

Dramen benutzt – wir sehen Hamlet nicht dabei, wie er sich einen runterholt und beschließt zu sterben. Oder Lear beim Wichsen. Oder Macbeth. Man kann dabei entdecken, daß man jemand Bestimmtes nicht sehr liebt, oder sogar die Welt. Und es zu tun ist eine chronische Sache – es ist im Grunde gar nicht nur sexuell. Prometheus hat mehr gestohlen als das Feuer. Als Kinder nannten wir's im Scherz Aladin und seine Lampe, Dschinn und das hellbraune Schamhaar, Jack und die Bohnenstange und so weiter –»

«Sag nicht und so weiter – das ist unfair ...» Erzähl uns alles, soll das heißen.

«Wir hatten Namen dafür, die aus Comic-strips stammten, Dagwood und Superman oder Blondie und Mickey Mouse. Ich kannte einen Jungen, der Schwanensee dazu sagte, wegen des Schwanenhalses. Viele Ausdrücke stammten aus dem Kino: Volksfeind Nummer eins, Kleiner Cäsar, Vom Winde verweht, Komm mit der Brise – der eigenartigste war Casablanca: vielleicht hängt's ja mit Handfrei Bogenhart zusammen, dachte ich. Später hab ich aber gehört, daß *cazzo* eines der italienischen Wörter für Schwanz ist, es könnte also auch weißer Schwanz heißen. Nichts ist je bloß sexuell im Freudschen Sinn; Freud war sexuell ein Versager, was ja auch wieder was Gutes ist, romantisch und so, aber wir lügen doch sehr viel, wenn wir so sind wie Freud. Schreiben ist masturbatorisch, eine Jack-und-die-Bohnenstange-Tätigkeit, man selbst ganz allein mit der Welt, bei halluzinatorischer Begleitmusik. Und was sind wir in einer Demokratie denn schon, weitgehend doch eine Wichser-Gesellschaft – wißt ihr, was ich meine?»

Kellow ist, obgleich recht gutaussehend, physisch abstoßend. Deut ebenfalls. Brr ist berühmt für seinen Chic und läßt die Graphiker (die Art Directors, sagten wir damals) in seinen Zeitschriften sehr geleckte, hübsche Sachen machen. Er ist wohlproportioniert und hat ein fein gezeichnetes Gesicht und sehr ansehnliches Haar; er versteht sich darauf, attraktiv zu wirken, er handelt schließlich mit diesem Zeug, wird physisch aber nur unter Schwierigkeiten akzeptiert – es liegt an seiner nervösen, insektenhaften Wuseligkeit. Es liegt an *ihm*. Oft muß man echten Abscheu herunterwürgen, wenn man mit ihm zusammensein will. Er ist degoutant. Geistig ist er vielleicht eine Kakerlake. Oder enthaltsam. Eine Kakerlake – die wuselnden Beine, die Fremdartigkeit, die hastigen Bewegungen, die merkwürdig verstörenden Umrisse ... Immerhin, im Kunstleben eine berühmte Gestalt.

Vielleicht hatte er als Kind phänomenal eigenartig ausgesehen oder war davon überzeugt und wurde so zum Experten in Selbstdarstellung und wütender Maskierung, im Parfümieren verborgenen Gestanks und in dergleichen mehr – und nun bewahrt er sich durch irgendwelche Zauberei seine Kinderhäßlichkeit und seinen Sinn für Methodik, weswegen er in der Welt enorm erfolgreich ist und ein Gefangener dieses Erfolgs. Er kann nicht physisch existieren. Aus seiner Kakerlaken-Seite zieht er Honig und ist über sich selbst entsetzt und traurig und gefährlich, wie ein entstellter, rachedurstiger Mensch, wie ein gescheiter.

Deuteronomy sagte: «Hast du das Gefühl, du möchtest dich an allen dafür rächen, daß du gescheit bist?»

«Ich bin nicht gescheit», sagte ich automatisch. Mich störte sein Doppelspiel: Freundschaft anzubieten und mich dann in einen Sack zu stopfen – die Warnung, die er da verlauten ließ.

Deuteronomy sagte geduldig (mit demonstrativer Geduld): «Wie nennst du das, was du gerade getan hast, was du gerade gesagt hast?»

«Ich hab's nur zum Teil gehört: Ich war zu sehr damit beschäftigt es zu sagen, um drauf zu achten. Ich würde sagen, es zeigte ein Talent, wie es sich bei einem Ballwechsel auf dem Tennisplatz zeigen kann – ich weiß nicht, was es ist. Wenn ich so gescheit bin, wieso bin ich dann nicht König der Welt? Meine Mutter sagte immer, es gebe so etwas wie zu gescheit zu sein: dann sei man überhaupt nicht gescheit. Brr ist gescheit, *saumäßig gescheit*, so nennst du ihn doch? Das hat mir Moira gesagt. Er benutzt alles; er findet alles nützlich: für die Zeitschriften, meine ich, die er dirigiert – genau so, wie er erkennt, wer reden und angeben wird. Ich tue nichts anderes als anzugeben mit meinen Reden. Er schneidet mir Gesichter und bringt mich zum Sprechen, um rauszufinden, ob ich loyal bin – käuflich bin ...»

Was ich sagte, ergab keinen Sinn, weil ich zu verbergen versuchte, was ich von Deut und Brr hielt. Ich bin zur Politik im kleinsten Kreise nicht sehr begabt. Ich kann jedoch vorhersehen, was geschehen wird, aber das trennt mich von anderen, es hilft mir nicht, mich einzufügen.

Brr war heroisch und steckte in einer psychisch-sozialen Klemme, eines persönlichen Schmerzes wegen, der ihn zum Erfolg mit Kram für den Massenmarkt führte, ihm ein Gespür für die Mentalität der Massen gab oder was es sonst war. Um auf die In-der-Kindheit-hat-es-angefangen-Theorien zurückzukommen, die er vertrat – ich betrachtete ihn als listiges, unangenehmes Kind, dessen Umarmungen und Zuwendungen unerwünscht gewesen waren, weil ihnen etwas Niederträchtiges innewohnte, etwas Frühreifes an seinen Fähigkeiten, Verbindungen herzustellen, und an seinem Mut, gemäß diesen Fähigkeiten zu handeln, obwohl er seine Eltern unangenehm berührte. Er trieb mit seinen Nachteilen Handel und gierte nach Glanz, nach Sinn- und Wohlanständigkeits-Konstrukten, weil seine Familie das gleiche tat, nur machte er es besser. Jahre später sah ich gewisse Fotografien von Diane Arbus, und ich glaube, Brr muß grauenhaft gewesen sein oder sich so gesehen haben. Er mochte Frauen, weil sie weniger gewalttätig und interessanter sind als Männer – dies alles bedeutet, daß man ihn in der dritten Person betrachtet, nicht in der Art von dritten Person, die man selbst im Traum oder in einem Spiegel ist; vielmehr versuche ich, Brr nicht in Beziehung zu mir zu sehen. So gleitend bei sich ein- und auszugehen und zu versuchen, ihn zu betrachten, ist sonderbar, so sonderbar wie eine Kakerlake anzuschauen.

In seinen Augen waren Frauen häßlich-aber-hübsch – gerade so, wie er selbst gutaussehend-aber-abstoßend war: es lassen sich eigenartige Flecken von Gesundheit bei jemandem finden, der die Realität annimmt, von Gesundheit als Stil; doch so ging er nicht vor – seine Gesundheit war verzweifelt, sein Stil mächtig und von Phantasien durchlöchert. Wenn ein Mann an seine Häßlichkeit gefesselt ist, dann kann ihm vielleicht der Aufenthalt in der Welt der Sehnsüchte als Ersatz für die Tatsache dienen, daß er als Kind einst niemals das Objekt von Umarmungen und eine Quelle des Trostes war. Den Trost, den er schenkte, täuschte er vor. Er war nicht angenehm. Hieraus bezog er eine enorme Energie, und seine Geistesschärfe wurde aufs äußerste geprüft: es erging ihm nicht so elend, wie es Moira erging. Dieser Kram hier repräsentiert die

Beschränktheit meines Denkens und Fühlens in jenem Jahr. Ich besaß nicht Kellows Gabe für die Algebra des Ersetzens. Ich schloß, daß diese Tricks in ihm kaum Emotionen erzeugten, abgesehen von Stolz und dem Sinn dafür, was angemessen ist, sowie dem erregten Sinn für das, was nicht angemessen, aber gleichwohl faszinierend ist. Diese Dinge, schloß ich, fühlte er *stark*.

Um ehrlich zu sein, ich habe es meistens gut, aber das Leben erschreckt mich.

HAROLD BRODKEY

Unschuld
Nahezu klassische Stories
Band 1
Deutsch von Karin Graf, Dirk van Gunsteren, Thomas Piltz u. a.
464 Seiten. Gebunden und rororo 13156

Engel
Nahezu klassische Stories
Band 2
Deutsch von Dirk van Gunsteren, Jürg Laederach, Helga Pfetsch u. a.
528 Seiten. Gebunden und rororo 13318

Die flüchtige Seele
Roman
Deutsch von Angela Praesent
1344 Seiten. Gebunden und rororo 13993

Die Geschichte meines Todes
Deutsch von Angela Praesent
192 Seiten. Gebunden und rororo 22283

Profane Freundschaft
Roman
Deutsch von Angela Praesent
544 Seiten. Gebunden und rororo 13698

Venedig
Deutsch und
Nachwort von Angela Praesent
Fotografien von Giuseppe Bruno
128 Seiten. Gebunden

«Harold Brodkey ist ein Archäologe. Seine Grabungen dienen dazu, psychische Ablagerungen zu untersuchen. Seine Fundstücke schillern. Das ganz normale Leben ist sein Spezialgebiet. Er ist ein äußerst erbarmungsloser Erzähler.» *Süddeutsche Zeitung*